KNAUR

Über die Autorin:
Franka Michels, geboren 1964, verbrachte die ersten Jahre ihrer Kindheit auf dem Hof Hirschberg, einem alten Rittergut bei Großalmerode in Hessen. Dort entwickelte sich bei ihren Streifzügen durch die umliegenden Wälder ihre Liebe zur Natur. Besonders fasziniert war sie von Eulen, Greif- und Singvögeln, aber auch von anderen Waldbewohnern wie Rehen.
Franka Michels ist examinierte Krankenschwester, arbeitet aber inzwischen ausschließlich als Schriftstellerin und hat unter ihrem Realnamen zahlreiche Romane und Kurztexte verfasst. Sie lebt an der Nordseeküste, verbringt ihre Freizeit gern am Meer und liebt es, Tiere in ihren natürlichen Lebensräumen wie beispielsweise der Salzwiese zu beobachten. Die Nonnengänse haben es der Autorin allein schon wegen ihrer Eleganz und Schönheit angetan.
Mehr unter: www. franka-michels.de

FRANKA
MICHELS

DER ZUG DER NONNENGÄNSE

Roman

Besuchen Sie uns im Internet:
www.knaur.de

Aus Verantwortung für die Umwelt hat sich die Verlagsgruppe Droemer Knaur zu einer nachhaltigen Buchproduktion verpflichtet. Der bewusste Umgang mit unseren Ressourcen, der Schutz unseres Klimas und der Natur gehören zu unseren obersten Unternehmenszielen. Gemeinsam mit unseren Partnern und Lieferanten setzen wir uns für eine klimaneutrale Buchproduktion ein, die den Erwerb von Klimazertifikaten zur Kompensation des CO_2-Ausstoßes einschließt. Weitere Informationen finden Sie unter: www.klimaneutralerverlag.de

Originalausgabe September 2021
Knaur Taschenbuch

Ein Imprint der Verlagsgruppe
Droemer Knaur GmbH & Co. KG, München

Redaktion: lüra – Klemt & Mues GbR, Wuppertal
Quellenangabe für das Motto-Zitat:
Thomas Mann, Über mich selbst. Autobiographische Schriften.
© S. Fischer Verlag GmbH, Frankfurt am Main 1983.
Abdruck mit freundlicher Genehmigung.
Covergestaltung: Guter Punkt, München
Coverabbildung: Collage von Guter Punkt, München
unter der Verwendung von Motiven von Getty Images Plus
Illustrationen im Innenteil: An inspiration Shutterstock.com
Satz: Adobe InDesign im Verlag
Druck und Bindung: CPI books GmbH, Leck
ISBN 978-3-426-52729-0

2 4 5 3 1

Das Meer ist keine Landschaft,
es ist das Erlebnis der Ewigkeit.

Thomas Mann

KAPITEL 1

Der Herbst war plötzlich über die Insel gekommen und hatte die Wärme des Spätsommers vertrieben. Mit ihm färbte sich das Grün der Bäume über Nacht zu Gelb, der Sanddorn lockte mit seiner Farbenpracht, gepflückt zu werden, während die Beeren der Hagebutte an Fülle verloren, obwohl sie sich bis spät ins Jahr behaupten würden.

In den letzten Tagen hatte zudem der Nebel wie ein zerrupfter Schleier über den Dünen gehangen und sich nur ungern von der Sonne vertreiben lassen.

An diesem Samstagvormittag aber wehte über Langeoog ein kräftiger Wind aus Nordwest, der dem Dunst keine Chance ließ, die Wolken über den Himmel trieb und sie miteinander Fangen spielen ließ. Er stritt sich auch mit dem Meer und zwang es, hohe Wellen zu schlagen und sie mit Wucht an den Strand zu werfen. Sie durften den Spülsaum nicht mehr nur sacht küssen, sondern mussten ihre Gischtzähne in den Sand schlagen und etwas davon mit zurück ins Meer nehmen.

Die Brandung dröhnte sogar bis zu Amelies Haus, das sich am Rand des Dorfes befand. Die Sechzigjährige liebte dieses Geräusch, weil sie es unweigerlich mit Freiheit und Glück in Verbindung brachte. Egal, ob es dieses wütende Aufbrausen war oder ob das Wasser nur leise rauschte. Das Meer war für sie das Sinnbild des Lebens, ein Kommen und Gehen, ein Sich-Gebärden und Ruhen.

In der letzten Zeit verglich sich Amelie immer häufiger mit der Gischt, die der Wind nach eigenem Gutdünken über den

Strand rollen ließ und dort platzierte, wo es ihm beliebte. Auch sie hatte leider keinen Einfluss darauf, wie es am Ende mit ihr ausgehen würde.

»Du bist eine Närrin. Reiß dich zusammen. Selbstmitleid hilft dir nun gar nicht weiter«, schimpfte Amelie mit sich selbst, während sie den kleinen Holztisch in der Küche deckte und heißes Wasser in die Kanne goss, die sie anschließend aufs Stövchen stellte.

Sie wartete auf Jan-Hauke, der täglich zum Frühstück kam, das sie recht früh am Morgen einnahmen. Meist tauchte er gegen elf ein weiteres Mal zum Tee auf, und gegen neunzehn Uhr schaute er regelmäßig noch einmal bei ihr nach dem Rechten. Leider brauchte Amelie inzwischen Hilfe, und sie war dankbar, dass Jan-Hauke sie unterstützte, wenn ihm auch selbst nicht mehr alles leicht von der Hand ging.

Es klopfte, und kurz darauf steckte ihr Freund seinen Kopf durch die Tür des kleinen Inselhäuschens. Dabei nahm er wie immer die Prinz-Heinrich-Mütze vom Kopf und kratzte sich hinterm Ohr. Er war im letzten Monat siebzig geworden und lebte von Kindesbeinen an auf Langeoog. Jan-Hauke hatte sich schon immer nur von der Insel wegbewegt, wenn er zum Fischen hinausgefahren war. Und auch seit er das nicht mehr tat, scheute er das Festland und weigerte sich standhaft, Langeoog zu verlassen.

»Hier bleib ich, bis ich mit den Füßen voraus aus dem Haus getragen werde«, sagte er stets und ließ beim Lachen seinen goldenen Eckzahn aufblitzen.

Jan-Hauke war nun mal Insulaner durch und durch, seine Familie mit Langeoog seit Generationen verbunden und er hier so fest verwurzelt wie der Strandhafer mit seinem starken Wurzelwerk in den Dünen.

Amelie liebte Jan-Hauke. Nicht so, wie man einen Mann liebte, den man immerzu, Tag und Nacht, an seiner Seite haben wollte, aber doch mit einer Selbstverständlichkeit, so wie man den Morgen liebte und den Mittag und den Abend, weil sie zum Leben dazugehörten.

Jan-Hauke hatte immer Zeit. Und das nicht erst, seitdem er vor fünf Jahren seinen Kutter verkauft hatte und nunmehr die Pension Dünennest mit zwei Gästezimmern führte. Eile war für ihn ein Fremdwort, sie kam in seinem Leben nicht vor, denn er war der Ansicht, dass man dadurch ein Stück Lebensqualität verlor. Deshalb agierte der alte Fischer stets mit Bedacht und großer Ruhe, wenngleich nichts, was er tat, phlegmatisch wirkte. Er glich eher einem ruhig schwingenden Pendel, das mit seiner Vorhersehbarkeit beruhigte.

»Brauchst du was, Amelie?«, fragte er jetzt. Seine warme Stimme ließ die Vokale klingen, die er angenehm rund aussprach. »Ich will nach dem Tee ins Dorf zum Einkaufen, weil ich gestern Abend einen Gast bekommen habe. Den muss ich ja gut bewirten, das gehört sich so.«

Amelie lächelte ihn an. Jan-Hauke war ein Schatz. »Joghurt wäre gut. Den ohne Geschmack und die kleinen Packungen. Ich gehe gleich auch raus, weil ich an den Strand möchte. Der Wind bläst so schön. Na, und zum Friedhof will ich noch. Wie immer.«

Jan-Hauke kratzte sich wieder am Kopf. »Übernimm dich nicht, mien Deern. Joghurt bringe ich dir mit, dann brauchst du nicht auch noch in den Laden.«

Er ließ sich auf einen der Stühle fallen, wartete, bis Amelie auch saß, und gab dann ein Kluntje in jede der winzigen Teetassen, bevor er die Kanne vom Stövchen nahm und ihnen einschenkte.

»Was ist denn das für ein Gast?«, fragte Amelie. Sie griff nach dem Sahnekännchen. »Erzähl mal!«

Jan-Hauke grinste, kannte er Amelies Neugierde doch zu gut. »Eine Frau«, antwortete er jedoch wortkarg wie immer.

»Was für eine Frau? Nun lass dir doch nicht alles aus der Nase ziehen, du Sturkopp!« Amelie klopfte mit dem Löffel auf den Tisch.

»Jo, sie ist ein bisschen eigenartig.«

»Jan-Hauke!« Amelie stöhnte.

Ihr Freund nahm erst einmal einen Schluck Tee. »Na, eben komisch. Die hat Kummer, das sieht man auf den ersten Blick. Da muss sie wohl auf Langeoog mal zu sich kommen. Heute Morgen ist sie nicht zum Frühstück erschienen, und gehört hab ich auch nix.« Er schüttelte den Kopf.

Na bitte, das klang doch interessant. »Wie lange bleibt sie denn?« Amelie liebte die Gästegeschichten von Jan-Hauke. Sie selbst kam nur noch selten mit anderen Menschen zusammen. Es strengte sie einfach zu sehr an, und sie fürchtete das Mitleid der anderen, weil jeder wusste, wie krank sie war. Von daher war es eine willkommene Abwechslung, wenn Jan-Hauke sie mit Geschichten versorgte, auch wenn sie wusste, dass immer ein wenig Seemannsgarn darin verwoben war. Doch heute wirkte er ungewöhnlich ernst.

Er zuckte mit den Schultern. »Sie hat gefragt, ob sie auf unbestimmte Zeit bleiben darf. Ich habe zugestimmt, obwohl ich in diesem Jahr eigentlich keine Gäste mehr aufnehmen wollte. Nicht einmal, wo Montag die ersten Herbstferien beginnen und heute schon der Bär steppt.« Er zuckte mit den Schultern. »Wird mir doch alles ein büschen viel.«

Jan-Hauke wollte kürzertreten. Er sagte, dass es daran lag, dass er älter wurde, aber Amelie wusste es besser. Er wollte für sie da sein. Weil es nicht mehr lange möglich war.

»Und doch hast du eine Ausnahme gemacht.« Amelie nahm den Faden wieder auf.

»Jo, bin ja kein Unmensch, nicht wahr?« Jan-Hauke rieb sich das Kinn. »Da stand diese dünne, blonde Frau doch gestern Abend einfach so vor der Tür, den großen Reiserucksack auf dem Rücken und leichenblass«, erzählte er weiter, während er sich Tee nachgoss und Sahne in die Tasse tröpfeln ließ. »Ich konnte nicht anders.«

Amelie nickte verständnisvoll. »Wie alt ist sie denn? Ungefähr?«

Jan-Hauke schürzte die Lippen. »Weiß nicht, denke so um die vierzig?«

»Hm«, überlegte Amelie laut, »die Frau wird mit dem letzten Schiff gekommen sein.« Sie wiegte nachdenklich den Kopf. »Vielleicht läuft sie vor etwas davon, wenn die Anreise so spontan war. Das kennen wir ja.«

»So, kennen wir das?« Jan-Hauke zwinkerte ihr zu. Er lief nie vor etwas weg und hatte das wohl in seinem ganzen Leben noch nicht getan. Vielleicht wurde man so, wenn man tagein, tagaus die Nordsee bezwingen musste. »Dass du immer gleich alle Leute analysieren musst. Jedenfalls wohnt sie jetzt im Dünennest.« Er trank den Tee in einem Schluck aus und erhob sich. »Ich geh dann mal. Den Joghurt bringe ich mit, wenn ich heute Abend nach dir schaue.«

»Mach das, die Tür ist offen, falls ich noch unterwegs sein sollte.« Da Amelie nie abschloss, konnte Jan-Hauke auch in ihrer Abwesenheit jederzeit in ihr Häuschen kommen. Sie fand das praktisch. Und hätte sich einmal jemand anders hierher verirren sollen: Es gab nichts Irdisches, was ihr noch wichtig war.

»Hab doch noch eine Frage!«, rief sie dem alten Fischer nach, doch der war schon durch die Haustür verschwunden. Amelie sank in ihren Sessel zurück. »Ich wollte nur wissen, ob die Nonnengänse schon da sind und ob du heute schon welche gesehen hast.« Die letzten beiden Sätze waren nur noch ein Flüstern. »Ich möchte sie doch noch einmal kommen und wieder wegfliegen sehen. Nur noch ein einziges Mal.«

Bente erwachte in dem kleinen Pensionszimmer, weil eine laute Böe ums Haus fegte. Sie war gestern mit dem letzten Schiff nach Langeoog gekommen und erst überall im Inseldorf herumgelaufen. So lange, bis sie in der Nähe vom Sonnenhof, dem ehemaligen Haus der Sängerin Lale Andersen, in einem Seitenweg in den Dünen vor dieser kleinen Pension mit dem Namen Dünennest Halt gemacht hatte. In der Küche brannte Licht, ein älterer Mann mit Rauschbart, der aussah wie ein typischer Seebär, saß am Tisch und blätterte in einer Zeitung. Es hatte so gemütlich gewirkt. Als fordere das rote Backsteinhaus sie förmlich auf, zu klingeln und nach einer Unterkunft zu fragen.

Natürlich war es dumm gewesen, kurz vor den Herbstferien ohne Buchung auf die Insel zu reisen, aber Bente hatte schnellstmöglich von zu Hause fortgemusst. Sie hielt es dort nicht mehr aus.

Ihr Mann Daniel, der sie mit diesem ständigen Vorwurf in den Augen ansah, zwang sie, für etwas zu büßen, was sie nicht getan hatte. Jedenfalls nicht so, wie er glaubte. Sie hatte nicht tun können, wonach ihr Körper und ihre Seele lechzten. Denn da waren ihr Kind und ihr Mann, und sie wollte beides nicht leichtfertig aufgeben.

Gestern hatte Daniel Bente wieder scharf attackiert, sie mit Worten geschlagen, ihr seine Verletztheit entgegengespien und sie verstört zurückgelassen. Das war der Preis für das kurze Naschen an einem Stück schnell vergehenden Glücks, das einen Scherbenhaufen hinterlassen hatte. Wie zerschmettertes, feines Porzellan, dessen winzige Fragmente in ihren Körper schnitten.

Hilflos hatte Bente versucht, die Scherben zusammenzufegen, sie zu kitten, aber überall fehlte ein Stück oder ein Splitter, sodass sie aufgegeben hatte. Sie konnte es nicht allein wieder heil machen. Es ging nur zu zweit, aber Daniel warf lieber weiter um sich und nahm in Kauf, dass sie sich immer größere Schnittwunden zufügten.

Als Bente schließlich allein in ihrem Zimmer saß, wusste sie nur, dass sie im Augenblick nicht bleiben konnte.

Da war ihr die Idee mit der Insel gekommen. Inseln lagen abgeschieden, man kam weder einfach so hin noch einfach so wieder weg, und sie versprachen lange Strände, Dünen und Ruhe. Hier war sie weit fort, konnte das Büßergewand für eine Weile ablegen. Sich selbst suchen und herausfinden, was sie wollte. Denn inzwischen wusste Bente es selbst nicht mehr. Daniel und sie waren sich fremd geworden – sie fragte sich inzwischen oft, wer sie eigentlich wirklich war.

Bente schob sich im Bett hoch. Es ging ihr heute schon erheblich besser, weil sie sicher war, den richtigen Schritt gemacht zu haben.

Interessiert sah sie sich um. Ihr Zimmer war klein. Ein blaues Bett mit Baldachin dominierte den Raum, an der rechten Wand stand ein zweitüriger Kleiderschrank mit geschwungenem Bogen. Die mit bunten Streublumen bedruckte Bettwäsche passte, genau wie die feinen hellblauen Gardinen, farblich zum gesamten Ambiente.

Auf der Fensterbank waren eine bemalte Holzmöwe und Muscheln in verschiedenen Größen dekoriert, und auf dem kleinen Tisch gegenüber vom Bett stand ein bunter Trockenblumenstrauß. Die Mischung aus lila Kornblumen und Schleierkraut strahlte Fröhlichkeit aus. An die Vase war ein Kärtchen gelehnt.

Herzlich willkommen im Dünennest!

Bente schloss die Augen und atmete einmal tief durch.

Hier würde sie also eine Weile bleiben und versuchen, Fuß zu fassen. Ihre Gedanken zu sortieren und wieder zu sich selbst zu finden. So nah am Meer, dem Wetter und den Naturgewalten ausgesetzt, würde ihr das hoffentlich gelingen.

Unter Zeitdruck stand sie nicht, denn beruflich hatte sie sich eine Auszeit genommen, musste also für ein Jahr nicht in der Redaktion der Sonntagszeitung arbeiten. Nicht einmal das hatte sie Daniel erzählt. Sie waren einfach nicht dazu gekommen, und das sagte doch einiges über ihre Beziehung aus.

Bente seufzte. »Nicht nachdenken«, sagte sie laut zu sich. »Jetzt bist du erst einmal hier.«

Ihr Zimmer war wirklich lauschig, aber den Besitzer der Pension, ein alter Fischer, der die Geschwindigkeit nicht gerade erfunden hatte, empfand sie als gewöhnungsbedürftig. Er hatte sie zwar freundlich begrüßt, war allerdings typisch ostfriesisch wortkarg. Jeden Satz hatte sie ihm aus der Nase ziehen müssen. Immerhin hatte er ihr erklärt, dass seine Küche auch der Frühstücksraum war und von wann bis wann er Brötchen und Tee bereithielt.

Bente schrak zusammen, als sie auf die Uhr sah. Von wegen Frühstück! Es war fast halb zwölf, und sie lag noch immer im Bett! Da hatte sie wohl alles verpasst.

Sie griff nach dem Handy, das sie auf lautlos gestellt hatte, und fand darauf zehn Anrufe von Daniel. Sollte sie gleich zurückrufen? Ihm sagen, warum sie verschwunden war – nur mit dem Hinweis, dass sie nach Langeoog fuhr, damit sie nachdenken konnte? Sie wusste selbst, dass es keine Entschuldigung dafür gab, einfach abzutauchen, aber ihr fehlte momentan die Kraft, ihre Probleme in Worte zu fassen. Und erst recht, sie zu lösen. Vermutlich würde ihr Mann jetzt auch gar nicht zuhören. Deshalb entschied sie sich gegen einen Rückruf.

Später, dachte sie und fühlte sich schlecht. Es war lange her, dass es zwischen ihnen einmal anders gewesen war.

Als ihre Worte noch von einer Leichtigkeit getragen wurden, ihre Herzen sich aufeinander freuten und sie lieber nach Hause kamen, als von dort zu verschwinden. Wann hatte dieses Sehnen nach mehr, nach einem anderen Leben begonnen, und warum war sie außerstande gewesen, Daniel von diesen Wünschen zu erzählen? Stück für Stück war das Schweigen gewachsen, bis es schließlich nicht mehr zu brechen war.

Und dann kam Tom.

Wie durch eine Hintertür, deren Riegel Bente absichtlich nicht vorgelegt hatte, um sich die Flucht offenzuhalten. Tom mit seinen Versprechungen, Tom, der sie aus ihrem akkurat gepflegten Garten auf eine bunte Wiese entführen wollte. Wie Rotkäppchen war sie kurz vom Weg abgekommen – und hatte am Ende doch die Blume nicht gepflückt.

»Bente, was ist mit dir und diesem Tom?«, hörte sie jetzt wieder Daniels Stimme in ihrem Ohr. Tief verletzt, anklagend. Weil schon das Verlassen des Gartens ein Vertrauensbruch war. Auch ohne das Pflücken der Blume.

»Es ist nichts. Ich habe keine Affäre.«

Daniel glaubte ihr nicht. Weil er spürte, dass Tom gefährlich war. Aber Bente hatte ihm widerstanden, auch wenn es sie schlaflose Nächte gekostet hatte – und weil sie sich schämte, überhaupt so weit gegangen zu sein.

»Ich musste hierherfahren«, flüsterte Bente. Ohne Daniel. Ohne Tom. Und leider auch ohne ihre Tochter Elinor. Mit ihr sollte sie schnellstens reden.

Ihr Handy gab einen Ton von sich. Es war eine Nachricht von Tom.

Widerwillig beschloss Bente, ihm zu antworten. Sie überlegte eine Weile, was sie ihm schreiben sollte, und fand, es wäre eine gute Idee, ihm mitzuteilen, dass sie eine Auszeit nahm, damit er begriff, wie schlecht es ihr ging, und sie fortan in Ruhe ließ.

Ich bin auf Langeoog, weil ich nachdenken will, bitte lass mich in Ruhe. Ich brauche Abstand.

Bente hoffte, er würde ihren Wunsch akzeptieren.

Sie ging ins Bad. Doch kaum hatte sie es betreten, wurde ihr bewusst, dass sie einen Fehler gemacht hatte, als sie Tom schrieb, wo sie sich aufhielt.

Schnell rannte sie zurück und versuchte, die Nachricht zu löschen, doch sie zeigte zwei blaue Häkchen. Er hatte sie schon gelesen. Nicht, dass er sie doch wieder kontaktieren oder ihr gar folgen würde!

Bente entschied sich, Tom auf allen Kanälen zu blockieren. Das war für sie beide die sicherste Lösung, weil es die Versuchung minimierte, denn seine Nachrichten würden sie nun nicht mehr erreichen.

Erst dann machte sie sich fertig und schlüpfte in Jeans und Sweatshirt, nahm den kleineren Rucksack aus dem großen Reiserucksack und steckte ihr Portemonnaie und eine kleine Flasche Wasser ein. Nun noch rasch dick einmummeln, denn der Oktoberwind fegte forsch über die Insel. Einen solchen Wind war Bente aus Hannover nicht gewohnt.

Ihr Magen knurrte, sie würde sich gleich beim Bäcker ein Brötchen kaufen müssen, weil sie in der Pension kein Frühstück mehr erwarten konnte.

Bente trat in den Flur und schreckte zurück. Sie hatte gestern gar nicht bemerkt, wie eigenartig das kleine Treppenhaus eingerichtet war. Es strotzte vor maritimen Gegenständen. Das Verspielte und Verträumte in ihrem Zimmer spiegelte sich im Flur keineswegs wider.

An den Wänden hingen riesige Gemälde von Schiffen aus unterschiedlichen Epochen. Dazu afrikanische Gruselmasken, Walfischzähne und andere Scheußlichkeiten, die nicht nur an den Wänden platziert waren, sondern auch auf sämtlichen Kommoden und Regalen standen. Immerhin war alles sorgfältig abgestaubt.

Vermutlich standen die Urlauber auf dieses maritime Ambiente, wenn sie auf eine Insel reisten. Oder sie waren darum bemüht, schnell in ihren Gästezimmern zu verschwinden.

Aber was kümmert mich das Drumherum? Ich wollte auf die Insel. Und da bin ich nun, dachte Bente.

Sie schaute noch kurz in die Küche, doch der Alte hatte den Frühstückstisch natürlich längst abgeräumt. Bente zuckte mit den Schultern. Weit war es nicht zum Bäcker.

Sie öffnete die Haustür und sog die klare Nordseeluft ein. Ein Lächeln glitt über ihr Gesicht, als ihr heftiger Wind entgegenschlug. So hatte sie es sich vorgestellt. Sie musste raus. Ans Meer. Sich den Kopf freipusten lassen.

Bente steuerte zunächst den Ortskern an und kaufte sich beim Bäcker ein Käsebrötchen und einen Kaffee. Sie setzte sich an einen der Bistrotische und genoss, das in Ruhe tun zu können. Dieses unerträgliche Bohren im Bauch ließ dabei ein wenig nach.

Nur wenig später steuerte Bente den Kursaal an und lief von dort in Richtung Dünenkette. Der Herbstwind umwehte sie nun noch stärker, und sie zog sich den Schal vor den Mund. Zum Glück waren die Temperaturen erträglich und fühlten sich lange nicht so unangenehm an, wie Bente befürchtet hatte. Das Rauschen des Meeres wurde immer lauter, es dröhnte ihr entgegen wie die temperamentvolle Melodie eines Symphonieorchesters, das sich so richtig in Fahrt gespielt hatte.

Bente schloss die Augen und lauschte, ehe sie den Dünenkamm erklomm. Sie wollte diesen einzigartigen Moment genießen, denn sie wusste von früheren Reisen, was sie gleich erwartete. Diese Endlosigkeit, der Horizont, der einem vor Weite den Atem raubte, die weiße Gischt der sich an den Strand werfenden Wellen. Das wollte sie auskosten, mit allen Sinnen in sich aufsaugen, jede Zelle damit fluten. Sich verlieren in der Macht der Natur, die so gewaltig war, dass ihre eigenen Probleme darin zusammenschrumpften und am Ende einem Sandkorn glichen, das davongeweht wurde. Sie war in diesem Spiel, das sich seit Jahrtausenden gleichermaßen gebärdete, ein Nichts. Ehrfürchtig setzte Bente einen Fuß vor den anderen, bis sie oben angekommen war.

Da lag es vor ihr! Das weite Meer. Und es war so, wie sie es erwartet hatte. Die Wellen peitschten an den Strand und sangen dabei ein eigenartiges Lied. Es wirkte durchkomponiert wie eine Mischung von unbändiger Kraft und kosmischer Energien. Es waren Töne der Vergänglichkeit, weil die Wellen brachen, Töne der Freude, weil sie ein wunderbares Schauspiel boten – und ein ganz leiser Ton, wenn die Gischt aufspritzte und vom Wind in die Unendlichkeit davongetragen wurde.

Bente zog den Schal vom Mund, wollte diese Frische kosten. Sich mit dem auseinandersetzen, was die Natur ihr anbot. Sie spreizte die Arme, hob den Blick gen Himmel und überließ sich dem Wind, dem Meer und dem Strand.

Nehmt mich, umtanzt mich! Befreit mich!

Dann lief sie langsam auf die See zu, machte sich damit kleiner, verletzbarer, denn sie wurde nicht mehr von der Erhabenheit der Dünen geschützt.

Am Spülsaum angekommen, bot sich ihrem Auge kein regelmäßiges Bild. Das Meer hatte einen Bogen gemalt, den die Wellen ständig neu formten. Mal spritzte die Gischt weiter in den Sand, mal blieb sie ein Stück weiter seewärts.

Möwen zogen ihre Kreise und versuchten gegen das Tosen des Windes anzukreischen. Die wenigen Menschen, die Wind und Wetter trotzten, wirkten wie bunte Farbtupfer, die sich wie zufällig immer wieder anders platzierten, wenn sie sich weiterbewegten.

Bente verlor jegliches Zeitgefühl, als sie in dieses Spiel abtauchte, doch nach einer Weile begann sie zu frösteln. Sie rieb sich über die Arme, spürte ihrem Herzschlag nach und atmete noch einmal tief durch. Sie war auf Langeoog, um bei sich selbst anzukommen und sich zu verstehen.

Daniel lief in der Küche auf und ab. Es war bereits Mittag. Er konnte Bente nicht erreichen, dabei war es doch so wichtig, dass sie endlich miteinander sprachen! Er hatte gestern überreagiert, sich benommen wie ein Idiot. Wo war ihr Vertrauen zueinander geblieben? Das Manifest, auf dem sie ihre Liebe nun schon seit sechzehn Jahren aufbauten?

Er setzte sich an den kleinen Küchentisch, der als Tresen an die Arbeitsfläche gebaut war und exakt drei Menschen Platz bot. Ihm, Bente und ihrer vierzehnjährigen Tochter Elinor.

Der eine Stuhl würde gleich besetzt sein, der andere aber … Plötzlich schossen Daniel Tränen in die Augen. Er legte seine Unterarme auf den Tisch, ließ den Kopf darauf fallen. So saß er eine ganze Weile.

Elinor schlief zum Glück noch und hatte deshalb von seiner Verzweiflung bisher nichts mitbekommen. Er hatte sie gestern Abend vertröstet und behauptet, Bente hätte kurzfristig zu Oma gemusst, doch diese Lüge würde schon bald auffliegen. Elinor ließ sich nicht so leicht etwas vormachen, und ein Anruf bei ihrer Großmutter würde genügen. Deshalb war es wichtig, schnell mit Bente zu sprechen, damit er Elinor die Wahrheit sagen und ihr zugleich eine Perspektive bieten konnte.

Daniel versuchte erneut, seine Frau anzurufen, aber wieder ging nur die Mailbox an. Frustriert legte er das Handy beiseite.

Die Tür klackte, und Elinor trat in die Küche. Sie steckte noch in dem übergroßen Shirt, das sie zur Nacht trug, und rieb sich die Augen. »Wann gibt es was zu essen?«

Daniel schrak zusammen. Daran hatte er gar nicht gedacht, weil ihm der Appetit im Augenblick gründlich vergangen war.

»Willst du einen Toast?«, bot er ihr an.

Elinor sah auf die Uhr und grinste. »Nee, was Warmes. Ist doch schon Mittag.« Sie gähnte ausgiebig und reckte sich so heftig, dass die Gelenke knackten. »Ich dusche dann mal. Vielleicht gibt es ja danach etwas zu essen?«

Daniel nickte fahrig. Er würde zwei Spiegeleier braten, das war in der kurzen Zeit zu schaffen. Fürs Kochen war immer Bente zuständig, er war darin einfach nicht so erfahren und kümmerte sich lieber um handwerkliche Verrichtungen und den kleinen Garten, der sich hinter dem Haus erstreckte.

Gewaltenteilung, wie sie es stets scherzhaft genannt hatten, weil ihm für alles, was mit dem Haushalt zusammenhing, die Lust fehlte, Bente es aber gern tat. Oder doch nicht? Hatte sie es nur gemacht, um ihn nicht zu belasten? Und so manch andere Dinge, weil sie den Frieden in der Familie höher bewertet hatte als ihre eigenen Bedürfnisse? Daniel wischte den Gedanken weg, das führte jetzt zu nichts. Seine Frau war fort, und er musste dafür sorgen, dass sie schnell wieder nach Hause kam.

»Wann kommt Mama denn zurück? Ich habe doch Ferien«, fragte Elinor noch, bevor sie ganz aus der Küche verschwand.

»Später.« Daniel wich der Frage aus. »Ich mache uns ein Spiegelei.«

Elinor verzog das Gesicht. »Spiegelei? Ist das dein Ernst, Papa? Kein Frühstück und zum Mittag Ei?«

»Wir haben gerade nichts anderes«, antwortete Daniel. »Geh du doch bitte erst duschen, okay?«

Seine Tochter trollte sich.

Daniel öffnete den Kühlschrank und schaute nach, was da war. Ein Paket Eier stand im mittleren Fach, eine ungeöffnete Packung Schinken lag daneben. In einer Dose war Käse zu finden, ein Stück Butter befand sich in der Klappe. Etwas Salat lag noch im unteren Kühlfach. Gut gefüllt war der Kühlschrank nicht, aber es reichte fürs Erste. Notfalls war auch in der Truhe genug eingefroren.

Bente hatte gestern vor ihrem Streit angedeutet, dass sie erst am Montag einkaufen gehen konnte, weil sie zuvor nicht dazu gekommen war. Im Redaktionsbüro hatte sich wohl so einiges angestaut. Überhaupt hatte sie in der letzten Zeit übermäßig viel gearbeitet. Als müsse sie einen Berg abtragen.

Daniel hatte das akzeptiert und auch nicht über den fehlenden Einkauf gemosert, aber er war selbst ebenfalls nicht losgezogen. Schließlich gab es ja den Bringservice der Restaurants. Oder sie wären ausgegangen. Für solche widrigen Umstände musste man Lösungen finden und nicht lamentieren. Sie konnten es sich schließlich leisten, weil er gutes Geld verdiente.

Daniel beschloss, noch ein bisschen Schinken zu den Eiern zu braten und einen Salat anzurichten, damit das Mittagsmahl nicht allzu dürftig ausfiel. Heute Abend konnten sie sich Pizza bringen lassen, das würde Elinor besänftigen. Pizza war für sie immer ein Fest.

Das Zubereiten des Essens lenkte Daniel ein bisschen von seinen schweren Gedanken ab. Schon bald zog der Duft des gebratenen Schinkens und der Eier durch die Küche. Das Schälen der Zwiebeln trieb Daniel Tränen in die Augen, aber er fand, dass ihm das Salatdressing vorzüglich gelungen war.

Als Elinor zwanzig Minuten später frisch geduscht in die Küche trat, war der Tisch gedeckt, doch es fehlte das Behagliche, das gewisse Etwas. Bentes leerer Stuhl wirkte wie eine Provokation. Sie fehlte.

Daniel vermisste sie, ja, und doch war da auch dieses andere Gefühl. Er wollte es nicht Wut nennen, es war mehr wie eine Bisswunde, die heftig blutete und über die er einen Verband geklebt hatte, damit sie nicht auffiel. Doch Bisswunden konnten sich böse entzünden und sie schmerzten lange.

»Keine Kerze?« Elinor deutete zu einem Arrangement. »Die kannst du doch anzünden, das macht Mama auch immer.«

»Sie ist aber nicht da«, schoss es aus Daniel heraus. Unwirscher, als er es gewollt hatte. »Ich habe mir Mühe gegeben«, fügte er etwas versöhnlicher hinzu.

»Ist schon okay.« Elinor setzte sich. »Es wirkt alles eben nur arg … spartanisch.«

»Heute Abend gibt es Pizza. Ich hole sie von Maurizio. Versprochen.«

»Wann kommt Mama denn nun zurück?« Elinor schob sich eine Gabel Salat in den Mund und kaute genüsslich. »Lecker.« Sie wirkte unbedarft und fröhlich. Daniel tat sich schwer damit, ihr diese Unbefangenheit zu nehmen.

Er legte seine Gabel auf den Teller. »Ich weiß es ehrlich gesagt nicht.«

Elinor schluckte den Salat hastig hinunter. »Wie, du weißt es nicht? Ist was mit Oma? Ich meine, wenn Mama länger dableiben muss …« Ihre Augen weiteten sich. »Sag, dass nichts mit Oma ist!«

Daniel senkte den Kopf und atmete einmal schwer ein und aus. Er musste es ihr mitteilen. »Ich habe dich gestern angelogen.«

Nun legte auch Elinor das Besteck beiseite. Ihre Hände zitterten leicht. »Was ist mit Mama los?«

Daniel rang mit sich, ehe er antwortete: »Sie ist … weg.«

Elinor runzelte die Stirn. »Papa, ich versteh nicht … Mama kann doch nicht weg sein!«

Es war eine vertrackte Situation. Wie erklärte man einer Vierzehnjährigen eine Ehekrise? Indem man dicht an der Wahrheit blieb. Trotzdem druckste Daniel herum. »Wir haben uns gestern sehr gestritten. Und dann ist Mama nach Langeoog gefahren. Ich weiß nicht, wie lange sie fortbleiben will. Sie muss nachdenken.«

Elinor sprang auf. »Mama kann doch nicht einfach so abhauen! Das machen kleine Kinder!«

»Doch, kann sie, das siehst du ja.« Daniel tat es plötzlich gut, die Tochter auf seiner Seite zu wissen. Es war nicht in Ordnung, vor ihnen wegzulaufen und sich einem Gespräch zu entziehen.

Doch dann kamen sie wieder, diese Gedanken, die ihn schon die ganze Nacht gequält hatten.

Du hast sie beschuldigt, einen anderen Mann zu begehren, und das nicht zum ersten Mal. Du hast ihr nie zugehört!

Daniel verdrängte die Stimme.

Bente war fort.

Die Wunde platzte mit einem Mal auf, und sie blutete heftig.

»Es geht um einen anderen Mann«, rutschte es Daniel heraus. »Sie mag jemand anders.«

Elinor schossen Tränen in die Augen. »Das stimmt nicht! Mama liebt dich, du bist ihr Mann.«

Daniel zuckte mit den Schultern und biss sich auf die Zunge. Er hatte schon zu viel gesagt, und es entsprach auch nicht ganz der Wahrheit. Aber es schmerzte so, dass es diesen Tom gab! Der Bente ständig schrieb, ja sogar die Frechheit besessen hatte, vor der Tür zu stehen. Auch wenn da vielleicht wirklich nicht mehr gelaufen war.

»Redest du von Tom?«, fragte Elinor nun.

»Ja«, antwortete Daniel erstaunt. »Du kennst ihn?«

Elinor zuckte mit den Schultern und wirkte eine Spur zu lässig. »Mama hat gesagt, er ist nur ein Kollege.« Jetzt gelang es ihr nicht mehr, die Fassung zu wahren, und Tränen tropften auf das Spiegelei, das erkaltete und hart wurde.

Daniel ergriff die Hand seiner Tochter, und dann weinten sie beide.

KAPITEL 2

Gelbe Gummistiefel tragen auf den Inseln doch meist nur Touristen, dachte Bente, als sie, nachdem sie sich aufgewärmt hatte, am späten Nachmittag noch einmal zum Strand gegangen war. Sie spazierte an der Wasserkante entlang und beobachtete eine ältere Frau, die langsam an ihr vorbeischlurfte. Sie hielt den Blick gesenkt und nahm ihre Umgebung kaum wahr.

Mit den großen Stiefeln war die Frau eine merkwürdige Erscheinung, und sie hatte wirklich so gar nichts von einer Urlauberin. Sie erweckte eher den Anschein, ein Teil dieser Insel zu sein.

Gekleidet war sie mit einer Latzhose, in der die zierliche Frau beinahe verschwand. Darunter trug sie einen hellgrauen Fleecepullover, den sie an den Armen aufgerollt hatte. Die blau gemusterte Norwegermütze bedeckte ihre Ohren, und den Schal hatte sie bis zum Kinn hochgezogen.

Was kümmert mich die Fremde, dachte Bente, wandte sich dem Meer zu und öffnete die Arme breit. Ich bin frei. In diesem Moment gibt es nur mich ganz allein.

Sie ließ das Donnern der Wellen auf sich wirken. Die Wucht jeder Woge durchfuhr ihren ganzen Körper. Es war gut, dass sie hier war, es war gut, nach Langeoog gekommen zu sein. Hier, am Saum der Unendlichkeit, waren ihre Probleme so klein wie eine der Muscheln, die von der Brandung geschaukelt an den Strand geworfen wurden und ihr Schicksal annahmen.

Bentes Gedanken reinigten sich plötzlich von allein, und endlich konnte sie einen Entschluss fassen.

Wenn ich wieder in der Pension bin, werde ich Daniel anrufen und mit ihm und Elinor sprechen, dachte sie. Ich muss versuchen, ihnen zu erklären, warum ich diese Tage für mich brauche. Eine kleine Auszeit, in der Hoffnung, dass es nicht endgültig war. Ihr ging es so verdammt mies, das musste vor allem Daniel endlich verstehen. Daniel, der in seiner Schönwetterblase lebte und jede Wolke am Himmel geflissentlich ignorierte. Und der jetzt wie ein begossener Pudel dastand, weil er das aufkommende heftige Unwetter ebenfalls nicht wahrgenommen hatte oder nicht wahrnehmen wollte.

Doch dann hatte es ihn überrascht, und er hatte Bente beschimpft, ihr kein bisschen zugehört oder wenigstens versucht, zu begreifen. Auch wenn sie ihn verstehen konnte, war sein Schwert zu scharf gewesen.

Bente hatte sich dagegen entschieden, Tom einen Platz in ihrem Leben einzuräumen, auch wenn sie kurz den Gedanken zugelassen hatte, es zu tun, weil sie und Daniel gerade in verschiedenen Formationen tanzten.

Ihr Mann mochte den beständigen Walzer, immer im Dreivierteltakt, immer die gleichen Drehungen. Sie aber liebte die Abwechslung und Spannung von Samba und Lambada. Sich öffnen und lösen und wieder aufeinander zu tanzen, den Körper mit jedem Muskel fordern und neue Bewegungen kreieren.

War es ein Beleg für all das gewesen, dass Daniel in der letzten Woche ausgerechnet den schon gebuchten Tanzkurs für lateinamerikanische Tänze mit einer Selbstverständlichkeit abgesagt hatte, wie er alles, was er tat, für selbstverständlich erachtete? Natürlich hatte er es nach außen hin bedauert, dass ihm nun doch die Zeit dafür fehlte, aber wirklich geknickt war er nicht gewesen. Für ein Bier mit seinem Kumpel Bernd hatte er nämlich ebenso eine Lücke in seinem Terminplan gefunden wie für die tägliche Joggingrunde.

Es geht immer nur um ihn, dachte Bente. Er ist die Sonne, um die alle kreisen sollen, und wer das nicht akzeptiert, wird eben nicht mehr gewärmt. Vermutlich bemerkte Daniel das gar nicht, denn es war ein schleichender Prozess gewesen. Es hatte mal den anderen Mann gegeben, der, in den sie sich verliebt hatte und mit dem sie bis ans Ende durch dick und dünn gehen wollte.

Vielleicht hatte Bente selbst zu spät erkannt, dass sie sich kontinuierlich voneinander fortbewegten, und als es ihr auffiel, hatte auch sie es zunächst hingenommen.

Es würde schwer werden, Daniel das zu erklären, denn aus seiner Sicht tat er schließlich alles, was ein guter Familienvater tat. Er verdiente genug Geld, dass sie sich einen gewissen Luxus leisten konnten. Ein Haus, einen schicken Wagen. Elinor konnte Reitstunden nehmen. Er war treu, und Bente konnte sich auf ihn verlassen.

Aber für diese Rolle forderte er ein, dass er bestimmte, wo es langging. Freundlich und mit einer großen Bestimmtheit, die sich über sie gestülpt hatte und aus der es lange kein Entrinnen gab.

Da passte ein Tanzkurs eben nicht, weil er zu wild war und Daniels ebenmäßigen Tritt gestört hätte. Doch nun war Bente ausgebrochen …

Denn es gab doch auch noch sie. Mit ihren Träumen, ihrer Lust nach Farbe und aufregenden Rhythmen.

Sie sog die Luft noch einmal tief ein, wandte sich vom Meer ab und spürte den Wind und den Gesang der Wellen nun im Rücken.

Die Frau überquerte gerade ein Stück weiter hinten den breiten Strand in Richtung der Dünen. Ihr Schritt hatte sich merklich verlangsamt, und aus der Ferne wirkte ihr Gang gebeugt.

Warum ist gerade sie mir wieder aufgefallen?, dachte Bente. Es waren zwar nur wenige Menschen unterwegs, aber auf die Hundebesitzer, die ihre Stöckchen warfen, achtete sie schließlich auch nicht. Sie interessierte sich ebenso wenig für das verliebte Paar, das sich so dicht aneinandergekuschelt hatte, dass sie fast wie eine Person wirkten. Inzwischen hatte die Frau die Dünenkette fast erreicht.

Bente schrak zusammen, weil eine heranrauschende Welle ihr Hosenbein durchnässte.

»So ein Mist!«, fluchte sie lachend. »Ab nach Hause, verdammt. Das ist echt kein Wetter für nasse Klamotten.«

Bente nahm denselben Dünenüberweg wie die Frau, weil er am nächsten lag. Sie wollte so schnell es ging zurück zur Pension, denn sie fror jetzt erbärmlich, zudem gab der Turnschuh schmatzende Laute von sich, weil er ebenfalls eine heftige Ladung Wasser abbekommen hatte.

Bente erklomm den Dünenkamm und musste sich kurz orientieren. Sie sah sich um. Der Ort lag rechts, wenn sie einfach weiter geradeaus lief, müsste sie zum Dünennest gelangen.

Kurze Zeit später passierte Bente den Zugang zum Friedhof. Sie blieb kurz stehen und schaute neugierig zu den Gräbern. Im Reiseführer hatte sie gelesen, dass hier die berühmte Sängerin Lale Andersen begraben war. Es sah so friedlich aus, und Bente fühlte sich magisch angezogen.

Ich kleide mich schnell um und dann besuche ich das Grab, beschloss sie. Bente fand, das war ein guter Tagesabschluss. Dort konnte sie sich ganz in Ruhe ihre Worte zurechtlegen, bevor sie mit Daniel und Elinor sprach und sich anschließend ein Restaurant für das Abendessen suchte.

In Wahrheit wusste sie jedoch, dass sie sich die Situation schönredete und Ausflüchte suchte, denn der Besuch auf dem Friedhof war nur ein weiteres Verschieben ihrer Verantwortung.

Rasch stürmte Bente weiter. In Windeseile schlüpfte sie in ihrem Zimmer in eine trockene Hose und wühlte hernach im

Reiserucksack nach neuen Socken. Zum Glück hatte sie auch ein zweites Paar Schuhe eingepackt. So ausgestattet ging es ihr besser.

Das Handy lag noch immer auf dem Tisch, aber sie widerstand der Versuchung, es in die Hand zu nehmen.

»Später«, flüsterte sie. »Ich kann noch nicht.«

Sie trat erneut vor die Tür. Der Wind hatte ein Loch in die dichte Wolkendecke geblasen, und über ihr zeigte sich ein rundes Stück blauer Himmel. Allerdings stand die Sonne schon recht tief, und es war merklich kälter als vorhin. Zudem sah es nicht aus, als würde es lange trocken bleiben, denn es wehte aus Nordwest, und über dem Meer türmten sich blauschwarze Wolken.

Kaum hatte Bente den Friedhof betreten, hielt sie kurz den Atem an – die kurzhaarige Frau mit den gelben Gummistiefeln schlurfte in gebückter Haltung an ihr vorbei. Sie blieb stehen und musterte Bente mit ihren dunkelgrünen, warm schimmernden Augen. Dann glitt ein feines Lächeln über ihr zartes Gesicht. »Moin!«

Bente war es nicht gewohnt, von einer Fremden angesprochen zu werden. Vermutlich war das auf einer Insel anders als in der Großstadt. Trotzdem bemühte sie sich um Freundlichkeit.

»Moin«, antwortete sie, obwohl ihr die norddeutsche Begrüßung fremd war und nicht so leicht über die Lippen ging.

Die Frau machte keinerlei Anstalten weiterzugehen.

»Kann ich was für Sie tun?«, fragte Bente schließlich, einfach, um etwas zu sagen.

»Für mich kann keiner mehr etwas tun«, erwiderte die Frau mit ruhiger Stimme, die klang wie weicher Samt. Sie fixierte Bente, aber der enge Blickkontakt war nicht unangenehm oder peinlich.

»Wenn ich ehrlich bin, sind Sie mir schon am Strand aufgefallen«, sagte die Frau nun vorsichtig, ohne die Augen von Bente zu lösen. »Sie machen auf mich einen … nun ja, einen unglücklichen Eindruck. Entschuldigung, dass ich so direkt bin.« Sie lachte leise auf.

Bente stutzte. Sah man ihr den Kummer so deutlich an? Das war ihr doch ein wenig unangenehm. Sie wandte verlegen den Blick ab und schaute in Richtung der Gräber. »Ich will nur kurz zur Ruhestätte von Lale Andersen«, erwiderte sie und wich damit dem Gespräch über ihr Befinden aus. Herrgott, warum sprach sie so gestelzt?

»Lales Grab, ja, dorthin wollen alle. Gehen Sie gern hin, aber verweilen Sie länger an diesem Ort.« Die Frau wies mit einer großen Handbewegung über das gesamte Areal. »Der Friedhof gibt noch so viel mehr her. Glauben Sie mir.«

»Ich bin sonst keine Friedhofsgängerin«, erwiderte Bente. »Diese Orte haben etwas Deprimierendes, oder nicht?«

»Das kommt auf den Blickwinkel an, würde ich sagen«, antwortete die Frau. Sie streckte Bente die Hand entgegen. »Wie unhöflich, ich habe mich noch gar nicht vorgestellt. Ich bin Amelie Stelzer und lebe schon viele Jahre auf der Insel. Bin quasi ein Bestandteil dieses Sandhaufens.«

Da habe ich ja richtig getippt, schoss es Bente durch den Kopf. Amelies Hand war viel zu dünn und fühlte sich knochig an. »Freut mich. Mein Name ist Bente Meißner aus Hannover. Schön, Sie kennenzulernen.«

»Sag Amelie. In Ostfriesland haben wir das nicht so mit den Förmlichkeiten.«

Bente lächelte. »Gut, dann eben du.« Eines lag ihr aber auf dem Herzen, und ohne eine Antwort wollte sie Amelie nicht ziehen lassen. »Was meintest du eben, als du gesagt hast, es kommt auf den Blickwinkel an, ob ein Friedhof deprimierend ist oder nicht?«

Amelie deutete wie selbstverständlich auf sich. »Meinen Blickwinkel meinte ich. Für mich ist der Dünenfriedhof ein Ort des Friedens. Das steckt schließlich schon in dem Wort. – Obwohl, wahrhaftig stammt das Wort von Einfrieden, aber ich drehe es mir eben lieber anders.« Sie seufzte, doch es klang nicht wehmütig. »Wer hier ruht, den plagt nichts mehr. Er kann dem Schrei der Fasane lauschen, dem Meeresrauschen …«

Ihnen kam ein Mann mit einem Buch in der Hand entgegen. Er nickte ihnen kurz zu. »Für heute wird es zu kalt zum Lesen, aber da hinten ist es still und ich habe für eine ganze Weile windgeschützt gesessen. Nun, vielleicht morgen wieder, ich hoffe, es regnet nicht.« Er winkte kurz und verschwand in Richtung Dorf.

Amelie lächelte Bente an. »Siehst du, es gibt auch Menschen, die suchen genau hier die Ruhe zum Lesen. Inmitten der Verstorbenen. Es gibt kaum eine beschaulichere Umgebung auf Langeoog, glaube mir!«

Bente kniff die Lippen zusammen. Friedhöfe waren für sie bislang weder beschaulich gewesen noch ein Ort, wo sie gemütlich ein Buch lesen wollte. Mit Gräbern verband sie Trauer und ein bisschen Grusel. Amelie erschien ihr echt ein wenig merkwürdig. Das Gefühl bestätigte sich, als sie Bente zuwinkte und sie bat, ihr zu folgen.

»Komm doch mal mit!« Amelie war plötzlich kurzatmig, holte ein paar Mal tief Luft, lief dann aber beherzt weiter.

Neugierig folgte Bente ihr.

Der Mann von eben hatte zumindest in dem Punkt recht gehabt, dass es hier sehr windstill war. An dieser Stelle war das Meeresrauschen zwar zu hören, aber es klang harmlos, seicht und wie weichgespült.

Die gesamte Umgebung war angenehm ruhig, die Luft vom Duft der Kiefern geschwängert. An diesem kleinen Fleck Erde schien die Zeit stillzustehen. Es war, als würde die Ewigkeit genau hier beginnen. Bente bekam eine leise Ahnung, wovon Amelie eben gesprochen hatte.

Ein Hase hoppelte gemächlich zwischen den Gräbern herum, verhielt kurz und schien alle Zeit der Welt zu haben. Ihm folgte ein braunbuntes Fasanenmännchen, das nickend seinen Weg nahm. Ein paar Amseln stimmten ihr letztes Lied an, bevor die Dämmerung sich gleich über den Friedhof legen würde und die Gräber und ihre Bewohner bis zum Morgen in die Arme nahm.

Amelie stand an der Grabstelle von Lale Andersen. Es handelte sich um einen schlichten braunen Marmorstein, auf dem der Name der Sängerin zu lesen war. Die Ruhestätte war bepflanzt, hob sich aber im Wesentlichen nicht von den anderen Gräbern ab.

Bente betrachtete das Grab für eine Weile. Hier lag also Lale Andersen, aber spektakulär war es irgendwie nicht. Sie überlegte, wie sie schnell wieder von diesem Friedhof verschwinden konnte. Freundlich lächelte sie Amelie an. »Danke, dann hab ich ja gesehen, was ich sehen wollte«, sagte sie.

Amelie aber nestelte in ihrer Hosentasche. »Brauchst du eine Kerze?« Sie hatte gefunden, was sie suchte, und förderte ein Teelicht zutage. »Es beruhigt, Kerzen anzuzünden. Dir wird es auch helfen, da bin ich sicher.« Sie zündete das Teelicht an und reichte es Bente.

Diese fand es rührend, wie sehr sich die fremde Frau um ihr Seelenheil bemühte. »Ich stelle die Kerze auf Lales Grab, danke.«

»Mach das.« Amelie zögerte, und wieder traf Bente dieser eigenartige Blick, der ihr durch Mark und Bein ging und sie an einer Stelle berührte, die sie gar nicht offenbaren wollte. »Am Ende stellt man die Lichter doch eigentlich für sich selbst auf«, flüsterte Amelie schließlich, und in ihrer Stimme lag große Trauer. »Genieß die Natur und die Zeit auf Langeoog. Das Meer, die Dünen. Hier auf der Insel findet man schnell seinen Frieden. Ich weiß, wovon ich spreche. – Aber jetzt muss ich gehen, meine Runde ist noch nicht vorbei, und ich mag es nicht, wenn es zu spät wird.« Sie verabschiedete sich mit einem rätselhaften Lächeln.

Bente stellte das Teelicht in eine Halterung auf dem Grab Lales und sah Amelie nach.

Die platzierte gerade ein weiteres Teelicht in einen roten Halter auf einem kleinen Grab, das weiter links lag. Das Licht flackerte auf, und ehe Bente sichs versah, brannte ein weiteres, ein paar Meter weiter. Eine Gänsehaut überkam sie, und sie beeilte sich, zu verschwinden.

Amelie sah Bente nach. Das Teelicht flackerte verloren auf Lales Grab. Die junge Frau war wie erwartet geflohen, nachdem sie sich schon zuvor sehr zurückhaltend gezeigt hatte. Amelie beobachtete und analysierte Menschen gern und verglich sie dann mit Vögeln, denn das war sicheres Terrain, damit kannte sie sich aus. Bente war eine Nachtigall. Sie war scheu und trällerte schon gar nicht im Beisein einer Fremden ihr Lied. Vielleicht allein, in der Dämmerung, wenn sie sich unbeobachtet glaubte.

Schade, dachte Amelie. Seit Langem war diese Frau mal wieder ein Mensch, mit dem sie sich sehr gern unterhalten hätte, denn sie umgab etwas, was Amelie anzog. Waren es die Augen, die sie fast in ihre Seele hatten blicken lassen? Erkannte sie sich selbst in Bente wieder?

Amelie atmete einmal schwer ein und schob die Gedanken fort. Sie wollte nicht an früher denken, denn sie lebte jetzt, und es war wichtig, jede Minute auszukosten, jede Sekunde zu genießen und das Glück einzufangen wie in einem Schmetterlingsnetz.

Zum Glück war sie nicht ganz allein auf ihrem Weg, der unaufhaltsam auf das große Nichts zusteuerte. Der Weg, den am

Ende jeder gehen musste und vor dem sich doch alle fürchteten. Amelie war froh, dass Jan-Hauke bei ihr war und sie ihre Vögel im Wattenmeer hatte. Das waren Tausende! Und sie begrüßten sie täglich aufs Neue und auf ihre eigene Art und Weise. Sie kamen und gingen, sie schnatterten und riefen, sie brüteten und jagten. Nein, einsam war sie inmitten ihrer gefiederten Freunde keineswegs. Einsam war derjenige, der sein Schicksal nicht akzeptierte, der haderte und sich vor dem Rest des Lebens verschloss. Einsam waren Menschen, die sich über nichts mehr freuen konnten und nicht einmal mehr aufstehen mochten. Sie aber tat all das sehr gern.

Leider verstanden viele Menschen ihre Art, den Tod zu akzeptieren, nicht und hatten sich deshalb von ihr zurückgezogen, weil ihnen die ständige Konfrontation mit der Ewigkeit zu viel war. Wobei Amelie von jeher eher ein beschauliches Leben bevorzugte, jedenfalls seitdem sie auf Langeoog lebte.

Sie war die meiste Zeit am Tag am liebsten allein. Mit sich und der Natur, mit ihren Vögeln. Sehr gern mochte sie die Gänse. Und auch da liebte sie eine besondere Art noch mehr als die anderen. Sie rührten ihr Herz, diese Nonnengänse mit ihrem schwarzen Gefieder und dem hellen Kopf, der wie von einem Kopftuch umfasst aussah. Manche nannten sie auch Weißwangengänse, aber Amelie mochte den anderen Begriff lieber. Er war mystischer, hatte etwas von Demut und Liebe. Zwei Dinge, die ihr selbst unglaublich wichtig waren.

Aber auch die übrigen Gänsearten auf der Insel hatten ihre Faszination. Die Graugänse zum Beispiel. Sie liebten Langeoog genauso wie sie und flogen im Gegensatz zu den anderen Arten nicht davon.

Doch die Nonnengänse zogen fort, um wiederzukommen. Jahr für Jahr. Sie blieben den Winter über hier, oft zum Leidwesen der Landwirte, weil sie auf dem Festland durchaus Schäden hinterließen, und machten sich im Frühjahr zum Brüten auf den Weg ins russische Eismeer, ehe sie im Herbst erneut an der Nordsee überwinterten. Auf Langeoog störten sie nicht, waren Teil der unbezwingbaren Natur und Amelie mit ihrer Schönheit und Anmut, mit ihrem wunderbaren Gesang sehr willkommen.

Sie schluckte. Sie würde die Nonnengänse nur noch diesen einen Herbst einfliegen sehen ... Ach, wie sie darauf wartete, dass sie endlich kamen! Aber dieses Jahr ließen sie sich Zeit.

Amelie schnappte sich eine grüne Gießkanne und füllte sie mit Wasser. Aktivitäten waren immer gut und lenkten ab. Gerade als sie eine Staude auf einem der Gräber goss, deren Blätter nach Wasser lechzten, hörte sie das Tröten von Gänsen. Sie wandte den Blick zum Himmel. Ihr Gesicht blitzte auf, ein leises Lächeln umspielte ihre Lippen. Da hatte sie eben noch an ihre Gänse gedacht – und nun kamen sie, als hätten sie ihren Gedankenruf gehört.

Diese drei großen Schwärme waren die Vorhut, und sie steuerten auf die Wiesen der Insel zu. Amelies trübe Gedanken waren wie weggeblasen! Sie winkte freudig zum Himmel. Ihre Freundinnen und Freunde waren zurückgekommen. Ihre Nonnengänse.

Daniel schüttelte den Kopf. Es war schon siebzehn Uhr, und noch immer hatte Bente nicht angerufen. Elinor war zu ihrer Freundin geflüchtet, sie hielt es im Haus ohne ihre Mutter und in der düsteren Stimmung nicht aus.

Um sieben wollten sie Pizza bestellen, bis dahin war noch Zeit. Zu viel Zeit, um herumzusitzen, wie ein liebeskranker Teenager aufs Handy zu starren und auf einen Anruf zu warten, der vielleicht heute gar nicht mehr kam.

Kurzerhand zog Daniel seine Jacke an. Noch war es nicht so früh dunkel, er konnte ein bisschen in der Eilenriede spazieren gehen. Die frische Luft würde seinen Kopf freipusten.

Er hätte auch seinen Kumpel Hartmut anrufen können, aber er wollte nicht, dass der nachhakte, warum Bente fort war, und es womöglich seiner Frau Susanne erzählte. Die steckte ihre Nase ständig in Dinge, die sie nichts angingen, und außerdem war Daniel der Ansicht, dass Eheprobleme in der Ehe bleiben sollten. Er hoffte, dass Bente das genauso sah, denn ab und zu schrieben sich die beiden Frauen oder sie telefonierten. Wie eng sie miteinander waren, konnte er allerdings nicht einschätzen.

Das Telefon ließ Daniel bewusst auf dem Küchentisch liegen. Sollte Bente sich melden, dann musste sie jetzt eben auch mal auf ihn warten.

Er überquerte die Straße, lief in Richtung Lister Turm und gelangte von dort in das Waldstück. Vom Spielplatz her drangen laute Stimmen, die ihm schon wieder Tränen in die Augen trieben. Hier waren sie früher, als Elinor noch klein war, immer zusammen hingegangen. Es waren so schöne Zeiten gewesen, damals, als sie noch viel unternommen hatten.

Hinter ihm knirschten Schritte, und er fuhr erschrocken zusammen, als er angesprochen wurde. »Hallo Daniel!«

Er drehte sich um. »Martine?«, rief er erstaunt aus. »Was machst denn du hier? Auch unterwegs zu einem kleinen Samstagsspaziergang?«

Martine war seine Mitarbeiterin. Er schätzte sie sehr. Sie war um einiges jünger als er, kratzte altersmäßig gerade an der Dreißig, während er sich heute mit seinen vierzig Jahren unendlich alt fühlte. »Ja, ist zwar etwas windig, aber im Wäldchen geht es. Ich bin oft hier unterwegs, schließlich wohne ich nicht weit.« Sie zeigte in Richtung Markuskirche.

»Ja, ich weiß«, erwiderte Daniel. »Am Wochenende ist immer ganz schön was los. Manchmal denke ich, dass halb Hannover in der Eilenriede Erholung sucht.«

»Ist ja auch schön hier.« Martine schabte mit der Schuhspitze über den Sand und wusste offenbar nicht, was sie sagen sollte.

»Gehen wir ein Stück?«, fragte Daniel und rettete so die Situation.

Martine nickte. Sie trug eine blaue Steppjacke, unter der ihre schlanken Beine, die in einer engen Jeans steckten, hervorlugten. Ihr exotischer Duft roch ein bisschen betörend, ein bisschen zu süß. Aber es passte zu ihr, denn Martine war eine Spur extravagant – und mit ihren Besonderheiten sehr attraktiv. Die Lippen schminkte sie meist ein wenig zu rot, ihr dunkles, glattes Haar war lang und ihre Oberweite sehr üppig. Martine de Boer war eine Frau, nach der sich viele Männer umdrehten. Aber er selbst war immun, sie war schließlich viel zu jung für ihn, und außerdem war er mit Bente verheiratet. Aber er mochte es dennoch, in Martines Nähe zu sein – und heute erst recht, weil er nicht wusste, wo ihm sein Kopf stand. Es lenkte wunderbar ab.

»Ist deine Frau nicht da?«, fragte sie nun. »Weil du allein unterwegs bist …«

»Verreist«, antwortete Daniel ihr ausweichend. »Bei meiner Mutter.«

»Mit Elinor?«

Er schüttelte den Kopf. »Die ist bei einer Freundin, wir holen nachher Pizza.«

Martine sah ihn zweifelnd an, hakte aber nicht weiter nach. »Ich wollte übrigens noch was mit dir besprechen«, wechselte sie dann abrupt das Thema.

»Beruflich?«, fragte Daniel.

»Ja, aber das können wir natürlich auch Montag im Büro machen, wenn du willst. Wird ja ein wichtiges Meeting, mir schlottern schon ein wenig die Knie. Aber wir rocken das!« Martine war nicht nur ausgesprochen hübsch, sondern auch sehr ehrgeizig. Sie würde es noch weit bringen.

»Ganz bestimmt. Dann besprechen wir am Montag alles in Ruhe, okay?«, antwortete Daniel fahrig und schaute auf die Uhr. »Ich habe nicht mehr lange Zeit.«

»Der alte Mann und die Vaterpflichten«, neckte Martine ihn.

Daniel überging den Einwurf und zeigte auf ein Eichhörnchen, das munter über den Weg hoppelte.

»Ich liebe Eichhörnchen«, schwärmte Martine. »Diese Eleganz, das glänzende Fell … Einfach fantastisch!«

Es war merkwürdig, mit seiner Kollegin durch das Wäldchen zu spazieren. Die Situation überforderte Daniel leicht. Folglich war es besser, schnell zu verschwinden, deshalb schaute er demonstrativ auf die Uhr. »Ich muss dann wirklich los, aber es war schön, dich zu treffen.«

»Fand ich auch.« Martine legte den Kopf schief, so wie sie es gern tat, und zwinkerte ihm zu. »Dann mach's gut. Bis Montag. Ich geh in die andere Richtung weiter, wenn du zurückmusst.« Sie hob kurz die Hand zum Gruß, ehe sie in den nächsten Weg abbog. Daniel sah ihr lange nach.

Martine. Sie war so anders als Bente mit ihrem kurzen blonden Putz, dem fast jungenhaften Aussehen und der eher sportlichen Kleidung.

Martine war Feuer.

Lass es, du verbrennst dich nur, dachte er erschrocken und lief mit ausgreifenden Schritten los, bis er die Walderseestraße erreicht hatte. Dabei übersah Daniel beinahe ein Auto und erschrak furchtbar, als es hupend und mit knirschenden Reifen neben ihm zum Stehen kam.

Er winkte entschuldigend und hetzte zu dem kleinen Haus, das bislang seine Zuflucht und Burg gewesen war, sich aber heute fast verschämt in der Häuserreihe duckte. Noch nie war ihm so deutlich aufgefallen, wie viel niedriger es gebaut war als die anderen.

Daniel schloss die Tür auf, rannte zum Küchentisch und nahm das Handy in die Hand. Doch es war wie tot. Kein Anruf von Bente. Er machte es aus. Dann eben nicht.

KAPITEL 3

Bente war nach der Begegnung mit Amelie aufgewühlt, und noch immer tat sie sich schwer mit dem Gedanken, Daniel anzurufen. Sie fürchtete das Gespräch und wusste, dass sie ein erbärmlicher Feigling war. Deshalb beschloss sie eisern, sich jetzt bei ihrem Mann zu melden und danach noch ein Stück zu gehen. Widerwillig betrat sie das Dünennest, warf die Jacke aufs Bett, sammelte sich und klickte Daniels Nummer an.

»Hier ist die Mailbox von Daniel Meißner. Ich bin zurzeit nicht erreichbar. Bitte hinterlassen Sie Ihre Nachricht nach dem Piepton.«

In Bente sträubte sich alles, mit der Mailbox ihres Mannes vorliebnehmen zu müssen, aber welche Wahl hatte sie? Die Vogel-Strauß-Methode würde ihre Ehe bestimmt nicht retten.

Mühsam brachte sie ihre Worte hervor.

»Hallo Daniel. Ich wollte mich kurz bei dir melden. Wir müssen reden. Sag, wann und wo. Ich liebe euch.«

Dann drückte sie das Gespräch weg.

Bevor sie wieder losging, steckte Bente dieses Mal das Handy ein, denn sie wollte Daniels Anruf kein weiteres Mal verpassen. Sie floh förmlich aus dem Zimmer. Keinesfalls wollte sie jetzt ein Lokal suchen, denn Hunger verspürte sie nicht, sie war noch satt von dem Brötchen am Mittag. Wenn sie von jetzt an immer so wenig aß, würde sie noch dünner werden und noch dünner. Bis eines Tages nichts mehr von ihr da war.

Wegen der aufkommenden Dämmerung beschloss Bente durch den Ort zu spazieren und nicht zum Strand zu gehen. Die meisten Geschäfte waren gerade dabei zu schließen.

Bente betrachtete die Schaufensterauslagen, sah sich dort, wo noch geöffnet war, ein paar Steppwesten und Winterjacken auf den Kleiderständern an, aber das langweilte sie schon bald. Läden gab es auch auf dem Festland, und sie war nicht zum Shoppen hier. Außerdem hatte sie alles, was sie brauchte.

Bente schlenderte von einer Straßenseite zur nächsten und bog dann in Richtung Bahnhof ab. Gleich darauf entdeckte sie rechts das Hinweisschild zur Inselkirche. Magisch angezogen stand sie kurz darauf vor dem Backsteingemäuer, dessen Turm in den Abendhimmel ragte.

Bente konnte nicht widerstehen und umrundete die Kirche neugierig. Es wunderte sie selbst, warum sie nicht kehrtmachte, sondern den Eingang suchte, als könnte sie hinter der Tür die Lösung all ihrer Probleme finden.

Wie oft hatte sie mit Gott gehadert, weil Menschen bei Naturkatastrophen starben oder er bösartige Krankheiten zuließ! Aber die Prüfung, die ihr der angeblich gnädige Gott nun auferlegt hatte, dieses Gefühlschaos, das sie nicht in den Griff bekam, konnte sie ihm momentan erst recht nicht verzeihen. Trotzdem übte die Atmosphäre in Kirchen nach wie vor eine große Faszination auf sie aus. Als sie den Haupteingang gefunden hatte, warf sie einen Blick auf die Armbanduhr. Es war schon nach sechs. Bestimmt war das Gebäude längst verschlossen. Der Griff der Tür war keine normale Klinke, er hatte die Form eines Segelschiffes, und wie von einem Magnet angezogen, umfasste Bente den Rumpf. Das Gotteshaus war noch geöffnet. Sie sah das als Zeichen und trat ein.

Innen war es angenehm still, fast so, als hätte der Herr beschlossen, sämtliche störenden Geräusche auszusperren. Bente atmete den typischen Duft ein, der allen Kirchen anhaftete. Immer undefinierbar, aber immer identisch. Es war die Mischung aus Wachs, altem Holz und einem Bestandteil, den Bente nicht zuordnen konnte.

Vorsichtig machte sie den nächsten Schritt, der mit seinem leichten Reiben auf dem Steinfußboden den Frieden auf unangenehme Weise störte. Am liebsten wäre sie geschwebt, um den Zauber nicht zu zerstören.

Vor ihr führte zwischen weißen Bänken ein langer Gang nach vorn, an dessen Ende sich ein Altar befand, der mit einem Spitzentuch, zwei Kerzen und Blumensträußen dekoriert war. Rechts stand ein Metallgestell in Form einer Weltkugel mit einem Kreuz darauf. Zwei Kerzen spendeten ihr mattes Licht. Bente steuerte auf das Gestell zu, angelte etwas Kleingeld aus der Hosentasche und zahlte, bevor sie ein Teelicht entnahm. »Ich sehe also aus, als müsste ich ein Licht anzünden«, murmelte sie, Amelies Worte wiederholend. So ein Nonsens, ich kriege das alles schon wieder hin! Auch ohne Licht.

Tust du eben nicht, Bente!

Wider Erwarten erfüllte es sie tatsächlich mit Frieden, als die kleine Flamme nach dem Anzünden fröhlich um den Docht tanzte.

Bente schaute dem Licht eine Weile lang zu, setzte sich dann auf eine der Bänke, schloss die Augen und genoss die Stille. Sie wollte hierbleiben, so lange, bis abgeschlossen wurde. Kein Laut drang von außen in das Gemäuer, das Bente in sich barg und schützte. Hier fühlte sie sich umhüllt und sicher.

Soll die Kerze wirklich für mich sein?, fragte sie sich. Früher hatte sie solch ein Licht stets mit dem Wunsch für ein glückliches Leben ihrer Tochter angezündet. Und für Daniel. Dass alle gesund bleiben mögen. Für die vielen hungernden Menschen hatte sie Kerzen zum Leuchten gebracht. Doch heute? Bente schluckte, als ihr klar wurde, dass diese Kerze, genau wie Amelie es gesagt hatte, nur für sie allein brannte. Sie loderte für ihre eigene geschundene Seele, die sich so sehr nach Frieden sehnte, dass sie weggelaufen war, um ihn zu finden. Und nun feststellen musste, dass es nichts nützte. Sie würde sich mit Daniel nur aussöhnen können, wenn auch er sein Licht neben ihres stellte und sich ihre Wärme vermischte. Nur – brannte Daniel denn noch für sie?

Bente schluckte gegen den dicken Kloß im Hals an. Er nahm ihr gerade nicht nur die Luft zum Atmen, sondern spülte auch eine Flut von Tränen nach oben. Es war dieses Sehnen. Sie wollte in den Armen ihres Mannes liegen. Von ihm hören, dass alles gut war. Dass er verstand, wie sehr sie vom Leben an seiner Seite erdrückt wurde, weil für sie nur noch ein schmaler Saum in seinem breit aufgestellten Leben übrig war.

Es war schwer, sich einzugestehen, dass ihre Beziehung gerade kippte. Dass Bente nicht zu sagen vermochte, ob sie ihr Segelschiff wieder auf Kurs bringen konnte oder ob es auf ewig Schlagseite haben würde wie das vorn auf dem Altarbild. Der Kloß in ihrem Hals wurde dicker. Sie wischte sich verstohlen mit dem Handrücken über die Augen.

Neben ihr raschelte es. Bente rückte unwillkürlich ein Stück beiseite und spürte, wie sich eine Person links von ihr in die Bank schob. Sie umgab ein erdiger Geruch, der von den Schuhen herrühren musste. Dazu gesellte sich ein pfefferminzartiger Duft, als kaute sie auf einem Kaugummi. Das Atmen schien ihr schwerzufallen, denn sie pfiff beim Luftholen.

Bente hielt die Lider weiter geschlossen, obwohl die Neugierde, zu sehen, wer neben ihr saß, immer größer wurde, je länger sie den lauten Atemzügen lauschte. Schließlich drehte sie den Kopf ein wenig zur Seite und öffnete die Augen.

»Ich wollte dich nicht erschrecken«, sagte Amelie, »und ich habe dich hier auch gar nicht erwartet.«

Bente war erstaunt, dass es ausgerechnet die ältere Frau war, die nun neben ihr saß. »Was machst du denn hier? Bist du mir etwa gefolgt?«

Amelie schüttelte den Kopf. »Das wäre ja wohl eigenartig. Nein, ich komme immer um diese Zeit her, aber heute bin ich etwas später dran als sonst. Eigentlich ist die Kirche um diese Zeit längst zu. Aber der liebe Gott wollte wohl, dass wir uns hier treffen.«

Bente sah sie zweifelnd an.

Amelie fuhr sich durchs kurze Haar. »Es ist wunderbar, abends in einer Kirche zu sitzen, in die Stille zu lauschen und zu wissen, dass man hier ungestört mit sich ist. Ich mag auch gern innere Zwiesprache halten. Mit wem auch immer, aber irgendeiner da oben hört bestimmt zu.«

Bente warf Amelie einen befremdeten Blick zu. Ihre Kurzatmigkeit, ihre merkwürdigen Anspielungen … noch wollte sie aber nicht nachfragen. Zu viel Wissen schaffte Verbindlichkeit und Verantwortung. Von beidem vermochte sie nicht zu sagen, ob sie das wollte.

»Und du bist jeden Abend hier?«, hakte sie lediglich nach.

»Wenn ich kann«, antwortete Amelie. »Also, wenn meine Gesundheit es zulässt. Ich mache nicht mehr viel. Meist sitze ich irgendwo, lese oder beobachte die Tiere des Wattenmeeres – am liebsten die Gänse. Kennst du die Nonnengänse?«

Bente schüttelte den Kopf.

»Ist auch nicht schlimm«, sagte Amelie. »Die wenigsten können die verschiedenen Arten voneinander unterscheiden. Für sie sind es alles Wildgänse, aber es gibt wunderbare Unterschiede.«

»Du bist Vogelkundlerin?«, fragte Bente. In ihren Augen waren Ornithologen groteske Geschöpfe, die zu den unmöglichsten Zeiten in der Natur herumwanderten, meist mit Kamera und Stativ bewaffnet. Amelie mit den gelben Gummistiefeln hätte sie nicht so eingeschätzt.

»Ja, ich liebe alle Tiere, aber die Vögel haben es mir besonders angetan. Sie sind so frei, weißt du? So leicht. Vögel haben hohle

Knochen, damit sie fliegen können. Und was für eine Kraft und Aerodynamik!« Amelie bekam vor Begeisterung rote Wangen. »Kürzlich ist eine Pfuhlschnepfe 12 000 Kilometer nonstop von Alaska nach Neuseeland geflogen und exakt nur 2000 Meter von der Stelle entfernt gelandet, wo man ihr im Jahr zuvor den Sender verpasst hat. Grandios, oder?«

Bente nickte, obwohl sie sich nicht ganz so sehr für das Thema begeistern konnte. Ja, sie hörte auch gern dem Vogelgesang zu, aber wer wegflog und wer wiederkam, das hatte sie nie interessiert.

»Du wirst auf Langeoog lernen, es zu lieben. Das Geschrei der Seevögel ist so anders als das der Vögel im Garten. Es ist lauter, urwüchsiger und spiegelt wider, welchen Gewalten die Tiere ausgesetzt sind. Oft erkennt man einen Vogel auch eher am Gesang oder Ton, denn man hört ihn meist zuerst und sieht ihn nicht immer.«

»Ich kann die Vögel weder am Aussehen noch am Lied unterscheiden«, gab Bente ein bisschen beschämt zu. »Also ich weiß, was ein Spatz ist oder eine Amsel, aber sonst …«

»Ich kann es dir beibringen, und dann lässt es dich nicht mehr los. Versprochen.«

Bente wusste gar nicht, ob sie sich das wünschte, aber sie wollte Amelie nicht vor den Kopf stoßen. »Gibt es denn noch mehr, was dich fasziniert?«, fragte sie.

Amelie legte den Kopf schief und sagte mit einem leicht schelmischen Unterton: »Menschen. Sie sind ein besonderes Motiv.«

Bente lachte kurz auf. »Auch ein Hobby.«

»Aber ja«, ereiferte sich Amelie. »Es gibt kaum etwas Interessanteres, als im Alter Charakterstudien zu machen.« Sie strahlte plötzlich, als hätte man in ihr ein Licht angezündet. »Ich schaue mir bestimmte Leute ganz genau an. Wie sie laufen, wie sie lachen, wie sie sich bewegen. Ihre Mimik und Gestik, und wenn ich Glück habe, erhasche ich im Vorbeigehen ihre Stimme.«

Bente war nun doch interessiert. »Ja, und was dann?«

Amelie schmunzelte. »Dann überlege ich, warum die Leute gucken, wie sie gucken. Warum sie gehen, wie sie gehen, und warum sie reden, wie sie reden …«

»Aber was ist das Ergebnis dieser Analyse?«, wollte Bente wissen.

»Ganz einfach. Ich ordne die Menschen dann einer Vogelart zu und weiß, wie ich sie behandeln muss, weil ich die kleinen Macken, aber auch die Stärken erkenne.«

»Wow!« Bente staunte. So etwas hatte sie noch nie gehört.

»Und was bin ich für ein Vogel? Ich geh mal davon aus, dass du auch mich längst zugeordnet hast.«

»Natürlich«, antwortete Amelie. »Du bist eine Nachtigall. Ein kleiner, zarter Vogel, der alle mit seiner Stimme verzaubert – wenn er denn singt. Ansonsten wirkt die Nachtigall eher unscheinbar, braun, ohne auffällige Merkmale, aber sie ist dennoch wunderschön, weil sie so zierlich ist und liebenswerte Knopfaugen hat. Die Nachtigall ist das Symbol der Liebe, im Persischen ist sie angeblich in eine Rose verliebt.«

»Ich singe aber gar nicht«, beharrte Bente. »Auch nicht in der Nacht.«

»Du musst das symbolisch sehen«, erklärte Amelie. »Du verkriechst dich im Augenblick auch und kommst nur aus deiner Deckung, wenn du dich unbeobachtet glaubst. Und du hoffst, genau wie die persische Nachtigall, so sehr auf die Liebe, dass es dir auf die Stirn geschrieben scheint.«

»Aber man hört mich nicht!«, entgegnete Bente. »Weil ich nicht singe. Da passt deine Theorie nicht mehr.«

Amelie winkte ab. »Nachtigallen singen auch nicht zu jeder Jahreszeit. Aber ich bin sicher, dass die Welt deine Stimme eines Tages hört. Und dann wird es passen.«

Bente schluckte, denn alles, was Amelie sagte, stimmte. Es war ihr unangenehm, dass sie wie in einem offenen Buch in ihr lesen konnte, aber da Amelie unglaublich freundlich und liebevoll, ja fast gütig war und in sich selbst zu ruhen schien, beunruhigte es Bente nicht. Vermutlich war sie ohnehin die Einzige, die in ihr lesen konnte. Für ihren eigenen Mann war sie ja offenbar ein verschlossenes Buch.

»Ich finde es schön, dass ich dir vorhin auf dem Friedhof die Kerze gereicht habe. Das hilft dir. Licht ist immer gut. Vor allem, wenn man einen dunklen Weg entlanggeht. Man tritt dann nicht so oft daneben und verstaucht seinen Fuß.«

»Du beobachtest wirklich sehr genau«, meinte Bente. »Und du machst dir ziemlich viele Gedanken über eine wildfremde Frau. Warum?«

Amelie atmete einmal schwer ein und aus. Ihr Atem pfiff, als würde sie über einen mit Pergament bespannten Kamm blasen. Es dauerte eine kleine Weile, ehe sie weitersprach. »Ich sehe immer, wenn es Leuten schlecht geht. Und dir geht es ganz besonders mies«, erklärte sie.

Bente machte sich steif.

»So schlecht geht es mir gar nicht, Amelie. Ich bin nämlich im Urlaub hier und werde mich in den nächsten Tagen vortrefflich erholen.« Sie biss sich auf die Zunge. Was hatte sie da eben gesagt? Vortrefflich? Was war das wieder für ein gestelztes Wort?

Amelie umfasste prompt Bentes Hand. »Deshalb sitzt du auch mit einem solchen Gesicht in einer Kirche und kämpfst mit den Tränen. Weißt du was? Du bist nicht im Urlaub, du bist auf der Flucht.«

Unsicher sah Bente Amelie an. Es war unmöglich, deren Alter zu schätzen. Ihre Augen wirkten jung, aber ihr Hals und Dekolleté waren, ähnlich wie das Gesicht, von tiefen Falten gezeichnet, die ihr zwar ein interessantes Aussehen gaben, jedoch nicht recht zu diesem Blick und ihrem sonst so lockeren Auftreten passten. Das Haar war raspelkurz geschnitten und changierte zwischen silbern und weiß, wies aber zugleich noch vereinzelte dunkle Strähnen auf. Amelies Haltung – das war Bente schon am Strand aufgefallen – war meist gebückt, und es wirkte, als trüge sie eine unerträglich schwere Last.

»Du musst nicht singen, Nachtigall. Weder am Tag noch in der Nacht. Kein Mensch zwingt dich. Aber vielleicht möchtest du es doch tun, und das Schicksal führt uns ein weiteres Mal zusammen. Ich höre dir dann zu, versprochen.«

»Du glaubst an Schicksal?«, rang Bente sich ab. In ihr tobte ein widersprüchlicher Sturm.

Die Kirchenglocke schlug einmal. Es war halb sieben, und jetzt knurrte auch Bentes Magen.

»Hunger?«, fragte Amelie.

»Ein bisschen. Und wir sitzen schon eine halbe Stunde in der Inselkirche und philosophieren.«

So etwas Merkwürdiges hatte Bente in ihrem ganzen Leben noch nicht getan, und mit einem Mal amüsierte sie die Situation. Dann wagte sie jedoch den Vorstoß, auch etwas mehr über Amelie zu erfahren. »Ich kenne dich kaum, aber wie es aussieht, hast du selbst Probleme genug, oder? Warum meinst du, dass du mir helfen kannst, indem du mir zuhörst?«

»Du hast mit allem recht«, gab Amelie zu. »Wir kennen uns nicht, und ich habe so viele Probleme, dass meine Zeit gar nicht mehr ausreicht, sie dir zu erzählen. Mein Leben hat viele scharfe Zacken und ein paar Irrwege aufzuweisen, aber ich vermag genau deshalb wunderbar zuzuhören, weil ich nicht mehr durchs Leben hetze. Und du glaubst nicht, wie heilsam es sein kann, wenn man sich alles von der Seele redet.«

Unbeeindruckt von Bentes Erstaunen sprach Amelie weiter. »Ich habe nicht mehr viele Möglichkeiten, etwas an die Wand zu fahren. Dazu werde ich nicht mehr lange genug hier unten herumlaufen. Und da wirft mir das Schicksal eine junge Frau vor die Füße, der ich an der Nasenspitze ansehe, wie allein sie ist. Aus unerfindlichen Gründen fühle ich mich berufen, ihr zu helfen. Auch wenn ich gar nicht weiß, wie. Eigentlich ist es ganz einfach, aber irgendwie auch nicht.«

Bente lehnte sich auf der Bank zurück. Das war jetzt alles ein bisschen viel. »Möchtest du mir damit sagen, dass du bald stirbst?« Nun war es heraus.

»Ja«, japste Amelie.

»Und deshalb willst du mir zur Seite stehen? So als letzte gute Tat?«

»Nein, sondern weil du mir sympathisch bist. Du kannst noch ein paar Dinge zurechtrücken, was mir jetzt versagt bleibt. Ich bin an dem Punkt angekommen, wo ich begriffen habe, dass ich keine Zeitmillionärin mehr bin, selbst wenn ich es mir, wie alle Menschen, zuvor sehr glaubhaft eingeredet habe.«

Bente schockierte Amelies Direktheit. Sie hatte noch keinen Menschen getroffen, der so unverblümt über den Tod sprach.

»Ich bin quasi schon im Fahrstuhl nach ganz oben und warte auf den Portier«, erklärte Amelie weiter. Dann kippte ihre Stimme und nahm einen fast flehenden Tonfall an. »Bitte bleib!«

»Die Kirchenglocke hat gerade geschlagen, sicher wird hier gleich abgeschlossen«, wandte Bente ein. Sie war gerade mit allem überfordert.

Mit ihren eigenen Problemen. Mit der kranken Amelie, die sie komplett durchschaut hatte, aber zugleich sterbenskrank war. Welche Prüfung sollte das nun wieder sein? Am liebsten hätte Bente jetzt dem lieben Gott in seinem eigenen Haus gehörig die Meinung gesagt.

»Der Küster schließt die Kirche nicht immer pünktlich ab, und so kannst du mit Gott noch eine Weile Zwiesprache halten, wenn du nicht mit mir reden willst, was in Ordnung wäre. Oder du trittst ihn vors Schienbein, denn der alte Mann kann ganz schön ungerecht zu uns Schäflein sein.«

Bente lachte auf. »Genau so etwas habe ich eben gedacht«, sagte sie.

»Ich habe es gemacht«, erzählte Amelie. »Als ich die Diagnose bekam, die bedeutete, dass er mich schon bald an seiner Seite haben will, und er sich meinem Handel, mich doch noch ein wenig bei meinen Vögeln zu lassen, widersetzt hat. Der Fuß hat lange geschmerzt, ich habe leider die Kirchenbank getroffen.«

Bente schüttelte den Kopf. Amelie war wirklich ein Fall für sich. »Ich glaube schon lange nicht mehr an Gott, das würde wohl auch ein Tritt nicht ändern. Egal, wohin.«

»Wenn du nicht an ihn glauben würdest«, Amelie zeigte in Richtung Altar, »dann säßest du gar nicht hier. Allein sein kannst du auch in deinem Zimmer.«

Bente nahm Amelies Hand. »Ich bin wirklich Atheistin durch und durch und suche auf Langeoog eigentlich nur Ruhe.«

Amelie stutzte kurz, beschloss dann aber offenbar, die Anspielung zu ignorieren, dass Bente Ruhe und Abgeschiedenheit suchte.

»Du wohnst bei Jan-Hauke, oder? Er zieht gestrandete Seelen nahezu magisch an, und er hat mir heute Morgen erzählt, dass er einen neuen Gast hat. Seine Beschreibung passt auf dich.«

Bente zuckte zusammen. Der wortkarge Seemann hatte sich also mit Amelie über sie unterhalten. Wie viel Zufall steckte in ihrer Begegnung wirklich?

»Was hat er gesagt?«, fragte sie sofort nach, denn sie hatte ihm gar nicht viel erzählt.

»Nun, dass er einen Gast hat, der wirkt, als wäre er vor irgendetwas davongelaufen. Im Dünennest bist du gut aufgehoben. Jan-Hauke ist een fein Keerl.«

Amelie verfiel kurzfristig in die plattdeutsche Redensweise, fing sich aber sofort wieder. Sie tätschelte Bentes Hand. »Ich will mich auch gar nicht aufdrängen, das wäre nicht gut. Nachtigallen müssen von allein singen, sonst tun sie es nicht.« Ihr liebevoller Blick streifte Bente wie das zaghafte Streicheln einer Hand. Er erinnerte sie an ihre Mutter, wenn sie Hilfe angeboten hatte. Und dann kam es auch schon. »Wenn du jemanden brauchst, der sich um dich kümmert, weil du allein auf der Insel bist, dann melde dich bei mir. Jan-Hauke kann dir sagen, wo du mich findest. Ich weiß zufälligerweise genau, wie das ist, wenn man allein ist, weil nichts mehr geht. Aber die Entscheidung liegt bei dir.«

Bente schluckte und stand auf. Am liebsten hätte sie sich schluchzend in Amelies Arme geworfen und ihr alles, wirklich alles erzählt, was ihr auf der Seele lag. Aber sie wagte es nicht.

»Ich denke, ich gehe jetzt besser.«

»Ich will dich nicht aufhalten. Aber falls du es dir anders überlegst: Ich habe einen guten Draht nach oben.« Die Frau deutete mit dem Zeigefinger Richtung Kirchendach.

Bente stand mittlerweile auf dem Gang. »Vielleicht sehen wir uns ja noch einmal irgendwann.« Sie hob die Hand zum Abschied.

»Ich bin mir ganz sicher. Auf dieser Insel läuft man sich ständig über den Weg. Nur werde ich nicht zu dir kommen, wenn du es nicht wünschst.« Jetzt klang Amelie wieder unsicher. Ein wenig allein. Und ein wenig tragisch.

Bente nickte und verließ die Kirche. Draußen kam ihr der Küster entgegen. »Ist noch eine alte Dame drinnen?«, fragte er.

Bente nickte. Amelie hatte also nicht gelogen und kam jeden Abend in die Inselkirche. Das beruhigte sie und machte alles weniger gruselig.

Zufall, dachte Bente. Einfach Zufall.

Als sie die Straße erreicht hatte, holte sie erst einmal tief Luft.

Plötzlich vibrierte ihr Handy. Sie fingerte es aus der Hosentasche und starrte aufs Display. Die Nachricht war von Daniel.

Ja, wir müssen reden. Jetzt? Bitte melde dich. Elinor weint sich die Augen aus.

Bente hatte Mühe, die Tränen zurückzuhalten, wenn sie an ihre Tochter dachte.

Ich rufe dich in fünf Minuten an.

Bente drückte auf Senden und brach in bittere Tränen aus. Vielleicht wäre es doch gut, auf Langeoog eine Freundin zu haben. Susanne war weit weg in Hannover, und mit ihr wollte sie über ihre Eheprobleme auch nicht sprechen. Nur, allein schaffte sie es wohl auch nicht, egal, was sie sich einredete.

Daniel war froh, das Handy doch wieder eingeschaltet zu haben. Seine Tochter war schon zurück, er hatte sie gebeten, ihn bei dem Gespräch mit Bente allein zu lassen.

Ihm zitterten die Hände, als das Telefon klingelte und der Name seiner Frau im Display aufleuchtete.

»Hallo.« Er krächzte, weil ihm die Stimme brach. »Hallo Bente«, wiederholte er noch einmal.

»Daniel.«

Dann war Stille. Sie kroch wie eine Anklage durch den Hörer. Schlängelte züngelnd zwischen beiden hin und her, bäumte sich auf, weil jeder von ihnen am liebsten weinen, schreien und toben wollte – doch dann sackte sie in sich zusammen, weil ihnen nichts einfiel, mit dem sie sie bezwingen konnten.

»War es das mit uns?«, wagte Daniel schließlich zu fragen. Seine eigene Stimme erschien ihm fremd.

»Ich hoffe nicht«, antwortete Bente. »Ich muss nur für eine Weile allein sein.«

Wieder dieses Schweigen, das so sehr schmerzte. Daniel wurde übel. »Was ist mit Tom?«

»Nichts. Das habe ich dir doch gesagt. Du musst mir nur zuhören!«

Warum waren sie so hilflos miteinander? Wo war die Nähe geblieben, die Wärme, die sie so lange miteinander verbunden hatte?

»Er war zweimal bei mir, aber …«, versuchte Bente weiter zu erklären.

Daniel war aber noch immer verletzt. »Du warst heimlich mit ihm aus. Allein diese Tatsache …«

Ach Mist, allein die Lügen, die ihm Bente deswegen aufgetischt hatte, waren schlimm. Er wollte das in Worte fassen, hatte jedoch Angst, dass sie dann wieder aneinandergeraten würden, denn sie hatten das Thema oft genug durchgekaut. Also blieb wieder nur diese Stille.

»Wie lange willst du auf Langeoog bleiben?«, fragte er dann. Er hoffte, dass ihr Konflikt nur ein Strohfeuer war, das sie schnell austreten konnten, um dann wieder in den Alltag zurückzukehren. Aber Bente sah das offenbar anders.

»Ich weiß es nicht. Bis ich Klarheit habe, wie es mit uns so weit kommen konnte. Dass wir einander nicht mehr vertrauen und auch, warum ich mich dazu habe hinreißen lassen, mich mit Tom zu verabreden. Es ist zwischen uns eine Menge passiert, was wir nicht wahrhaben wollten, und nun habe ich das Gefühl, zu ersticken.« Bentes Stimme klang unendlich müde, aber immerhin hatte sie das heikle Thema von allein angesprochen.

»Weil ich für diesen blöden Tanzkurs keine Zeit hatte, da mir beruflich ein wichtiges Projekt dazwischengekommen ist, musst du gleich ersticken?«, fuhr Daniel sie an und bereute seinen harschen Tonfall sofort. So kamen sie nicht weiter.

»Es ist doch nicht nur der Tanzkurs!«, wehrte Bente sich. »Dich interessiert nicht mehr, was mir wichtig ist. Es gibt nur noch die Firma, deine Aufträge, deine Interessen … Wann waren wir beiden zuletzt wirklich allein miteinander aus? Im Theater, im Kino …«

»Bente!«, sagte Daniel, mühsam beherrscht, »wir gehen regelmäßig essen.«

»Ja, zu dritt und um satt zu werden. Nicht als Genuss.«

»Bist du jetzt unter die Romantiker gegangen?«, fragte Daniel leicht spöttisch. »Das hättest du mir doch mitteilen können und dich dafür nicht gleich diesem Tom an den Hals werfen müssen.«

»Es gibt noch mehr Beispiele, wo du mich versetzt hast«, sagte sie, und dann brach es aus ihr heraus. »Erinnerst du dich, als ich allein in dem Café an der Leine auf dich gewartet habe? Nach deiner Absage auf dem Handy? Als Elinor im Dunkeln vor der Reithalle stand, weil du sie nicht abholen konntest, da das Meeting wichtiger war? Ich musste Hals über Kopf die Redaktionskonferenz verlassen! Das war sehr unangenehm. Ich habe es trotzdem getan. Für Elinor. Aber für dich war es völlig normal, dass ich in meinem Job alles stehen und liegen lasse, während du einfach dein Ding machst.«

Daniel schluckte. So kam das alles bei seiner Frau an? Er hingegen hatte es immer als Teamwork gesehen.

»Wo sind wir geblieben, Daniel?«, fuhr Bente fort. »Sag es mir! Wo?«

Langsam reichte es ihm, und nun kam sie hoch, die Wut, die schon so lange in ihm tobte. Sie hatte sich nur versteckt, um jetzt mit voller Kraft zuzuschlagen. »Bitte erfinde keine Geschichten, mit denen du glaubst, dich rechtfertigen zu können. Bevor du auf deinen Selbstfindungstrip gekommen bist, gab es keine Probleme mit uns. Es war alles in Ordnung. Wenn du dich also heimlich mit einem Kerl triffst, auch wenn nichts passiert ist, dann liegt das Problem ja wohl bei dir. Wie soll ich dir vertrauen, wenn du mich hintergehst?«

»Bloß weil du dich wegduckst, heißt es doch nicht, dass es die Schwierigkeiten nicht gibt!«, konterte Bente. »Ja, es war ein Fehler, dass ich mich heimlich mit ihm verabredet habe, aber ich frage mich, warum er mir so schmeicheln und ich nicht mit dir darüber sprechen konnte.«

Daniel lachte bitter auf. »Es ist einfach, die Schuld bei mir zu suchen, oder? Ich habe dir nicht genug Beachtung geschenkt – und schwupps hast du eine Rechtfertigung!«

»Das stimmt nicht. Ich liebe dich und habe es deswegen früh genug beendet.« Ihre Stimme brach. »Es wäre gut, wenn du mir das endlich glauben würdest. Aber wir müssen trotzdem an uns arbeiten, und du musst endlich verstehen, was mich bewegt und warum mir unsere Beziehung, so wie sie sich entwickelt hat, Probleme bereitet!«

Daniel wollte es so gern. Er musste jetzt einlenken, Bente irgendwie entgegenkommen. Dann beruhigte sie sich bestimmt schnell wieder. »Dass du nichts mit ihm hattest, nehme ich dir ab«, sagte er vorsichtig. »Mir geht es allerdings um den Verrat an sich …«

»Hör auf. Bitte«, fiel Bente ihm ins Wort. »Das haben wir so oft diskutiert, ich bin es leid. Mehr als es bereuen kann ich nicht.«

Daniel schüttelte den Kopf, auch wenn Bente es nicht sehen konnte. Er kam mit der Verletzung einfach nicht zurecht. Es hatte an seinem männlichen Ego gekratzt, und es nervte ihn kolossal, dass Bente jetzt die gesamte Vergangenheitskiste öffnete und ihn mit Vorwürfen überschüttete. Obwohl sie nicht ganz unrecht hatte. Sie waren in den letzten Jahren umeinander herumgedümpelt wie Treibholz im Meer, hatten sich ab und zu aneinander gestoßen und dann von so vielen unterschiedlichen Strömungen mitreißen lassen. Nun waren sie von einer großen Welle an Land gespült worden und lagen verdammt weit voneinander entfernt.

»Warum sagst du nichts?«, fragte Bente.

»Ich weiß nicht, was ich sagen soll«, erwiderte er.

Bente seufzte laut auf. Daniel sah vor seinem geistigen Auge, wie sie sich jetzt verzweifelt mit der freien Hand durchs Haar fuhr, und in dem Augenblick übermannte ihn der Schmerz. Nur konnte er ihn nicht in Worte fassen, konnte nichts sagen, was sie beide getröstet hätte.

Ihm lag auf der Zunge, »Ich liebe dich« zu sagen und dass er in Zukunft ganz sicher besser auf sie achtgeben würde, nur brachte er es einfach nicht über die Lippen.

»Ich sehe, es hat keinen Zweck, Daniel«, sagte Bente schließlich, nachdem das Schweigen zwischen ihnen fast unerträglich geworden war. »Wir brauchen dringend Abstand. Ich liebe dich, aber Liebe allein reicht nicht.«

Bente legte auf. Und da war sie erneut. Diese Stille. Diese grausame Stille, die schon viel zu lange zwischen ihnen herrschte und die Bente viel eher als Daniel wahrgenommen hatte.

KAPITEL 4

In der Nacht wachte Bente auf, weil der Wind ums Haus fegte und an den Fensterläden rüttelte. Sie konnte danach nur schlecht wieder einschlafen, weil sofort das Gedankenkarussell einsetzte.

Das Telefonat mit Daniel gestern grenzte an eine Katastrophe, und es hatte deutlich gemacht, wie schlimm es wirklich um ihre Ehe stand. Bente machte sich große Sorgen um Elinor, denn sie ging nicht ans Handy. Sie hatte ihrer Tochter gegenüber ein verdammt schlechtes Gewissen. Sie hätte im Vorfeld kommunizieren müssen, was sie störte, und nicht wegrennen, weil alles so schlimm geworden war, dass sie es nicht mehr aushielt. In dem Fall wäre es für Elinor leichter verständlich gewesen.

Trotzdem war eines sicher: Sie, Bente, musste sich erst selbst finden, um wieder Boden unter die Füße zu bekommen. Sie war zeitweise so fertig gewesen, dass sie sich außerstande fühlte, auch nur die geringste Entscheidung zu fällen. An manchen Tagen war es ihr schon zu viel, darüber nachzudenken, ob sie Kartoffeln oder Reis kochen sollte, weil sie sich in ihrem eigenen Leben derart fehlbesetzt, allein und ausgenutzt gefühlt hatte.

Wieder donnerte ein Windstoß gegen das Haus und ließ das Dünennest erzittern. Irgendwann übermannte Bente doch noch einmal der Schlaf, und sie erwachte, als es draußen hell wurde. Der Wind hatte merklich nachgelassen.

Bente hörte Kinder lachen, ein Elektroauto summte über die Straße, und auf der Ladefläche polterten Flaschen. Und immer wieder der Ruf der Möwen, die sich lautstark unterhielten. Sie musste gleich unbedingt raus, Leben tanken und die düsteren Gedanken der Nacht vertreiben.

Bente warf einen Blick auf die Uhr. Es war erst halb acht, aber sie wollte nicht länger liegen bleiben.

Kaum saß sie auf der Bettkante, klingelte ihr Handy. Es war Elinor. Ihr fiel ein Stein vom Herzen. Endlich!

»Guten Morgen, Mama.«

Normalerweise würden sie gleich alle drei zusammen am Frühstückstisch sitzen. Mit frischem Bioei und natürlich verschiedenen Brötchen, die Daniel frisch vom Bäcker geholt hätte. Aber sie war vor dieser heilen Welt auf die Insel geflüchtet. Wieder meldete sich ihr schlechtes Gewissen. Übertrieb sie es?

»Wann kommst du nach Hause?« Elinors Stimme schwankte zwischen Festigkeit und purer Angst.

Bente schluckte, weil sie keine Antwort darauf hatte. Die war irgendwo zwischen einem Berg Schmutzwäsche, Abwasch und verlorenen Träumen verbuddelt worden, und sie wusste absolut nicht, wo sie mit der Suche anfangen sollte.

Aber sie musste Elinor schützen. Vor sich. Vor Daniel. Vor ihrer Verwirrtheit, wenn sie an Tom dachte, der ihr deutlich gemacht hatte, dass ihre vorgeblich heile Welt verwundbar war. Tom war es möglich gewesen, einen Zugang zu ihrem Herzen zu bekommen, auch wenn sie ihm den Schlüssel gleich wieder entrissen hatte. Aber allein das machte Bente Angst.

Wie sollte sie jedoch ihrer Tochter etwas erklären, was sie selbst nicht verstand?

»Ich bin doch erst seit vorgestern Abend hier. Ein paar Tage brauche ich noch, um mich zu erholen. Dann komme ich zurück.« Bente hasste sich für diese Lüge, weil es völlig unklar war, ob sie in ein paar Tagen stabil genug für die Rückkehr sein würde.

»Vielleicht kannst du mich auf Langeoog besuchen?« Ein winziger Kompromiss in der ausweglosen Lage. Ihr Kind war nicht das Problem. Sie wollte Elinor bei sich haben. Sie riechen und fühlen und sich daran erinnern, wie es war, als ihre Familienwelt noch in ruhigem Fahrwasser schaukelte und ihre Gefühle für Daniel keinen Winterschlaf hielten.

»Früher haben wir uns gemeinsam erholt und zusammen Urlaub gemacht.« Elinors Stimme klang vorwurfsvoll.

»Man kann es doch auch einmal anders machen«, sagte Bente betont fröhlich und schluckte den Satz hinunter, dass sie ohnehin schon lange nicht mehr gemeinsam fort gewesen waren. Sie hatten es einerseits mit den Urlaubstagen nicht hinbekommen und andererseits auch Probleme gehabt, sich auf ein Ziel zu einigen, das allen gefiel. Am Ende war Daniel meist mit Elinor allein ein paar Tage losgezogen und dann wieder Bente. Dass ihre Tochter die Situation so verklärte, machte ihr Sorgen. »Dass wir gemeinsam in den Urlaub gefahren sind, ist ja schon eine Weile her«, versuchte Bente nun doch zu beschwichtigen.

»Dann will ich es eben wiederhaben!«, beharrte Elinor.

Bente überging es und bemühte sich noch immer um Leichtigkeit. »Du kannst auch gern bei Papa bleiben. Wie du es möchtest.«

»Papa weint!«, sagte Elinor.

Bente musste schlucken. Damit hatte sie nicht gerechnet. Daniel bewahrte doch immer die Contenance, war wie ein dicker Eichenstamm, bei dem man zwar an der Rinde kratzen, ihn aber nicht richtig verletzen konnte. Und dieser Mann weinte, weil sie fortgegangen war?

Bente wusste nicht, was sie darauf antworten sollte. Sie wusste nur eins: Sie fühlte sich schlecht.

»Papa weint«, wiederholte Elinor. »Er glaubt, ich merke es nicht. Ich kriege das aber mit. Ihr wollt euch scheiden lassen.«

»Nein«, begann Bente, »nein, das wollen wir nicht. Ich muss nur ein wenig Abstand haben, und dann …«

»Was dann?« In Elinors Stimme schwang Hoffnung. Zu viel Hoffnung.

»Schau mal …« Bente brach ab, weil sie ihre Tochter nicht weiter anlügen wollte. Nur, wie sollte sie einer Vierzehnjährigen, die sich eine heile Familie wünschte, klarmachen, dass sie zur Ruhe kommen musste, um zu begreifen, ob sie in der Lage war, auch die nächsten Jahre neben ihrem Ehemann aufzuwachen? Herrgott, das klang, als stünde Bente vor einem Supermarktregal und könnte sich nicht für das richtige Produkt entscheiden. Dabei war alles so viel komplizierter. Bente hasste sich für ihre Unentschlossenheit, die momentan nicht nur sie am Rande eines Abgrunds entlangschlittern ließ.

»Spar dir deine Lügen!«, keifte Elinor plötzlich los. »Paps lügt. Du lügst. Und ich werde von euch für blöd verkauft. Das ist doch echt scheiße.« Sie brach das Telefonat ab, und Bente dröhnte Stille entgegen. Kein Tuten, kein Piepen. Nichts mehr.

Für eine Weile starrte sie auf das Handy.

Sie sollte ihre Sachen packen, nach Hause fahren und ihr Leben ordnen. Sie blickte zu dem Reiserucksack und wusste, dass sie es noch nicht vermochte.

Amelie war früh aufgestanden, sie wollte morgens nicht mehr lange schlafen. Es kostete sie trotzdem oft große Überwindung, das Bett zu verlassen, denn das Verlangen, liegen zu bleiben, war oft übermächtig.

In letzter Zeit war sie müde und antriebslos, aber das wollte sie einfach nicht zulassen. Nicht, solange sie es in der Hand hatte, selbst über ihr Leben zu bestimmen.

Amelie betrachtete ihren Körper nicht als Verräter, sondern sah ihre Krankheit als den Lauf der Dinge an. Sterben gehörte zum Dasein dazu, folglich musste man sich nicht darüber wundern, wenn es so weit war.

Sie würde heute hinaus in die Salzwiesen, die Dünen und zum Flinthörn gehen und dort nach dem Rechten schauen, so wie sie es schon immer getan hatte. Diese letzten Glücksmomente aufsammeln, als wären es braunglänzende Kastanien, aus denen sie später lustige und schöne Dinge basteln konnte, um die Erinnerung zu konservieren.

Vorige Woche war sie sogar noch bis zum Osterhook geradelt, wenngleich sie diese Strecke trotz des E-Bikes immens angestrengt hatte. Sie wusste, dass sie es kein weiteres Mal mehr schaffen würde, und so hatte sie ein Häkchen daran gemacht, die Landschaft dort für sich in Gedanken abfotografiert und einmal zum Abschied gewinkt. Umgedreht hatte sie sich auf dem Rückweg allerdings nicht, das wäre dann doch zu schmerzhaft gewesen.

Das Atmen fiel ihr von Tag zu Tag schwerer, aber vielleicht regenerierte sich ihre Lunge ja nochmal ein wenig. Es war ein ständiges Auf und Ab. Hin und wieder übermannte Amelie die Furcht, weil sie verspürte, doch nicht mehr mit allem abschließen zu können, was ihr wichtig war. Es gab so viele ungesagte Worte, die sie nicht loswerden würde, da sie die Menschen, für die sie bestimmt waren, nicht mehr erreichten, weil der Kontakt abgebrochen war. Nur war es nicht so, dass das Leben ohnehin aus einer Aneinanderreihung von ungesagten Sätzen oder ungetanen Dingen bestand? Hatte man das eine abgeschlossen, ergab sich automatisch das nächste, sodass man nie wirklich einen Schlussstrich ziehen konnte.

Bevor Amelie frühstückte, ging sie immer erst in ihren kleinen Garten, begrüßte den Tag, die Vögel, die Bäume und Büsche. Und wartete auf Jan-Hauke, der pünktlich um acht mit der Brötchentüte angeradelt kam.

Als sie nun die Tür ihres kleinen Hauses öffnete, huschte ein Amselmännchen keckernd durch den Garten und verschwand unter der Kiefer, die sich seit dem letzten Sturm bedenklich neigte.

Ihr Nachfolger oder ihre Nachfolgerin würde den Baum fällen müssen. Sie selbst wollte das nicht mehr machen. Der Baum war ihr Freund, und sie mochte ihm nicht wehtun. Sollte der erste Herbststurm noch vor ihrem Abgang über Langeoog fegen und die Kiefer entwurzeln, war das eben Schicksal, dem der Baum ebenso wenig entkommen konnte wie sie dem ihrem. Aber dann wäre sie zumindest nicht schuld daran, dass er sterben musste.

Amelie lächelte, als sie das Scheppern von Jan-Haukes Rad hörte und er kurz darauf um die Ecke kam.

»Moin, mien Deern!«, begrüßte er sie.

Er nahm seine Prinz-Heinrich-Mütze ab und wischte sich mit dem Armrücken über die Halbglatze. »Für Anfang Oktober ist es noch bannig warm. Das wird heute wieder raufgehen mit den Temperaturen«, meinte er in seiner ruhigen ostfriesischen Art.

»Willst du mit mir frühstücken?«, fragte Amelie, weil sie wusste, dass er darauf wartete. Niemals wäre er ohne diese Einladung geblieben. Auch nach all den Jahren nicht. Obwohl er sich stets sein Körnerbrötchen mitbrachte.

»Gern. Kaffee oder Tee?«, fragte er wie jeden Morgen, denn dafür war er zuständig. Ein stummes Ritual, nicht abgesprochen, aber es hatte sich so ergeben. Nur legten sie jedes Mal neu fest, was sie trinken wollten.

»Heute nehme ich Kaffee. Extra stark«, bat Amelie. »Ich bin ungewöhnlich müde.«

Hauke machte sich an der Kaffeemaschine zu schaffen und fluchte. »Das Ding ist so alt, wir sollten dir mal einen richtigen Vollautomaten kaufen. So einen, der die Bohnen frisch mahlt.«

»Haue ha, das lohnt sich für mich doch gar nicht mehr«, sagte Amelie abwehrend. »Es sei denn, du willst ihn erben, aber im Dünennest steht ja schon so eine Kiste.«

»Der Kaffee schmeckt dann besser«, insistierte Jan-Hauke. »Dieses alte Wrack spuckt alles aus, aber keinen anständigen Kaffee. Und du sollst es doch gut haben. Bis zum Schluss.«

Amelie zuckte mit den Schultern.

Kurz darauf zischte und brodelte es fürchterlich, das heiße Wasser ergoss sich in den Filter und verbreitete seinen aromatischen Duft.

»Riecht aber lecker nach Kaffee«, sagte Amelie. »Alles im grünen Bereich!«

Hauke holte Käse und Marmelade aus dem Kühlschrank, während Amelie Teller und Tassen auf den Tisch stellte und zwei Servietten faltete. Zum Abschluss zündete sie noch die Kerze an.

Als der Kaffee durchgelaufen war, setzten sie sich. Amelie genoss den Duft der frischen Brötchen, und sie freute sich, dass Jan-Hauke auch wieder an ein Croissant gedacht hatte.

Das war für sie noch immer ein Genuss. Fingerdick Butter darauf geschmiert und selbst gekochte Erdbeermarmelade!

»Wie geht es deinem Gast?«, fragte sie.

»Ich habe die Frau heute noch nicht gesehen«, antwortete Jan-Hauke.

»Ich habe sie gestern getroffen«, gab Amelie zu, denn gestern Abend hatte sie ihm die Begegnung verschwiegen, weil sie erst über alles nachdenken musste. »Wir haben uns unterhalten. Bente und ich.«

»Schon Freundinnen?«, fragte Hauke mit seinem feinen Lächeln.

»Mal sehen, sie scheint unglaublich nett, aber auch unsicher zu sein«, antwortete Amelie. Dann seufzte sie leise. Bente wühlte sie auf und spülte Erinnerungen in ihr hoch, die sie schon ganz weit hinten in der Gedankenkommode verschlossen hatte. Die Gespräche mit ihr tanzten Amelie ständig durch den Kopf.

»Sie beschäftigt dich übermäßig«, stellte Jan-Hauke fest.

Amelie stimmte ihm zu, während sie das Croissant mit Butter beschmierte. »Ja, ich befürchte, sie befindet sich in einer Krise, was mich sehr betroffen macht, weil ich in ihrem Alter auch einmal völlig am Boden war.«

Jan-Hauke nickte, denn ihm hatte Amelie als einzigem Menschen ihr Schicksal anvertraut. Er biss vom Brötchen ab und kaute bedächtig, ehe er sagte: »Erzähle ihr doch deine Geschichte. Dich entlastet es, und ihr könnte es helfen, denn ich vermute dasselbe wie du.«

Bente trank ihre Tasse Kaffee aus. »Sie hat Probleme mit der Familie, ganz sicher. Ich habe ihr gestern meine Hilfe angeboten, aber ich glaube, ich war voreilig. Es geht nicht.« Amelie presste die Lippen fest zusammen und schüttelte den Kopf.

»Kannst du oder willst du ihr nicht helfen?«, fragte Jan-Hauke.

»Beides. Ich weiß nicht, ob es mir damit gut gehen würde.«

Sie frühstückten in Ruhe zu Ende. Meist redeten sie nicht viel, und doch war zwischen ihnen eine unglaubliche Wärme zu spüren.

Als sie fertig waren, stand Jan-Hauke auf und begann, den Tisch abzuräumen. »Überleg es dir, mien Deern«, griff er das Thema noch einmal auf. »Ich glaube, es wäre gut, wenn du deine negativen Gedanken so zu etwas Positivem verändern könntest, indem du dich Bente gegenüber öffnest.«

»Ich würde alles aus der Versenkung holen«, flüsterte Amelie. »Den Schmerz, den Kummer.«

Jan-Hauke hatte die Sachen im Kühlschrank verstaut und widmete sich jetzt dem Geschirr, um es in die Spülmaschine einzuräumen. »Bloß weil du es irgendwo verbuddelt hast, heißt es ja nicht, dass es weg ist«, sagte er. »Wegschließen nützt jo nix.«

Amelie seufzte tief. Jan-Hauke hatte zwar recht, aber es war schwierig. »Ich denke darüber nach«, versprach sie am Ende.

»Und was hast du heute vor?«

»Ich will zum Flinthörn. Da ist es friedlich, und ich möchte nachsehen, welche meiner Freunde dort sind.«

»Übernimm dich nicht.« Jan-Hauke lächelte sie besorgt an. »Aber du kannst Glück haben. Mir sind gestern ein paar Nonnengänse begegnet.«

»Mir auch. Ich habe die Vorhut einfliegen sehen.«

»Dann guck am besten auf den Wiesen am Gleis.«

»Das hab ich auch vor. Ich komme auf dem Weg zum Flinthörn ja dort vorbei. Ich bin also beschäftigt für heute.« Amelie war zufrieden mit ihrer Tagesplanung.

»Ich pumpe deine Reifen noch einmal auf, dann fährt es sich leichter«, versprach Jan-Hauke.

»Danke.«

»Sicher, dass du das allein schaffst?«

»Nein«, gab Amelie zu. »Aber ich drehe um, wenn es nicht geht. – Sag nichts, du wirst mich nicht daran hindern, so oft es geht in der Natur herumzustromern.«

»Jo.« Jan-Hauke hatte alles in die Spülmaschine geräumt, nahm nun einen Lappen und wischte den Tisch und die Arbeitsflächen ab. »Dann mach, was du willst. Du bist ja doch ein Sturkopp.«

»Lieb, dass du aufgeräumt hast«, sagte Amelie.

»Ich will nicht, dass du deine ganze Kraft dafür verschwendest, weil ich weiß, wie wichtig es dir ist, rauszukommen.«

»Ich werde den Abflug der Nonnengänse nicht mehr erleben«, sagte Amelie. »Da will ich wenigstens sehen, wie sie auf Langeoog glücklich sind. So wie ich.«

»Ich weiß.« Jan-Hauke trat einen Schritt auf Amelie zu. Er zögerte, sah sie lange an – und nahm sie in den Arm. Etwas, was er noch nie getan hatte.

Amelie tastete mit ihren Händen vorsichtig zu seinem Rücken und umfasste ihn zärtlich. So standen sie für eine Weile da, gaben sich Halt gegen eine Macht, die sie besiegen würde, gleichgültig, was sie taten.

Bente brauchte einige Zeit, bis sie das Telefonat mit Elinor verdaut hatte.

Was, wenn sie dir nicht verzeihen kann und du dein Kind verlierst?, hämmerte eine Stimme auf sie ein.

Es gibt auch andere Eltern, die sich getrennt haben und bei denen nach einer Weile alles wieder im Lot war, mahnte eine andere. Mal war die erste lauter, mal die zweite. Bente konnte nicht sagen, welche mehr Macht hatte.

Sie duschte, danach fühlte sie sich erfrischt, und als sie aus dem Fenster sah, wusste sie, dass die Insel rief und sie draußen vielleicht Antworten finden würde.

Doch zuerst frühstücken, dachte sie, denn sie hatte fast einen Tag lang kaum etwas zu sich genommen, und ihr war deswegen leicht schwummrig. Bente schlüpfte in ihre Filzschuhe und ging die Treppe hinunter.

Jan-Haukes Küche war hübsch. Ein anderes Wort fiel Bente nicht ein, und sie war froh, dass er hier auf diese gruseligen Masken verzichtet hatte. Die Wände waren bis in Hüfthöhe mit weißem Holz vertäfelt. Vor den Sprossenfenstern hingen Häkelgardinen und zur Seite gebundene karierte Stores. Ein Rattantisch war mit ihrem Frühstück gedeckt.

Jan-Hauke war zwar unterwegs, aber er hatte sich nicht lumpen lassen und für Bente Rührei und Speck gebraten. Beides stand auf einer Warmhalteplatte und verströmte einen wunderbar herzhaften Duft, der ihr das Wasser im Mund zusammenlaufen ließ. Er hatte auch frische Brötchen besorgt und Käse und Wurst auf einer Platte angerichtet. Dazu gab es Obst, klein geschnittenes Gemüse wie Gurken, Tomaten und Mohrrüben. Orangensaft stand in einer bauchigen Kanne auf dem Tisch.

Wie Bente das alles essen sollte, war ihr ein Rätsel, aber sie nahm sich vor, von allem ein bisschen zu kosten. Jedes einzelne Stück zu genießen. Sie setzte sich und bemerkte, dass das Radio leise vor sich hin dudelte.

Plötzlich verspürte sie doch großen Hunger und langte ordentlich zu. Schon bald waren die drei Brötchen reichlich belegt und verputzt. Genau wie das Gemüse und das Obst. Schlagartig ging es Bente besser.

Sie wollte eben aufstehen, als die Tür klackte. Kurz darauf sah Jan-Hauke herein. »Oh, moin! Schon auf?«

»Heute wollte ich das gute Frühstück nicht verkommen lassen«, sagte Bente. »Es war wirklich vorzüglich, danke.«

»Dat is moi«, antwortete er. »Du musst ja auch was essen.« Bente genoss es, dass man hier nicht so förmlich war. Es schaffte Vertrauen und Nähe. Das Gefühl, sich aufeinander verlassen zu können.

Es war ähnlich wie gestern bei Amelie. Die beiden Menschen standen mit den Füßen fest auf der Erde, und egal, was kam: Sie schien nichts umzuhauen.

Jan-Hauke setzte sich wie selbstverständlich zu ihr und schaute sie besorgt an. »Wohin soll es denn heute gehen, wenn du Langeoog erkundest?«

Bente zögerte. Sollte sie Amelie erwähnen? Vermutlich wusste er ohnehin schon von der Begegnung, die beiden schienen sich gut zu kennen.

»Du hast Amelie getroffen«, sagte er da auch schon. »Sie hat es mir erzählt.«

»Ja, gestern«, gab Bente unumwunden zu.

»Ich habe eben mit ihr gefrühstückt. Ab und zu helfe ich ihr. Vor allem, seit sie krank ist.«

Bente nickte. Der Buschfunk auf der Insel funktionierte besser als gedacht.

»Amelie ist ein feiner Mensch«, sprach Jan-Hauke weiter. Er sagte es mit einem so warmen Ton, dass Bente schon bei diesen wenigen Worten spürte, wie viel mehr als eine Bekannte Amelie für den alten Fischer war, der er bei einigen Verrichtungen zur Hand ging, weil sie es selbst nicht mehr vermochte.

Jan-Hauke knetete den Rand des Tischtuchs. »Sie ist mir wichtig, und ich möchte, dass es ihr gut geht. Wir kennen uns schon so lange …«

Bente sah den alten Fischer an und begriff, was er ihr sagen wollte. Obwohl sie sich nahe waren, war aus ihnen nie das geworden, was er sich gewünscht hatte. Sie konnte diese Gedanken förmlich von seinem Gesicht ablesen. Jan-Hauke biss sich auf die Unterlippe. »Sei gut zu ihr. Auch wenn sie manchmal etwas … derb ist.« Er winkte ab und stand auf. »Du wirst sie jeden Abend auf dem Dünenfriedhof und später in der Inselkirche treffen, wenn du sie wiedersehen möchtest. Manchmal sitzt sie auch tagsüber vor dem Denkmal der Trauernden Mutter. Das liegt links im versteckten Teil vom Friedhof.« Er nickte, sich selbst bestätigend. »Solange sie das noch kann, wird sie ihre Runde machen.«

Bente schluckte. »Sie ist sehr krank«, hob sie an, mochte aber doch nicht fragen, woran Amelie genau litt. Ihre Andeutungen, dass sie nicht mehr lange leben würde, hatten Bente sehr betroffen gemacht.

»Sie soll es dir selbst erzählen.« Jan-Hauke wich der unterschwelligen Frage aus und stand auf. »Ich glaube, sie wird es tun. Das, und noch viel mehr.«

Bente erhob sich ebenfalls und machte Anstalten, den Tisch abzuräumen, doch der alte Fischer winkte ab. »Lass man alles stehen und liegen. Du bist Gast und hast genug mit dir selbst zu tun.«

Bente war es schon wieder unangenehm, dass man ihr den Kummer so deutlich ansah. »Ich werde die Insel genießen«, sagte sie betont fröhlich.

»Du musst mir nix vormachen«, antwortete Jan-Hauke. »Aber lass dir gesagt sein: Bis jetzt ist immer allens god worden.«

»Dann bis später. Oder morgen früh.« Bente beeilte sich, aus der Küche zu verschwinden.

Als sie ihre Jacke geholt und festes Schuhwerk angezogen hatte, war sie sicher, dass sie gar nicht wissen wollte, warum Amelie bald sterben würde.

Ich werde mich auf keinen Fall mit weiteren Problemen belasten, solange meine eigenen noch ungelöst sind, dachte sie.

Amelie zog die Tür hinter sich zu und wandte sich zunächst in Richtung Flinthörn. Doch dann besann sie sich eines Besseren. So gern sie sich dort am Schutzhaus aufhielt und über das Wattenmeer zum Festland oder zur Nachbarinsel Baltrum schaute, heute erschien es ihr plötzlich wichtiger, Bente wiederzutreffen. Jan-Hauke hatte recht. Es würde ihr helfen, wenn sie es wagte, diese Schublade zu öffnen und ihren Inhalt vor Bente auszubreiten.

Die junge Frau war einer der wenigen Menschen, die sie auf Anhieb mochte und die sie gern näher kennenlernen wollte. Da schwang etwas zwischen ihnen, und das war elementar. Sie hatten eine gemeinsame Basis, die sie aufdecken wollte. Es war ein untrügliches Gefühl mit der Weisheit einer Sterbenden, dass Bente ihrer Hilfe bedurfte und es ihre, Amelies, letzte Aufgabe sein könnte, der anderen Halt zu geben.

Fuhr Amelie jetzt zum Flinthörn, würde sie Bente wahrscheinlich nicht treffen. Aber vielleicht war sie wieder am Strand? Touristen gingen in den ersten Tagen immer dorthin. Schauten über die Dünen und übers Meer zum Horizont, den sie doch nicht erfassen konnten. Staunten über die unglaubliche Weite, die Herz und Seele öffnete. Liefen am Spülsaum entlang und suchten Muscheln und Austernschalen. Konnten entscheiden, ob sie die Kalkschalen zertreten oder den Fuß daneben setzen und die Muscheln der See zurückschenken würden. Oder ob sie als Souvenir zu Hause als Deko fungieren sollten. Und sie atmeten mit dem Wellengang die Insel ein, machten sich mit ihr vertraut, bis sie den nächsten Schritt wagten, den Radius vergrößerten und auch andere Teile Langeoogs erkundeten.

Amelie spazierte in östliche Richtung. Sie erklomm Schritt für Schritt den Dünenpfad, ruhte sich eine Weile auf einer Bank auf dem Kamm aus und ging dann hinunter zum Strand. Hier war das Meer mit seinem Geruch und seiner Kraft hautnah. Amelie atmete die Meeresbrise tief ein, so als könnte sie auf diese Weise noch einen Hauch dieser Gewalt in sich aufnehmen und davon profitieren. Sie liebte diese salzig-fischige Luft, die ihre geplagte Lunge besänftigte.

Kurz fröstelte sie, denn der Wind war erneut aufgefrischt, nachdem er sich am Morgen erst zur Ruhe begeben hatte. Nun trieb er ihr mit vereinzelten Böen entgegen. Am Horizont zogen dunkle Wolkenfetzen auf, die sich immer mehr zu einer bedrohlichen Masse verdichteten. Es würde bald regnen.

Lebte man wie Amelie schon so lange auf der Insel, kannte man das Wetter besser als alle Meteorologen und benötigte so einen neumodischen Kram wie Wetter-Apps nicht. Sie brauchte nur die Wolkenformationen zu betrachten, das Verhalten der Vögel und die Farben am Horizont, und sie wusste, ob es Regen, Sturm oder Sonnenschein geben würde.

Amelie war in all den Jahren Teil dieser Natur geworden. Kein Besucher auf Zeit, der kurz kam, die Insel inhalierte, um sie später als Erinnerung in Fotos auf dem Rechner zu archivieren. Oder in einem Fotoalbum, das in der Ecke verstaubte. Sie trug die Insel in sich. Im Herzen, in der Seele und in jeder Zelle. Selbst wenn sie in Kürze gehen musste, würde sie ein Teil Langeoogs bleiben. So wie die Möwen, die Gänse und Säbelschnäbler, die Hasen und Rehe, die Muscheln und Krabben, das Dünengras und der Queller in der Salzwiese immer ein Teil bleiben würden, selbst wenn sie vergingen.

Vielleicht fürchtete sie sich deshalb nicht so sehr vor dem Sterben. Sie erlebte es jeden Tag. Es war der Kreislauf, den kein Mensch, kein Tier und keine Pflanze je durchbrechen konnten. Es lebte sich besser, wenn man das akzeptiert hatte.

Der Wind legte plötzlich an Stärke zu, und das Meer zeigte sich mit einem Mal aufgebracht, so als wollte es Amelie verscheuchen.

Sie wich zurück, als eine besonders mächtige Welle an den Strand donnerte und die Gischt hoch aufspritzen ließ.

Die See hat recht, dachte sie. Ich habe Besseres zu tun, als hier herumzulaufen. Ich muss Bente finden. Sie braucht mich. Auch wenn sie es noch nicht weiß.

Amelie kehrte um und beschloss, dem Dünenfriedhof einen frühen Besuch abzustatten. Dort war sie zumindest vor dem Wind etwas geschützt. Außerdem konnte es schließlich sein, dass auch Bente sie suchte, und sie würde dort bestimmt zuerst nach ihr schauen.

»Sie fand dich komisch«, flüsterte Amelie. »So wie die meisten Leute dich komisch finden.«

Sollte Bente nicht kommen, konnte sie immer noch vor der Trauernden Mutter ihren Gedanken nachhängen. Auch wenn die Skulptur für die verlorenen Kinder der Kriegsmütter der

Diktaturen gestaltet worden war, so bildete Amelie sich oft ein, dass der Künstler sie bei der Erschaffung vor Augen gehabt hatte. Sie, die Mutter ohne Kind. Auch so eine Baustelle, die sie in ihrem Leben nicht mehr vollenden würde.

Amelie stapfte schnaufend die Düne wieder hinauf. Oben angekommen, musste sie sich erst ein paar Minuten hinsetzen, ehe sie in der Lage war weiterzugehen.

Auf dem befestigten Dünenpfad war es merklich wärmer und vor allem leichter zu laufen. Sie wandte sich links zum Friedhof und ließ sich dort auf der Bank nieder. Erst einmal ein bisschen ausruhen. Und hoffen, dass Bente vor dem Regen kommen würde.

Kaum stand Bente vor der Tür, wusste sie, dass sie am Ende doch auf dem Dünenfriedhof landen würde, auch wenn sie zunächst den Weg mitten durch den Ort einschlug.

»Ich schaue nur kurz nach, ob es ihr gut geht«, sagte sie zu sich und wusste doch, dass sie sich selbst belog. Sie wollte Amelie treffen. Sie fühlte sich zu der kranken Frau hingezogen, fast so, als könnte sie bei der Lösung ihrer Probleme helfen. Was natürlich völliger Unsinn war.

Noch schien die Sonne, aber über dem Meer brauten sich düstere Wolken zusammen, die im Laufe des Vormittags bestimmt Regen bringen würden. Aber bis dahin wollte Bente draußen sein und die klare Luft genießen.

Sie passierte die Lale-Andersen-Skulptur und die Buchhandlung, wo sie kurz die Auslage studierte. Es war ein gemütliches, kleines Geschäft, sie konnte nicht widerstehen und trat ein. Gern ließ sie sich beraten und erstand schließlich ein Buch über Nordseevögel und anderes Getier im Wattenmeer. Sie wollte später im Dünennest einen Blick hineinwerfen. Amelie interessierte sich für die Vogelwelt, aber sie selbst war vollkommen ahnungslos. Es konnte nicht schaden, zumindest einen Überblick zu bekommen.

»Es ist verständlich geschrieben und sehr übersichtlich«, versicherte der Buchhändler.

»Danke, da ich Laie bin, ist das super, aber ich möchte zumindest wissen, was da oben fliegt«, sagte Bente.

Sie verstaute das Buch in ihrem Rucksack und fühlte sich mit diesem Kauf nicht nur besser, sondern Amelie ein gutes Stück näher.

Anschließend spazierte sie unterhalb des Wasserturms in Richtung Dünen. Dort führte ein Weg durch die Dünenkette, ein weiterer zum Dünenfriedhof. Zwischendurch würde sie bestimmt immer mal einen Blick aufs Meer erhaschen können.

Der Spaziergang entspannte sie, und als sie auf dem Dünenweg eine leere Bank sah, ließ sie sich darauf nieder und versuchte, Elinor zu erreichen. Das Gespräch am Morgen war sehr unbefriedigend gewesen. So wollte sie das alles nicht stehen lassen. Elinor sollte zu ihr kommen, damit sie reden konnten.

Bente tippte die Nummer ein, doch ihr tönte lediglich die gefühlslose Stimme der Mailbox entgegen.

Guten Tag. Sie sind verbunden mit der Nummer von …

Bente stand wieder auf. Später wollte sie es erneut versuchen. Und wieder und wieder. Irgendwann musste Elinor doch drangehen. Sie war kein Mädchen, das Konflikte lange ertrug.

Nun noch schnell zum Dünenfriedhof und dann rasch zurück in die Pension, bevor sie nass wurde – der Himmel verdunkelte sich inzwischen merklich.

Bente zuckte zusammen, als ein Gänseschwarm vom Meer her in der typischen Formation über sie hinwegzog. Die Vögel sangen dabei ihr gleichförmiges Lied. Kurz darauf kam ein weiterer Schwarm. Und dann noch einer. Sie malten das Bild einer Schlange, die vor den düsteren Wolken immer wieder ihre Spitze formte. Die Vögel überquerten Langeoog und hielten sich südlich Richtung Festland.

Da kann ich im Dünennest gleich nachsehen, was das für Gänse sind, dachte Bente und schaute beim nächsten Schwarm ein bisschen genauer hin. Sie hatten ein schwarz-weißes Gefieder und einen sehr eigenen Ton. Den wollte sie später zusätzlich im Internet aufrufen.

Kurz darauf flogen weitere Gänse über sie hinweg, die aber völlig anders schnatterten als die von vorhin, und auch ihr Federkleid am Bauch unterschied sich.

Bente legte einen Schritt zu und stand kurz darauf vor dem Eingang des Friedhofes. Erst zögerte sie, ob sie ihn wirklich betreten wollte, denn inzwischen hatten die Wolken die Sonne verdunkelt, und der Wind war aufgefrischt. Sie war kurz davor, zur Pension weiterzugehen, doch der Drang, auf Amelie zu treffen, war größer. Dann wurde sie eben wieder nass.

Ich kann Amelie nach den Vögeln fragen, dachte sie. Und ihr erzählen, dass ich jetzt dieses Bestimmungsbuch habe. Langsam spazierte Bente auf die Grabreihen zu.

Auf dem Friedhof ging es zu wie im Bienenstock. Nichts erinnerte an die andachtsvolle Stille vom Vortag. Eine größere Gruppe Menschen mit bunten Jacken und Gummistiefeln umrundete suchend die Grabstellen, und als sie Lale Andersens Ruhestätte gefunden hatten, lichteten sie sich gegenseitig davor ab.

Bente schüttelte den Kopf. Ein Grab als Touristenmagnet. Der Tod als Fotomotiv. Sie fand es voyeuristisch und war froh, am Vorabend nur das kleine Teelicht dort abgestellt zu haben.

Von Amelie fehlte jedoch jede Spur. Bestimmt ertrug auch sie diesen Trubel nicht und würde wirklich erst am Abend herkommen.

Bente war froh, als die große Gruppe sich trollte und den Friedhof wieder verließ. Sie selbst wollte noch ein wenig herumstromern und schauen, wo genau Amelie gestern die Kerzen verteilt hatte.

Bente ging durch die Grabreihen. Das Areal war nur locker bewachsen mit Thuja, Heidekraut und anderen Pflanzen. Es gab auch ein paar Kindergräber, die besonders liebevoll gestaltet waren. Kleine Engel saßen darauf, in die Grabsteine waren rührende Sprüche graviert. Und genau dort hatte Amelie die Lichter hingestellt.

Eigenartig, kommentierte Bente in Gedanken die Situation. Warum tut sie das?

Sie betrachtete die Namen und die Sterbedaten, doch sie fand keinen Zusammenhang. Der gemeinsame Nenner war nur die Tatsache, dass es sich durchweg um Kindergräber handelte. Kleine Menschen, die viel zu früh hatten gehen müssen.

Sie atmete einmal schwer ein. War es das, was Amelie so gebückt erscheinen ließ? Ein verlorenes Kind, nicht diese bösartige Krankheit, die sie eher gelassen und als ihr Schicksal nahm?

Bente überkam eine Gänsehaut. Sie war diesem Thema nicht gewachsen. Nicht jetzt und nicht in der augenblicklichen Situation.

Sie wandte sich ab, doch wie von selbst liefen ihre Füße nicht zum Tor, sondern weiter über den Friedhof. An dem großen Kreuz vorbei. Weiter durch die Grabreihen, ungeachtet des immer stärker werdenden Nieselregens.

KAPITEL 5

Tom verließ das Schiff als Erster und steuerte auf die bunte Inselbahn zu. Den feinen Nieselregen empfand er als unangenehm, und wenn er die dunklen Wolken richtig deutete, würde es schon bald wie aus Eimern schütten.

Tom blieb kurz stehen und sah sich um, denn er war noch nie auf Langeoog gewesen. Rechts befand sich der Jachthafen, ein paar gemütlich anmutende Häuser standen dort. Eins war eine Teestube, dort konnte er sicher einmal hinspazieren und mit Blick übers Wattenmeer einen echt ostfriesischen Tee mit Kluntjes trinken. Und vielleicht würde Bente ihn begleiten. Er freute sich auf sie und war gespannt auf ihr Gesicht, wenn er sie überraschte. Ihre Zurückweisung nahm er nicht sonderlich ernst. Sie hatte nur Angst, aber die würde er ihr schon nehmen.

Tom sah zur anderen Seite. Dort führte eine Fußgängerbrücke über die Gleisanlage. Hinter ihm ertönten viele Schritte, er musste sich beeilen, um noch einen Fensterplatz in der Bahn zu ergattern.

Tom wusste nicht, in welchem Hotel oder in welcher Pension Bente untergekommen war, aber das herauszufinden dürfte auf einer Insel bestimmt kein Problem sein. So groß war Langeoog schließlich nicht, und irgendwann lief man sich hier gewiss über den Weg. Dass Bente ihn offenbar bei allen Diensten blockiert hatte, nahm er nur als kleines Ärgernis zur Kenntnis. Anders konnte er sich nämlich nicht erklären, warum sie nicht antwortete.

Tom hatte zwei Wochen Urlaub, und den würde er nutzen, um Bente klarzumachen, dass sie ein wunderbares Paar waren. Tief im Inneren musste sie es doch auch so sehen, sonst hätte sie ihm bestimmt nicht verraten, dass sie nach Langeoog gefahren war. War das nicht eindeutig ein Wink mit der daran verknüpften Hoffnung, er möge ihr folgen? Das galt es herauszufinden.

Tom hatte die Bahn erreicht und bestieg den kleinen Waggon, der innen mit einfachen Holzbänken bestückt war. Er entschied sich für die rechte Seite.

Der Waggon füllte sich rasch, die Herbstferien hatten begonnen, und die Gäste strömten in Scharen auf die Ostfriesischen Inseln. Er war froh, im Hotel Bethanien ein Zimmer ergattert zu haben, weil ein Gast kurzfristig storniert hatte. Ansonsten schien fast jede Kammer auf der Insel belegt.

Neben ihn ließ sich eine Frau mit einem zotteligen Hund nieder. Die Scheiben der Bahn beschlugen, als sich immer mehr Menschen darin drängten. Tom fühlte sich unwohl, er mochte keine Enge. Aber er mochte es noch weniger, dass Bente glaubte, ihn nicht zu wollen. Sie passten verdammt noch mal perfekt zusammen.

Die Bahn ruckelte gemächlich los. Tom wandte den Blick zum Fenster und rieb die Scheibe mit dem Ärmel frei. In der Ferne lagen hohe Dünenketten, links befand sich ein Wäldchen. Auf den Wiesen tummelten sich Gänse und Möwen und tupften sie mit ihrem Gefieder.

Die Scheibe beschlug schon wieder, zu viele Menschen, zu viele feuchte Jacken, zu viel Atem, der keinen Ausgang aus dem Waggon fand. Tom schloss die Augen und saß die Fahrt aus, bis der Zug im Bahnhof einlief. Die Menschen strömten hektisch nach draußen, und sofort herrschte auf dem Bahnsteig ein wildes Getümmel.

Verkleidete und zu groß geratene Ameisen, dachte Tom gehässig. Freiwillig wäre er niemals auf eine der Ostfriesischen Inseln gefahren. Er zog Kuba oder andere ferne Ziele vor. Am liebsten dorthin, wo es wunderbar warm war und man sich keine Gedanken über das Wetter machen musste. Aber wenn er mit dieser Reise nach Langeoog Bente für sich gewinnen konnte, nahm er alles gern in Kauf. Ihre nächste Reise konnte ja anders aussehen.

Trotzdem war er genervt, als etliche Kinder schrien und eine Mutter mit dem Kinderwagen in Richtung Gepäckausgabe hechtete, obwohl die Container noch gar nicht freigegeben waren. Bollerwagen streiften seine Hacken, eilige Menschen schoben sich an anderen vorbei, um gleich als Erste ihren Koffer herausziehen zu können.

Die ganze Situation verschärfte sich noch, als die Container auf den Bahnsteig gezogen wurden und der Bedienstete die Absperrung freigab. Eine Welle rollte darauf zu, die Leute rissen ihre Koffer, Trolleys und Rucksäcke aus den Fächern, kämpften sich durch die Wartenden ohne Rücksicht darauf, ob sie deren Schuhe überfuhren.

Und Tom stand mittendrin, fühlte sich schrecklich fehl am Platz. Er harrte aus, bis nur noch sein blauer Trolley übrig war, nahm ihn heraus und hörte die vielen kleinen Kofferräder, die sich immer weiter entfernten. Eiliges Rollen in der Hoffnung auf ein paar schöne Tage jenseits der Hektik, ohne zu verstehen, dass die Leute gerade die mit auf die Insel gebracht hatten und sich offenbar schwer damit taten, sie abzulegen.

Tom wanderte los, durchquerte den quirligen Ort, bog dann nach rechts in die Barkhausenstraße ab und lief weiter, bis er am Hotel Bethanien angekommen war. Unterwegs hielt er immer wieder Ausschau nach Bente. Na gut, dann checke ich erst einmal ein, dachte er. Aber sie wird mir hier nicht entkommen.

Da sie so weit weg von ihrer Familie war, rechnete er sich große Chancen bei ihr aus. Hier stand sie nicht unter dem Einfluss ihres Mannes, den er für einen großen Egoisten hielt. Tom hatte noch nie aufgegeben, und Bente wollte er haben. Sie war eine außergewöhnliche Frau. Äußerlich zart und schmal, aber sie wusste, was sie wollte. Jedenfalls in der Redaktion. In Bezug auf ihre Familie war er sich nicht so sicher, denn er hatte oft genug mitbekommen, wie sie alles stehen und liegen gelassen hatte, wenn etwas mit ihrer Tochter war. Ungeachtet dessen, dass es so manches Mal Ärger gab oder sie anschließend eine Nachtschicht einlegen musste, damit sie ihre Artikel fertigbekam. Bente Meißner strahlte aber bei allem eine solche Ruhe aus, dass jeder sie mochte, denn bei all dem Stress, der oft herrschte, war sie sich nie zu schade, auch für die anderen einzuspringen.

Er selbst hätte so manches Mal auf den Tisch gehauen, aber Bente tat das nicht. Neinsagen war wohl nicht ihre Stärke – und nun fing sie ausgerechnet bei ihm damit an. Zog die Reißleine, obwohl sie gerade dabei gewesen waren, Fahrt aufzunehmen.

Tom erklomm die paar Stufen des Hotels und trat in den Flur, an dessen Ende sich die Rezeption befand. Rechts führte eine große Glastür in den Speisesaal, und es duftete wunderbar nach Essen. Dem Aufsteller nach gab es Kabeljau mit Senfsoße oder Rouladen mit Rotkohl.

Das würde er gleich zu sich nehmen, danach wollte er sich auf die Suche nach Bente machen. Sie in den Arm nehmen und ihr zeigen, dass er sie aufrichtig mochte und sich zwischen ihnen beiden durchaus mehr vorstellen konnte.

Bente fand Amelie auf einer Bank sitzend an der Baltengedenkstätte. Ihren Unterkörper hatte sie in eine Decke gehüllt, sie hielt die Augen geschlossen und ließ sich den Regen aufs Gesicht tropfen. Mit sicherem Gespür hatte sie Bente aber offenbar bemerkt und schlug die Augen auf, als sie sich näherte.

»Ich habe gehofft, dich noch einmal zu treffen, und dachte, wenn, kommst du mich hier besuchen. Du hättest allerdings besseres Wetter mitbringen können.« Amelie rückte auf der Bank ein Stück zur Seite und klopfte mit der Hand auffordernd aufs Holz. »Setz dich zu mir! Ich halte mich schon seit zwei Stunden hier auf und genieße die Zeit. Der Herbst mit seinem Nebel, den Stürmen oder anderen Widrigkeiten wird schon bald alles fest im Griff haben. Gleich fängt es tüchtig zu regnen an, dann sollten wir hier weg sein. Aber eine halbe Stunde haben wir bestimmt noch. So ein Nieselregen ist sanft, und er perlt über die Haut. Probiere es mal aus!« Sie reckte das schmale Gesicht erneut gen Himmel.

»Woher weißt du das so genau? Ich meine, dass es erst in einer halben Stunde richtig gießt?«, fragte Bente.

»Erfahrung«, meinte Amelie. »Es hört auch gleich nochmal kurz auf. Das ist dann so, als ob der Regen Luft holt, damit er anschließend mit Macht loslegen kann.«

Bente ließ sich neben ihr auf die Bank fallen. Weil Amelie schwieg und das Gefühl vom Regen auf ihrer Haut tatsächlich zu genießen schien, schloss Bente ebenfalls die Augen. Sie lauschte den Geräuschen der Umgebung, nahm den Kiefernduft, das Tschilpen der Spatzen und das Krähen des Fasans wahr. Ab und zu rief eine Möwe. Darunter mischte sich das leise Rauschen des Meeres, aber auch der stetige Gesang des Windes, der die Insel mal mit seinen Böen streichelte, dann jedoch wieder anbrüllte und Blätter und Sand woanders platzierte.

»Hörst du das alles?«, fragte Amelie. »Den Vogelgesang? Das Meeresrauschen? Gibt es etwas Schöneres als das? Wenn man hier so sitzt, vergisst man sämtliche Widrigkeiten des Lebens. Auch den Tod – obwohl wir auf einem Friedhof sind. Klingt komisch, ich weiß.«

Bente öffnete die Augen. Vor ihr saß eine Silbermöwe und schaute sie mit schief gelegtem Kopf an.

Amelie kicherte. »Siehst du den Ring am Fuß?«

»Ja, warum?«

»Vielleicht habe ich mitgeholfen, ihn zu setzen, das Tier ist ja schon älter. Es war früher eine meiner Aufgaben, die Jungvögel zu beringen. Aber man muss vorsichtig vorgehen. Wenn man sie zu sehr kopfüber hält, übergeben sich Möwen.«

Der Vogel krächzte einmal wie zur Bestätigung und hob dann mit seinen silbrigen Schwingen ab.

»Du willst mich hochnehmen«, sagte Bente, aber Amelie schüttelte heftig den Kopf. »Nein, ich hab das früher gemacht. Und so manche Dinge erlebt. Zum Beispiel, wenn Badegäste mit einem Basstölpel ankamen und meinten, es wäre ein Pinguin oder ...«

Über ihnen ertönte ein schnatterndes, fast bellendes Geräusch, das Amelie unterbrach. Bente wandte den Blick zum Himmel. Kurz darauf überquerte ein Vogelschwarm die Insel. Zwischen den Rufen war auch ein schnarrender Schwinglaut zu hören, einzigartig, fast melodisch und so einprägsam, dass Bente ihn jederzeit wiedererkannt hätte.

»Gänse«, sagte sie. »Ich habe sie schon mal gesehen. Was sind das für welche? Die, auf die du wartest?«

Amelie legte die Handkante an die Stirn, während sie den Vögeln mit ihrem Blick folgte. »Ja, sie sind es, meine Nonnengänse. Du hörst den Gesang, schon bevor du sie siehst. Meist klingt es wie das Bellen mehrerer Hunde, aber in der Luft rufen sie sich auch vereinzelt etwas zu. Horch!«

Bente spitzte die Ohren, vernahm aber wirklich nur dieses Gebell. Sie war eben nicht im Training, so wie Amelie.

»Die Graugänse rufen abgehackter. Tatata. Tata. Tatatata ...«

Bente musste darüber lächeln, wie Amelie es genau schaffte, das Schnattern zu imitieren. Der Ruf eben klang wirklich anders. Nicht so rhythmisch, eher wie ein organisiertes Durcheinander.

Wieder kam ein Schwarm. Und noch einer. Und noch einer. Amelie strahlte vor Begeisterung und sprang glücklich auf. »Bente, sieh nur! Es sind so viele! Meine Nonnengänse. Sie sind da! Sie sind endlich da! Sie sind … magisch. Vielleicht mag ich diese Vögel deshalb so gern, weil ich sie als Begleiter für meinen Weg sehe? Manchmal denke ich, dass sie Boten aus dem Himmel sind, damit ich den letzten Weg nicht allein gehen muss.« Amelie war regelrecht euphorisch.

Bente konnte aber nicht anders, als ebenfalls aufzustehen. Sie nahmen sich ehrfürchtig an den Händen, feierten dieses Naturschauspiel, das sich Jahr für Jahr wiederholte und das Amelie offensichtlich Halt gab. Ja, ganz sicher würde sie am Ende auf den Flügeln eines dieser wunderschönen Vögel in den Himmel davonschweben.

Nach einer Weile wurde Amelie ruhiger, und Bente erkannte, dass Tränen über ihr zerfurchtes Gesicht liefen.

»Komm, setzen wir uns wieder!«, sagte sie, ziemlich außer Atem. »Ich bin unglaublich glücklich, dass ich den Einflug noch erlebe, sehen werde, wie sie zu Hunderten auf der Wiese sitzen.«

»Sind es die ersten, die gekommen sind?«, fragte Bente.

»Ich habe gestern schon welche entdeckt, das war wohl die Vorhut. Sie werden eine Weile bleiben und im Februar oder März wieder nach Novaja Semlja fliegen, damit sie dort brüten und ihre Jungen großziehen können.«

Bente war erstaunt, wie genau Amelie Bescheid wusste. »Wo liegt das? In der Arktis? Nein, es klingt russisch.«

Amelie nickte. »Richtig, das ist eine russische Doppelinsel im Nordpolarmeer, also Sibirien. Ein paar wenige fliegen auch aus Kolgujev ein. Egal, woher sie kommen, es sind meine Freunde.«

Bente sah Amelie fragend an. »Deine Freunde?«

»Ja, ich nenne sie so, weil ich sie mag und sie für mich der Inbegriff des Beständigen sind.«

»Weil sie kommen und gehen und kommen und gehen …«

»Ja, genau deshalb. Der Zug der Nonnengänse ist ein regelmäßiges Schauspiel. Ich bin ein Mensch, der das mag. Zu wissen, was kommt.«

Bente warf einen Blick zum Himmel, denn der Nieselregen hatte sich wirklich verflüchtigt. Dafür fegten jetzt wieder ein paar kräftigere Böen über den Friedhof.

Amelie zeigte nach oben. »Wenn Amelie sagt, es hört gleich auf, dann hört es auch auf. – Aber nochmal zu den Nonnengänsen: Ja, sie sind die schönsten. Die allerschönsten, das lass dir gesagt sein. Ich warte Jahr für Jahr auf sie. Begleite sie, solange sie da sind, und winke, wenn es Zeit ist, dass sie sich wieder auf den Weg machen. Diesmal wird mir bis zum Winken aber keine Zeit mehr bleiben, umso mehr muss ich das Kommen feiern, findest du nicht?«

Bente nickte. Sie mochte das Thema nicht vertiefen und fand es nach wie vor schwierig, wie selbstverständlich Amelie mit ihrem nahenden Tod umging. Deshalb beschloss sie, vorerst beim Gespräch über die Gänse zu bleiben, das war unverfänglicher, und es interessierte sie wirklich.

»Ich habe mir eben ein Vogelbestimmungsbuch gekauft und werde alles, was du erzählt hast, in der Pension nachlesen. Bislang haben die Gänse für mich alle gleich ausgesehen und denselben Lärm veranstaltet. Ich habe mich noch nie für die Unterschiede interessiert.«

»Wird Zeit, das zu ändern«, sagte Amelie mit ihrem typisch feinen Lächeln, das ihr Gesicht jedes Mal zerbrechlich erscheinen ließ und Bente deutlich machte, dass sie nicht so locker war, wie sie tat.

»Wenn dich die Vogelsucht erst einmal gepackt hat, kommst du davon nicht mehr los.«

Bente spürte schon jetzt dieses Feuer. Es war ihr völlig unbekannt, aber gerade deshalb war es besonders reizvoll.

Amelies Augen glühten vor Lebenslust. »Wenn sie dort am Himmel diesen Krach machen oder auch hier auf den Wiesen, dann schnattern sie nicht einfach so«, erklärte sie weiter.

»Sie fliegen und fressen?«, mutmaßte Bente.

»Nein, sie unterhalten sich, weil sie sich ja nicht äußerlich, sondern nur am Ruf erkennen können. Ihr Gespräch ist wie ein Kaffeeklatsch oder eine Diskussion beim Menschen.«

»Ja, sicher.« Bente verdrehte bei dem Vergleich die Augen.

»Du glaubst mir nicht, aber es ist wirklich so. Sie machen einen solchen Lärm, weil ihr Ton das Erkennungszeichen ist. Sie halten über Rufe wie ein leises *Komm mal* oder *Wach auf* miteinander Kontakt. Also, was sie sich zurufen, kann man sich natürlich selbst ausdenken. In einer Gruppe von hundert Gänsen kennt sich jede persönlich!«

Bente lachte auf. »Echt?«

»Ungelogen!« Amelie wiegte den Kopf. »Ich bin der Ansicht, dass wir Menschen mit unserem Verhalten gar nicht so weit von dem der Tiere entfernt sind. Das reden wir uns nur gern ein, weil wir uns für was Besseres halten als eine Gans. In Wirklichkeit aber tun wir oft dasselbe. Essen. Trinken. Schlafen. Sex haben, Kinder bekommen und großziehen. Und dazwischen treffen wir andere unserer Spezies und plaudern. Oder wir reisen durch die Welt. Nichts anderes tun die Gänse. Sie legen eben nur Eier«, ergänzte sie grinsend.

Bente ließ das Gesagte sacken, konnte allerdings auch nicht widersprechen, denn Amelie hatte recht.

»Es handelt sich um das Was und nicht um das Wie des Verhaltens«, erklärte Amelie. »Gänse sitzen natürlich nicht in Cafés oder am Computer. Aber sie zeigen ein Sozialverhalten, darauf kommt es an.«

Für eine Weile hingen sie ihren Gedanken nach, ehe Amelie weitersprach. »Wenn die Nonnengänse kommen und ihr Lied tröten, ist das für mich, als ob ich die Posaunen von Jericho höre.« Sie brach ab und beschäftigte sich damit, die Blätter einer Ranke, die neben der Bank wuchs, zurechtzuzupfen.

Die entstandene Pause verunsicherte Bente. Sie wusste nicht, was sie antworten sollte. Jede Bemerkung erschien ihr falsch. Für sie war es ein heikles Thema. Eines, mit dem sie keine Erfahrung hatte und auch nicht haben wollte. Der Tod war bisher so weit weg gewesen, und nun wurde sie mit der Nase direkt darauf gestoßen. Sie hatte keine Ahnung, wie sie damit umgehen sollte. Und ob sie es konnte.

»Ich werde morgen eine Schiffstour zu den Seehundbänken machen«, durchbrach sie schließlich das Schweigen – und wechselte das Thema. Das war ihr spontan eingefallen. Seehunde hatte sie schon immer mal gern aus der Nähe sehen wollen.

»Seehundtour? Auf dem übervollen Schiff mit den vielen Touristen?«

»Aber ich liebe Seehunde!«

»Das ist ja auch okay, aber was hältst du davon, stattdessen mit mir eine exklusive Vogelsafari zu machen?«, fragte Amelie. »Solange ich das noch tun kann, wäre es mir eine Ehre, dich meinen gefiederten Freunden vorzustellen«, ergänzte sie geschwollen.

»Eine Vogelsafari?« Bente schaute sie überrascht an. »Was tun wir da?«

»Früh aufstehen und Vögel in ihrem natürlichen Lebensraum beobachten«, gab Amelie lapidar zurück.

Bente stieß sie sacht an. »Geht es ein bisschen genauer?«

Amelie kicherte. »Jo, das geht. Ich war früher Nationalpark-Gästeführerin, weißt du. Von daher kenne ich mich mit allen Tieren hier gut aus. Die Seehunde kannst du immer beobachten, sie sind das ganze Jahr über da. Es ist auch möglich, das vom Osterhook aus zu tun. Mit einem guten Fernglas sind sie von der Seehundplattform gut zu erkennen. Manchmal liegen sie sogar am Strand herum.« Amelie bekam einen heftigen Hustenanfall. Es dauerte eine Weile, ehe sie weitersprechen konnte. Bente nahm vorsichtig ihre Hand, bis es vorbei war.

»Wollen wir nun morgen zusammen die Gänse besuchen oder nicht?«

Bente nickte, obwohl sie gar nicht wusste, ob sie wirklich erpicht darauf war. Wenn sie sich morgen mit Amelie traf, ging sie eine Verpflichtung ein, der sie vielleicht nicht gewachsen war. Dennoch brachte sie es nicht übers Herz, Amelie den Wunsch abzuschlagen.

Bente wurde bewusst, wie ungerecht das Leben doch war. Sie könnte mit Daniel und Elinor im Glück leben, war aber unzufrieden und fragte sich, ob sie diese Sicherheit überhaupt noch wollte. Und vor ihr saß eine Frau, die eigentlich noch ein paar schöne Jahre hätte verleben können, wenn ihr nicht der nahende Tod einen Strich durch die Rechnung machen würde. Bente konnte und durfte ihr ihren Wunsch also nicht abschlagen.

»Ja, Amelie, ich begleite dich gern«, hörte sie sich sagen.

Die ältere Frau hatte offenbar nichts anderes erwartet. »Danke, das ist schön. Dann hole ich dich um sieben Uhr morgens bei Jan-Hauke ab.« Sie hustete wieder. Es dauerte noch ein wenig länger als vorher, ehe sie sich beruhigt hatte.

»Lass uns mal langsam losgehen, sonst werden wir gleich klitschnass«, schlug Amelie vor und stand auf. »Das kann ich mit meiner Krankheit nicht so gut ab.«

Bente lag auf der Zunge, nun doch endlich zu fragen, was genau Amelie quälte, aber wieder schluckte sie die Worte hinunter. Zum einen war sie unsicher, ob Amelie darüber sprechen wollte, und dann war da noch immer ihre eigene Hemmung. Vielleicht würde Amelie ihr morgen allein von allem erzählen. In der Salzwiese bei ihrer Safari.

Bente bot ihr den Arm, und gemeinsam überquerten sie den Friedhof. Amelie warf einen gequälten Blick in Richtung der Kindergräber.

»Warum hältst du dich wirklich so häufig auf dem Friedhof auf?«, rutschte Bente nun doch über die Lippen. »Es gibt auf Langeoog sicher schönere Orte.«

Amelie verhielt im Schritt. »Wie man's nimmt. Ich mag die Ruhe und kann so schon mal mein neues Zuhause in Augenschein nehmen.«

Bente vermochte dem Witz nichts abzugewinnen. »Das ist nicht lustig! Bei allem Respekt vor deiner Krankheit, aber diese Art von Humor finde ich … schwierig. Für mich ist es seltsam, dass du dich schon jetzt so oft bei den Gräbern aufhältst. Du … du wirst sterben, hast du gesagt!«

»Eben.«

»Amelie, bitte!« Wieder diese unausgesprochene Frage …

Amelie äußerte sich aber mit keinem Wort dazu, sondern antwortete eher patzig: »Soll ich rumheulen und mir die letzten Tage mit einem Tränenschleier vor den Augen vermiesen? Ich mag die Ruhe. Punkt. Lass uns gehen!« Sie taperte weiter zum Ausgang.

Bente blieb erst stehen, hastete ihr dann aber hinterher, bis sie wieder gleichauf waren. »Tut mir leid, Amelie. Ich … ich …«

»Hast du noch nie mit Sterbenden zu tun gehabt?«, fragte Amelie.

Bente schüttelte den Kopf. »Nein, noch nie. Ich weiß deshalb gar nicht, wie ich reagieren soll, wenn du so etwas sagst.«

»Nimm's locker und sieh es doch so: Da wir alle früher oder später ins Gras beißen müssen, stehst du im Prinzip tagein, tagaus Sterbenden gegenüber. Alle werden gehen. Der eine früher, der andere später.«

»Aber die meisten haben das nicht im Kopf«, versuchte Bente sich zu verteidigen.

»Fehler im Denken, junge Frau! Alle Menschen wissen, dass sie nur ein Gastspiel auf diesem Planeten haben, aber sie verdrängen es. Das ist der große Unterschied.«

Amelie marschierte weiter. Sie legte plötzlich ein großes Tempo vor, so als müsste sie nun doch vor alldem davonlaufen.

Bente packte sie an der Schulter, sodass Amelie stehen blieb. Sie war ziemlich aus der Puste. »Moment! Also ich meinte eben, das Sterben ist für andere weit weg, keiner kennt den Zeitpunkt. Aber du weißt, dass es bei dir nicht mehr lange dauert und …« Bente suchte verzweifelt nach den richtigen Worten.

Amelie winkte ab. »Es ist gut, zu verdrängen, ich tue es ja eigentlich auch. Man will schließlich nicht sterben, vor allem nicht, wenn die Sonne scheint und die Gänse einfliegen. Ich für meinen Teil würde die Nonnengänse gern noch unendlich viele Male auf Langeoog ankommen hören und sehen, aber es geht nicht. Weil man im Leben eben nicht alle Dinge unzählige Male tun kann. Einmal ist immer Schluss. Vor ein paar Tagen war ich zum Beispiel zum letzten Mal am Osterhook.« Sie hob bedauernd die geöffneten Handflächen zum Himmel. Dann zeigte sie auf die Wolkenwand, die sich bedrohlich näherte. Der Wind fauchte mit einer wütenden Böe um ihre Beine. »Los jetzt.« Wieder tippelte sie weiter.

Aber Bente war noch nicht fertig. Sie wollte sich nicht abspeisen lassen. Nicht jetzt und nicht so.

»Du hast es akzeptiert, das alles.« Zum ersten Mal fand sie ihre Worte passend. Ein wenig war auch sie außer Atem, weil Amelie so schnell lief und sie selbst versuchte, das Gespräch aufrechtzuerhalten.

Glücklicherweise verlangsamte die ältere Frau den Schritt, als sie den Sonnenhof erreicht hatten. Amelie sah Bente von der Seite her an. »Du gibst nicht auf, was? Das gefällt mir. Trotzdem müssen wir sehen, dass wir vor dem großen Regen ins Trockene kommen, deshalb habe ich es jetzt eilig. Nicht, weil ich vor dir und deinen Fragen weglaufe.« Amelie setzte sich wieder in Bewegung, ging jetzt aber etwas langsamer. »Ja, ich habe es akzeptiert«, fuhr sie fort. »So gut es geht und so gut man es akzeptieren kann.«

Darüber musste Bente erst nachdenken. Sie erreichten den kleinen Weg, der sich durch die Dünen zum Dünennest schlängelte.

Amelie blieb stehen und sah Bente mit ihren eigenartigen Augen an. »Bevor du jetzt ins Warme verschwindest, sag ich dir noch etwas: Im Laufe einer solchen Erkrankung gelangt man genau an den Punkt, wo man alles hinnimmt. Ich habe mein Leben Revue passieren lassen und festgestellt: Wenn man jung ist, glaubt man, alles zu schaffen, sieht so viele Wege vor sich und kann sich doch oft für keinen entscheiden. Man will ein Haus bauen oder doch besser ein altes umgestalten. Man will viel reisen und zugleich Kinder haben. Karriere machen und trotzdem Ruhe. Dann aber kommt man an einen Punkt, an dem man sich entscheiden muss und fortan seinen Weg geht. Alles andere beiseiteschiebt und akzeptiert, dass man eben nicht alles haben kann. Das tut man dann, ohne zu trauern. Weil man sich nichts mehr beweisen muss und weiß, dass alles auf seine Weise in Ordnung und nichts umsonst geschehen war.«

»Dann ruhst du in dir?«

»Ja, und wenn einen dann ein Monster mit seinen Armen umkrallt und man weiß, dass man ihm nicht entfliehen kann, fängt man an zu genießen. Mit jeder Zelle, das sag ich dir. Zu hadern würde mir Lebensqualität nehmen, und das will ich nicht. Ich will dem Monster nicht mehr Macht über mich geben, als ihm zusteht. Es wird gewinnen, aber es wird mir die letzte Freude nicht verwehren. Und dazu gehört auch, mir die Ruhe auf dem Dünenfriedhof zu gönnen. Es nimmt mir viel Angst, dort zu sein und zu wissen, dass es bald für ewig ist. Es ist nicht schlimm dort, verstehst du? Mein letztes Zuhause ist schön.«

Bente nahm Amelies Hand und sah sie besorgt an, denn sie war inzwischen wieder sehr kurzatmig. Sie überlegte, ob sie sie nach Hause bringen sollte, aber Bente wusste schon jetzt, dass

Amelie es ablehnen würde. Ihr brannte aber noch eine Frage unter den Nägeln: »Amelie, willst du mir damit sagen, dass du tatsächlich in deinem Leben alles richtig gemacht hast, weil du immer die korrekte Entscheidung getroffen hast, bevor das Monster zuschlug?«

Amelie brauchte wegen der Luftnot ein wenig, ehe sie antworten konnte. Dann zuckte sie mit den Schultern, blieb Bente aber die Antwort schuldig.

Die Wunde ist tief, dachte Bente, und dann konnte sie ihre Frage nicht länger zurückhalten. »Nehmen wir an, du hast alles richtig gemacht, Amelie, warum zum Teufel läufst du so gebückt, als würde dein Rucksack dich niederdrücken? Und warum stellst du Kerzen auf Kindergräber?«

Amelies Gesicht wirkte plötzlich fahl, und die Augen schienen in noch tieferen Höhlen zu liegen. Ihre Stimme wurde leise. »Ich zünde Kerzen an, damit sie sich nicht fürchten, Bente. Nur darum.«

Bente lief ein kalter Schauer den Rücken hinunter. »Wer soll sich nicht fürchten?«

»Die Kinder.«

»Welche Kinder?« Bente verstand nicht, wovon Amelie sprach.

Zum ersten Mal zitterte deren Stimme und brach. »Na, die toten Kinder, die allein hier liegen. Jemand muss doch auf sie achtgeben.«

KAPITEL 6

Bente sah Amelie eine Weile hinterher. Sie hatte sich nach ihren letzten Worten nicht von ihr verabschiedet, und wieder hatte sie kein Wort darüber verloren, woran genau sie litt.

Die dunklen Wolken tobten sich nun direkt über der Insel aus, und schon begann es fürchterlich zu gießen. Weil auch der Wind immer stärker zunahm, flitzte Bente den schmalen Weg zur Pension entlang. Die dicken Tropfen hatten nichts mehr gemein mit dem weichen Nieselregen, der ihre Haut nur gestreichelt hatte. Das hier war heftig, schmerzte im Gesicht, durchnässte Jacke und Hose, suchte sich aggressiv den Weg in ihre Schuhe.

Bente stemmte sich gegen den Wind, der plötzlich von allen Seiten wehte und sie daran hindern wollte, voranzukommen. Bente kämpfte, denn sie wollte nichts lieber, als endlich im Haus zu sein und warm zu duschen. Und dann ab ins Bett. Sich die Decke über die Ohren ziehen und nichts mehr hören vom Tod. Nichts mehr hören von ihren Problemen. Einfach nur allein sein. Sie hätte sich auf all das nicht einlassen sollen. Niemals!

Bente wurde auf dem kurzen Stück klitschnass und war froh, als sie die Tür aufstoßen konnte. Schon im Flur schlüpfte sie aus den Schuhen, die wie ein leckes Boot vollgelaufen waren. Um keine unnötigen Flecken auf dem Holzboden zu hinterlassen, zog sie auch noch die Socken aus, bevor sie die Treppe nach oben ging.

Im Zimmer entledigte sie sich der Anziehsachen und sprang unter die Dusche. Danach fühlte sie sich etwas besser und war wieder in der Lage, klar zu denken. Amelies Aussage und ihr Verhalten hatten sie nachdenklich gemacht.

»Ich werde morgen früh keinesfalls um sieben Uhr vor der Pension stehen«, sagte sie zu sich. »Das schaffe ich alles nicht auch noch.«

Doch als sie sich mit dem Wasserkocher einen Tee aufgebrüht und es sich auf dem kleinen Sessel in ihrem Zimmer gemütlich gemacht hatte, umfasste sie mit der einen Hand den Becher und fingerte mit der anderen das Vogelbestimmungsbuch aus dem Rucksack.

Sie blätterte darin, entdeckte Vogelarten wie Zwergmöwe, Alpenstrandläufer und Uferschnepfe, landete aber recht schnell bei der Nonnengans, die auch Weißwangengans genannt wurde und wie die Ringelgans und andere zu den Meergänsen zählte. Interessiert betrachtete Bente das Gefieder von Amelies Lieblingsart. Sie erkannte das Nonnentuch, den blaugrauen Rücken mit den schwarz-weißen Streifen und den kurzen schwarzen Schnabel.

Das also waren die Wegbegleiter Amelies, oder ihre Freunde, wie sie die Vögel selbst nannte. Ein bisschen konnte Bente es sogar verstehen, denn die schwarz umrahmten Augen blickten ähnlich keck wie die von Amelie.

Bente begann zu lesen und fand all das wieder, was Amelie ihr erzählt hatte. Ich möchte sie doch kennenlernen, dachte Bente. Sie nahm ihr Handy und stellte den Wecker.

Tom hatte sich den Mantelkragen hochgeschlagen und irrte durchs Dorf. Sogar am Strand war er bei diesem Mistwetter gewesen, aber Bente hatte er nicht getroffen.

Gerade begegnete ihm nur eine merkwürdige ältere Frau mit großen gelben Gummistiefeln und einem so verzweifelten Gesichtsausdruck, dass man meinen konnte, sie habe soeben ihr Todesurteil erhalten. Tom sah ihr hinterher.

Bei dem Regen war es wohl zwecklos, Bente draußen zu suchen, deshalb kehrte er unverrichteter Dinge ins Hotel zurück. Das Mittagessen war hervorragend gewesen, jetzt verspürte er Lust auf eine Tasse Kaffee, der hier nur Fair Trade angeboten wurde.

Er holte sich einen Coin und entnahm dem Automaten einen Cappuccino. Damit setzte er sich auf das Sofa in einer Ecke. Morgen ist auch noch ein Tag, dachte er. Und sollte ich Bente wieder nicht finden, frag ich mal rum. Es könnte doch sein, dass jemand in diesem Kaff etwas weiß.

Er nahm einen Schluck vom Cappuccino und genoss den zarten Milchschaum, den er genüsslich mit der Zunge abschleckte.

Plötzlich ging sein Handy. Tom schaute aufs Display, in der Hoffnung, es wäre Bente, die es ohne ihn nicht mehr aushielt. Doch es war eine unbekannte Nummer.

Er öffnete die Nachricht.

Lass meine Mama in Ruhe. Sie gehört zu uns. Und sie ist sowieso im Urlaub. Elinor.

Tom ließ das Handy sinken. Puh, damit hatte er nicht gerechnet. Woher kannte Bentes Tochter überhaupt seine Nummer? Ihre Mutter würde sie ihr wohl kaum gegeben haben.

Er schlug sich mit der flachen Hand vor den Kopf. Über die Redaktionsseite war er leicht zu finden, und Bentes Tochter war offenbar pfiffig genug.

Tom trank den Cappuccino aus. Elinor war auf dem Festland, er aber hier. »Klarer Vorteil«, sagte er lächelnd zu sich. »Punkt für mich!«

Bente schrak zusammen, als ihr Handy plingte. Ihre Hoffnung, dass sich Elinor meldete, zerschlug sich, als sie den Namen von Susanne erkannte. Sie freute sich, dass sich Hartmuts Frau einfach so meldete, auch wenn sie keine wirklich enge Freundschaft pflegten. Aber es zeigte doch, dass Bente nicht ganz allein war, und das tat ihr in dieser Situation wirklich gut. Sie schrieb:

Wo steckst du denn? Ich habe versucht, dich auf dem Festnetz und in der Redaktion zu erreichen.

Bente zögerte, entschied sich dann aber für die Wahrheit, denn sie würde sowieso rauskommen.

Ich habe mir allein eine Auszeit auf Langeoog genommen. Muss nachdenken. Das alte Problem.

Bente wusste schon jetzt, dass Susanne dafür kein Verständnis aufbringen würde. Sie litt eher darunter, dass Hartmut alles mit ihr gemeinsam tun wollte und ihr keinen Freiraum ließ. Sie seufzte. Warum war nur alles so kompliziert?

Die Antwort von Susanne ließ auch nicht lange auf sich warten.

Das sollte ich auch mal tun und eine Metallstange zwischen mich und mein Bärchen legen! Wir sind auch nie zufrieden. Irgendwas ist ja immer mit den Kerlen.

Bente musste gegen ihren Willen schmunzeln. So war Susanne, aber sie war jetzt auch nicht der Mensch, den sie brauchte und mit dem sie sich austauschen wollte. Bente gehörte ohnehin nicht zu den Frauen, die eine »beste Freundin« brauchten, um die Probleme ihrer Ehe durchkauen zu können. Also antwortete sie unverbindlich:

Da hast du wohl recht. Ich melde mich, wenn ich zurück bin.

Einen schönen Urlaub wünsche ich dir.

Bente schickte Susanne noch einen Smiley. Nein, es war kein Urlaub, aber das war auch gleichgültig. Susanne konnte und wollte es nicht verstehen, und sie konnte und wollte sich vor ihr nicht rechtfertigen.

Bente legte das Handy zurück auf den Tisch, doch gleich darauf klingelte es. Dieses Mal war es Elinor, und sie wirkte wesentlich gefasster als am Morgen. Ein bisschen zu aufgeräumt, fand Bente.

»Hallo Maus, alles okay?«

»Ja, klar. Ich wollte dir nur sagen, dass du in Ruhe Urlaub machen kannst.«

Beunruhigt fragte Bente: »Wieso siehst du das denn plötzlich so?«

»Weil ich kein kleines Kind mehr bin«, antwortete Elinor altklug. »Ich hab mit Marie gesprochen. Ihre Eltern sind ja geschieden, und sie hat das überlebt. Dann kann ich das auch schaffen.«

»Elinor, ich will mich nicht scheiden lassen. Papa und ich haben Probleme, das ja, aber die werden wir hoffentlich lösen. Nur geht es mir gerade nicht gut, und ich muss ein bisschen Abstand haben.«

»Das klingt doch prima.«

»Elinor, ist wirklich alles in Ordnung?«, hakte Bente nach.

»Ja, denn wenn du da auf der Insel bist, kann dir Tom nicht begegnen. Deshalb finde ich das gut.« Es klang ein bisschen trotzig, und es rührte Bente.

»Da hast du recht. Möchtest du denn nicht kommen? Ich bin ganz allein hier.«

»Ich frage Papa. Mal sehen, was er sagt«, antwortete Elinor ausweichend.

»Ich würde mich freuen.«

»Aber nur, wenn du allein bist.«

»Ganz allein bin ich tatsächlich nicht«, gab Bente zu. »Es gibt eine ältere Dame, der ich schon zweimal beim Spazierengehen begegnet bin. Wir haben uns ein wenig angefreundet, und stell dir vor, morgen gehe ich mit ihr auf Vogelsafari. Sie liebt eine besondere Gänseart sehr, und die möchte sie mir zeigen.«

»Hey, cool! Klingt gut. Ist sie nett?«

»Das schon«, antwortete Bente zögerlich. »Aber sie ist schwer krank, und das ist nicht einfach.«

»Stirbt sie?«, fragte Elinor sofort.

»Ja, sie wird nicht mehr lange leben.«

»Krass. Eine Frau, die weiß, dass sie stirbt, und dann Gänse beobachtet? Echt komisch.«

»Ja, aber sie ist … nett. Nein, eher außergewöhnlich.« Es tat so gut, in Ruhe und ohne Vorwürfe mit Elinor sprechen zu können!

»Alte kranke Frau auf Langeoog ist auf jeden Fall besser als Tom in Hannover«, sagte Elinor. Sie wirkte erleichtert. Was musste ihr die Angst vor Tom tief in der Seele brennen! Bente schämte sich plötzlich, dass sie überhaupt je einen Gedanken daran verschwendet hatte, sich mit ihm einzulassen. Und doch war da sein liebevoller Blick gewesen. Das Verständnis. Und das Gefühl, er höre ihr wirklich zu.

»Ja, mein Schatz.« Bente wollte mit ihrer Tochter jetzt nicht über ihren Kollegen sprechen, denn der war im Augenblick unwichtig.

»Dann geh du mal bald ins Bett, wenn du morgen so früh auf der Insel herumrennen willst.« Elinor kicherte. »Mich würde das zu Tode langweilen. Wegen so ein paar Gänsen hätte ich null

Bock, mich in der Morgendämmerung aus dem Bett zu schälen. Aber du musst es ja wissen.«

Bente sprang noch eine Frage im Kopf herum. Sie überlegte, ob sie die stellen sollte.

»Du bist plötzlich so still«, meinte Elinor. »Ist noch was?«

»Ja, ich … Also …«, druckste Bente herum, bevor sie einen vollständigen Satz bilden konnte. »Wie geht es denn Papa?«

»Papa ist nicht gut auf dich zu sprechen. Ich hab aber keine Lust, die Vermittlerin zu spielen. Klärt das mal selbst. Aber mach dir keine Sorgen, ich komm schon zurecht.«

»Ich rufe ihn morgen an. Wenn ich von der Safari zurück bin. Das letzte Gespräch war nicht so gut, aber wir werden einen zweiten Versuch starten.«

»Mach das. Ich muss jetzt los, weil ich noch zu Marie möchte. Wir wollen ihr neues Spiel am PC ausprobieren. Tschüs, Mami, ich hab dich lieb!« Dann legte Elinor auf.

Dieses Mal war die Stille in der Leitung angenehm, und Bente fühlte sich befreit. Mit Daniel würde sie morgen reden und mit Tom … vorerst gar nicht. Gut, dass sie ihn blockiert hatte und er sie so in Ruhe lassen musste.

Sie griff wieder nach dem Vogelbuch. Wenn sie morgen mit Amelie loszog, wollte sie nicht ganz so unwissend dastehen wie heute auf dem Friedhof.

Bente versuchte sich auf den Text zu konzentrieren, was nicht einfach war, denn das Telefonat mit Elinor beschäftigte sie immer noch. Im Nachhinein war Bente der Wechsel von Verzweiflung zu dieser Gelassenheit zu schnell gegangen, aber es war zumindest gut, dass sie wieder vernünftig miteinander reden konnten. Nur, warum sah Elinor die Familiensituation plötzlich derart entspannt?

Als ob sie Tom zum Teufel gejagt hätte, dachte Bente.

Bente hatte gut geschlafen und die ganze Nacht von Gänsen und anderen Vögeln geträumt. Sie schrak zusammen, als Jan-Hauke gegen sechs Uhr an ihre Tür klopfte. »Frühstück ist in einer halben Stunde fertig. Ich würde mich beeilen, Amelie ist immer pünktlich!«

Bente schnellte hoch. Sie hatte doch den Handywecker gestellt! Aber als sie das überprüfte, merkte sie, dass sie ihn nicht aktiviert hatte.

Bente hüpfte aus dem Bett, putzte sich die Zähne und beschloss, dass eine Katzenwäsche ausreichen musste. Schließlich würde sie gleich im Dreck herumrennen.

Kurz darauf stand sie vor ihrem Reiserucksack und überlegte, was sie am besten anziehen sollte. Eine Jeans war auf jeden Fall passend und dazu ein schlichtes Sweatshirt.

Bente lachte. Keine Gans würde sich über ihr Aussehen mokieren, jetzt galt es, zweckmäßige Kleidung zu tragen.

Mit Beginn des Herbstes hatte sich Bente eine olivfarbene Outdoorjacke gekauft, worüber sie jetzt sehr dankbar war, denn unauffällig zu sein war wohl eine Grundvoraussetzung, wenn man Tiere in der Natur beobachten wollte. Wobei regen- und windfeste Kleidung auf einer Nordseeinsel immer eine gute Entscheidung war. Ihre Turnschuhe waren glücklicherweise wieder trocken, weil sie sie gestern sofort auf die Heizung gestellt hatte.

Bente betrachtete ihr Spiegelbild und glaubte sich gewappnet für den Ausflug in die Vogelwelt des Wattenmeeres. Sie lief die Treppe hinunter in den Frühstücksraum. Es duftete nach frischem Kaffee und geröstetem Brot. Ihre Jacke hängte sie über die Stuhllehne.

»Möchtest du ein Frühstücksei?«, begrüßte Jan-Hauke sie.

»So früh morgens bin ich noch gar nicht hungrig, aber auf den Kaffee freue ich mich«, sagte Bente.

Als Jan-Hauke ihr aber das getoastete Brot hinlegte und dazu Käse, Marmelade und ein Stück Bauernleberwurst vor ihr platzierte, knurrte ihr Magen doch, und sie langte kräftig zu.

»Auf der Insel hat man immer mehr Hunger als to Huus«, sagte Jan-Hauke. »Und man schläft länger und besser. Das macht die Nordseeluft. Deshalb habe ich dich auch lieber geweckt.«

»Danke, ich hätte tatsächlich verschlafen«, sagte Bente grinsend. »Ich muss ganz schön verwirrt sein. Zwar habe ich mir im Handy den Wecker gestellt, ihn aber dann nicht aktiviert.« Sie zuckte mit den Schultern. »Inselluft.« Sie griff nach der selbst gekochten Sanddornmarmelade und genoss den fein säuerlichen und sehr individuellen Geschmack dieser Beere. Es war ein wahrer Genuss.

Jan-Hauke setzte sich zu ihr an den Tisch. »Ich freue mich, dass du mit Amelie losziehst«, sagte er. »Für sie ist das wichtig.«

»Woher weißt du überhaupt schon wieder, dass wir uns treffen wollen?«

»Ich war natürlich gestern noch bei ihr. Wie jeden Abend. Ich schau immer, ob sie etwas braucht und ob es ihr gut geht. Das habe ich gestern nicht einfach so dahingesagt!« Er schenkte sich ebenfalls eine Tasse Kaffee ein. »Amelie hat ständig kalte Füße, und ich gebe acht, dass sie ihre Socken trägt. Die dicken, aus echter Schafwolle. Das mag sie, und dann kann sie wunderbar schlafen.«

Jan-Hauke, der Mann, der Amelie zur Nacht die Socken anzog, dachte Bente. Was für ein Liebesbeweis! Daniel wollte immer bei offenem Fenster schlafen, egal, wie kalt es war, und er scherte sich nicht darum, dass Bente fror. Wärmende Strümpfe hätte er ihr ganz bestimmt nicht angezogen. »Manchmal bemerkt man die faulen Stellen in der Liebe gar nicht rechtzeitig«, flüsterte sie. »Manchmal stirbt sie schon an fehlenden Socken.«

Jan-Hauke sah sie fragend an, hakte aber nicht nach. Er hatte sicher auch so verstanden, was Bente meinte, und reimte sich deshalb zusammen, warum sie nach Langeoog geflüchtet war.

Bente schaute auf die Uhr. »Ich glaube, Amelie kommt gleich.«

»Denn man tau. Lass sie lieber nicht warten, dann wird sie fünsch«, sagte Jan-Hauke grinsend.

Bente griff nach ihrer Jacke und huschte durch den Flur.

Amelie stand schon auf dem Gehweg. Es war noch dunkel, aber im Schein der Straßenlaternen konnte Bente Amelies Atem sehen, der sich in der Morgenluft verflüchtigte.

Es sah lustig aus, wie sie ihre Norweger-Strickmütze bis über beide Ohren gezogen hatte. Ihre Füße steckten wieder in den zu groß wirkenden gelben Gummistiefeln, sie trug eine grüne Latzhose, darunter quoll ein dickes Fleeceshirt hervor. Um den Hals hatte Amelie ein geblümtes Tuch geschlungen.

Bente kam sich mit ihren Turnschuhen völlig falsch gekleidet vor. Und an eine Mütze hatte sie gar nicht gedacht.

»So willst du los?« Amelie seufzte. Ihr Lächeln ließ das Gesicht für einen Moment greisenhaft wirken.

»Ich habe nichts anderes, Amelie. Bin auf eine solche Tour leider nicht eingerichtet. Turnschuhe sind schlecht, oder?«

Amelie nickte. »Die weichen durch. Eigentlich wollte ich gleich loswandern, aber nun müssen wir doch erst noch bei mir vorbei.«

Schweigend durchquerten sie den ruhigen Ort, der im Halbdunkel vor ihnen lag. Um diese Zeit schlief Langeoog noch, aber das würde sich ändern, sobald das erste Schiff kam. Und ab dem Mittag ging es im Ort zu wie in einem Bienenstock, bis es am Abend wieder ruhiger wurde. Doch der Strand, die Dünenketten, alles war so wunderbar weitläufig, dass sich die vielen Menschen verloren, sobald sie sich vom Ort wegbewegt hatten. Bente war schon gestern erstaunt darüber gewesen, wie leer der Strand war.

Amelie fiel trotz ihrer Kurzatmigkeit in einen recht forschen Schritt. Sie fühlte sich hier offenbar sicher, und das gab ihr die Kraft dazu.

Als Bente den Garten mit der windschiefen Kiefer von Weitem sah, ahnte sie bereits, dass Amelie dort wohnte. Sie hätte sie sich nirgendwo anders vorstellen können. Zu ihr passte kein akkurat gepflegtes Grundstück mit kurz geschorenem Rasen und abgesteckten Blumenrabatten. Nein, sie gehörte in dieses rot geklinkerte Häuschen mit den grünen Fensterläden, die ebenfalls schief in den rostigen Verankerungen hingen und vom Efeu überwuchert wurden.

Ein paar letzte Gladiolen blühten im Beet, umgeben von lilafarbenen Herbstastern und blauem Eisenhut. Amelies Zuhause war ein typisch ostfriesisches Landarbeiterhaus mit Sprossenfenstern, stark heruntergezogenem Dach und einem kleinen Anbau, in dem früher sicher einmal eine Stallung untergebracht war. Die weißen Fenster schmückten Häkelgardinen.

»Hab ich in einem Kreativitätsanfall mal gemacht«, sagte Amelie mit einem missglückten Grinsen. »Aber eigentlich bin ich dafür viel zu ungeduldig. Meine Ruhe hat sich nach der Vogelbeobachtung für den Rest des Tages erschöpft.«

»Ich kann dir helfen, wenn du neue haben willst. Ich stricke und häkle gern.«

Amelie musterte Bente amüsiert. »Lass mich raten: Hausfrau und Mutter, immer auf das Wohl der Lieben bedacht!« Sie öffnete die Haustür.

»Was soll daran falsch sein? Außerdem arbeite ich in einer Redaktion. Drei volle Tage in der Woche.« Bente folgte Amelie ins Innere des Hauses.

Dort sah es genau so aus, wie sie vermutet hatte. Die Räume hatten niedrige Decken, auf den zahlreichen Borten standen kleine Tassen, Teller und Becher. Die eine Hälfte des Küchentischs quoll über von Zeitungen, die andere aber war freigeräumt. Allerdings befand sich dort noch Amelies Frühstücksbrett, genau wie eine benutzte ostfriesische Teetasse mit einer Rose darauf. Eine Teekanne stand auf einem Messingstövchen, die Tülle war braun verfärbt.

»Tee trinken können wir später. Nun geht es erst einmal raus!« Amelies Stimme klang dumpf, sie war bereits ins Nebenzimmer gegangen und kam schließlich mit einem Paar Gummistiefeln und einer dunkelroten Strickmütze wieder. »Die Größe müsste stimmen. Achtunddreißig?«

Bente nickte.

»Und ohne die Mütze bekommst du Kopfweh vom Wind!«

Bente hoffte nur, dass die Stiefel wirklich passten, denn auf Blasen an den Füßen hatte sie keine Lust. Sie schlüpfte hinein, und sie waren unerwartet bequem. »Wie weit müssen wir denn laufen?«

Amelie überlegte. »Auf jeden Fall bis zur Salzwiese, das ist nicht allzu weit. Normalerweise.« Sie rieb ihr Kinn. »Ich dachte, es wäre ein schöner Spaziergang, aber ehrlich gesagt, habe ich mich gestern doch ein bisschen übernommen, und das spüre ich heute noch. Manchmal vergesse ich, wie wenig belastbar ich bin, und mute mir etwas zu viel zu.«

»Und jetzt?«, fragte Bente enttäuscht.

»Jetzt finden wir eine andere Lösung, ganz einfach«, sagte Amelie. »Ich habe im Schuppen zwei Fahrräder. Eins kannst du nehmen, auch wenn es schon ein bisschen altersschwach ist. Ich habe ein E-Bike, aber ich rase dir schon nicht davon. Das Gute ist nämlich, dass wir mit den Rädern auch zum Flinthörn fahren können. Die Ecke dort hat etwas, sagen wir mal, Paradiesisches.«

Da Bente sich auf Langeoog nicht auskannte, war sie auf das Flinthörn gespannt, wobei sie irgendwann auch auf jeden Fall noch zum Osterhook wollte. Allein der Seehunde wegen.

Inzwischen war es draußen heller geworden.

Amelie ging voraus zu einem kleinen Schuppen, der in der Ecke des Gartens versteckt lag und mit Grünspan überzogen war. Die Tür quietschte, als Amelie sie öffnete.

»Schließt du deine Türen gar nicht ab?«, fragte Bente. Niemals würde sie ihr Haus verlassen, ohne nicht sämtliche Türen daraufhin überprüft zu haben, ob sie auch wirklich verschlossen waren. Allerdings war auch die Pension immer offen.

»Erstens sind wir auf Langeoog, und zweitens: Wer soll bei mir etwas klauen? Wenn es weg ist, ist es weg. So wie ich bald. Mitnehmen kann ich ja nichts.« Sie holte das eine Rad aus dem Schuppen und übergab es Bente. Dann griff sie nach ihrem eigenen, das sie unter dem Dachüberstand an der Seitenwand abgestellt hatte. Bevor sie losfuhren, nahm Amelie den Rucksack, den sie schon vorhin auf dem Rücken gehabt hatte, öffnete ihn und schaute hinein. »Entschuldige, aber es gibt ein paar Dinge, die muss ich kontrollieren, selbst wenn ich es schon zehnmal zuvor getan habe.« Sie kramte darin herum, nahm ein paar Dinge heraus und sortierte sie wieder ein. »Zu meinen Macken gehört leider auch, den Inhalt dieses Rucksacks aufs Kleinste zu überprüfen.« Sie schaute kurz auf.

Bente nickte. Das verstand sie, es ging ihr genauso. Keinen Schritt machte sie vor die Tür, ohne zu schauen, ob sie alles Wichtige in ihrer Handtasche verstaut hatte. Manchmal kehrte sie sogar noch zweimal zurück in die Küche, um sicherzustellen, dass der Herd auch wirklich ausgeschaltet war. Das gab ihr Ruhe in einem Leben, das im Augenblick einer stürmischen Kutterfahrt auf der Nordsee bei Windstärke 10 bis 12 glich. Schließlich war Amelie so weit, und sie konnten starten.

Sie fuhren erst Richtung Hafen, wo sie an einer Wiese anhielten, denn nicht weit entfernt hatte sich ein Schwarm Gänse niedergelassen. Die Sonne zeigte sich bereits und tauchte die Landschaft in einen goldroten Schimmer. Über die Wiese zog sich der Nebel wie mit feinen, weißen Fäden.

»Es ist wie im Himmel«, sagte Amelie. Sie bedeutete Bente, das Rad abzustellen und ihr zum Gatter zu folgen. »Am Flinthörn werden wir viel sehen, aber nicht diese Gänse, die hier äsen.«

»Sind das Nonnengänse?«, fragte Bente, aber sie konnte sich die Antwort schnell selbst geben, denn die Färbung der Vögel war eindeutig.

»Ja, das sind sie, und sie grasen. Sie brauchen salzarme Nahrung«, erklärte Amelie. »Der Nonnengans fehlt die leistungsfähige Salzdrüse, wie die Ringelgans sie hat. Deshalb frisst sie am liebsten kurzes Gras. Aber sie mag auch Weidenkätzchen. Wenn es im Winter kalt ist, sucht sie manchmal Insekten oder Schalentiere, sonst ist sie aber Vegetarierin. In Sibirien kratzt sie mit dem Schnabel Moos und Flechten von den Steinen.« Amelie machte eine Pause, weil sie ein paar Mal tief Luft holen musste. »Die Nonnengänse fliegen oft weite Strecken, um Süßwasser zu trinken. Und wenn sie bei einem Gewässer ankommen, baden sie liebend gern darin, wälzen sich und schlagen Purzelbäume, um ihr Gefieder zu reinigen. Ein wahres Fest!«

Bente stellte es sich bildlich vor. »Klingt lustig.«

Amelie kicherte. »Es gibt viele Legenden um meine Nonnengänse. Im Mittelalter dachte man tatsächlich, sie würden aus Seepocken geboren. Das sind diese weißen Kegel, die auf Muscheln oder an Schiffskörpern kleben, aber eigentlich zu den Krebsen gehören.«

Bente musste mitlachen. »Und warum dachte man das?«

»Weil die Gänse im Sommer fort, die Seepocken aber zahlreich zu finden waren und hohl aussehen. Also schlussfolgerten die Menschen, dass die Küken daraus schlüpfen. Dabei ziehen sie nur nach Sibirien. Auf Englisch heißen die Nonnengänse bis heute Seepockengans. Barnacle goose.«

»Und wie ist ihr lateinischer Name?«, fragte Bente. »Jeder Vogel hat doch einen.«

Amelie zog ein Fernglas aus dem Rucksack und schaute über die Wiese. »Jo, da heißt sie Leucopsis. Das stammt aus dem Altgriechischen. Leukos bedeutet weiß. Opsis Aussehen.«

Amelie reichte Bente das Glas. »Schau genau hin! Du musst es nur scharf stellen, dann kannst du die Tiere gut erkennen.«

»Da sind auch andere zu sehen. Ich tippe auf Ringelgänse. Sie haben diesen weißen Halsring«, sagte Bente und war ein bisschen stolz, dass sie sich das gemerkt hatte.

Amelie nahm ihr das Fernglas aus der Hand. »Das stimmt. Gut beobachtet.«

»Worin unterscheiden sie sich von deinen Nonnengänsen? Außer im Aussehen? Du hast gerade etwas von einer Salzdrüse gesagt.«

Amelie nickte und schien sich über Bentes Interesse zu freuen. »Ringelgänse können Salzhaltigeres zu sich nehmen. Sie suchen oft am Ufer nach Nahrung und lieben Algen und Tang. Sie mögen Wasserpflanzen und müssen riesige Mengen fressen, weil sie kaum verdauen. Fortziehen tun sie auch. Beides sind Meergänsearten. Die Rothalsgans und die Kanadagans gehören auch noch dazu. Letztere wird oft mit der Nonnengans verwechselt, weil sie auch schwarz-weiß ist und einen ähnlichen Kopf hat. Aber die Gans ist auf dem Rücken anders gefärbt, und außerdem gehört sie eigentlich nicht zu den heimischen Arten. Das ist wie mit der Auster.« Amelie räusperte sich ein bisschen verschämt. »Ich weiß, ich bin manchmal eine Klugscheißerin, und dann geht es mit mir durch.«

»Ich möchte es ja wissen«, widersprach Bente. »Bleiben wir bei deinen Freunden. Sie überwintern also jetzt hier und brüten in Sibirien.«

Amelies Blick verdunkelte sich. »So ist es. Ich möchte jede Stunde genießen, in der ich sie noch beobachten kann. Ich liebe diesen Anblick!«

»Das verstehe ich«, sagte Bente. »Das verstehe ich nur zu gut.«

Amelie lächelte und wirkte dabei völlig schutzlos. »Ich freue mich, dass du bei mir bist. Seit ich dich kenne, weiß ich, dass ...« Sie brach ab. »Also, ich dachte immer, ich kann besser allein sein, aber das stimmt nicht.« Sie holte einmal tief Luft und stieß dann rasch hervor: »Ich … ich brauche eine Freundin. Möchtest du das sein? In der Zeit, in der du hier bist?«

Damit hatte Bente nicht gerechnet. »Du hast doch Jan-Hauke. Er mag dich, er hilft dir, wo er kann«, erwiderte sie zögernd, um Zeit zu gewinnen. Konnte sie die Freundin einer Sterbenden sein, die sich in den letzten Jahren die Nonnengänse als Freundinnen auserkoren hatte?

Über Amelies Gesicht glitt ein Leuchten, bevor sie mit warmer Stimme sagte: »Ja, ich habe Jan-Hauke. Er ist mein bester Freund, und ich weiß nicht, was ich ohne ihn tun würde. Er ist allerdings ein Mann.«

»Ein sehr netter Mann.«

Amelie nickte. »Auf Jan-Hauke kann ich mich verlassen. Immer. Aber er ist ein Seebär. Er weiß, wie man das Meer bezwingen kann. Er weiß, wann das Wetter umschlägt, und er weiß, wann welches Segel zu setzen ist. Er kann arbeiten und sieht, wo ich Hilfe brauche. Das ist sicher eine Form der Zuneigung.« Sie schmunzelte. »Nur kennt er die Psyche einer Meerjungfrau vermutlich besser als das Wesen eines Weibes auf dem Festland.«

Bente sog einmal tief die Luft ein. An Amelies Direktheit musste sie sich erst noch gewöhnen. Jan-Hauke hatte sie immerhin vorgewarnt. »Du brauchst also eine Freundin.« Sie nahm den Faden wieder auf. »Aber wir kennen uns doch gar nicht. Warum also ich?«

»Sterbende haben einen besonderen Blick dafür, wer ihnen guttut, aber auch, wem sie selbst noch zur Seite stehen können. Wir passen zusammen«, beharrte Amelie.

Nun konnte Bente endgültig nicht mehr ignorieren, was sie nach all den Andeutungen ohnehin schon wusste. Es war an der Zeit zu fragen, warum Amelies Tage gezählt waren.

»Dein Husten …«, begann sie, obwohl in ihr Fluchtgedanken keimten. »Wenn wir Freundinnen sein wollen, dann muss ich aber mehr wissen.«

»Metastasen, Bente«, offenbarte Amelie ihr nun. »Schwaches Herz. Lunge kaputt. Ich habe Brustkrebs im Endstadium.« Ein flüchtiger Blick zum Himmel begleitete die lapidar dahingesagten Worte. »Aber hey!« Sie stieß Bente an. »Kein Grund, Trübsal zu blasen.«

»Hast du wirklich keine Angst?«

Amelie schüttelte den Kopf. »Weißt du, Angst hat man, wenn man noch etwas zu verlieren hat.«

Bente legte nun den Arm um Amelie und erschrak, wie dünn sie war. »Du … hast schon alles verloren?«, fragte sie zögerlich. Durfte sie nachhaken, oder war das übergriffig? Andererseits hatte Amelie mit dem Thema begonnen, nicht sie selbst.

Amelie schluckte. »Ja«, sagte sie knapp. »Ich hätte damals auf die Gänse achten sollen, sie mir als Beispiel nehmen.«

Bente sah sie fragend an.

»Weil sie Familientypen sind. Sie sehen zwar aus wie Ordensfrauen – das weiße Gesicht, der schwarze Schleier –, aber sie haben Familie, sind treu, im Verband unterwegs, und das wünscht sich wohl jeder. Ein festes Gefüge mit all den Menschen, die einem am nächsten stehen … Keine Nonnengansmutter würde ohne ihre Jungen wegfliegen oder ein Ei übersehen.« Amelie brach ab und atmete plötzlich wieder schwer.

Bente legte die Hand auf ihren Unterarm. Unbewusst hatte Amelie ihr eben eine weitere empfindliche Stelle offenbart.

Ihre Sehnsucht nach Familie. Die Kindergräber. Und doch hockte sie ganz allein auf Langeoog und pflegte lediglich mit Jan-Hauke Kontakt. Was war in ihrem Leben schiefgegangen?

Bente presste die Lippen fest zusammen, weil sich plötzlich eine Parallele auftat, die ihr in Wahrheit nicht gefiel. Nicht nur Amelie hockte allein auf der Insel …

Sie schob den Gedanken fort. Sie konnte immerhin wieder zurück.

Amelie hatte sich gefangen und sprach weiter. »Familiensinn, das sagte ich eben schon. Gänse haben Familiensinn. Ein Nonnenganter besitzt erst dann das richtige Ansehen, wenn er eine Familie hat. Das gilt dann wohl für die Damen auch.«

»Und wie kommt er an seine Herzdame?«, fragte Bente.

»Die Ganter messen ihre Kräfte, und der Stärkere gewinnt«, sagte Amelie. »Danach bleiben sie mit ihren weiblichen Gänsen normalerweise ihr Leben lang zusammen.« Sie sagte das in eigenartigem Tonfall.

»Kann es sein, dass du dich irgendwann einmal für den Schwächeren entschieden hast?«, fragte Bente vorsichtig.

Bevor Amelie antworten konnte, ertönte über ihnen plötzlich lautes Rufen. Bente erstarrte vor Ehrfurcht, als ein großer Schwarm Nonnengänse in dichtem Pulk heranschwebte und sich ebenfalls auf der Wiese niederließ.

»In diesem Jahr kommen erstaunlich viele«, sagte Amelie, ohne auf Bentes Frage einzugehen.

Bente zuckte mit den Schultern. Dann eben nicht. »Sonst sind es weniger, die auf der Insel bleiben?«

Amelie nickte. »Ja, die meisten fliegen aufs Festland, dort ist das Nahrungsangebot größer. Allerdings finden viele Landwirte ihren Besuch störend. Die Vögel können durchaus großen Schaden auf den Feldern anrichten. Immerhin hat sich der Bestand von 30 000 Tieren auf 300 000 erhöht. Man muss die Bauern natürlich entschädigen«, sinnierte Amelie weiter. »Aber schau, was das für wunderschöne Vögel sind.«

Amelies Stimme war weich geworden, sie klang ein bisschen verliebt, und Bente konnte ihr nicht widersprechen. Die Nonnengänse waren schön, vor allem jetzt, wo der schwarze Hals im Licht der aufgehenden Sonne strahlte, als wäre er mit Diamanten besetzt.

Die beiden Frauen standen eine Weile da, warteten, bis die Sonne kraftvoller wurde.

»Nun auf zum Flinthörn, damit du noch mehr von dieser wunderbaren Insel kennenlernst.«

Bente gab Amelie das Fernglas zurück. »Ach, noch was …«, sagte diese.

Bente sah ihre neue Freundin fragend an. »Ja?«

»Du hast recht damit. Ich dachte tatsächlich, der Schwächere sei der Stärkere. Man muss schon genau hinsehen, weißt du?«

KAPITEL 7

Daniel war auf dem Weg zur Arbeit. Elinor hatte bei Marie geschlafen, und er war gestern Abend froh gewesen, ein bisschen Zeit für sich zu haben.

Er hatte erst ab morgen Urlaub, heute musste noch ein wichtiges Projekt in trockene Tücher gebracht werden. Der Kunde galt als schwierig, und auch Daniel hatte schon seine negativen Erfahrungen mit ihm gemacht.

Sein Büro lag in der Nähe vom NDR am Maschsee, und schon bald fuhr er schwungvoll auf den großen Parkplatz neben dem Rundfunkgebäude, wo die meisten der Mitarbeiter parkten. Die paar Meter lief er gern, die frische Luft tat ihm gut.

»Hallo, Daniel!«

Er fuhr herum, als er Martines Stimme erkannte. Lässig lehnte sie an der geöffneten Fahrertür ihres roten Coopers und rauchte. Sie schien auf ihn gewartet zu haben. Immerhin stand heute der wichtige Kundentermin an, den sie gemeinsam stemmen mussten. »Willst du auch?«

Daniel hatte ewig keine Zigarette mehr in der Hand gehabt. Bente mochte es nicht, wenn er nach Qualm stank, und im Haus war rauchen tabu, seit Elinor auf der Welt war. Aber davor? Eine Zigarette hatte ihn entspannt, er fand das Rauchen kommunikativ, denn man traf immer jemanden, mit dem man den Augenblick genießen konnte.

Martine hielt ihm die geöffnete Schachtel auffordernd hin, und er griff beherzt zu. Mit einer lasziven Bewegung gab sie ihm Feuer, dabei klackerten ihre zahlreichen Goldarmbänder, und

Daniel erreichte wieder dieses schwere Parfüm. Ihn verunsicherte ihre Art, mit ihm umzugehen. Täuschte er sich, oder versuchte die junge Frau tatsächlich mit ihm zu flirten? Du bist doch zu alt für sie, dachte er, wie er es immer dachte, wenn er sich ein bisschen zu wohl in Martines Nähe fühlte.

Daniel zog einmal kräftig an der Zigarette und blies den Qualm in die feuchte Morgenluft.

»Warum bist du so früh hier?«, fragte er. »Weil wir uns zuvor abstimmen wollen?«

Martine legte den Kopf schief. »Genau. Ich dachte mir, dass auch du heute sehr pünktlich kommst. Geht schließlich um fünf Millionen, da schläft man die Nacht vorher nicht so gut.«

Daniel nickte. Martine wusste, unter welchem Druck er stand. »Ja, einfach wird es gleich nicht, aber wir haben für die Bank eine wirklich gute Software erarbeitet, das Team hat alles gegeben. Ich hoffe, wir kriegen es durch.«

Martine warf die Zigarette aufs Pflaster und trat sie mit der Spitze ihres roten Pumps aus. Dabei zeigte sich ihr überaus schlankes Bein.

Daniel sah fort. Er sollte sich wirklich nicht für den Unterschenkel seiner Mitarbeiterin interessieren. Jetzt, wo volle Konzentration auf die Arbeit gefordert war. Jetzt, wo es in seiner Ehe gerade arg kriselte. Andererseits hatte Bente …

Nicht Gleiches mit Gleichem vergelten, dachte er und zog noch einmal heftig an der Zigarette, machte sie dann aber auch aus. Es schmeckte ihm nicht. Das Gefühl von Freiheit und Coolness, das er früher beim Rauchen gehabt hatte, wollte sich nicht mehr einstellen.

»Du siehst schlecht aus.« Martine legte ihre Hand auf seinen Unterarm. »Es ist nicht nur das Projekt, oder?«

Daniel schüttelte den Kopf. »Nein.«

»So wortkarg? Das passt nicht zu dir.«

Daniel beschloss, ehrlich zu sein. Er und Martine – sie kannten sich schon seit drei Jahren und sie waren immer ehrlich zueinander gewesen. »Es geht um Bente.«

»Ich denke, sie ist bei deiner Mutter?«

Daniel schüttelte den Kopf. »Nein, sie ist auf Langeoog. Ehepause.«

»Scheiße«, rutschte es Martine heraus. »Ihr habt immer so einen harmonischen Eindruck gemacht.« Sie wirkte betroffen.

Und plötzlich glaubte Daniel sich selbst nicht mehr zu kennen, denn entgegen seiner Gewohnheit begann er, mit seiner Kollegin über sich und Bente zu sprechen.

»Ich bin auch aus allen Wolken gefallen«, brach es aus ihm heraus, als wäre ein Damm gebrochen. »Bente fühlt sich eingeengt. Unverstanden. Und dann war da ein Kollege ... Sie sagt, es war nichts, aber ich weiß nicht ...« Daniel verstummte. Was zum Teufel tat er hier? Er räusperte sich. »Ach egal, lass uns reingehen, wir müssen alles perfekt vorbereiten. Nicht, dass mir das auch noch aus den Händen gleitet.«

Martine verschloss den Cooper, und gemeinsam liefen sie am Funkhaus vorbei Richtung Büro.

»Das tut mir leid, Daniel.« Martines Stimme war weich. »Du hast dich sehr in deine Arbeit verkrochen, hast für deine Projekte gelebt. Ich ...« Sie verstummte.

»Gibst du ihr jetzt auch noch recht?«, fragte Daniel und umklammerte die Griffe des Aktenkoffers fester.

»Nein, aber ich kann mir vorstellen, dass es schwer ist, Verständnis aufzubringen, wenn man gar nicht weiß, wie sehr den Partner diese Verantwortung drückt.«

Sie hatten das Bürogebäude erreicht. »Mag sein. Ich ... ich weiß auch gar nicht, womit sie ihre Zeit verbringt. So gesehen kann ich ihre Vorwürfe verstehen. Aber muss sie deswegen gleich mit einem anderen ...«

Martine nahm seine Hand. »Sie hat doch gesagt, dass da nichts war. Glaub ihr das. Hör zu, jetzt konzentrieren wir uns auf das Geschäft, und danach gehen wir was trinken. Manchmal verstehen Kollegen eine Menge.«

»Ich muss das mir Elinor klären. Ich kann sie in einer solchen Situation nicht einfach allein lassen«, sagte Daniel, unsicher, ob er das Angebot annehmen sollte. Es war verlockend. Endlich mal wieder raus, durch die Kneipen ziehen. Sich jung fühlen. Niemand, der etwas von ihm erwartete.

»Mach das, das kriegst du schon hin«, sagte Martine und ließ seine Hand los.

»Ja, ich krieg das hin«, sagte Daniel und fühlte sich plötzlich stark. Das Projekt würde er gleich gewiss gut unterbekommen, denn er hatte eine wunderbare Kollegin an seiner Seite.

Bente und Amelie fuhren weiter in Richtung Fähranleger, bogen dort über die Brücke nach rechts ab und radelten durchs Gelände bis zu einem kleinen Deich, auf dessen Krone sie zum Naturlehrpfad gelangten. Von hier schlängelte sich ein schmaler Weg durch die Dünen. Inzwischen hatte sich der Morgen vollständig gegen die frühe Dämmerung durchgesetzt.

»Hier lassen wir die Räder besser stehen, das letzte Stück können wir laufen«, bestimmte Amelie und schloss ihr Rad ab.

»Ich denke, dir kann man nichts stehlen.« Bente konnte sich die Bemerkung nicht verkneifen.

»Stimmt«, gab Amelie unumwunden zu, »aber das hier wäre fatal. Ich kann so weit nicht laufen. Da ist es besser, ich sichere mich ab. Ein E-Bike mögen Diebe doch besonders gern, wenn man es ihnen so offen präsentiert.«

Bente schüttelte den Kopf und folgte Amelie über den holprigen Weg, der alle paar Meter mit Pfützen durchsetzt war. Rechts von ihnen sprangen zwei Rehe auf, die sich von den Frauen gestört fühlten.

An beiden Seiten des Weges wuchsen Kartoffelrosen, Dünengras und gelber Steinklee, ab und zu hatte sich auch ein kahler Sanddornbusch hierher verirrt, genau wie ein paar Hagebuttensträucher. Amelie kannte jedes Gewächs und erklärte es Bente ausführlich. Ihr schwirrte schon bald der Kopf, das würde sie ganz sicher nicht alles behalten können.

»Schau!« Amelie stieß Bente an. Über ihnen schwebte ein anmutiger Vogel mit braun-beige gefärbtem Gefieder.

»Ist das ein Adler?«, fragte Bente.

Amelie lachte auf. »Nein, eine Kornweihe! Den Sommer über halten sich hier manchmal Rohrweihen auf, aber auch sie sind Zugvögel und schon wieder weg. Ein Kommen und Gehen auf Langeoog.«

»Vogeltouristen«, witzelte Bente. »Wie die Menschen. Sie kommen hierher, profitieren von der Insel und gehen dann dorthin zurück, woher sie gekommen sind.« Ihr Blick wurde ernst. Sie war kein bisschen anders. Sie gehörte dazu, war auch eine von denen, die eine Stippvisite auf Langeoog machten, um danach sang- und klanglos wieder zu verschwinden.

»Mach dir keinen Kopf«, sagte Amelie, die Bentes Gedanken erraten haben mochte. »Es ist doch nicht schlimm, wenn man nur sporadisch hier ist. Das Wichtigste ist, dass es hilft und es einem anschließend besser geht.«

Der Pfad endete auf einer Düne, auf der sich ein Holzverschlag befand. Amelie musste auf halber Höhe innehalten, ihr machte die Lunge wieder arg zu schaffen. Oben angekommen, setzte sie sich erst einmal auf eine der Bänke. Ihnen bot sich ein fantastischer Blick über das in der Morgensonne glitzernde Wattenmeer bis zum Festland, wo sich am Horizont die Windräder drehten. Schaute man nach rechts, schimmerte dort die benachbarte Insel Baltrum. Wieder keimte in Bente so etwas wie Frieden auf. Amelie sagte: »Komm, setz dich! Es ist schön, dass du da bist!«

Bente ließ sich neben ihr nieder. Jegliche Distanz, jegliches seltsame Gefühl waren hier verschwunden. Es gab nur sie beide. Das Meer. Den Wind. Und die Natur. Als müsste Bente ihre neue Freundin beschützen, legte sie den Arm um die knochigen Schultern.

»Das Flinthörnwatt ist eine ziemlich ungestörte Ecke im Nationalpark«, sagte Amelie. »Es ist die natürlichste Salzwiese auf Langeoog.«

»Es ist paradiesisch, so wie du es vorhergesagt hast«, sagte Bente.

»Ja. Das Leben auf der Insel ist das Beste, was mir je passiert ist. Ich bin froh, dass ich hier sterben darf.« Amelie setzte sich ein wenig gerader hin. Sie ließ ihren Blick schweifen, und Bente tat es ihr gleich. Es war auflaufend Wasser, und die See leckte neugierig am Watt, bis sie sich ein paar Minuten später sacht darüberlegen und den Schlick bedecken würde. Ein paar Watvögel stakten am Spülsaum und pickten dort ihre Nahrung, und obwohl auch hier ein ständiges Rufen der Möwen, Gänse und anderen Vögel zu hören war, wirkte es am Flinthörn still.

»Sieh, dort hinten fährt ein Kutter.« Amelie zeigte Richtung Festland, wo sich das kleine Boot durch die Nebelschwaden des Wattenmeeres schob. »Ich bin froh, dass wir hier sitzen und das genießen dürfen.«

Bente musste ihr recht geben. Sie hatte sich für Langeoog als Fluchtpunkt entschieden, aber mehr an lange Strandspaziergänge gedacht. Vielleicht noch ans Ausschlafen und gutes Essen. Ein bisschen Wellness in Sauna und Schwimmbad. Und natürlich hatte sie Seehunde sehen wollen. Alles touristische Aktivitäten, die man sich für eine Ostfriesische Insel vornahm. Aber an eine Vogelexkursion in den frühen Morgenstunden hatte sie in ihren kühnsten Träumen nicht gedacht. Und doch glaubte sie in diesem Moment, dass sie in ihrem ganzen Leben noch nichts Schöneres getan hatte, als hier am Flinthörn zu sitzen, eins mit der Natur zu sein und aufs Wattenmeer zu schauen. Umspült von den Geräuschen der Seevögel, dem leisen Klatschen der Wellen und dem Geruch von Schlick und Meer. Sie schloss die Augen und ließ das alles auf sich wirken.

»Warum bist du wirklich nach Langeoog gekommen, Bente? Du weißt inzwischen eine Menge über mich, aber was ist mit dir?« Amelies Stimme katapultierte sie in die Wirklichkeit zurück.

»Probleme«, antwortete sie ausweichend.

»Also weggelaufen?«

Bente nickte. So konnte man es auch nennen. »Ich erzähle es dir mal in Ruhe.«

Amelie seufzte. »Ich kann das nicht mehr, vor etwas weglaufen, ich muss aushalten, was noch kommt. Die letzten Meter auf der Linie muss jeder allein gehen.« Sie unterbrach sich selbst, indem sie einen prüfenden Blick zum Himmel sandte, der sich hell und freundlich präsentierte, sah man von ein paar Wolkenschlieren mal ab. »Das Wetter schlägt später wieder um, vorhin war die Sonne eine Spur zu rot.« Sie begann zu zittern. »Aber jetzt ist es schön. Man sollte jeden Moment, in dem es gut ist, genießen.«

»Lenk nicht ab, Amelie!« Bente drückte sie sacht. »Hast du doch Angst? Jeder in deiner Situation hätte es.«

»Angst ist ein großes Wort, aber es kommt dem schon nahe.« Bente war überrascht, dass Amelie es dieses Mal zugab. »Es ist ein komisches Gefühl. Plötzlich ist da diese Grenze, die zuvor so unendlich weit weg schien … Unendlich weit weg. Doch du weißt: Hoppla, bald musst du da rüber. Und dann kommt dir das Leben mit einem Mal so kurz vor. Wie, schon vorbei? Da helfen auch Erinnerungen und sämtliche Rückblenden nichts.«

»Muss eigenartig sein. Zu wissen, dass man bald nicht mehr da ist.«

»Ja, das ist es. Mit einem Mal siehst du jedes Blütenblatt, jede Wolkenformation, und du nimmst alle Geräusche verschärft wahr. Ich glaube manchmal sogar, eine Ameise husten zu hören.«

Bente runzelte fragend die Stirn.

Amelie lachte. »War ein Scherz. Ameisen niesen nur!« Dann wurde sie wieder ernst und musterte Bente. »Nun weiß ich zwar noch immer nicht, wovor meine Nachtigall davongeflogen ist, aber das kriege ich schon raus, weil ich auf die Vogelstimmen achte. Also lege ich noch einmal vor, okay?«

Bente nickte. Es war gut, wenn Amelie sich ihren Kummer von der Seele redete. Und dann würde sie sehen, ob sie selbst wirklich singen wollte. »Ja, erzähl weiter!«, bat sie ihre neue Freundin.

»Du hast mich gestern gefragt, ob ich in meinem Leben alles richtig gemacht habe. Ich bin dir die Antwort schuldig geblieben.«

»Und?« Bente sah Amelie fragend an. »Bei den Nonnengänsen hast du gesagt, dass du dich für einen schwachen Mann entschieden hast. Ist es das?«

»Auch. Ich habe eine Menge in meinem Leben vermasselt, aber auch viel durchgemacht. Deshalb lebe ich allein, und manchmal ist Alleinsein wie Kuchen ohne Zucker. Trotzdem kann man sich daran gewöhnen. Irgendwann redet man sich ein, dass es besser so ist.«

»Und dann lässt man nur noch Menschen wie Jan-Hauke an seine Seite?«

Amelie nickte. »Nur noch wenige Menschen, ja. Man wählt sorgsam aus.«

»Also warst du nicht immer allein, sondern hattest ein Nonnengansleben?«

»Nicht ganz, aber ich hatte Maik …«

»Was ist passiert?«, fragte Bente, als Amelie innehielt.

Diese vollendete den Satz fast ohne Emotionen. »… und dann gab es Alex.«

1996

Seine dunkelbraunen Augen waren das Erste, was Amelie an dem Mann auffiel. Sie blickten ein bisschen spöttisch, verwegen, und doch strahlten sie eine solche Wärme aus, dass sie den Rest von ihm gar nicht wahrnahm.

Immer wieder fixierten sie sich. Immer wieder schaute Amelie verschämt über den Rand ihrer Kaffeetasse hinweg zu ihm, weil sie wie magisch angezogen wurde. Der Mann hatte noch kein Getränk vor sich stehen, hielt ihrem Blick aber stand, lächelte und kam am Ende mit einer Entschlossenheit zu ihr, die sie bei jedem anderen als unverschämt empfunden hätte, bei ihm aber als selbstverständlich hinnahm.

»Ich bin Alex Manthey. Darf ich?« Er setzte sich zu ihr, winkte der Bedienung und bestellte auch eine Tasse Kaffee. Und dann schien es, als gäbe es im gesamten Café keinen anderen Menschen mehr als sie beide. Dass die Kellnerin ihm den Kaffee brachte, nahm sie nur am Rande wahr. So eine Aufmerksamkeit hatte Amelie von einem Fremden noch nie erfahren.

Bislang hatten sie geschwiegen und sich nur still taxiert. Es war aber nicht unangenehm, sondern umgab beide mit einem eigentümlichen Zauber.

»Ich beobachte Sie schon eine ganze Weile. Ich weiß, es wirkt ein bisschen frech, aber ich musste Sie einfach ansprechen.«

Seine Anmache war plump und zugleich wahnsinnig charmant. Amelie vergaß sogar das Rühren in ihrem Kaffee und brachte selbst kein Wort heraus. Noch immer konnte sie den Blick nicht von diesen Augen lassen. Sie waren brauner als alle, in die sie je geschaut hatte. In der Iris schienen Sterne zu funkeln. Alex' Gegenwart – mittlerweile war ihr zumindest aufgefallen, dass er eine schwarze Jeans und ein grünes Shirt trug – verwirrte sie.

Winzige Lachfältchen gruben sich um die Augenpartie und die Mundwinkel. Seine Zähne glänzten nicht durch Ebenmäßigkeit, und doch verliehen sie Alex' kräftiger Statur und dem kurz geschorenen Kopf eine einzigartige Perfektion. Trotzdem hätte Amelie sich niemals auf der Straße zu Alex umgedreht, er war überhaupt nicht ihr Typ. Warum es ihm schon in der kurzen Zeit gelang, dass sie sich viel zu wohl in seiner Gesellschaft fühlte und das Leben um sich herum ausblendete, konnte sie nicht sagen. Er vermittelte ihr fast das Gefühl, bislang etwas verpasst zu haben, von dem sie noch gar nicht wusste, dass es ihr gefehlt hatte.

Amelie vergaß in diesem Augenblick, dass ihr Mann Maik zu Hause auf sie wartete. Hinter ihnen lagen zermürbende Jahre, von denen sie sich noch nicht erholt hatten. Amelies vergebliche Versuche, schwanger zu werden, hatten Spuren auf ihren Seelen hinterlassen.

Nun war sie fast vierzig, und sie hatte vor zwei Jahren alles abgebrochen. Es war nur noch um fruchtbare und unfruchtbare Tage gegangen. Um den günstigen Augenblick und ihre Hormonsituation. Ihr Liebesakt war erst zu einem der Produktion um jeden Preis geworden, und als sie auf die rein künstliche Befruchtung umgeschwenkt waren, beinahe eingeschlafen.

Doch auch, als sie am Ende alles frustriert abgebrochen hatten, war es nie wieder so geworden wie zuvor. Ob es die Trauer war, von einem dringenden Wunsch Abschied zu nehmen, oder ob sie sich einfach voneinander entfernt hatten, wusste Amelie nicht.

Es war nicht gut mit ihnen und nicht schlecht. Sie stritten nicht. Es war warm, ohne kuschelig zu sein. Ein abgekühltes Feuer, das nicht mehr auflodern wollte, obwohl sie beide so sehr hofften, es möge doch bitte wieder lichterloh brennen, und sie dafür ständig Scheite nachlegten, die aber kein Feuer fingen, sondern nur kurz aufglühten.

In der lauen Wärme liebten sie sich, suchten verzweifelt nach dem Punkt, an dem sie mal begonnen hatten. Sie fanden Befriedigung, aber keine Erfüllung, und beide hatten daran zu knabbern, auch wenn sie nicht darüber sprachen und sich gnädig verschonten. Und über alldem schwebte ihr Traum, der weiterhin Monat für Monat wie eine Seifenblase zerplatzte.

Und nun saß ihr Alex gegenüber, der Amelie das Gefühl gab, sie wäre etwas ganz Besonderes. Er hatte sowohl Holzscheite als auch Streichhölzer dabei, und Amelie spürte das wärmende Feuer, hörte es knistern.

Sie tranken einen weiteren Kaffee, und am Ende tauschten sie ihre Telefonnummern aus. Sie besaßen beide schon ein Mobiltelefon, weil Maik es gut fand, wenn ihn seine Frau jederzeit erreichen konnte. Es ging ihr nach der abgebrochenen Kinderwunschbehandlung oft schlecht, und er war beruflich arg eingespannt. So konnten sie telefonieren, wenn etwas war. Außerdem liebte Maik neue technische Errungenschaften.

Amelie erlaubte Alex, sie zum Abschied auf die Wange zu küssen. Als er ging, hing sein süßlich-herber Duft mit einem Hauch von Patschuli in ihrer Nase, an ihrer Haut, in ihrem Haar, das er flüchtig gestreift hatte. Amelie würde sich dieser Geruch auf ewig einprägen.

Besser wäre es gewesen, es bei diesem einen Treffen zu belassen. Seinen Anruf, der am nächsten Tag tatsächlich kam, zu ignorieren. Amelies Leben wäre ein anderes geworden. Glücklicher? Nun, wer konnte das schon sagen?

Alex und Amelie tanzten eine Zeitlang mit den Wolken, dem Wind, genossen die Sonnenstrahlen auf Haut und Seele. Sie lebten, wie man nur leben kann, wenn man das Glück auf seiner Seite wähnt und ausblendet, wie nah der Abgrund ist.

Verloren hatten am Ende alle.

Zerstörtes Vertrauen, zerstörte Hoffnung. Hatten diese Momente das alles gerechtfertigt? Amelie wusste es nicht. Für den Augenblick hatte es sich richtig angefühlt. Trotz dieses furchtbar schlechten Gewissens.

KAPITEL 8

Das Herannahen eines Vogelschwarms unterbrach Amelie.

Während ihrer Erzählung hatte sie völlig entrückt gewirkt, sogar ein bisschen beseelt bei der Erinnerung an diesen Mann, der ihr kurzzeitig großes Glück geschenkt hatte – obwohl es danach zerbrochen war wie zu dünnes Glas.

»Da sind sie wieder, die Nonnengänse!«, rief sie aus und hob die rechte Hand zum Winken.

Das laute Tröten und Schnattern kam immer näher, dieses Mal flogen die Vögel nicht in einer Linie, es waren Hunderte von Gänsen, die in einer dichten Wolke auf sie zusteuerten und über ihnen am Himmel kreisten. Ein Schwarm aus schwarz-weißen Tieren, stolz, ruhig und sich ihrer Erhabenheit und Schönheit bewusst. Schließlich drehten sie ab, bevor sie auf der nahe gelegenen Wiese in einem Pulk landen würden.

»Sie wollten uns begrüßen«, behauptete Amelie. »Es war, als ob sie uns gesucht hätten.«

Bente musste bei dieser fast kindlichen Vorstellung lachen. Aber Amelie wirkte erleichtert, dass sie nicht weitererzählen musste. Fast so, als bereute sie, dass sie überhaupt von Alex angefangen hatte. Schnell das Thema wechseln, solange noch nicht zu viel gesagt und alles noch unverfänglich war.

Wenn sie nicht mehr weitererzählen wollte, würde sie, Bente, es auch nicht tun. Aber es gab offenbar tatsächlich einen schwarzen Fleck in Amelies Leben, und der hieß Alex.

Bente wäre gern noch eine Weile am Flinthörn sitzen geblieben, hätte dem auflaufenden Wasser zugesehen, beobachtet, wie die Vögel ihre Nahrung suchten oder einfach auf den seichten Wellen schaukelten. Aber Amelie wollte plötzlich los.

Bente sorgte sich um sie, denn besonders belastbar hatte Amelie auf dem Hinweg tatsächlich nicht gewirkt, und jetzt machte sie einen hektischen und ziemlich aufgekratzten Eindruck.

Auf jeden Fall schien sie genau zu wissen, wo die Tiere gelandet waren, und so standen sie zehn Minuten später an einer Wiese, auf der sich erneut Hunderte von Nonnengänsen tummelten. Dieses Mal waren sie allerdings nicht so weit entfernt wie am frühen Morgen, und deshalb war das Gefieder viel deutlicher zu erkennen. Der schwarze Hals der äsenden Gänse hob sich in starkem Kontrast von dem weißen Kopf ab, der tatsächlich wie von einem schwarzen Tuch umrahmt wurde und die Vögel wie Nonnen wirken ließ. Oder wie Diener in voller Livree. Ein paar der Tiere fraßen, andere liefen in fast stolzer Haltung umher. Dabei gaben sie ununterbrochen Laute von sich.

»Als Weißwangengänse würden sie wirklich wie ein Butler durchgehen«, sagte Bente. »Die Haltung stimmt, aber ich mag den Namen Nonnengans lieber. Auch wenn sie mit dem Leben der Klosterdamen nichts gemein haben.«

»Sie machen einen solchen Lärm, wenn sie sich unterhalten!« Amelie war völlig außer Atem, aber hier bei ihren Gänsen strahlte sie vor Freude. »Hör nur! Es klingt nicht wie einfaches Schnattern, eher quäkend und doch wohltuend akzentuiert, findest du nicht?« Sie atmete tief ein und breitete die Arme aus. »Das ist auch Glück, Bente. Ohne Alex säße ich aber nicht hier und wäre nie in den Genuss gekommen, das erleben zu dürfen. Alles hat seine zwei Seiten!«

»Ohne Alex wärst du jetzt aber auch nicht allein«, entgegnete Bente. »Ich vermute mal, er ist der Grund, dass du nicht mehr bei Maik bist …«

Amelie biss sich auf die Lippen. »Ich weiß ja nicht, was es ist, das dich hierher vertrieben hat«, fiel sie Bente ins Wort, »aber du solltest nicht vorschnell urteilen.«

Sie legte die Handkante an die Stirn und fixierte ihre gefiederten Freunde.

Es wirkte wie eine Ablenkung, und das sollte es wohl auch sein. Amelie bewegte ihren Mund, als sagte sie etwas, aber Bente verstand nicht, was es war. Amelie war nun ganz auf die Vögel konzentriert.

»Sie sind wirklich schön, deine Gänse«, versuchte Bente eine Brücke zu bauen.

»Das sind sie.« Amelie drehte sich zu ihr um. Dann deutete sie zu einer Ansammlung anderer Vögel, die sich am Rand der Wiese aufhielten. »Das sind Graugänse. Die fliegen nicht weg, die bleiben auf Langeoog.« Sie kicherte. »Und jetzt sag ich dir mal was: Manche leben in homosexuellen Beziehungen.«

»Seemannsgarn!«

»Doch«, sagte Amelie ernst. »Ich erzähle hin und wieder gern Blödsinn, aber das stimmt, das konnten wir nachweisen. Sie stehlen den Heteros die Eier und brüten sie dann als homosexuelles Paar aus. Es ist ein Kuriosum!« Sie kicherte erneut.

»Du lebst wirklich für deine Vögel, oder?« Bente bemühte sich um Lockerheit, denn eines hatte sie schon begriffen: Amelie wollte kein Mitleid.

»Ja«, flüsterte sie nun. »Sie sind mein Leben. Und ich könnte dir noch viele andere Geschichten erzählen. Aber für heute reicht es. Ein anderes Mal. Lass uns zurückgehen. Ich bin müde.«

Amelie lag auf dem Sofa und starrte gegen die Zimmerdecke. Der Rückweg war verdammt anstrengend gewesen, sie hatte große Mühe gehabt, ihn zu bewältigen, weil sie eindeutig zu schnell zur Wiese gefahren war. Ihre Hoffnung, dass die Gänse nah am Weg sitzen würden, war in Erfüllung gegangen. Es war Amelie wichtig gewesen, Bente nicht nur die Nonnengänse, sondern auch die Gegend am Flinthörn zu zeigen. Sie wollte ihr eine besondere Ansicht schenken. Bente sollte verstehen und begreifen, was es hieß, auf Langeoog zu sein. Denn sie trug offenbar eine so schwere Bürde mit sich, dass Amelie es kaum ertragen konnte. Sie hatte selbst erlebt, wie schwierig das war.

Außer Jan-Hauke war Amelie noch keinem anderen Menschen gegenüber so offen gewesen, und sie hatte schnell gemerkt, dass es ihr schwerfiel, über diese Dinge zu sprechen. Erst hatte sie gedacht, ihr alter Freund hätte recht und es wäre gut, das Tuch ein kleines bisschen zu lüften und Bente von Alex zu erzählen, um sie aus ihrer Reserve zu locken. Aber dann hatte ihr Herz stark zu klopfen begonnen.

Dass sie Maik ahnungslos und ohne Visier in die Kampfarena gelockt hatte, würde Amelie sich nie verzeihen. Und es auch nur schwer erklären können. Es hatte ihre dunkle, gemeine Seite gezeigt. Eine Seite, die zugleich unschuldig war, weil Gefühle nur schwer lenkbar waren. Amelie holte tief Luft.

Entgegen ihrer Befürchtung war Bente nicht sofort zurück zur Pension gelaufen, sondern bei ihr geblieben. Sie hatte ihr Tee gekocht, die von Jan-Hauke bereitgelegten Brötchen geschmiert und das Haus aufgeräumt.

Von der zuvor herrschenden Unordnung war nun gar nichts mehr zu erkennen. In Bente schlummerte die perfekte Hausfrau, auch wenn sie es vorhin vehement abgestritten hatte. Der Küchentisch war vollends freigeräumt, in der Mitte hatte Bente einen Blumenstrauß, den sie aus den Herbstastern in Amelies

Garten zusammengestellt hatte, platziert, und so war dem ganzen Haus seine Düsternis und Trübsal abhandengekommen. Es sah jetzt einladend und freundlich aus, und das Lila der Blumen zauberte ein Lächeln auf Amelies Gesicht. Früher, ja früher hatte sie selbst alles im Griff gehabt. Da waren keine Spinnen an ihren Scheiben herumgeklettert, der Garten hatte zwar natürlich gewirkt, aber sie hatte jede Staude, jedes Kraut an ihren Ort verwiesen, und doch war die bunte Blütenpracht kaum zu überbieten gewesen. Das war auf dem kargen Inselsandboden schwer genug. Unmengen von Muttererde hatte sie dafür heranschaffen müssen. Doch jetzt hatte das Unkraut längst die Herrschaft über die bunten Blumen übernommen, lediglich die Herbstastern und ein paar Restbestände der anderen Stauden bewiesen genug Widerstandsfähigkeit und erstrahlten nach wie vor mit voller Kraft. Ein bisschen glich sie selbst den Restbeständen, wie sie es für sich selbst bezeichnete, in ihrem Garten. Was von ihr blieb, waren dieses kleine Häuschen und ein Grab auf dem Dünenfriedhof, wo Jan-Hauke, solange er konnte, ein paar Blumen ablegen würde.

Immer wenn sie an den alten Seebären dachte, wurde ihr warm ums Herz. Niemals würde er sich davon abhalten lassen, bei ihr vorbeizusehen und sich um sie zu kümmern. Er liebte sie, aber sie würde keinen Mann mehr ganz an sich heranlassen. Nicht nur, weil sie bald starb. Nein, sie war für die Liebe zwischen Mann und Frau nicht geschaffen. Eigentlich war sie selbst längst zu einer scheuen Nachtigall mutiert.

Nachdem Amelie vor vielen Jahren auf die Insel geflohen war, hatte sie lange gebraucht, überhaupt wieder jemanden in ihre Nähe zu lassen, und außer Jan-Hauke war es bislang niemandem gelungen, ihr Vertrauen zu gewinnen, selbst wenn die Einsamkeit oft schmerzte.

Doch nun gab es nicht nur Jan-Hauke, sondern auch noch Bente in ihrem Leben. Warum es bei ihr so anders war, konnte Amelie sich selbst nicht erklären. Vielleicht weil es sich plötzlich merkwürdig anfühlte, ihre letzten verbleibenden Wochen nur mit einem alten Fischer und dem Warten auf den Abflug der Gänse zu verbringen.

Bente war ihr passiert, so wie ihr Alex passiert war. Manchmal konnte man vor Begegnungen einfach nicht davonlaufen.

Amelie fuhr zusammen, als ihre Freundin ins Zimmer trat. Sie hatte mit ihrem Einverständnis im Schlafzimmer das Bett frisch bezogen. »Soll ich dir was vorlesen? Einen Fernseher hast du ja nicht. Was magst du denn?«

Amelie wies auf ein Buchregal, das unter seiner Last zusammenzubrechen drohte. Die Regalböden hingen völlig durch, die Bücher darauf stapelten sich in einem kunstvollen Durcheinander. Vorlesen klang gut. Unverfänglich. Und sie würde nicht allein sein.

»Deine Bibliothek?«

Amelie nickte. »Ja, und die Bücher, die ich bis zum Schluss behalten möchte. Ich habe auch selbst mal eins begonnen. Über die Nonnengänse, aber das wird nun nicht mehr fertig. – Lassen wir das.«

Bente wagte nicht nachzuhaken und näherte sich dem Regal. Sie fuhr mit der Fingerspitze über die Einbände. Es befand sich nicht eine Neuerscheinung darunter. Die alten Bücher waren durchweg Klassiker oder stammten mindestens aus den 1980er Jahren. »Du hängst sehr an alten Geschichten, stimmt's?«

»Das sind die Bücher, die ich mit Maik gelesen habe. Was haben wir oft über die Inhalte gestritten!« Amelie lächelte versonnen. »Wir haben beide das Lesen so sehr geliebt, sind ständig zu Literaturveranstaltungen gefahren. Aber einig waren wir uns nie.« Sie schob sich ein Stück höher, das Gespräch weckte ihre Lebensgeister. Über Maik sprach sie gern. »Nur ein Buch, das mochten wir beide sehr. Da gab es keine Diskussionen, jedenfalls keine negativen, bei denen wir uns die Köpfe heißgeredet hätten. Wobei ich genau das geliebt habe.«

»Und, welches ist es?«

Für einen Augenblick überlegte Amelie, ob sie eine witzige Antwort geben wollte, so etwas wie, »Wir liebten einen Erotikbestseller«, doch sie entschied sich dagegen, denn sie wollte Bente nicht hochnehmen. »›Die Pest‹ von Camus. Das Buch haben wir beide verschlungen. Es ist so … vielschichtig.« Amelie wischte sich hastig eine Träne von der Wange. »Und heute bedeutet es nicht nur die Erinnerung an die schönen Zeiten mit Maik. Es ist auch die Absurdität des Romans, die mich in meiner Lage so berührt. Dieses ›Warum ich?‹ Warum bekommt man die Pest? Und warum nicht? Und dann das Verhalten der Menschen, wenn sie dieser Ohnmacht ausgesetzt sind …« Amelie winkte ab. »Vergiss es einfach, ich bin ein bisschen wunderlich geworden mit der Zeit.« Dann wurde sie nachdenklich. »Ich hätte mit Maik mehr reden müssen … aber nun ist es zu spät.« Sie sah zu Bente, die das Regal nach »Die Pest« absuchte, aber nicht fündig wurde.

»Mitte links, drittes Buch.« Amelie hustete. Ihre Luftnot war nach der anstrengenden Tour vorhin schlimm. »Mein Kontrollwahn. Ich kann dir genau sagen, wo jedes Buch von mir zu finden ist.«

»Ich habe meine Bücher auch sortiert. Ich weiß genau wie du, welches ich wo platziert habe. Bücher sind für mich etwas ganz Besonderes! Fast wie Freunde. Ich kann mich von keinem trennen, nicht einmal, wenn ich es nur ungern gelesen habe. Das verbietet mir der Respekt vor der Leistung des Schriftstellers oder der Schriftstellerin.« Bente blätterte in den Seiten von »Die Pest«.

»Ich habe das Buch auch mal gelesen, allerdings in der Oberstufe. Ich kann mich nur bruchstückhaft an die Handlung erinnern.«

»Bitte, lies!«

Bente nickte. »Egal was?«

»Den Anfang. Bitte lies den Anfang. Ich mag Mittelteile nicht, und der Showdown kann so zermürbend sein. Das ist in Geschichten so wie im Leben, nur gibt es in Büchern meist doch noch ein Happy End. Es sei denn, man mag Tragödien. Vielleicht bleibt uns die Zeit, das Buch noch ganz zu lesen.« Sie winkte ab. »Ich sollte mir nicht zu viele Ziele setzen. Dann bin ich nur enttäuscht, wenn ich nicht alles schaffe.«

Amelie schloss die Augen und genoss Bentes warme Stimme, die mit den Worten von Camus den Raum füllte.

Die Hektik, der kurze Anfall von Wehmut, beides war von Amelie abgefallen. Sie lauschte Bente, und zwischen ihnen entstand eine Einigkeit, die sie mit großem Frieden erfüllte. Wenn sie jetzt gehen musste, wäre es in Ordnung. Sie war nicht allein, sie hatte zwei Menschen, denen sie wichtig war. Viel mehr durfte sie nicht erwarten.

Nach etwa einer halben Stunde aber ließ ihre Konzentration nach. »Ich kann leider nicht mehr. So schaffen wir das Werk vermutlich nie. Nie … das muss ich oft denken.«

Bente schlug das Buch zu und stellte es an den angestammten Ort zurück. Mitte links, drittes Buch. Sie hatte gut zugehört, das gefiel Amelie.

»Es tut mir so leid, dass du nicht mehr alles …« Bente wirkte unsicher. »… vollständig erleben kannst. Dass du so rasch müde wirst.«

Amelie lächelte. »Glücklich ist der, der das Leben mit allen Facetten akzeptiert hat. Ganz einfach.«

»Ganz einfach«, wiederholte Bente. »Ganz einfach.« Sie warf einen Blick auf Amelie. »Du bist blass!« Sie strich ihr übers Gesicht. »Kann ich sonst noch was für dich tun, ehe ich in die Pension gehe? Noch eine Scheibe Brot oder einen Tee?«

»Nein, ich mag nichts.« Wie so oft konnte sie es nicht lassen, einen flotten Spruch nachzuschieben. »Hast du heute noch etwas vor, weil du auf der Insel auch was anderes erleben möchtest? Tango tanzen zum Beispiel? Bei de Flinthörners, dem Shanty-Chor, mitsingen oder so?«

Bente schüttelte den Kopf. Sie zögerte, bevor sie sagte: »Du hast mir sehr viel anvertraut, ich kann, glaube ich, dasselbe auch bei dir tun. Es könnte helfen, dieses Gedankenkarussell zu durchbrechen.«

Amelie nahm ihre Hand und zog sie auf die Sofakante. »Genau deshalb habe ich dir von mir erzählt. Genau deshalb. Du bist nicht allein. Fehler zu machen, falsche Entscheidungen zu treffen – all das ist menschlich. Und man merkt oft erst am Ende, was verkehrt war und wo man etwas besser hätte lösen sollen. Erst zum Schluss zieht man endgültig Bilanz.«

Bente gab sich noch immer zögerlich. Welche Last ruhte auf ihren viel zu schmalen Schultern? Amelie hätte in dem Augenblick wer weiß was darum gegeben, ihr dieses dicke Gepäckstück abnehmen zu können. »Versuch es doch! Ich bin deine Freundin, nicht dein Richter. Ich höre dir einfach nur zu.«

Bente gab sich sichtlich einen Ruck, und dann brach es aus ihr heraus: »Ich bin auf Langeoog, um zu mir selbst zu kommen, Amelie. Nur deshalb. Mir geht es nicht besonders gut, um nicht zu sagen: Mir geht es überaus beschissen. Ich bin auf der Flucht vor meinem Mann. Vor unserem gemeinsamen Leben. Vor meinem Beinahe-Geliebten Tom, und in erster Linie laufe ich gerade vor mir selbst weg. Und das in einer Geschwindigkeit, die ich nicht lange durchhalten werde. Meine Kondition lässt von Stunde zu Stunde nach.« Bente schlug die Hände vors Gesicht.

»Und du kommst nur zur Ruhe, wenn du draußen in der Natur bist und durchatmen kannst«, fasste Amelie Bentes Gemütszustand zusammen. »Denn dort habe ich dich anders erlebt, als wenn du zusätzlich von Hauswänden erdrückt wirst.« Sie zog die Decke zum Kinn. Sie konnte still zuhören, zweifelsohne. Sie würde nicht richten, weil es ihr nicht zustand, das zu tun.

Und doch war Bentes Geständnis wie ein Messerstich in ihr Herz. Die Nachtigall hatte zu singen begonnen, und ihr Lied klang so traurig, wie Amelie es befürchtet hatte.

Konnte sie es überhaupt aushalten, wenn sie Bente erlaubte, sich ihr anzuvertrauen? Oder fanden sich gerade zwei Seelen, die einander Trost spendeten und den anderen hielten, damit er beim Fallen nicht hart aufschlug?

Nun hatte sie diese Wendung aber heraufbeschworen und durfte auf keinen Fall kneifen. Sie wollte ihrer neuen Freundin helfen, und da war es schlecht, sich in die eigene Schwäche zu flüchten. Amelie stieß die Decke wieder weg. »Ich weiß, wovon du sprichst, Bente. Das alles kenne ich nur zu gut. Es ist ein Marathon.«

Langsam nahm Bente die Hände vom Gesicht und schaute Amelie mit Tränen in den Augen an. Aufmunternd nickte die ihr zu.

»Ich bin so hilflos und weiß nicht, was ich tun soll«, sagte Bente. »Es ist kompliziert – egal, was ich mache, es fühlt sich gleichzeitig richtig und falsch an.«

»Es ist immer gleichzeitig richtig und falsch.« Amelie reckte das Kinn.

»Das kann aber nicht sein!« Bente drückte ihre Hand. »Das geht nicht.«

»Geht doch! Du wirst dich entscheiden müssen und feststellen, dass diese Entscheidung einerseits richtig und andererseits falsch war. Und dann stehst du dazu. Mit allen Konsequenzen. Nicht mehr umdrehen. Jammern macht unfrei.« Amelie schloss die Augen. Sah Alex und sich im Café. Und sie sah Maiks Verzweiflung. Sie hatte den Mund eben ganz schön voll genommen. Als ob das alles so einfach wäre! Trotzdem führte kein Weg daran vorbei, genau so zu handeln, sonst zerbrach man selbst. Amelies Magen krampfte sich zusammen, als sie ausstieß: »Es geht nur mit einer Entscheidung!«

»Und wenn es die falsche ist?«

»Dann musst du damit leben. Sagte ich doch schon.« Amelie hustete erneut, ihr war schwindelig.

»Ich bin sehr froh, dass du mir dein erstes Nachtigallenlied gesungen hast, aber es geht mir genau wie dir: Es ist auch für mich hart, weil es Wunden aufreißt. Und für dich ist es hart, dass ich sterben werde. Aber zweimal negativ ist positiv, so passt es wieder.« Amelie nahm Bentes Hand und streichelte sie sanft. Allein diese Geste forderte heute eine riesige Anstrengung von ihr. »Wir müssen alles langsam angehen. In homöopathischen Dosen. Dann können wir uns helfen. Ich werde über deine Worte nachdenken und du über meine.«

Hatte Bente zu Beginn ihrer Ausführungen noch erschrocken, ja verletzt gewirkt, zeigte sich jetzt eine große Entspannung auf ihrem Gesicht.

»Du triffst den Nagel immer auf den Kopf, Amelie. Genauso ist es.«

»Ich habe dich angesprochen und in mein Leben gelassen.« Amelie rang nach Luft, und Bente reichte ihr ein Glas Wasser. Sie nippte vorsichtig daran und lehnte sich wieder zurück.

Bente streichelte nun ihrerseits Amelies Hand. So saßen sie zusammen, horchten auf den anderen. Genossen das Band, das sich in der kurzen Zeit, seit sie sich kannten, um sie beide gewunden hatte und das sie nun nicht mehr einfach kappen konnten.

Sie schwangen gemeinsam in einer Schaukel, von der Amelie von allein nicht abzuspringen wagte. Sie hielt beide Seile fest umklammert.

Doch nach einiger Zeit wurde Bente unruhig. »Mich beschäftigt, was du zu der Entscheidung gesagt hast«, begann sie schließlich. »Ich muss also damit leben, wenn ich einen großen Fehler mache?«

Amelie nickte. »Was bleibt dir anderes übrig?«

Bente ließ ihre Hand los, stand auf und entfernte sich rückwärts Schritt für Schritt vom Sofa. »Das sagst du so lapidar, als … als überlegte ich, eine Jeans oder einen Rock anzuziehen. Es geht um meine Familie. Um mein Leben. Nicht um irgendwas!«

»Ich weiß«, antwortete Amelie und fügte flüsternd, kaum hörbar, hinzu: »Und wie ich das weiß.«

Bente ließ die Schultern hängen.

Amelie ahnte Bentes Zweifel am Gelingen ihrer gegenseitigen Hilfe schon, bevor diese ihn in Worte fasste.

»Meine homöopathische Dosis ist für heute erreicht. Ich kann nicht weiter darüber sprechen, Amelie. Es ist mir zu viel.«

Und dann sprang sie von der gemeinsamen Schaukel herunter und ließ Amelie allein weiterschwingen, ungeachtet der Tatsache, dass nun eine große Unwucht entstand.

»Ich muss erst einmal hier weg. Kann sein, dass ich nicht zurückkomme. Meine Probleme, deine Krankheit. Deine Geschichte … Ich weiß, ich bin feige.«

Das Rumms des Aufpralls erwischte Amelie mit einem großen Beben und wurde durch das Zufallen der Haustür noch verstärkt.

Draußen auf dem Weg entfernten sich schnelle Schritte. Amelie schloss die Augen. Sah die Schaukel leer hin und her taumeln, und schon bald hing sie still.

Doch aus irgendeinem Grund beunruhigte Amelie das nicht, denn sie wusste, dass Bente zurückkommen würde.

KAPITEL 9

Die Dünengräser duckten sich, als der Wind über sie hinwegfegte. Amelie hatte recht gehabt, das Wetter schlug um. Es war instabil, wechselhaft und passte zu Bentes Gefühlen. Sie war aus Amelies Haus gestürmt, weil sie plötzlich keine Luft mehr bekommen hatte. Sich allein mit allem herumzuschlagen war etwas anderes, als es auszusprechen und zu bemerken, was sie da gerade tat.

Bente musste ordentlich gegen den Wind ankämpfen, aber damit würde sie schon fertigwerden. Der war das geringste Problem.

»Dann musst du mit der falschen Entscheidung leben«, äffte sie Amelie jetzt nach. Die hatte gut reden, sie würde bald gehen, aber Bente hatte vor, noch ziemlich lange auf der Welt zu sein.

Als ob Amelie etwas dafür kann, dass sie nicht mehr lange lebt, mahnte eine innere Stimme. Bente fühlte sich mies.

Sie hielt sich weiter in Richtung Strand. Auf dem Dünenkamm schlug ihr der Wind aber so heftig entgegen, dass sie sich umentschied, kehrtmachte und in Richtung Wattenmeerseite der Insel lief.

Bente passierte den Flughafen und schlug den Weg zum Golfplatz ein. Von dort aus gelangte sie schnell zum Langeooger Inselwatt. Inzwischen war schon wieder Ebbe, und das Watt lag wie nackt vor ihr, nur durchsetzt von den kleinen Wasserläufen, die sie hier Priele nannten. Eine tödliche Gefahr, wenn man sich nicht an die Regeln hielt und auf eigene Faust zu weit hinauslief, selbst wenn das Festland zum Greifen nah schien. Unterwegs aber lauerten etliche Fallen. Besonders gefährlich sollte der Seenebel sein, der wie aus dem Nichts kam und mit seiner weißen Undurchdringlichkeit alles verschluckte.

Bente schaute zum Himmel, an dem sich ein bizarres Wolkenspiel abzeichnete. Solche Gebilde kannte sie vom Festland nicht. Auf Langeoog wirkten sie wilder, ein bisschen bedrohlich – und zugleich frei. Wieder diese beiden Seiten, wieder dieses Schwarz und Weiß.

Bente aber war auf der Suche nach Zwischentönen, nach winzigen Nuancen, die sie friedlich stimmen konnten.

Wie soll das gehen?, dachte sie und kickte einen kleinen Stein mit dem Fuß weg. Ein bisschen Tom und ein bisschen Daniel?

Amelie hatte recht. Wenn sie sich nicht entschied, würde sie für immer auf der Suche sein und eigentlich gar nicht wissen, wonach sie suchte. Mit einer Entscheidung lief sie zwar Gefahr, das Verkehrte zu tun, würde vielleicht damit hadern, aber der Schnitt war glatt.

Bente ließ ihren Blick über das Wattenmeer schweifen. Ohne Wasser wirkte es tot. Grau, ein bisschen trist, vor allem jetzt, wo sich der Himmel immer stärker verdunkelte.

»Das täuscht«, hatte Amelie vorhin erklärt. »Das Wattenmeer ist lebendig, auf jedem Zentimeter leben unzählige Tiere. In den vorgelagerten Salzwiesen brüten Tausende von Seevögeln, und wenn das Meer sich zurückgezogen hat, dann singt es mit einem leisen Knistern. Man muss nur zuhören oder genau hinsehen.«

Bente schluckte. Sie wollte jetzt nicht mehr an Amelie denken. Weder an das, was gerade mit ihr passierte, noch an das, was sie gesagt hatte. Sie passten einfach nicht zusammen. Allein der große Altersunterschied machte eine Freundschaft unmöglich. Und überhaupt: Hatte Bente die Kraft, eine Freundschaft zuzulassen, die in Kürze schon wieder beendet sein würde? Eine solche Nähe, die schon bald zerschmettert wurde, weil die Axt bereits erhoben worden war?

Sie hatte doch mit Amelie gar nichts zu tun! Sie war ihr nur zufällig begegnet, würde auch ohne sie klarkommen. Und für Amelie gab es schließlich Jan-Hauke.

Bente fühlte sich schlecht, allein weil sie solche Gedanken hegte. Sie hatte Amelie in ihr Leben gelassen, war ihr in der kurzen Zeit verdammt nah gekommen, und sie hatte ihr die Freundschaft zugesagt. Da konnte sie nun nicht einfach die Biege machen.

Was aber war, wenn Amelie doch noch länger lebte, als es jetzt schien, und Bente zurück zu ihrer Familie ging? Sie würde die andere mit all ihren Problemen allein zurücklassen. Es war also bestimmt besser, nicht herauszufinden, warum sie Kerzen auf Kindergräber stellte.

Bente wandte sich ab, war unschlüssig, was sie nun tun sollte. Wegen des starken Windes war ihr das angebliche Knistern des Wattenmeeres verborgen geblieben. Hier fand sie keine Ruhe.

Tom kam eben vom Hafen zurück, wo er im Café einen Tee getrunken hatte, und beschloss, trotz des Windes einen kurzen Blick aufs Meer zu werfen. Noch immer hegte er die Hoffnung, Bente über den Weg zu laufen, aber so langsam zermürbte ihn die Suche. Was war, wenn sie gar nicht mehr auf der Insel weilte? Im Hotel kannte sie natürlich keiner, und wäre sie dort Gast, hätte er sie bei einer der Mahlzeiten bestimmt angetroffen.

Tom wählte den Weg an der Lale-Andersen-Statue vorbei, machte einen Abstecher zum Wasserturm auf der Kaapdüne und freute sich über die vielen Schlösser, die die Liebenden dort hinterlassen hatten. Seins und Bentes würde bestimmt auch bald dort hängen. Er musste sie nur finden.

Je mehr er auf die Nordseite Langeoogs zusteuerte, desto heftiger wurde der Wind. Er musste sich mächtig dagegen anstemmen.

Tom überquerte die Dünen und marschierte leicht vornübergebeugt, den Schal bis zur Nase hochgezogen und die Mütze tief in der Stirn, aufs Meer zu. Inzwischen hätte er behauptet, dass hier Sturmstärken herrschten. Die See warf ihre Wellen wütend an den Strand. Gischtfetzen tobten über den Sand und bildeten Schlieren, die umeinander herumtanzten, hochsprangen und sich woanders platzierten. Fasziniert stand Tom am Spülsaum, bei manchen Böen musste er sich immer wieder gegen den Wind anstemmen oder sich ausbalancieren. Obwohl er die Insel zunächst abgelehnt hatte, musste er sich jetzt doch eingestehen, dass sie inzwischen eine gewisse Faszination auf ihn ausübte. Wie schön wäre es allerdings gewesen, jetzt Bente im Arm zu halten, sie vor den Naturgewalten zu schützen und ihr auf diese Weise seine Stärke zu zeigen!

Tom hielt es nicht lange hier unten aus, machte kehrt und setzte sich auf eine der Bänke auf dem Dünenkamm. Neben ihm hatte sich bereits ein kleiner Sandberg gebildet, und sein Gesicht wurde von den Körnern regelrecht einem Peeling ausgesetzt.

Er schloss die Augen, versuchte sich auf Bente zu konzentrieren und überlegte, wo er sie finden könnte. Sie würde Daniel schnell vergessen, wenn er sie erst geküsst hatte.

»Da bist du ja wieder«, sagte Amelie, als Bente am nächsten Vormittag in der Tür stand. »Ich wusste, dass du kommst.«

Sie saß am Küchentisch und löste gerade ein Kreuzworträtsel.

»Ich wusste es ja nicht einmal selbst«, antwortete Bente. »Ich habe wirklich überlegt, ob ich nochmal herkommen soll.«

Amelie legte den Stift beiseite. Sie sah besser aus als gestern nach der Exkursion. Ihr Lächeln wirkte wieder überaus schelmisch. »Du bist aber zu neugierig, um wegzubleiben.« Sie wies auf einen der leeren Stühle. »Setz dich. Im Stehen klönt es sich nur schwer.«

Bente zog den Stuhl unter dem Tisch hervor und nahm Platz. Amelie schob die Wasserflasche zu ihr rüber und zeigte auf ein Glas, das kopfüber auf dem Tischtuch stand.

»Du willst Alex' Geschichte weiter hören, liege ich richtig? Und du möchtest wissen, was es mit den Kindergräbern auf sich hat.«

Bente goss sich ein Glas Wasser ein und schaute zu, wie die Kohlensäure nach oben sprudelte. Ein paar Kügelchen setzten sich an der Wand ab, bevor sie weiterperlten.

»Immer wieder ein schönes Schauspiel«, sagte Amelie. »Aber nun raus mit der Sprache: Ich habe recht, oder?«

Bente seufzte. »Ja, hast du. Ich habe lange nachgedacht. Aber ich will nicht nur die Geschichte hören. Ich … ich mag dich jetzt einfach nicht allein lassen. Nicht so.«

»Danke«, sagte Amelie. »Ich weiß, dass es nicht einfach ist. Der Tod ist nie einfach. Über eine Geburt freut man sich, weil etwas Neues beginnt, weil man voller Hoffnung für das neue Lebewesen ist. Aber der Tod? Er ist so endgültig und lässt nur Spielraum für Esoteriker.«

»Du meinst, weil sie darüber spekulieren, was danach kommt?«

»Genau. Das Paradies, eine Wiedergeburt. Seelenwanderung … Es gibt viele Ansätze.«

»Und was glaubst du?«, fragte Bente.

Amelie zuckte mit den Schultern. »Schau ich in die Natur, bleibt nur die Erkenntnis, dass der Körper verwest oder gefressen wird. Wir nehmen also im Laufe des Lebens viel Karma in uns auf. Von Pflanzen oder Tieren.«

Bente nagte an der Unterlippe. »Das klingt ziemlich desillusioniert. Tod heißt für dich also, dass es endgültig vorbei ist.«

Amelies Augen leuchteten. »Das habe ich nicht gesagt. Ich glaube daran, dass wir uns alle wiederbegegnen. Irgendwie. Auf welche Weise, kann der Herr da oben besser entscheiden. Würde ein Großteil der Menschen nicht glauben, dass es doch mit einem anderen Dasein weitergeht, wäre die Panik zu sterben vermutlich noch viel größer.«

Bente musste das erst einmal sacken lassen.

»Hast du Lust, die Kerze anzuzünden? Die Streichhölzer liegen auf der Anrichte.« Amelie deutete auf eine frische Bienenwachskerze.

Bente stand auf, holte die Hölzer und machte die Kerze an. Sofort durchzog ein rauchig-süßer Duft die kleine Küche.

Amelie wedelte den leichten Qualm zu sich her. »Das riecht so gut! Jan-Hauke bekommt die Kerzen immer von einem befreundeten Imker.« Amelie musterte ihre Freundin, und Bente bemühte sich, nicht allzu fahrig zu wirken. Allerdings zitterten ihre Hände leicht.

»Bist du nur hergekommen, um meine Geschichte zu hören, oder hast du noch mehr auf dem Herzen?«

Bente wand sich, aber dann sagte sie: »Ich habe gestern angedeutet, dass ich Probleme habe, weil es diesen Tom gibt.«

Amelie schnalzte mit der Zunge. »Dachte ich es mir doch. Und?«

»Ich habe ihn blockiert. Also kann er mir nicht mehr schreiben«, sagte Bente. »Ich habe ihm gesagt, dass ich keinen Kontakt mehr will. Trotzdem glaube ich, dass er nicht aufgeben wird. Er verliert ungern. Außerdem habe ich den Verdacht, er mag mich wirklich.« Sie senkte den Kopf und nagte an ihrer Unterlippe.

»Und wenn er einen Weg zu dir findet, dann weißt du nicht, ob du ihm widerstehen kannst?«, sprach Amelie für Bente weiter.

»Ja«, antwortete diese knapp. »Ich habe Angst, doch nachzugeben und mich einwickeln zu lassen.«

Amelie schürzte die Lippen. »Es wäre frech, wenn er sich nicht an deine Anweisungen hält.«

»Er ist so«, sagte Bente. »Daniel hätte sich zurückgehalten, Tom fühlt sich angespornt.« Sie fuhr sich hektisch mit der Zunge über die Lippen. »Klingt blöd, aber das ist einer der Gründe, warum ich ihn gut finde. Er ist ein Draufgänger.«

»Das macht ihn interessanter, aber nicht besser«, sagte Amelie stirnrunzelnd.

Bente verstand, worauf sie hinauswollte. »Du meinst, er muss deshalb nicht der Stärkere sein?«

»Du hast das Nonnengans-Bild gut im Kopf«, sagte sie. »Genau das wollte ich tatsächlich damit ausdrücken. Daniel und er stehen im Duell um deine Gunst. Du musst entscheiden, wer es verdient hat, zu siegen. Auf wen du zählen kannst.«

Bente stützte das Kinn auf und dachte nach. »Die Konstante Daniel gegen den Draufgänger Tom.«

Amelie nickte. »Du darfst nicht die Männer entscheiden lassen. Das musst du selbst tun!«

Draußen knallte eine Tür, und kurz darauf sah Jan-Hauke herein. »Ich hab die Blätter zusammengeharkt und in die braune Tonne geworfen«, sagte er. »Nun hast du sie nicht ständig im Hausflur.«

»Bis zum nächsten Sturm«, erwiderte Amelie. »Schon heute Abend werden wieder welche da sein. Aber danke, dass du es versuchst.«

»Moin, Jan-Hauke«, begrüßte Bente ihn. »Ich hab dich gar nicht gesehen, als ich gekommen bin.«

Jan-Hauke hielt seine Mütze in der Hand und kratzte sich am Kopf. »Du warst völlig in deine Gedanken vertieft. Macht nichts.« Er wandte sich wieder an Amelie. »Ich schau später nochmal nach dir, mien Deern! Und notfalls harke ich eben ein weiteres Mal.« Er setzte die Mütze wieder auf.

»Mach das, du Zausel.« Amelie lächelte noch, als er die Tür längst hinter sich geschlossen hatte. »Er ist een fein Keerl«, sinnierte sie. »Manchmal wüsste ich gar nicht, was ich ohne ihn machen sollte.«

Bente lehnte sich mit hinter dem Kopf verschränkten Armen auf dem Stuhl zurück. »Es ist gut, dass er für dich da ist. Er ist ein echter Freund.«

»Das ist er. Jan-Hauke urteilt nicht. Ich mag Menschen nicht, die immer genau wissen, wie alles zu sein hat. Vor allem, wenn sie selbst noch nie in derselben Situation waren.«

Bente griff über den Küchentisch hinweg nach Amelies Hand. »Danke, dass du mir zugehört hast. Ich will auch deine Geschichte hören. Ich glaube, die Last, die du zu tragen hast, wird leichter, wenn du sie teilst. Sie ist für einen Menschen allein zu schwer, auch wenn Jan-Hauke für dich da ist.«

Amelie drückte Bentes Hand kurz, ließ sie dann aber los. »Da magst du recht haben. Aber erst sprechen wir noch ein wenig über dich.«

Bente biss sich auf die Lippen. »Ich wollte vorhin bei Daniel anrufen. Er hat wohl meine Nummer blockiert. Oder er geht nicht ran, wenn er sieht, dass ich es bin.«

Amelie trank einen Schluck Wasser. »Oje, das kenne ich auch. Er hat das große Schweigen eingeläutet.« Sie stellte das Glas so heftig auf den Tisch zurück, dass Bente schon befürchtete, es würde zerspringen.

Sie kämpfte jetzt mit den Tränen. »Ich verstehe es nicht. Auch Elinor nimmt nicht ab, und das, obwohl sie mir gesagt hat, sie hätte Verständnis für meine Lage. Wir haben sogar darüber gesprochen, dass sie mich vielleicht auf Langeoog besuchen kommt.«

»Wie alt ist sie?«

»Vierzehn.«

»Da schwanken die Stimmungen so oft wie das Wetter auf der Insel. Versuch es immer wieder, so lange, bis sie einlenkt.«

»Ich glaube, ich habe einen Fehler gemacht und sollte besser zurückfahren. Wegzulaufen bringt nichts. Aber wenn ich jetzt gehe, dann bin ich keinen Schritt mit dem weiter, was mich bewegt. Und du bist allein.« Bente schluchzte auf. »Dabei habe ich dir doch eben noch gesagt, dass ich für dich da sein will. Ach, Mist, ich weiß gar nicht, in welche Richtung ich laufe.«

»Was soll ich darauf antworten? Klar, du musst mit deiner Familie Frieden schließen. Du sollst glücklich sein. Aber wenn du noch Abstand brauchst, dann nimm dir die Zeit. Ein überstürzter Kompromiss wird euch zum Fallen bringen. Das habe ich selbst erlebt.«

»Ich kann wirklich noch nicht zurück«, sagte Bente mit einem weiteren Schluchzer.

»Du würdest mir tatsächlich fehlen«, bestätigte Amelie.

»Es ist schön, dass du da bist, aber mir bleibt Jan-Hauke, egal, wie du dich entscheidest. Auf mich musst du keine Rücksicht nehmen. Auch wenn ich weiß, dass wir uns gegenseitig guttun.« Sie sah Bente mit liebevollem Blick an. »Ich werde dich niemals festhalten, denn egal, wie du dich entscheidest: Es ist keine Entscheidung gegen mich. Sondern für dich, und das kann ich sehr wohl auseinanderhalten.«

»Und was sagst du zu meinem Dilemma?«, fragte Bente. »Tom oder Daniel?«

Amelie zuckte mit den Schultern. »Ich kenne beide nicht, und ich kann dir auch nicht sagen, wer dein Herz auf Dauer am meisten berührt.«

»Bei dir war es zumindest zeitweise Alex«, sagte Bente. »Bitte, erzähl mir von ihm.«

»Gut, das mache ich. Aber zuerst gibt es Tee.«

Amelie erhob sich und setzte das Wasser auf.

Alex meldete sich gleich am Folgetag bei Amelie, und sie war froh, dass sie ihm die Nummer ihres Mobiltelefons und nicht die vom Festnetz gegeben hatte. Womöglich wäre Maik doch zu Hause gewesen und an den Apparat gegangen. Jetzt widerstand sie der Versuchung, Alex zu antworten.

Doch er gab nicht auf und rief sie an, ob sie Zeit hätte. Sie war froh, allein zu sein, weil sie gar nicht hätte sagen können, wie sie Maik erklären wollte, dass ein fremder Mann am Telefon war.

»Ich möchte dich sehen«, sagte Alex mit seiner unvergleichlichen Stimme. Eine Mischung aus Bass und einem Hauch von Sahne. Jede Nuance nahm Amelie mit einer Aufmerksamkeit wahr, die sie selbst erstaunte. Ihr Herz klopfte bis zum Hals, und sie nickte.

Alex konnte das natürlich nicht sehen, aber er wartete mit einer unendlichen Geduld darauf, dass Amelie antwortete. »Und?«, hakte er nach.

Sie wusste nicht, wie und wo sie ein Treffen arrangieren sollten, aber sie hörte sich fragen: »Ja, wo denn?«

Alex schlug ein Café in der Innenstadt von Jever vor. Doch das erschien Amelie zu gefährlich. Maiks Büro befand sich dort. Nein, Jever war unmöglich, was, wenn sie jemand sah?

Du willst nur mit ihm einen Kaffee trinken, das darf jeder sehen, der es will, dachte Amelie und wusste zugleich, dass sie sich die Situation schönredete. Wenn sie und Alex sich trafen, würde es nicht bei einem Kaffee bleiben. Dafür zog und kribbelte es schon zu sehr. Sie ahnte, dass es ihm ähnlich ging. Vielleicht konnten sie einander an diesem einen Nachmittag noch widerstehen, aber was kam danach?

»Ich glaube, es geht doch nicht«, sagte sie. Es war ausgeschlossen, sich mit Alex zu treffen. Gerade weil er eine viel zu große

Faszination auf sie ausübte. »Welches Ziel sollte ein Treffen auch haben?«, fuhr sie fort und bemühte sich, möglichst sachlich zu klingen. Nicht Hoffnungen schüren, wo es keine gab.

Warum aber hatte sie sich seit ihrem Treffen gestern ständig ausgemalt, wie sich seine Lippen anfühlten? Und was wäre, wenn … Wieder schoss eine heiße Welle vom Bauch in ihren Schoß.

»Ich möchte dich nur sehen.« Die Stimme kroch wie süßer Honig durch die Leitung, und Amelie wusste, dass sie davon kosten wollte. Doch ein letztes Aufbegehren gelang ihr noch, sollte ihr die Flucht ermöglichen. »Ich kann das nicht. Ich habe einen Mann.« Sie würde das Gespräch jetzt beenden, bevor sie zur Marionette ihrer eigenen Gefühle wurde, dachte sie. Alle Vernunft sprach gegen ein Treffen mit Alex.

»Ein Kaffee. Ich fasse dich nicht an«, versprach er.

»In Horumersiel? Am großen Parkplatz in der Ortsmitte? Dienstag um 16 Uhr?«, rutschte es Amelie heraus, und sie erschrak selbst bei ihren Worten. Aber während sie geplant hatte, ihn zum Teufel zu schicken, hatte sich parallel dazu eine Idee in ihrem Kopf geformt, wie sie ein Treffen ohne Schwierigkeiten hinbekommen konnten.

Horumersiel lag am Meer. Dorthin und nach Minsen fuhr sie oft, um Seevögel zu beobachten. Oder sie nahm an einem der zahlreichen Vorträge teil, die in Horumersiel angeboten wurden. Dienstag war wieder einer im Kurhaus. Vorrangig ging es um die Nonnengänse. Amelie freute sich auf den Vortrag, denn ihr waren die majestätisch anmutenden Vögel sympathisch. Falls Maik später fragen würde, warum sie so lange weg gewesen war, konnte sie behaupten, vorher einen Kollegen aus dem Institut getroffen zu haben. Aber Maik fragte so etwas normalerweise gar nicht. Er vertraute ihr.

»Okay, ich freue mich. Dienstag um 16 Uhr.« Amelie spürte Alex' Lächeln förmlich durchs Telefon, dachte an sein Grübchen auf der linken Wange und an die Narbe auf seinem Hinterkopf. Sie hatte ihn bisher nicht gefragt, woher sie stammte, aber es interessierte sie, so, wie sie alles an Alex interessierte.

»Ich muss um halb sechs zu einem Vortrag.« Amelie war froh darüber, so konnte sie Alex später nirgendwohin folgen, wo es womöglich gefährlich wurde. Wobei sie nicht einmal wusste, wo er wohnte. Darüber hatten sie noch nicht gesprochen.

»Dann haben wir eineinhalb Stunden, Amelie. Eineinhalb Stunden, nur für uns. Ich werde jede Minute genießen.«

»Gut, dann bis Dienstag.« Amelie drückte das Gespräch weg, und es fühlte sich an, als hätte sie sich verbrannt. Was war das eben gewesen? Hatte sie sich tatsächlich mit Alex verabredet? Ihr wurde schlecht.

Einerseits galoppierte ihr Herz gerade im Jagdgalopp, andererseits belog sie ihren Mann, denn sie konnte ihm von der Verabredung auch später nichts sagen. Niemals, Maik hätte sofort an ihrer Stimme erkannt, dass etwas faul war an diesem harmlosen Kaffeetrinken.

Amelie zog sich eine Jacke an und trat vor die Tür ihres Hauses, das in Wilhelmshaven am Rüstersieler Hafen lag. Es war ein heißer Julitag, die Sonne ließ den Asphalt flirren. Die Gärten blühten nicht mehr in derselben Pracht wie im Mai, aber trotzdem wirkte die Welt um sie herum farbenfroh.

Amelie wandte sich zum Hafen. Auf einigen Segelbooten standen Skipper, die entweder etwas flickten oder reinigten. Fröhliche Stimmen schallten zu ihr herüber. Der klarblaue Himmel wurde von keinem Wölkchen getrübt, und die Sonne spiegelte sich in den kleinen Wellen des Hafenwassers.

Amelie setzte sich auf eine Bank und starrte auf die weißen Boote. Das habe ich noch nie getan, dachte sie. Ich habe Maik noch nie belogen. Wie gelähmt ging sie ihren Plan noch einmal durch, nur um Sekunden später in Erwägung zu ziehen, alles abzusagen. Doch am Ende war das Sehnen, der Reiz, es zu versuchen, stärker als alle Bedenken.

Sie hatte schon länger geplant, zu diesem Vortrag zu fahren. Sie fand das Leben der Zugvögel ungemein spannend, hatte Biologie mit dem Schwerpunkt Ornithologie studiert und arbeitete stundenweise im Wattenmeerzentrum.

Von daher war es überaus glaubwürdig, wenn sie nach Horumersiel fuhr. Eineinhalb Stunden eher als geplant.

Eineinhalb Stunden mit Alex. Sie wusste schon jetzt, dass die Zeit wie im Flug vergehen würde.

Amelie schloss die Augen und gab sich ihren Träumen hin. Verborgene Gefühle kämpften sich einen Weg nach oben. Wie eine Kröte, die sich im Dunkeln versteckt, aber doch irgendwann einen heimlichen Spaziergang wagt. Sie spürte in Gedanken Alex' Lippen auf ihren, sie trank seinen Atem, und sie genoss es, wenn er sie berührte. Wie er sich wohl anfühlte? Anhörte, wenn sie sich sehr nahekamen?

Eine Kinderstimme riss Amelie aus ihren Träumen, und sie schämte sich zutiefst dafür, was sie eben gedacht hatte.

Ein blondes Mädchen fuhr hinter ihr mit dem Rad vorbei. »Mama! Papa!«, rief sie, und nun entdeckte Amelie auch die Eltern. Das Mädchen stieg vom Rad und fiel beiden in die Arme.

Amelie versetzte es einen Stich. Darauf hofften sie und Maik schon so lange! Das war ihr Ziel, und dafür hatten sie sehr viel auf sich genommen. Nein, sie konnte das nicht tun. Sie liebte Maik! Und doch waren da diese Löcher, die der Alltagstrott und die unerfüllte Sehnsucht nach einem Kind gierig in ihr Zusammensein gebissen hatten.

Der Vater küsste seine Frau jetzt auf die Wange und legte seinen Arm um ihre Hüfte. Das Mädchen stieg wieder auf und fuhr in kleinen Schlangenlinien vor ihnen her.

Amelie tat das Bild weh. Sie waren lange nicht mehr als Mann und Frau unterwegs gewesen. Meist unternahm sie etwas mit ihrer Freundin Charlotte, weil Maik sich auch übers Wochenende Arbeit mit nach Hause brachte und vermutlich auf diese Weise versuchte, den Schmerz darüber zu betäuben, dass sich eine unsichtbare Wand zwischen sie geschoben hatte.

Amelie schloss die Augen wieder und lauschte dem Kreischen der Möwen. Ihr Atem ging schwer, erreichte nicht jede Zelle und versorgte sie so, wie es nötig gewesen wäre. Doch der Druck war so groß, dass sie gerade einfach nicht tief durchatmen konnte.

Wenn sie Maik noch liebte, warum hatte sie sich dann mit Alex verabredet? Warum war da dieses Sehnen, das stärker war als das schlechte Gewissen?

Die Fragen türmten sich in Amelie zu einem derart hohen Berg auf, dass sie nicht mehr über den Gipfel sehen konnte. War sie so egoistisch und schmeichelte ihr Alex' Interesse so sehr, dass sie das Risiko einging, ihrer Beziehung noch breitere Risse zuzufügen? Am liebsten hätte sie jetzt die Arme zu Flügeln ausgebreitet und wäre den Möwen übers Meer gefolgt. Weit, weit weg. Bis zum Horizont und darüber hinaus.

Doch sie saß hier in Rüstersiel auf der Bank und konnte nicht fortfliegen. Sie musste eine Entscheidung treffen, denn wenn sie am Dienstag zu dieser Verabredung ging, würde das nicht folgenlos bleiben.

Amelie stand auf, stemmte die Hände ins Kreuz und sog die klare Sommerluft in sich auf. Das gelbe Kleid umspielte ihre schlanken Beine.

Sie war genauso unentschlossen wie zuvor.

Das Einzige, was sie sicher sagen konnte, war, dass sie sich fühlte wie eine Muschel, die den Halt der Bank verloren hatte und nun willenlos im Meer trieb. Sie vermochte nicht mehr zu bestimmen, wohin sie gehen wollte, sondern wurde von einer

Strömung mitgezogen, und es blieb ihr nur die Hoffnung, eines Tages wieder andocken zu können. Ansonsten wäre sie verloren in der Unendlichkeit des Ozeans und würde entweder gefressen oder eines Tages an den Strand geworfen werden.

Plötzlich begann Amelie zu weinen. Sie legte die Hände vors Gesicht, und es dauerte, ehe sie sich wieder beruhigte.

Sie musste absagen. Einen Schlussstrich ziehen, bevor es überhaupt begonnen hatte. Warum übte Alex schon in der kurzen Zeit eine so große Anziehungskraft auf sie aus? Warum wollte sie nach und nach erfahren, wer er war? Dinge entdecken, die sie faszinierten oder vielleicht sogar abstießen. Sie wollte wieder leben ohne diesen Druck, was im Augenblick mit Maik aussichtslos erschien. Ihr Kinderwunsch hatte schmerzhafte Spuren hinterlassen. Nur – war es nicht falsch, einfach abzubiegen, statt auf dem vertrauten Weg weiterzugehen?

Amelie fühlte sich entblößt, weil eine Seite in ihr zum Vorschein kam, die sie nicht kannte und die sie auch gar nicht mochte, denn sie hatte etwas Düsteres und Verschlagenes. Sie passte nicht zu dem Bild, das sie von sich selbst hatte. Sie wollte sich viel lieber wieder ankleiden und die Wärme zurückholen. Mit dem Mantel das bedecken, was durch Alex freigelegt worden war. Sie musste ihre heile Welt erhalten, weil sie sich sonst selbst verriet.

Oder machte sie sich etwas vor?

Schwerfällig begab Amelie sich auf den Weg nach Hause.

Bis Dienstag waren es noch vier Tage. Amelie versuchte weiter, sich die Harmlosigkeit ihres Unterfangens einzureden, ging aber zugleich in Gedanken ihr Outfit durch. Sollte sie eine Hose oder einen Rock anziehen? War es gut, sich ein wenig zurechtzumachen, oder mochte Alex es lieber natürlich? So zerrissen und wankelmütig hatte sie sich noch nie erlebt.

In der Küche begann sie die Schränke zu putzen, obwohl sie das erst kürzlich getan hatte und das Haus ohnehin blitzte.

Maik mochte es gern sauber und konnte sich bei Unordnung furchtbar aufregen. Aber er räumte alles selbst weg, wenn es ihn störte, und er ließ seinen Unmut nie an Amelie aus.

»Ich koche Maik heute etwas Schönes, wir trinken zusammen ein Glas Wein, und dann ist alles wieder in Ordnung«, sagte sie zu sich.

Amelie fuhr zum Fleischer, ging in den Supermarkt und besorgte alle Zutaten für ein wunderbares Menü. Sie wollte einen leckeren Sommersalat anrichten. Danach sollte es Rindersteaks mit selbstgemachter Kräuterbutter und Champignons geben, dazu kleine Kartoffeln, mit der Schale gekocht. Erbsen, Möhren und kleine Brokkoli-Röschen mit einer feinen Béchamel-Soße rundeten das Hauptgericht ab. Zum Nachtisch plante sie Rote Grütze mit Vanillesoße, das liebte Maik ganz besonders.

Sobald sie wieder zu Hause war, band Amelie sich die Schürze um und begann alles vorzubereiten. Voller Elan schnitt sie Gurken, Radieschen und Zwiebeln. Zerrupfte den Salat, pflückte den Radicchio auseinander und kreierte ein süß-scharfes Dressing.

Das Gemüse war schnell zerkleinert und wartete nun im Topf darauf, gekocht zu werden, und auch die Rote Grütze samt Soße hatte sie in einer wahren Blitzgeschwindigkeit fertig.

Amelie deckte den Tisch im Wohnzimmer, von wo aus sie einen wunderbaren Blick auf den Hafen hatten. Sie würde die Schiebetür ganz öffnen, um die warme Sommerluft hereinzulassen. Nach dem Essen würden sie mit dem Pinot Noir auf der Terrasse sitzen, sich immer näherkommen, sich küssen und endlich wieder ein Ehepaar sein.

Amelie stellte den Kerzenleuchter auf den Tisch, drapierte die roten Servietten in einer besonderen Falttechnik, dass sie wie Vögel anmuteten, auf die weißen Teller und stellte Wasser- und Weingläser dazu.

Dann schaute sie auf die Uhr. In einer halben Stunde würde Maik von der Arbeit kommen. Vor ihnen lag ein wunderbarer Sommerabend, der nicht nur mit lauen Temperaturen lockte, sondern sie auch wieder wirklich Liebende werden lassen konnte. Danach gäbe es keinen Alex mehr.

Amelie zog sich um, entschied sich für das rote, kurze Kleid, das ihren Ausschnitt betonte, denn das mochte Maik. Sie wollte sich für ihn schön machen. Die Spitzenunterwäsche anziehen, damit sie ihn nach dem Essen verführen konnte.

Sie drehte sich vor dem Spiegel. Dann setzte sie sich an den Tisch und wartete.

Es wurde sechs. Es wurde sieben. Es wurde acht.

Enttäuscht griff Amelie zum Hörer und rief in Maiks Firma an. Ihr Mann ging sofort an den Apparat.

»Maik, wo bleibst du?«

»Wie spät ist es denn?«

»Nach acht. Und es ist Freitag.«

Maik stöhnte entsetzt auf. »Schon so spät? Ich brauche aber noch. Ist ein schwieriger Versicherungsfall, den ich hier zu bearbeiten habe. Doch es wird sich lohnen!«

Amelie schluckte. Sie hatte sich etwas vorgemacht. Es war wie immer und es würde für immer so sein.

»Maik, ich habe für uns Essen vorbereitet.«

»Das hast du aber gar nicht erzählt«, sagte er.

»Ich … ich wollte dich überraschen.« Amelies Stimme wurde mit jedem Wort leiser. »Kannst du nicht doch jetzt kommen? Ich hatte gehofft, wir könnten uns ein paar schöne Stunden machen. Es ist ein so wunderbarer Sommerabend …«

»Hör zu, Liebes, das verstehe ich ja, aber hier brennt gerade die Hütte, weißt du? Wir holen das nach.« Wieder diese Unverbindlichkeit. Nicht wann, nicht wo. Die Flucht vor dem, was sie doch eigentlich beide gewollt hatten.

»Wann?«

»Bald. Du, ich muss auflegen. Iss ruhig schon, ich wärme es mir später auf und koste, was du gekocht hast.« Er lachte. »Und wenn ich nicht da bin, dann kannst du immerhin im Fernsehen schauen, was du willst.«

Maik legte auf, und aus dem Hörer kam nur noch das monotone Tuten.

Amelie ging in die Küche und briet die Steaks. Dann zündete sie die Kerzen an und setzte sich allein an den Tisch. Aus dem CD-Player ertönte Mozarts kleine Nachtmusik.

Amelie begann zu essen. Das Steak war zu lange gebraten, das Gemüse zerkocht und das Dressing zu süß. Sie kippte alles in den Müll. Die Rote Grütze rührte sie nicht an.

Anschließend setzte sie sich auf die Terrasse, nippte am Rotwein, fand auch den zu schwer.

Mit einem Mal konnte Amelie dieses Haus nicht mehr ertragen. Das Haus nicht. Die Einrichtung nicht. Und das Alleinsein schon gar nicht. Sie löschte die Kerzen und griff nach der dunkelblauen Sommerjacke. Dann holte sie das Fahrrad aus dem Schuppen und radelte los. Ohne ein Ziel, auch wenn es schon dämmerte.

Amelie fuhr an der Reitanlage des Heppenser Reitvereins vorbei, passierte die Werft und den Marinestützpunkt, bis sie über die mondäne Kaiser-Wilhelm-Brücke schließlich zum Südstrand gelangte. Dort lehnte sie sich an die Mauer der Strandpromenade und starrte auf das braungrüne Nordseewasser. Die kleinen Wellen des Jadebusens rollten recht träge an den Strand, der Arngaster Leuchtturm spuckte sein Licht in den Abendhimmel. Ein Mann pfiff nach seinem Hund, der einem Stöckchen nachgejagt war und nicht zurückkommen wollte.

Eine leichte Brise ließ Amelies Blick in Richtung der offenen Nordsee schweifen. Über dem Meer türmte sich eine dunkle

Wolkenwand auf, der Jadebusen jedoch wirkte verschlafen und vermittelte den Eindruck, als hätte er heute nicht mehr vor, sich von Regenböen peitschen zu lassen. Trotzdem war es wohl erst einmal vorbei mit den lauschigen Sommernächten, die viel Zauber versprachen, ihn aber nicht immer einlösten.

Ich sollte mir meine Welt erhalten, dachte Amelie, aber ich kann es nicht.

Sie sah dem Hundebesitzer nach, der sein Tier wieder eingefangen und angeleint hatte. In der Ferne grollte ein Donner. Amelie beschloss, rasch von hier zu verschwinden, bis Rüstersiel hatte sie noch ein gutes Stück zu fahren.

»Gar nichts ist gut«, sagte sie laut. »Verdammt, gar nichts ist gut.«

Sie radelte zurück. Als sie nach Hause kam, lag alles im Dunkeln, und Maik war noch immer nicht da.

KAPITEL 10

»Und? Hast du die Verabredung abgesagt?«, fragte Bente, die Amelies Einsamkeit an dem Abend so gut nachvollziehen konnte.

Wie oft hatte sie allein am Tisch gesessen, weil Daniel Wichtigeres zu tun hatte! Wie oft hatte sie sich mit etwas besonders Mühe gemacht, und er hatte es mit großer Selbstverständlichkeit hingenommen.

Sie musterte Amelie. »Nein, das hast du nicht. Das hast du nicht«, wiederholte sie. »Du hast ihn getroffen.«

Aber Amelie schüttelte den Kopf. »Ich habe ihm abgesagt. Und ich hätte es dabei belassen sollen. Für immer. Weißt du, im Nachhinein denke ich, dass es einfach ist zu sagen, der andere hätte einen dazu getrieben. Ich glaube nicht, dass Maik es je böse meinte, wenn er mich versetzt hat. Er war gedankenlos, und ich hätte ihn darauf hinweisen müssen, ihm sagen, dass es mich verletzt. Wir hätten einen Weg aus dem Dilemma mit dem Kinderwunsch und dem verlorenen Traum finden sollen. Zusammen. Stattdessen …« Sie zuckte mit den Schultern.

»Aber hätte er es nicht selbst merken müssen?«, hakte Bente nach. »Daniel ist auch oft gedankenlos, und er verletzt mich, wenn er sich dann nicht einmal entschuldigt, sondern mir übers Haar streicht, als wäre ich ein bockiges Kind, das sich schon wieder beruhigen wird.«

»Möglich«, gab Amelie zu. »Nur wird man oft von den Umständen aufgefressen, und vielleicht bedarf es eines Anstoßes. Und er hat ja auch eingelenkt.«

»Inwiefern?«

»Maik hat mir am nächsten Tag als Entschuldigung selbst etwas gekocht, er war wirklich sehr zerknirscht. Wir hatten Sex und haben geredet. Nicht über Alex, das nicht. Aber ein bisschen über uns. Maik hat versprochen, sich zu ändern. Ich wollte meinen Mann nicht verletzen. Ich habe ihn doch geliebt. Und das Haus, den Garten, das Auto, unsere Abende. Also das ganze Leben drumherum.« Sie lächelte müde. »Auch wenn ich es an dem Abend damals wirklich infrage gestellt habe.«

Das kam Bente bekannt vor.

Amelie sprach bereits weiter. »Man liebt ja nicht nur die Menschen, mit denen man das Leben verbringt. Es sind eben auch die Umstände und alles, was damit zusammenhängt. Und plötzlich kommt da ein Fremder, bringt alles durcheinander, und man bemerkt plötzlich, wie viele Risse es in der heilen Welt gibt.«

Bente schluckte. »Hattest du denn damals keine Freundin?«

Amelie kniff die Lippen zusammen. »Es gab Charlotte. Sie war in der schweren Zeit, als ich nicht schwanger wurde, immer für mich da. Allerdings hat sie selbst währenddessen vier Kinder bekommen, und dann passte es nicht mehr. Von beiden Seiten. Und ich war so beschäftigt mit mir selbst, dass ich es versäumt habe, neue Kontakte zu schließen, die wirklich eng hätten werden können.«

»Alles, was du erzählt hast, deckt sich mit meiner Geschichte. Tom ist ein Kollege, und er hat es geschafft, mir weiche Knie zu machen.«

»Auch vom ersten Moment an?«

Bente wiegte den Kopf. »Nicht ganz. Erst waren wir uns nur sympathisch, dann mussten wir gemeinsam eine problematische Situation meistern. Ich arbeite, wie ich dir schon erzählt habe, in einer Zeitungsredaktion, und wir haben natürlich auch mit Anzeigenkunden zu tun. Einer hat große Schwierigkeiten gemacht, und mir war es zusammen mit Tom gelungen, das Ganze zu einer

Einigung zu bringen, indem wir ihm einen großen Artikel angeboten haben. Bei diesen Meetings hat es begonnen.«

Bente wurde plötzlich ganz warm ums Herz, als sie daran dachte. Erste verstohlene Blicke. Flüchtige Berührungen, ein längerer Blick. Das scheinbar zufällige Aufeinandertreffen in der Betriebsküche und schließlich immer längere Gespräche. Toms Komplimente waren eine verführerische Komposition in ihren Ohren, von der sie gern mehr hören wollte. Dann diese ungeteilte Aufmerksamkeit. Das Zuhören. Seine Art, sie anzusehen. Das Besondere, das jeder aufkeimenden Liebe zu Beginn anhaftete und das man immer wieder erleben möchte. Weil es nicht zu konservieren war, denn eines Tages kehrte immer der Alltag ein und putzte genau das einfach weg.

»Ich habe mich so nach all dem, was er mir gegeben hat, gesehnt! Aber – eine Stunde vor unserem heimlichen Treffen, wo klar war, dass es intimer werden würde, habe ich ihm geschrieben, dass ich nicht kommen werde. Ich habe doch mein Leben. Mit all diesen Dingen. Dem Haus. Dem Garten. Den Gewohnheiten. Ein Leben, das manchmal langweilt, aber auch Halt und Struktur gibt.«

Amelie hatte schweigend zugehört. »Halt und Struktur sind Dinge, die Menschen wie du und ich brauchen. Ich habe es zu spät bemerkt.«

Bente nagte an der Unterlippe. Sie war gespannt, ob sie von Amelie auch den Rest der Geschichte hören würde. Den inneren Kampf hatten sie auf jeden Fall beide durchgemacht.

»Ich weiß, dass es berechnend klingt, wenn ich das so lapidar sage wie eben«, erklärte Amelie nun, und es kam Bente vor, als wollte sie sich rechtfertigen. »Es wirkt, als wäre ich total materialistisch eingestellt: Ich habe das Haus und das Auto geliebt. Aber das stimmt so nicht. Es war das Gesamtpaket. All das war mein Leben. Ich wollte mich nicht verraten.« Amelie klang zum ersten

Mal nicht so selbstbewusst wie sonst. Eher zögerlich, unsicher und ein bisschen entrückt.

Bente spürte eine Dimension hinter den Worten, die so mächtig war, als hätte genau sie Amelies Leben zum Kippen gebracht und nicht ihre tödliche Krankheit. Unter den Folgen litt sie noch immer. Es war nicht nur der Krebs, der sie auszehrte. Das, was sie hier nach und nach offenbarte, war mindestens so tragisch wie der nahende Tod und setzte Amelie genauso zu. Konnte es das überhaupt geben? Dass das Leben tragischer war als der Tod? War es nicht so, dass man stets darauf bedacht war, lange zu leben, und es als das größte Unglück galt, wenn es dem Ende zuging?

Bente aber brauchte Amelie nur anzusehen, um zu bemerken, dass es ein Irrtum war, so zu denken. Es traf eben nicht immer zu. Vielleicht für glückliche Menschen, aber wer auf dieser Welt war schon uneingeschränkt glücklich? Gab es nicht ständig Dinge, die einen aus der Bahn warfen, die einem den Tag verhagelten, über die man sich ärgerte? Bente war sicher, dass Amelie unter einem Ereignis aus ihrem Leben litt, das die Angst vor dem Tod überschattete. Und das war bestimmt nicht nur die Trennung von Maik, die vermutlich doch mit Alex, dem vermeintlich Stärkeren, zu tun gehabt hatte. Aber sie wagte nicht, nachzufragen, sondern hoffte, ihre Freundin würde weitersprechen, etwas sagen. Doch das Bisherige hatte sie offenbar erschöpft. Sie starrte auf ihre Hände und wirkte ähnlich wie gestern, als sie Bente schon einmal ausgewichen war.

»Möchtest du etwas essen? Ich kann dir was kochen«, schlug Bente vor und versuchte Amelie auf diese Weise aus der Erstarrung zu locken.

Die schüttelte den Kopf und atmete plötzlich schwer. »Nein, ich kann jetzt nichts zu mir nehmen. Wäre es in Ordnung, wenn du jetzt gehst? Sei mir bitte nicht böse. Ich erzähle morgen weiter. Versprochen.« Sie machte eine Pause. »Vielleicht habe ich dann wieder die Kraft dazu. Heute geht es nicht mehr. Und ich brauche Energie für meinen abendlichen Gang.«

»Zu den Gräbern und der Kirche?«

»Ja, ohne ihn kann ich nicht einschlafen.« Amelie hob die Hand, weil sie offenbar sah, was Bente auf der Zunge lag. »Ich muss das allein machen. Bitte! Das ist mein Weg, mit allem umzugehen.« Sie verstummte. Bente verstand, umarmte Amelie kurz und schlüpfte aus dem Häuschen.

Amelie schloss die Augen. Ihre Erzählung eben hatte sie sehr angestrengt. Morgen jedoch würde sie sich bestimmt wieder auf Bente freuen können. Es war merkwürdig, wie sehr sie sich der jüngeren Frau gegenüber geöffnet hatte, nachdem sie ihre immer kreisenden Gedanken, ihre Erinnerungen so lange Zeit versteckt gehalten hatte. Sie war allerdings unsicher, ob es Bente wirklich guttat, wenn sie ihr erzählte, was ihr widerfahren war. Es existierten so viele Kreuzungen im Leben, und manchmal tappte man in eine Sackgasse. Andererseits: Auch das Herausfinden aus der scheinbaren Ausweglosigkeit öffnete wieder Horizonte.

Ihr Weg war schon immer die Flucht in die Natur gewesen. Die Vögel, das Wattenmeer, die Weite der Nordsee. Es war die Mischung aus der Beständigkeit, der Vielfalt der Daseinsformen, aber auch dem Bewusstsein der Endlichkeit. In der Natur schloss sich der Kreislauf des Lebens unwiderruflich. Es gab nichts zu verhandeln. Es gab kein Eventuell und kein Vielleicht. Es gab nur das, was real da war. Den Regen, die Sonne, den Wind. Das Fressen und Gefressenwerden.

Und egal, wie für jedes Lebewesen der Tag auch ausging: Am nächsten Morgen ging die Sonne auf. Mal sah man sie nur mehr, mal weniger. Amelie hatte im Zusammenleben mit der Natur begriffen, wie klein und unbedeutend ein einzelnes Schicksal war. Das Wattenmeer hatte sie Demut gelehrt. Sie wollte nirgendwo lieber sein als hier.

Auf Langeoog lebte sie ihr kleines Glück, das ihr die Zufriedenheit schenkte, die sie in den Jahren nach Maik und Alex gebraucht hatte, um weiterzumachen. »Ja, Zufriedenheit ist eine Form des Glücks!«, murmelte Amelie, raffte sich auf und begann ihre abendliche Runde, nachdem sie zuvor ein paar Teelichte für die Gräber eingesteckt hatte.

Bente zögerte erst, gleich zurück in die Pension zu gehen, doch plötzlich fühlte sie sich unglaublich müde. Müde von der Seeluft, aber auch von der Geschichte von Alex und Amelie, die zugleich auch ein kleines bisschen die Geschichte von Bente und Tom war. Tom berührte sie emotional ähnlich, wie es Alex bei Amelie getan hatte, und brachte ihre Gedanken durcheinander. So schlimm, dass es ihr Angst machte.

Aber sie wollte ihre Familie nicht verlassen. Sich nicht an einen anderen Mann verlieren und damit alles aufs Spiel setzen, was ihr wichtig war. Daniel begleitete sie mit seiner ruhigen und verlässlichen Art durchs Leben, nur hatte Bente dabei nach und nach ihre eigene Farbe verloren, obwohl sie beide zu Beginn doch noch so bunt gewesen waren.

»Nicht nur ich bin erblasst«, flüsterte sie mit der plötzlichen Erkenntnis, dass so etwas immer beide Partner betraf. »Daniel ist es auch.«

Sie hatten sich nicht mehr aneinander gerieben, was in einer großen Langeweile und Eintönigkeit geendet hatte. Insgeheim beneidete sie Amelie darum, dass sie mit Maik diese Erinnerung an die Literatur verband. Welche Gemeinsamkeiten hatten Daniel und sie noch? Außer Elinor?

All ihre Versuche, neue Gemeinsamkeiten wie das Tanzen oder weitere Treffen zu viert mit Hartmut und Susanne zu finden, waren gescheitert. Von gemeinsamen Urlauben, die nicht mehr stattfanden, ganz zu schweigen.

Bente stieß die Tür der Pension auf und eilte in ihr Zimmer im ersten Stock. Dort ließ sie sich hintenüber aufs Bett fallen und starrte die Zimmerdecke an, bis ihr Telefon klingelte.

Es war Daniel. Seine vertraute Stimme drang aus dem Handy.

»Hallo Bente!« Er sprach leise. »Ich musste dich unbedingt wieder anrufen. Ich … ich möchte das alles so gern verstehen.«

Sie schluckte. Wie sollte sie Daniel das mit den Farben erklären – und dass sie erhoffte, sich hier wiederzufinden?

Wie sollte sie ihm deutlich machen, dass sie die Naturerlebnisse auf dieser Insel momentan brauchte, um bei sich anzukommen?

Daniel war Pragmatiker und konnte solche Gedanken bestimmt nicht nachvollziehen. Und doch rührten sie seine Worte.

»Bente, nun sag doch endlich was!«, bat er.

»Ich brauchte Luft, Daniel«, sagte sie schließlich. »Es hat mehr mit mir als mit dir zu tun. Aber ganz bestimmt nicht mit Tom.«

»Gut, lassen wir ihn aus dem Spiel«, sagte Daniel. »Und wegen uns … Es ist etwas schiefgelaufen, aber es gibt doch nichts, was man nicht auch wieder in Ordnung bringen kann!« Seine Stimme klang ungewohnt flehend. Seine Worte bauten eine Brücke, mit der sie nicht gerechnet hatte.

Und dann kamen die Tränen. Daniel ließ sie weinen, was sie ihm hoch anrechnete, denn er konnte mit Gefühlsausbrüchen schlecht umgehen.

»Hör zu, ich komme morgen zu dir«, schlug er vor, als Bente sich etwas beruhigt hatte. »Wir müssen in Ruhe miteinander reden. Elinor hält die ganze Situation nicht aus, auch wenn sie versucht, tapfer zu sein.« Er machte eine Pause und fügte leiser hinzu: »Und ich halte es auch nicht aus. Ich … ich liebe dich nämlich.«

Bente starrte auf ihr Handy. Sie hatte mit vielem gerechnet. Dass Daniel ihr ein Ultimatum stellte, mit ihr schimpfte, aber nicht, dass er sie freundlich behandelte, obwohl sie sich durch ihr Weglaufen schäbig verhalten hatte, auch wenn sie ihre Gründe hatte.

Trotzdem würde ihr alles zu schnell gehen, wenn ihr Mann schon morgen kam. Sie wunderte sich selbst, warum sie sich nicht darüber freute, denn war es nicht genau das, was sie sich erhoffte? Doch da war noch Amelie, die ihre Geschichte zu Ende erzählen wollte. War es eine weitere Flucht, dass sie sich einredete, Amelie würde sie brauchen? Bente seufzte und beschloss, ehrlich zu sein. Alles andere führte zu nichts.

»Ich benötige noch Zeit für mich. Bitte gib mir ein paar Tage«, bat sie ihn. »Dann freue ich mich, wenn du kommst.«

»Wie, du brauchst noch Zeit?« Daniels Stimme wurde schärfer, er hatte offenbar mit einer anderen Reaktion gerechnet. »Du hast doch Verantwortung! Wenn nicht mir gegenüber, dann zumindest gegenüber unserem Kind.« Er holte tief Luft. »Liebst du uns nicht mehr? Ich habe immer alles getan, was du wolltest. Du hast doch ein gutes Leben! Worüber beklagst du dich eigentlich?«

Bente schwieg, begriff aber in dem Augenblick, was sie so von ihrem Mann entfremdet hatte. Es war nicht nur das tägliche Einerlei, nicht nur der träge Fluss ihres gemeinsamen Lebens – es waren auch diese kleinen Sticheleien, die sie erst wie winzige Nadelstiche getroffen hatten, die aber mittlerweile scharfen Messerattacken glichen. Sie hatte es zuvor nie in dieser Deutlichkeit wahrgenommen. Er schob ihr allein die Verantwortung zu und kam gar nicht auf den Gedanken, auch er könnte Anteil an ihrer

Krise haben. In Bente kroch eine ungeheure Wut auf ihren Mann hoch, der sich das Leben so herrlich schwarz-weiß malte und selbstverständlich auf der unbescholtenen, weißen Seite stand. Natürlich hatte sie Verantwortung, das wusste sie doch! Aber darum ging es jetzt gar nicht. Daniel würde es nie verstehen, sie brauchte gar nicht zu versuchen, es ihm zu erklären.

Alle in ihrem Umfeld sprachen stets in höchsten Tönen von ihrem Mann, und so hatte sie seine versteckten Fouls, die ständigen Vorwürfe immer still hingenommen und akzeptiert, dass offenbar sie es war, die Fehler machte. Nicht er. So war es, und so würde es auch bleiben. An seiner Seite war sie nicht nur blass, sondern auch winzig klein geworden. Sicher war das von ihm nicht so gewollt, aber wenn man sich an der Seite des Partners jedes Mal ein bisschen mehr ducken musste, damit einen die Pfeile nicht trafen, dann bekam man einen Buckel, und schließlich schrumpfte man. Sie hätte sich schon viel früher aufrichten sollen und zuvor einen Schutzschild anlegen. Doch das alles konnte sie ihm jetzt nicht am Telefon sagen.

»Du bist mir nicht egal, das weißt du!«, rechtfertigte sie sich deshalb so, wie sie sich seit Jahren für ihr Tun rechtfertigte, wenn es nicht so lief, wie Daniel es sich vorgestellt hatte.

»Dann komm nach Hause, wenn ich nicht kommen soll.«

»Daniel, hast du nicht verstanden, dass ich ein bisschen Zeit für mich brauche? Hast du mir überhaupt zugehört?«

Nun reagierte er trotzig wie ein kleiner Junge. »Wenn du mich liebst, willst du bei mir sein. Es gibt doch kein Dazwischen!«

Kurz fühlte Bente sich schon wieder schuldig, aber dann wurde ihr deutlich, dass er genau das mit seinen Worten beabsichtigte. Sie war viel zu oft darauf reingefallen. Dieses Mal wollte sie aber hart bleiben. Sie mussten ihre Schwierigkeiten klären, damit sie nicht am Ende doch noch ging.

»So einfach ist das nicht«, setzte Bente vorsichtig an. »Daniel, du weißt das auch.«

Er seufzte laut, reagierte aber nicht auf ihre Worte. »Liebst du mich denn noch?«, brachte er nur hervor. »So schwer ist die Frage doch nicht zu beantworten!«

»Daniel …«

»Ja oder nein?«

Bente holte tief Luft. »Ja, ich liebe dich, aber …«

»Es gibt nur ja oder nein, verdammt. Kein Ja, aber.«

»Gibt es doch. Ich liebe dich, kann allerdings so wie bisher nicht mehr leben. Ich ersticke!« Nun war es heraus. Es klang hässlich. Gemein. Und es musste Daniel tief treffen.

Er lachte rau auf. »Du erstickst, wenn du bei mir und Elinor sein musst? Ist das dein letztes Wort?«

»Lass es dir doch bitte erklären«, begann Bente erneut, aber Daniel war jetzt wohl zu angefasst, um ihr noch zuzuhören.

»War ja nur ein Versuch meinerseits.« Er schluckte hörbar. »Elinor sage ich dann, dass du uns nicht sehen willst. Ihr geht es sehr schlecht – auch wenn sie dir am Telefon etwas anderes erzählt hat.« Er räusperte sich, so, als müsste er erst überlegen, ob er die folgenden Sätze überhaupt sagen durfte. Dann lachte er noch einmal kurz auf. Dieses Lachen spiegelte seine tiefe Verletzung wider, und es schnitt Bente gehörig ins Herz. Es lag zu viel Endgültigkeit darin. Eine Endgültigkeit, der sie noch nicht stattgeben wollte.

»Dann wünsche ich dir viel Glück mit deiner neuen Freiheit.« Er legte auf, während Bente noch ein »Warte doch!« in den Hörer rief.

Als sie danach versuchte, Daniel zu erreichen, drückte er sie zweimal weg, später ging die Mailbox an. Daniel hatte sich verabschiedet.

»Das haben wir wohl gründlich vermasselt«, flüsterte Bente. Das Wort Scherbenhaufen klang viel zu harmlos für das, was sie gerade vor sich sah. Es war nicht nur der Schmerz. Hinzu kam eine große Leere. Ein Nichts. Schwärze. Ende.

Nun musste sie, wenn es überhaupt möglich war, über all die kaputten Scherben zu ihrer Familie zurückkrabbeln. Und sich dabei Hände und Knie aufschneiden.

Es dauerte eine Weile, bis Bente sich wieder gefangen hatte. Ich fahre heute Abend mit dem Schiff aufs Festland, beschloss sie. Ja, es lagen scharfe Gegenstände auf ihrem Weg, aber das durfte sie jetzt nicht aufhalten. Sie griff nach dem Rucksack und legte Jeans und eine Bluse hinein.

Sie hasste sich dafür, dass sie derart zurückruderte. Wenn sie es immer nur allen recht machen wollte, nur sich selbst nicht, würde alles nicht nur so bleiben, sondern noch viel schlimmer werden. Sie musste aufhören, die Verantwortung für andere über die für sich selbst zu stellen.

So hab ich es gelernt. So bin ich erzogen, rechtfertigte sie sich in Gedanken. Und schon wieder legte sich diese dicke Schelle um ihren Hals, die ihr die Luft zum Atmen nahm. Bente riss das Fenster auf und sog die klare Nordseeluft tief ein.

Für alle war es das Beste, sie kehrte in ihr altes Leben zurück, egal, ob Daniel sich auf sie zubewegte oder nicht. Ihre Sehnsucht nach Tom würde schon aufhören, wenn sie und Daniel es schafften, den Tuschkasten neu zu öffnen und sich Farbe zu geben.

Bente drehte sich wieder zum Bett um, stopfte BH und Socken in den Rucksack und sammelte ihre T-Shirts ein. Sie zog den Reißverschluss zu. Dann sackte sie auf dem Bett in sich zusammen.

Sie sah sich in der Küche sitzen. Allein und auf Daniel wartend. Obwohl er eigentlich längst Feierabend hatte, musste er in der Firma noch wichtige Entscheidungen treffen, die mehr Gewicht als die Familie hatten. Er würde spät nach Hause kommen und bestimmt etwas finden, was Bente hätte besser machen können. Er legte immer einen Finger in irgendeine Wunde. Vielleicht fühlte er sich dann besser. Aber ihr ging es damit schlecht.

Oder sie würde einem anderen Tom begegnen, der ihr nach dem Winter mit Daniel die Farben des Frühlings aufs Gesicht, ach, auf den ganzen Körper zauberte.

Bente erschrak bei diesem Bild. Daniel, der Winter, der alles unter seiner reinen, weißen Schneedecke begrub und die Welt nach außen sauber wirken ließ, egal, was er verdeckte.

Und Amelie würde morgen vergebens auf sie warten, dabei wollte sie ihr doch die Geschichte von Alex zu Ende erzählen. Sie würde die Nonnengänse beobachten und schließlich allein oder in Jan-Haukes Armen sterben, ohne dass sie Bente mitgeteilt hatte, was sie im Leben so verletzt hatte. Diese Geschichte an Bente loszuwerden war für Amelie genauso wichtig wie ihr eigenes Verlangen, sie zu Ende zu hören.

Ja, sie musste erst einmal an sich selbst denken, um wieder vorbehaltlos lieben zu können.

Bente packte den Rucksack wieder aus.

KAPITEL 11

Amelie machte sich schon früh am nächsten Morgen auf den Weg. Noch immer war sie unsicher, ob es eine gute Entscheidung gewesen war, Bente ihre Geschichte zu erzählen. Aber je länger sie darüber nachdachte, desto sicherer war sie, dass sie sich gar nicht so sehr davor ängstigte, Bente könnte damit nicht umgehen, sondern dass ihre eigentliche Furcht darin begründet lag, sie nicht ganz zu Ende erzählen zu können. Das wäre in dem Fall keine gute Sache.

Amelie hatte sich für das E-Bike entschieden und beschloss, zum Hauptbadestrand an der Robbenplatte zu fahren. Obwohl sich wegen der Ferien viele Menschen auf der Insel aufhielten, herrschte dort kein Gedränge. Aber sie hatte die Sicherheit, auf jemanden zu treffen, sollte sie sich schlechter fühlen. Auch wenn sie diese Gedanken hasste, kam sie in ihrem Zustand nicht umhin, sich abzusichern.

Die frische Luft tat Amelie gut. Sie stellte die Fahrunterstützung auf volle Leistung, und so kam sie ausgeruht am Dünenfuß an. Nachdem sie das Rad geparkt hatte, schloss sie es ab. Dann passierte sie die bunten Holzhäuser, in denen kleinere Geschäfte und Manufakturen untergebracht waren. Sie erstand eine Körperlotion, weil sie den Geruch so mochte, und spazierte dann zum Strand. Sie wollte jeden Schritt und jede Sekunde auskosten. Auch das war ein Vorteil, wenn man seine Zeit begrenzt sah. Die Seele öffnete sich für Kleinigkeiten, sie saugte jedes Bild, jeden Grashalm in sich auf, ließ die Geräusche ringsumher zu Melodien und die Gerüche zu einer wunderbaren Melange werden.

Alles speicherte sie in ihrer Erinnerung ab und konnte so an müden Tagen darauf zurückgreifen und sich daran erfreuen.

Langsam überquerte Amelie den Badestrand. Dort, wo der Sand tief war, fiel ihr das Gehen schwer. Doch nach einer Weile wurde er fester, und sie sackte nicht mehr so tief ein. Endlich hatte sie den Spülsaum erreicht. Keuchend hielt Amelie inne und reckte sich ausgiebig.

Hier leckte die See am Sand, mal höher, mal tiefer – der Wind gab vor, was möglich war. Deshalb verlief die Linie des Spülsaums auch nicht gleichmäßig. Sie war geschwungen, und bei genauem Hinsehen konnte man verschiedene Bänder in unterschiedlichen Schattierungen erkennen. Die erste Linie dort, wo die Wellen bei den letzten Winden hoch auf dem Strand aufgeschlagen waren, dann die zweite und schließlich die, auf der Amelie sich jetzt gerade aufhielt.

Hier möchte ich sterben, dachte sie. Hier am Wasser, umspült von Salz und Wellen, bevor ich auf den Schwingen meiner Nonnengänse in den Himmel fliegen darf. Sie kniff die Augen zusammen und schaute über die Nordsee bis zum Horizont, der sich heute mit einem freundlichen Blau vom Himmel abgrenzte.

Es war ein windstiller Tag, und die See warf nur kleine Wellen an den Strand. Dabei gaben sie ein leises und regelmäßiges Klatschen von sich. Selbst die Möwen hatten sich an diesem Morgen entschieden, ihre Rufe ein wenig leiser anzustimmen, wenn sie überhaupt etwas schrien. Kein Vergleich zu dem unruhigen Wetter der vergangenen Tage, zumal die Temperaturen merklich nach oben geklettert waren und sich im zweistelligen Bereich befanden.

Amelie wartete, bis sie wieder besser Luft bekam. Ein kleines Stück wollte sie gehen. Weil der Sand hier vorn am Wasser feucht und trittfest war, fiel Amelie das Laufen leichter, sie musste aber zwischendurch immer wieder stehen bleiben und sich ausruhen.

Aber es geht, frohlockte sie. Es geht.

Sie nutzte die Zeit erneut dazu, Erinnerungen zu sammeln und in den verschiedenen Schubladen ihres Gehirns abzulegen. Mit einem Lächeln begrüßte sie das Gehäuse einer Turmschnecke, das sich spiralförmig bis zur Spitze aufgedreht hatte. Umgeben war sie von den vielen Wattschnecken, die in großer Zahl von der Brandung der vergangenen Tage angespült worden waren. Diese zarten Gehäuse, die in verschiedenen Brauntönen schimmerten, mochte Amelie besonders gern.

Sie fand noch Herzmuscheln, zwei Pelikanfüße – auch eine Schneckenart – und Miesmuscheln, die mit ihren schwarzen Rücken in der Sonne glänzten. Schwertmuscheln, die sie an zu lang geratene Fingernägel erinnerten, und wunderbar geformte Sandklaffmuscheln boten ihrem Auge, zusammen mit den anderen Muscheln, ein vielfältiges Bild von Leben und Vergänglichkeit im Wattenmeer. All diese Geschöpfe gehörten im Leben und im Tod zu ihrem Universum im Meer und hatten in jedem Stadium ihre Wichtigkeit. Genau wie das langsame Heranrollen und Sich-wieder-Zurückziehen der Wellen war es ein Kommen und Gehen. Ein Geborenwerden und Sterben.

Wo begann eine Welle? Wo begann das Leben, und wo endete es wirklich? Keiner konnte das so genau sagen.

Mit der Stiefelspitze drehte Amelie eine verendete Strandkrabbe um, eine Dwarslöper. Ein Stück weiter lag eine Qualle. Amelie lief zur zweiten Linie. Dort lag etwas getrockneter Blasentang und wartete darauf, zurück ins Meer gezogen zu werden, sollte sich die Kraft der Wellen wieder verstärken. Wenn nicht, würde der Wind übernehmen, die Wasserpflanzen vor sich her treiben und woanders dem Kreislauf von Leben und Tod übergeben.

Amelie drehte sich erneut zum Wasser um. Dort warteten weitere Dinge darauf, ihren Platz am Strand zu finden. Ein altes Stück Holz tanzte auf den seichten Wellen, hüpfte auf und nieder, entschloss sich kurz, schon jetzt an Land zu gehen, wurde aber von der nächsten Welle noch einmal ins Meer zurückgespült. Erst im vierten Anlauf wurde es so hoch an den Spülsaum geworfen, dass die See vorerst keine Chance mehr hatte und sich nun einem Strang Meersalat widmete. Er fächerte sich im Wellenspiel immer wieder auf, faltete sich zusammen, wenn die See ihn zurückriss, und hüpfte bei seinem letzten Tanz dann weiter, als trüge er das schönste grüne Ballkleid, ehe er schon gleich in sich zusammenfallen und schon morgen verschrumpelt neben den toten Muscheln sein Grab finden würde.

Amelie lief weiter, fand weitere Quallen, die der Kraft des Meeres nicht hatten trotzen können. Der Spülsaum war tatsächlich an Vergänglichkeit nicht zu übertreffen, die See warf alles hier ab, was nicht mehr existieren sollte.

Amelie stimmte es plötzlich traurig, durch die Muschelschalen zu laufen, dieses vernichtende Knacken unter den Sohlen zu spüren. Hier war der Friedhof der Nordsee, während sich nur ein paar Meter weiter nicht nur im Wasser, sondern auch am Meeresboden eine lebendige Mischung aus Rhythmus und Gesang darbot. Eine Revue, die sich nur manchmal, wie bei Ebbe im Wattenmeer oder bei genauem Hinsehen, den Menschen zeigte.

Amelie blieb stehen, weil eine Brandseeschwalbe mit ihrem schrillen Ruf über die Wasseroberfläche flog. Sie folgte ihr mit ihrem Blick, und endlich glitt ein Lächeln über ihr Gesicht. Ein Stück entfernt lag ein Seehund und streckte seine Flosse in die Höhe. Dann reckte er sich und nickte Amelie zu, fast so, als würde er eine alte Bekannte grüßen, ehe er ins Meer zurückrobbte.

»Manchmal lebt der Spülsaum doch«, flüsterte Amelie. »Ein Zeichen der Hoffnung!«

Es wurde Zeit, zurückzugehen. Nicht nur, weil Jan-Hauke gleich zum Tee kam. Nein, auch weil sie am Wolkenspiel erkannte, dass es doch bald wieder regnen würde.

Außerdem hoffte Amelie, dass auch Bente auftauchte. Es gab noch so viel zu erzählen.

Es dauerte eine Weile, bis sie den Strand und den Dünenkamm überquert hatte. Dann schnappte sie sich das Fahrrad, stellte die Unterstützung an und strampelte los.

Kaum war sie wieder im Ort, begann es zu regnen. Erst nur vorsichtig, als würden die Tropfen testen, ob sie die Insel wirklich durchnässen durften, doch kurz darauf regnete es in Strömen. Da es windstill war, fielen die Tropfen wie in aufgereihten Schnüren auf die Straße, prallten an den Regenrinnen und Dächern ab, hüpften auf dem Asphalt und den Gehwegplatten noch einmal hoch, bis sie schließlich zerschmetterten.

Auch der Regen endet, dachte Amelie. Er kann nur in einem anderen Zustand erneut erscheinen. Der Kreislauf des Seins. Wieder ein Kommen und Gehen. Amelie beruhigte das.

Als sie ihr Häuschen erreicht hatte, war sie durchnässt und wieder völlig außer Atem. Schnell stellte sie das Rad ab und schlüpfte ins Haus. Nun galt es, sich sofort trockene Sachen anzuziehen. Jede Bewegung fiel Amelie schwer, aber endlich saß sie in eine Wolldecke eingemummelt auf dem Sofa.

Der Regen plätscherte munter gegen die Scheiben, es war draußen trüb geworden. Früher hatte sie solche Tage gemocht, weil sie gemütlich am Feuer sitzen und in die züngelnden Flammen sehen konnte. Heute bollerte nur die Heizung. Der Kaminofen war ausgegangen, und sie hatte keine Kraft, Holz zu holen und ihn anzumachen. Sicher würde Jan-Hauke das gleich übernehmen. Bei dem Wetter würde Bente bestimmt nicht kommen. Die Aussicht, den heutigen Tag ohne sie zu verbringen, stimmte Amelie traurig, und sofort kamen die dunklen Gedanken leise um die Ecke geschlichen.

Amelie schien es, als wäre sie Alex erst gestern begegnet, und doch war es so viele Jahre her. Trotzdem hatte sie noch immer seinen Duft in ihrer Nase. Ein Geruch, der aber im Laufe der Zeit immer mehr verblasst war. Hätte sie damals konsequent dabei bleiben sollen, ihn nicht wiederzusehen? Ihr wäre vieles erspart geblieben. Aber sie hätte dann auch Dinge nicht erlebt, von denen sie noch heute in ihren einsamen Stunden zehrte. Und sie wäre niemals hier auf Langeoog gelandet.

Ihr damaliger Entschluss, ihn nicht wiederzusehen, war von einem Gegner torpediert worden, den Amelie nicht einkalkuliert hatte. Der Zufall …

1997

Es war Winter geworden. Als Amelie vorhin durch den Park spaziert war, hatte der frisch gefallene Schnee jungfräulich gewirkt. Er zeigte noch keine Spuren, die von anderen hineingetreten worden waren. Mit jedem Schritt knisterte er erwartungsvoll, und doch war klar, dass er schon bald wegschmelzen würde. Schnee hatte in Norddeutschland keine Beständigkeit.

Amelie hatte es sich nun mit einem Becher Tee auf dem Sofa gemütlich gemacht und las dabei mal wieder »Die Pest« und suchte nach neuen Impulsen, denn kein Buch erschloss sich bei einem einmaligen Lesen. Draußen tobte ein weißer Sturm, der um die Häuser heulte und sein schauriges Lied sang. An den Scheiben klebten Schneeflocken, die sich aber schnell in Wasser verwandelten. Sie fuhr erschrocken zusammen, als Maik eintrat, weil sie so in den Text vertieft gewesen war.

»Hallo«, begrüßte sie ihn. »Wollen wir den Sonntag auf dem Sofa verbringen? Ich hab mir mal wieder den Camus gegriffen, weil ich immer wieder neue großartige Stellen finde, die mich begeistern.«

Maik aber schüttelte missmutig den Kopf. »Keine Lust.«

Amelie klopfte aufs Polster. »Hey, komm, das haben wir doch immer gern getan. Ich lese dir vor, was mich heute besonders gefesselt hat.« Sie griff nach seiner Hand und wollte ihn zu sich herunterziehen, doch er schüttelte sie ab.

»Ich möchte nicht, Amelie.«

Sie legte das Buch auf den Tisch. »Was ist denn los?«

Sie ahnte, was jetzt kommen würde, und das gefiel ihr gar nicht.

»Ich krieg den Typen nicht aus dem Kopf«, sagte er da auch schon. »Hab letzte Nacht wieder von ihm geträumt. Nix Gutes.«

Amelie verzog gequält das Gesicht. Wäre sie doch bloß nie aufgeflogen! Nun würden sie mal wieder alles von A bis Z durchkauen.

Sie hatte im Sommer eine Weile gebraucht, bis sie nicht mehr voller Sehnsucht an Alex dachte. Aber sie war auch stolz auf sich, nicht zu dem Treffen gegangen zu sein und sogar auf den Vortrag verzichtet zu haben, um nicht doch noch weich zu werden. Alex hatte sie allerdings weiter mit SMS-Botschaften bombardiert – und eine davon war Maik leider in die Hände gefallen. Eine, in der stand, dass Alex sie sehr mochte und wie gern er sie wiedersehen wollte.

Es war Amelie geglückt, Maik davon zu überzeugen, dass sie kein Verhältnis mit Alex hatte und es keine Verabredung gab. Seitdem war Maik allerdings äußerst misstrauisch.

Amelie sah ihren Mann jetzt traurig an. »Ich bin doch bei dir! Mich trifft es, dass dich die Sache noch immer so beschäftigt.«

»Ja, das tut sie. Dass du nicht zu der Verabredung gefahren bist, konnte ich aus der Nachricht damals erlesen. Mich treibt allerdings ständig die Frage um: Was war vorher?«

»Nichts! Das habe ich dir nun schon x-mal erzählt. Wir haben uns zufällig im Café am Südstrand getroffen. Er … er war interessant. Aber ich habe ihn nicht wiedergesehen.«

»Warum aber habt ihr eure Nummern ausgetauscht?«, insistierte Maik.

Amelie presste ihre Lippen zusammen. »Ich habe darüber nachgedacht, ob wir uns nochmal treffen sollen, mich aber dagegen entschieden.« Sie fühlte sich in die Ecke gedrängt. »Es war eine blöde Zeit, Maik. Unser Kinderwunsch hat uns viele Nerven und viel zu viele schöne Stunden, Monate und Jahre gekostet. Wir haben verlernt, auf uns aufzupassen. Da wäre ich eben fast einmal falsch abgebogen. Bitte, lass uns damit aufhören! Manchmal lässt man Dinge besser ruhen.«

Seit Amelie die Kinderwunschbehandlung damals abgebrochen hatte, sprachen sie nicht mehr über das Thema und taten so, als gäbe es den verlorenen Traum nicht.

Maik nahm sie hilflos in den Arm. Er zitterte. »Es war doch schon alles gut nach unserem Urlaub«, flüsterte er. »Aber die Sache kommt immer wieder hoch. Ich weiß auch nicht, warum ich damit nicht abschließen kann und so verhindere, dass wir uns wirklich nahe sind. Auch im Herzen. Mit der Seele. Ich wünsche es mir so sehr – und vermag es nicht.«

Amelie kuschelte sich an ihn. Sie wusste auch keine Lösung, obwohl es zunächst wirklich gut ausgesehen hatte.

Nachdem alles aufgeflogen war, hatte Maik für ein Kurzwochenende eine Unterkunft in Hörnum auf Sylt gebucht. In dem bunten Holzhäuschen waren sie sich erstmals wieder nähergekommen. Lange Spaziergänge am Strand entlang und durch die imposanten Dünen hatten die Sehnsucht zueinander wieder gestärkt, und danach war es eine Zeitlang besser gelaufen. Bis … ja, bis der Alltag sie langsam wieder eingeholt hatte.

Alex, das Kind, das nicht hatte kommen wollen – beides schwebte über ihnen, aber sie griffen nicht danach, um es irgendwo sicher zu verpacken. Stattdessen traten beide eine Art Flucht an. Maik versuchte, Erfüllung bei der Arbeit in seiner Versicherung zu finden, Amelie stürzte sich darauf, verschiedene Lehrgänge zu besuchen und sich in der Ornithologie weiterzubilden. Sie schliefen ab und zu miteinander und hielten sich so die Illusion aufrecht, alles wäre in Ordnung. Ohne Kind. Ohne Alex.

»Lass uns bitte das Thema wechseln, es ermüdet mich.« Amelie griff wieder zu dem Buch.

Sie waren in dieser Situation beide hilflos. Aber Amelie liebte Maik. Auch jetzt, wo er vor ihr stand – ein Ritter ohne Rüstung und Schwert, der nicht einmal wusste, gegen wen er kämpfen sollte. In diesen Situationen war das Schweigen zwischen ihnen besonders laut.

»Ich werde morgen früh in die Stadt gehen«, sagte Amelie und wechselte das Thema, weil es die einzige Möglichkeit war, dass sie wieder zu atmen vermochten. »Mir fehlt eine Winterjacke. Ich bin dicker geworden und habe ständig Hunger. Ob ich schon früh in die Wechseljahre komme? Vielleicht wegen der vielen Hormone, die alles durcheinandergebracht haben?«

Maik musterte sie. »Das ist mir auch schon aufgefallen, aber es steht dir.« Er tätschelte ihre Hand und lächelte verunglückt.

»Wollen wir uns in deiner Pause auf einen Kaffee treffen?«, fragte Amelie.

»Ich habe ein langes Meeting«, sagte Maik. »Tut mir leid.«

Amelie legte das Buch weg, stand auf und nahm ihn in den Arm. Zaghaft erwiderte er die Berührung, aber Amelie spürte, dass er nicht ganz bei ihr war. Sie wusste nicht, wie lange sie die Situation noch ertrug.

Am nächsten Morgen fuhr sie nach Wilhelmshaven und parkte am Bahnhof. Es hatte aufgehört zu schneien, die Stadt sah aus wie gepudert. Nur am Straßenrand türmten sich braune Schneehügel.

Amelie atmete einmal tief durch. Dieser Vormittag gehörte ihr, und sie schämte sich ein bisschen, dass sie nicht unglücklich darüber war, allein zu sein, weil Maik keine Zeit hatte. Ich gehe einen Kaffee trinken, dachte sie. Erst danach werde ich ein bisschen bummeln und schauen, ob ich eine schöne Jacke finde. Amelie entschied sich für das Park-Café Köhler, dort war sie ab und zu mit Maik gewesen, und sie mochte es. Nie wieder war sie in jenes andere Café gegangen, wo sie damals auf Alex gestoßen war.

Mit zügigen Schritten überquerte sie den Bahnhofsvorplatz und die Virchowstraße und steuerte auf das Café zu. Noch einmal sog sie die klare Winterluft ein.

Amelie suchte sich einen Fensterplatz und schaute verträumt hinaus. Sie schrak regelrecht zusammen, als die Bedienung auftauchte und ihre Bestellung entgegennehmen wollte. Amelie musste nicht lange überlegen und entschied sich für ein Kännchen Kaffee. Doch im nächsten Moment stockte ihr der Atem, als sie sah, wer das Café betrat.

Das konnte nicht sein! Sie wollte das nicht und musste sich irren. Doch er war es. Alex lächelte sie genauso hinreißend an wie damals.

»Amelie!« Seine Stimme klang warm. Wie immer. »Ich freue mich so, dich zu sehen!«

Ihr glitt ein verunglücktes Lächeln übers Gesicht. Sie wusste nicht, ob sie sich freuen sollte oder nicht.

»Wo kommst du denn her?«, fragte sie, um überhaupt etwas zu sagen. Ihr Herz galoppierte.

»Ganz ehrlich?«, antwortete er lächelnd. »Ich bin dir gefolgt, als ich dich auf dem Bahnhofsparkplatz aus deinem Wagen steigen sah. Wie geht es dir?«

Amelie fehlten die Worte. Sie wusste nicht, was sie gerade fühlte – oder fühlen sollte.

Sie wollte einerseits, dass er wieder ging, und wünschte sich andererseits, er würde sie einfach in den Arm nehmen. In eine andere Welt katapultieren, wo alles leicht und unkompliziert war. Wo das Leben nicht einfach kippte, weil die Liebe dazwischenfunkte.

»Warum warst du am Bahnhof?«, rang sie sich schließlich ab.

»Ich habe meine Tochter zum Zug gebracht«, sagte er.

Amelie wies unbeholfen auf den freien Platz direkt gegenüber. Sie musste wissen, wie es ihm seit der letzten Begegnung ergangen war. Sie musste wissen, was er tat. Sie musste alles wissen. Alles …

»Du hast eine Tochter?«

Alex grinste und winkte der Bedienung. Es war wie ein Déjà-vu vom Sommer, nur dass es draußen wieder zu schneien begann und die Flocken fröhlich vor dem Fenster tanzten.

»Du willst wissen, ob ich eine Familie habe?«

Amelie nickte. »Das wüsste ich tatsächlich gern.«

»Ja, aber ich bin geschieden, und Natalie ist nun auf dem Weg nach Paris. Sie studiert an der Sorbonne.«

Die Bedienung tauchte ein zweites Mal auf und unterbrach das Gespräch. »Kann ich Ihnen etwas bringen?« Keck lächelte sie Alex an, der aber nur freundlich nickte und ebenfalls um ein Kännchen Kaffee bat. Danach griff er nach Amelies Hand. Sie ließ es zu, fühlte sich gefangen in einer anderen Welt und verschwendete in diesem Augenblick keine Gedanken daran, dass jemand sie beide bemerken könnte.

»Du siehst schön aus«, sagte Alex. »Aber nicht gut. Ich meine, du wirkst bedrückt.«

»Sieht man das?«

»O ja, das tut man. Was ist passiert?«

Amelie zuckte mit den Schultern. »Mein Mann und ich … es läuft gerade nicht gut.« Sie zögerte. »Es ist zu viel passiert.« Sie wollte Alex nichts von ihrem unerfüllten Kinderwunsch erzählen.

»Verstehe.«

Hätte Alex sie damals gedrängt, ihm zu sagen, was genau das Problem war, wäre Amelie aufgestanden und gegangen. Aber dieses »Verstehe«, diese abwartende Art, die Zurückhaltung, all das war es, was sie hielt. Er drängte Amelie nicht, und so brach es aus ihr heraus, was sich alles verändert hatte, seit sie ihm begegnet war. Aber ihr eigentliches Problem, das verschwieg sie ihm. Weil sie sich schämte, dass sie nicht zu dem in der Lage war, was andere Frauen einfach so hinbekamen.

KAPITEL 12

Es klopfte, und Amelie schrak zusammen. Doch anstelle von Jan-Hauke trat Bente ins Häuschen. »Ich dachte, du bleibst bei dem Sauwetter in der Pension«, sagte sie. »Weshalb ich gar nicht mit dir gerechnet habe. Aber ganz ehrlich? Du siehst aus, als wolltest du mir mit deinem Aussehen Konkurrenz machen. Du wirkst wie eine Leiche auf Urlaub!«

»Danke. So einen Kommentar kann ich gerade super brauchen«, konterte Bente, musste aber zugleich lachen. Amelie konnte man nicht böse sein. Dann aber taxierte sie sie. »Du weinst ja. Was ist los?«

Erst jetzt fühlte Amelie die Nässe auf ihren Wangen. »Tatsächlich, ich flenne hier rum. Hab nachgedacht. Manchmal fühle ich mich von meinen eigenen Erinnerungen aufgefressen. Kennst du das?«

Bente verzog den Mund. »Im Augenblick fühle ich mich eher von der Gegenwart aufgefressen.«

Amelie musterte sie. »Wie der blühende Morgen siehst du wirklich nicht aus. Sagte ich ja schon.«

»Du hast es eben krasser ausgedrückt.«

»Entschuldige. Ich bin manchmal etwas direkt.« Dann schnupperte sie. »Es riecht nach frisch Gebackenem. Sag bloß, du hast Brötchen mitgebracht?« Sie fuhr mit der Zunge über ihre spröden Lippen. »Gab's bei dem alten Zausel nichts?«

Bente verzog das Gesicht. »Hab ich abgesagt. Ich dachte, ein gutes Frühstück mit einer moi Tass Tee oder een Tass Kaff kann uns beiden Trauerstelzen auch am späten Vormittag nicht schaden. Ich habe noch nichts gegessen, und du kannst ein zweites Frühstück sicher gebrauchen.« Sie lächelte. »Jan-Hauke lässt auch schön grüßen, er will uns heute mal allein lassen und kommt nicht zum Tee.«

Bente holte die Brötchentüte aus einem Beutel und legte sie auf den Tisch. Dann zog sie sich die Jacke aus. »Tee oder Kaffee?«

»Gerne Tee. Seit der letzten Chemo vertrage ich Kaffee oft nicht, und heute ist so ein Tag. Bei der Therapie haben sie mir meinen Lebenssaft weggeätzt.«

»Dann bin ich solidarisch, meine Liebe.« Bente setzte Teewasser auf und räumte ein paar herumliegende Sachen beiseite.

»Konntest du die Chemo eigentlich auf Langeoog machen?«

Amelie nickte. »Unser Inseldoc ist ein Schatz. Ich musste nur ab und zu rüber aufs Festland. Zum Onkologen.«

Bente sah sie fragend an. »Schaffst du es aufzustehen?«

»Klar, ich frühstücke doch nicht auf dem Sofa.« Sie ruckelte sich hoch.

»Ich musste einfach kommen«, sagte Bente hilflos. »Ich mag jetzt nicht allein sein. Daniel hat gestern angerufen. Wir hatten einen bösen Streit. Nun stellt er sich taub. Das Ganze ist nicht leicht.«

»Lass mich raten: Er wollte, dass du nach Hause kommst, oder alternativ hat er geplant, die nächste Fähre zu nehmen. Du warst nicht restlos begeistert von der Idee, weil es nicht um die Beweggründe für deine Flucht, sondern einzig um deine Rückkehr ging. Und jetzt ist er beleidigt, weil er nicht versteht, dass du ein bisschen Zeit für dich brauchst. Ist es so?« Amelie stützte sich auf der Stuhllehne ab.

»Ja. Ich wollte schon packen, alles abbrechen und nach Hause fahren.«

»Was hält dich ab?«

»Du.« Das Wasser im Kessel kochte, und Bente füllte Teeblätter ins Sieb. Dabei zitterte ihre Hand. »Also, auch du.«

Amelie kam mit gebeugtem Oberkörper auf Bente zu und nahm sie in den Arm. »Nicht nur ich, das weiß ich. Aber auch ich, das reicht.«

Bente drückte Amelie. So standen sie eine ganze Weile da. Atmeten den Geruch der anderen, spürten deren Herzschlag und genossen für diese Zeit den kleinen Frieden, der damit einherging.

Bente kamen schon wieder die Tränen, als sie sich voneinander lösten. »Anfangs fand ich dich ganz schön durchgeknallt«, gab sie zu.

»Und du weißt, dass ich dich für eine Nachtigall gehalten habe.«

Jetzt musste Bente doch lächeln. »Ich weiß, damit hast du mir für eine Weile was zu denken gegeben.«

»Nun, ich bin viel allein, da vertreibt man sich die Zeit mit allerlei Spielchen. Mein ›Welcher Vogel könnte dieser Mensch wohl sein‹-Spiel ist immer wieder spannend.«

»Immerhin hast du mich zu einem Vogel gemacht, der sich ein bisschen aus der Deckung wagt und vorsichtig anfängt, ein paar Töne auszuspucken.« Bente lachte befreit auf. »Leider bin ich völlig unmusikalisch. Du möchtest nicht hören, dass ich losträllere. Ganz bestimmt nicht.«

Amelie zwinkerte Bente zu. »Singen hat auch damit zu tun, etwas von sich preiszugeben. Du wirktest auf mich still und unscheinbar, aber unter diesem Deckmantel schien mir mehr zu schlummern. Und so ist es auch. Du hast bereits ein wenig gepfiffen, und ich glaube, das große Lied, das kommt noch.«

»Sagte die Philosophin Amelie.« Bente goss den Tee auf.

Dann suchte sie wieder Amelies Nähe. Sie fassten sich an den Händen. Ein bisschen wie ein altes Liebespaar.

»Bin ich noch immer dieser scheue Vogel, oder hast du das schon revidiert?«, fragte Bente.

»Mal sehen.« Amelie lächelte. »Etwas Zeit bleibt uns ja noch, um es herauszufinden.«

Sie hielten einander noch immer an den Händen, als fürchteten sie, dieses Band, das sie umschlang, könnte zerreißen, wenn sie sich losließen. Zwei Ertrinkende auf hoher See, keine Rettung in Sicht. Amelie wusste, dass sie für Bente momentan der einzige Halt in diesem aufgewühlten Meer war. Aber sie würde bald gehen. Bevor die Nonnengänse wieder fortflogen. Heute Morgen am Spülsaum, als sie die Vergänglichkeit so intensiv gespürt hatte, war ihr deutlich geworden, dass sie es tatsächlich nicht mehr schaffen würde, den Abflug ihrer Gänse zu erleben. Jedenfalls nicht von der Erde aus.

»Du musst das Teesieb aus der Kanne nehmen, sonst wird der Tee bitter«, sagte sie und löste sich von Bente.

Ihre Freundin befolgte ihren Rat und stellte die Kanne auf den Tisch. »Teatime«, sagte sie. »Möchtest du jetzt was essen?«

»Erst Tee, noch kann ich nichts anderes zu mir nehmen«, antwortete Amelie. »Obwohl ich schon einen langen Spaziergang hinter mir habe. Wie spät ist es eigentlich?«

»Halb elf«, gab Bente zurück.

Amelie setzte sich und schaute zu, wie ihre Freundin den Tisch liebevoll deckte und auch daran dachte, die Bienenwachskerze anzuzünden.

Danach öffnete Bente den Kühlschrank und holte heraus, was Amelie so dahatte. Sanddornmarmelade, ein Stück Hartkäse und etwas Schinken. Dazu ein Reststück Butter. Der Kluntjepott stand schon auf dem Tisch.

»Ich mach noch rasch den Kamin an, dann ist es gemütlicher.« Bente deutete auf das geschichtete Holz. »Jan-Hauke hat gut vorgesorgt!«

»Das Feuer ist leider heute Morgen wieder ausgegangen, als ich unterwegs war.«

Kurze Zeit später knisterten die Flammen und verbreiteten eine wunderbare Wärme. Die beiden genossen das bittere Getränk auf original ostfriesische Art. Zuerst legte Bente ein Kluntje in die filigrane, mit kleinen blauen Blümchen verzierte Tasse, dann goss sie den Tee darüber, und am Ende gab sie einen Löffel Sahne, dat Wulkje, dazu. Der Tee wurde nicht umgerührt, und so schmeckte der erste Schluck bitter, der zweite sahnig und der dritte süß.

Amelie mochte die Teezeremonie. Es tat gut, einfach mit Bente zusammenzusitzen und gar nichts vorzuhaben. Ein bisschen kam sie sich vor wie ihre Vögel, die auch nur zusammenhockten, ihr Futter pickten und die Stunden über sich hinwegziehen ließen, ohne sich zu stressen. Mit welchen Unsinnigkeiten hatte sie früher ihren Tag gefüllt, aus Angst, sie könnte sich langweilen!

Und jetzt liebte sie nichts mehr, als am Morgen aufzustehen und sich dem Tag hinzugeben. Zu erspüren, was ihr guttat und was sie genau jetzt benötigte. Man wurde bescheiden, wenn die Zeit knapp wurde.

»Hast du eine Idee, was ich tun soll?«, fragte Bente schließlich, als sie ihre Teeration getrunken hatte und den kleinen silbernen Löffel in die Tasse stellte.

»Ich kann und will dir nicht sagen, was richtig oder falsch ist«, antwortete Amelie. »Das wäre vermessen. Aber eins kann ich dir sagen.«

»Und das wäre?«

»Du darfst dich nicht verbiegen, dann scheiterst du langfristig.«

Bente runzelte die Stirn. »Das ist alles?«

»Im Prinzip ja. Nur dann bist du auf dem richtigen Weg. Was sich schlecht anfühlt, ist auch schlecht. Für dich. Für deinen Mann und für dein Kind. Und am Ende zahlen dann alle drauf. Vielleicht nicht sofort, aber ganz bestimmt später.«

Bente dachte nach. »Ich bin so zerrissen …«

»Ich bin mir sicher, du wirst es schaffen, deinen Weg zu finden. Es braucht eben Zeit, und die musst du dir nehmen.«

»Allein kann ich das nicht«, flüsterte Bente.

»O doch. Du wirst deinen Weg später ganz wunderbar ohne mich gehen. Ich werde von da oben auf dich aufpassen, versprochen.«

»Ich weiß.« Bente sprang abrupt auf und streckte den Rücken. »Nun müssen wir aber was essen. Teetrinken macht mich immer hungrig, und außerdem fehlt mir das Frühstück.«

»Denn man tau.« Amelie verspürte zwar noch immer keinen Appetit, obwohl sie heute Morgen nur am Zwieback geknabbert hatte, was für Jan-Hauke ein Grund zur Besorgnis gewesen war. Sie atmete einmal tief durch. Sie musste etwas zu sich nehmen, damit sie, solange es ging, bei Kräften blieb. Und gegen ein Rührei zum Brötchen hatte sie bei näherer Überlegung doch nichts einzuwenden. Das war mal was anderes als das Croissant mit Marmelade.

»Im unteren Fach sind noch Eier. Ich für meinen Teil könnte jetzt welche brauchen.« Sie benötigte etwas Abstand zum vorangegangenen Gespräch, und über Essen zu reden war eine wunderbare Ablenkung.

Bente schien es ähnlich zu gehen, sie kramte sofort eine Pfanne aus dem Schrank, und schon bald durchzog der Duft von Ei und Fett das kleine Häuschen. So gemütlich war es seit Jahren nicht mehr bei ihr gewesen.

Bente gab das fertige Ei in eine Schale. »Was möchtest du jetzt trinken? Schwarzer Tee muss es bei mir nun nicht mehr sein«, sagte sie.

Sie einigten sich auf Sanddorntee, und schon bald standen zwei dampfende Becher auf dem Tisch.

»Fertig!«, rief Bente und rieb ihre Hände. »Ich sitze so gern hier bei dir.«

Sie ließ sich am Tisch nieder, und beide genossen, während sie aßen, die Stille, die aber keineswegs unangenehm war. Es war einfach schön, mit dieser Ruhe in den Tag hineinzuleben und mit der Gewissheit, nicht allein zu sein.

Nach einer Weile aber wurde Bente unruhig und ruckelte auf dem Stuhl hin und her. Amelie bemerkte das und legte das Messer auf den Tellerrand. Sie hatte so viel gegessen wie seit Wochen nicht mehr und fühlte sich voller Kraft. »Spuck's aus! Was willst du mir sagen?«

»Du hast eben behauptet, du würdest vom Himmel aus auf mich aufpassen und mir helfen. Wie soll das gehen? Ich bin kein mystisch veranlagter Mensch, Amelie. Helfen kannst du mir nur im Jetzt.«

»Ich denke trotzdem, dass ich dir von da oben ein bisschen auf die Finger schaue. Aber mal im Ernst«, fuhr Amelie fort. »Gestern glaubte ich noch, ich könne dir helfen, indem ich dir meine Geschichte erzähle.«

»Alles von Alex und dir?«

»Ja.« Sie nahm einen Schluck vom Sanddorntee. »Aber was ist, wenn ich vorher gehen muss und nicht bis zum Ende komme?«

Bente gab ein Stück Zucker in den Tee und rührte um. Das Gespräch ging ihr unter die Haut. Jetzt war es in erster Linie wichtig, dass Amelie sich nicht überanstrengte.

»Ich will dich zu nichts zwingen, am Ende muss ich meine Probleme doch allein bewältigen. Du hast es in den kommenden Monaten schwer genug.«

»Ja, es ist schwer, und es werden auch keine Monate mehr sein«, gab Amelie zu, gerührt, wie rücksichtsvoll Bente mit ihr umging. »Trotzdem ist meine mentale Situation das kleinere Problem. Größer ist meine Furcht, dass du dich anders entscheidest, wenn du womöglich nur die halbe Geschichte kennst und falsche Schlüsse ziehst.«

»Warum?«

»Weil ich in meinem Leben eben nicht alles richtig gemacht habe. Darum. Ich habe nicht auf meinen Bauch gehört. Im Nachhinein weiß ich, dass er mich gewarnt hat. So was von!« Amelie nahm das Messer und schmierte die Brötchenhälfte fertig. Damit gewann sie Zeit. Sie musste Bente deutlich machen, was sie meinte, denn nur so würde sie in der Lage sein, wirklich das zu tun, was für sie richtig war. Sie sann darüber nach, was genau sie sagen sollte. »Mir liegt es fern, den Zeigefinger zu erheben und zu behaupten, den einzig wahren Weg zu kennen. Den gibt es nämlich nicht. Man kann zudem vorher nie genau sagen, ob das, was man tut, überhaupt gut ist. Und eigentlich hinterher erst recht nicht, weil man ja nicht weiß, wie es anders gelaufen wäre.«

»Na, du machst mir ja Mut.« Bente leckte sich den Zeigefinger ab, an dem ein Rest der Sanddornmarmelade klebte. »Weißt du, Amelie, du hast auf dem Friedhof schon das Richtige gesagt. Man muss nur zu dem stehen, was man tut, es akzeptieren. Dann kommt das Glück. Ich habe lange darüber nachgedacht: Denn wie soll ich glücklich werden, wenn ich meine Entscheidungen ständig hinterfrage?« Sie lächelte Amelie an. »Lektion begriffen.«

Amelie grinste. »Ja, das habe ich wunderbar gesagt! Manchmal hab ich es echt drauf. Und es klingt, als wäre es so leicht wie ein Spaziergang an der Nordsee. Stattdessen ist es schwerer, als die Weltmeisterschaft im Gewichtheben zu gewinnen.«

»Dann lass uns dafür trainieren!« Bente schenkte beiden Tee nach, denn die Becher waren bereits wieder leer. »Das Wetter ist ohnehin mies. Wir haben beide nichts Besseres vor, als uns miteinander zu beschäftigen.«

»Ist lange her, dass du so selbstbewusst gesprochen hast, stimmt's? Wenn du das noch ein wenig übst, kannst du deinem Mann bald genau sagen, was dich bewegt.«

»Du tust mir gut. Ich fühle mich in deiner Nähe so wohl wie lange bei keinem anderen Menschen.« Bente wunderte sich selbst über ihre Worte, aber es war, wie es war.

Für Amelie schien die Aussage selbstverständlicher zu sein. »Das freut mich. Ich möchte dir helfen. Und umgekehrt ist es ja genauso. Ich wäre allein und würde ganz sicher kein so opulentes zweites Frühstück genießen können.«

»Erzähl bitte weiter, was mit dir und Alex passiert ist. Ich bin mir sicher, du hast ihn wiedergesehen.« Bente sah Amelie fragend an, und die kniff ihre Lippen zusammen. »Ja, aber erst viel später und durch Zufall.«

Sie begann mit dem, worüber sie vorhin nachgedacht hatte, und setzte ihre Geschichte dann fort.

1997

Alex hörte Amelie zu. Er fragte nur nach, wenn er etwas nicht verstand, und dann so dezent, dass sie sich nicht gedrängt fühlte. Er orderte noch zwei Kännchen Kaffee und ließ Amelie einfach reden.

Am Ende sah sie ihn mit tränenverschleiertem Blick an. »Ich kann dich nicht wiedersehen, Alex. Das wäre das Ende meiner Ehe, und ich will nicht, dass es so kommt.«

»Ich bin deinem Mann gefährlich?«, fragte er.

Amelie nickte. »Ja, sehr! Nicht nur, weil du interessant bist, sondern auch, weil er dich fürchtet. Aber ich möchte das nicht, verstehst du? Es würde alles, wirklich alles, durcheinanderbringen. Mein Leben auf den Kopf stellen. Mich zu einer Lügnerin machen. Es würde mich umbringen.«

Alex hatte sein Kinn auf die Faust gestützt und Amelies Hand mittlerweile losgelassen. Ihm stand der Schmerz in den Augen, aber er sagte: »Dann werde ich gehen und dir dadurch die Entscheidung abnehmen. Sonst würdest du mir ewig Vorwürfe machen, und das will ich nicht.« Er stand auf und lächelte sie noch einmal mit diesem unvergleichlichen Lächeln an. »Ich zahle aber für uns beide.«

Er winkte der Bedienung und beglich die Rechnung. Amelie beobachtete, wie er an der Garderobe in seine Winterjacke schlüpfte. Sie sagte sich: Genau so ist es richtig. Ich will Maik nicht betrügen, also muss Alex verschwinden.

Immer wieder sagte sie sich das. Wie ein Mantra durchtanzte es ihren Kopf. Stumpf sah sie aus dem Fenster und beobachtete das Schneetreiben, die langsam vorbeirollenden Autos, die Menschen, die mit gesenkten Köpfen vorüberhuschten. Sie würde nun nach Hause fahren, zum zweiten Mal einen Schlussstrich unter das Thema Alex ziehen und sich darum kümmern, dass es in ihrer Ehe gut lief. Dass Maik in Ruhe arbeiten konnte und das Haus geputzt war. Sie würde weiter im Wattenmeerzentrum arbeiten oder sich fortbilden, weil sie ein wenig Abwechslung brauchte und sich über ein kleines Einkommen freute.

Alex trat noch einmal an den Tisch. »Ich wünsche dir alles Gute, Amelie. Ehrlich! Ich verstehe, was dich umtreibt. Auch wenn es mir das Herz bricht, dich nie richtig kennenlernen zu dürfen. Ich bin mir sicher, es hätte mit uns gepasst.« Er sah sie mit schmerzerfülltem Blick an. Es schimmerte auch die Hoffnung in seinen Augen, sie könnte es sich doch noch anders überlegen.

Amelie widerstand dieser stummen Bitte jedoch, sie durfte nicht nachgeben. Es ging einfach nicht!

Und doch – plötzlich konnte sie den Gedanken nicht ertragen, ihn nie wiederzusehen. Das war unvorstellbar grausam. Ohne nachzudenken, ergriff sie seine Hand. Er wehrte sich nicht, als sie ihn zu sich herunterzog und ihn mitten im Café auf den Mund küsste.

Schon als sich ihre Lippen berührten, war es wie eine Explosion, und es war auch selbstverständlich, dass Alex ihren Kuss erwiderte. Nur kurz und doch so intensiv, dass Amelie sich nach mehr sehnte.

Danach verharrten sie fast beschämt voreinander, bis Alex sich wieder aufrichtete. Beide senkten den Blick, bemüht, die holpernden Herzen zu beruhigen, die Gedanken zu sortieren. Sie hatten eine Grenze überschritten, ein Rückweg war ausgeschlossen, und das wussten sie beide.

»Werde ich dich doch wiedersehen?«, fragte Alex.

Amelie zögerte. Sie konnte ihm keine endgültige Zusage machen, brauchte Bedenkzeit.

»Ich melde mich«, antwortete sie vage und zückte ihr Notizbuch, weil sie ihr Mobiltelefon zu Hause vergessen hatte. »Gib mir deine Nummer bitte noch mal. Ich habe sie nicht mehr.« Mit zitternden Fingern schrieb sie die Zahlen auf, die er ihr diktierte. Dann erhob sie sich, hauchte Alex noch einen Kuss auf die Wange und stürzte zum Ausgang, wo ihre Jacke an der Garderobe hing. Er folgte ihr kurz darauf, schob sich an ihr vorbei und berührte dabei sacht ihre Hand. Allein diese flüchtige Geste ließ Amelie noch stärker brennen. Er überquerte die Fahrbahn und verschwand Richtung Marktstraße.

Amelie atmete einmal tief durch und zog ihre Jacke an. Sie blieb noch eine Weile stehen, und als sie das Café gerade verlassen hatte, prallte sie mit Maik zusammen. Sein Mantel war über und über mit Schneeflocken bedeckt, sogar seine Augenbrauen waren weiß.

Amelie zuckte zusammen. »Was machst denn du hier?« Sie bemühte sich um einen lockeren und freundlichen Tonfall, in der Hoffnung, dass Maik Alex und sie nicht zusammen gesehen hatte. Immerhin waren die Fenster des Cafés groß …

Maiks Augen aber erzählten ihr etwas anderes. Sie waren dunkel und wirkten so traurig, als hätte er soeben das schlimmste Elend der Welt gesehen.

»Ich habe mir freigenommen, weil du mich gefragt hast, ob wir zusammen Kaffee trinken wollen, und da bin ich. Unser Lieblingscafé kenne ich schließlich. Du hast wohl nicht mit mir gerechnet.«

Maik war so förmlich. Unterkühlt. Seine Augen verengten sich zu Schlitzen, und er schaute in die Richtung, wohin Alex gelaufen war.

Amelie fror, und das lag nicht daran, dass sie vom Schneetreiben umweht wurden. Sie senkte den Kopf. Maik hatte sich für sie freigenommen – und sie? Sie küsste einen anderen. Mieser als sie in dem Augenblick konnte man sich kaum fühlen.

»Schön, dass du da bist«, flüsterte sie.

»Ja?« Maik senkte den Blick, aber Amelie sah dennoch, dass ihm Tränen in die Augen schossen.

»Natürlich!«

»Du hast ja schon Kaffee getrunken. Dann will ich mal wieder arbeiten. Und du gehst nach Hause?«

»Wir könnten ja jetzt …«

Maik hob den Kopf und sah sie an. »Wir reden später, Amelie. Jetzt kann ich nicht. Bitte versteh das.« Er lächelte gequält, versuchte, tapfer zu sein, und doch strahlte seine Haltung, seine Mimik, alles an ihm seinen Kummer aus.

Amelie starrte ihrem Mann nach, der fast kopflos über die spiegelglatte Fahrbahn stolperte und einem hupenden Wagen gerade noch ausweichen konnte. Ihr wurde schwindelig, und plötzlich bekam sie furchtbare Bauchschmerzen. Übel wurde ihr auch, und die Krämpfe waren kaum auszuhalten.

Sie drehte um und ging zurück ins Café. Dort setzte sie sich an den nächstbesten Tisch. Neben ihr plärrte ein Kind. Das Geschirrklappern strapazierte ihr Gehör, die Gesichter der vielen Menschen, die um sie herum durch das Café huschten, glichen unbeweglichen Masken. Mal hielt eine vor ihr an, starrte für einen Bruchteil von Sekunden in ihren leeren Blick und wandte sich ab. In Amelies Ohren begann es zu dröhnen, zu rauschen, die Welt wurde schneller und schneller, drehte sich wie ein Karussell, dann wie eine Achterbahn. Und danach erinnerte sie sich an nichts mehr.

Sie erwachte erst wieder im Krankenhaus. Doch es gab keinen, der an ihrem Bett weilte. Sie wusste nicht, was passiert war, aber in der Vene ihres linken Handrückens steckte eine Braunüle, und aus der Infusionsflasche tropfte es gleichmäßig. Amelie spürte etwas Festes zwischen ihren Beinen.

Sie sah sich um, griff nach der Klingel und drückte sie. Kurz darauf trat eine Schwester ins Zimmer.

»Ach, Frau Stelzer, Sie sind wach?«

»Was ist mit mir?«

Die Schwester verzog den Mund zu einem Strich. »Ich hole die Frau Doktor.«

Die Zeit bis dahin kam Amelie unendlich lang vor. Sie hörte hektische Schritte vom Flur, mal eine andere Klingel. In ihrem Körper fühlte es sich leer an.

Sie erinnerte sich an Alex, dann an Maik … und an einen schrecklichen Schmerz, der sie in ein dunkles Loch gezogen hatte.

KAPITEL 13

»Der Tee ist alle. Aber schau«, Amelie deutete nach draußen. »Die Sonne kommt hinter den Wolken hervor, es hat zu regnen aufgehört. Ich denke, wir machen einen kleinen Spaziergang über Langeoog, was meinst du?«

»Gute Idee.« Bente warf einen Blick auf die Uhr. »Wir haben lange gefrühstückt, das war wohl eher ein Brunch.«

»Wie spät ist es denn?«, fragte Amelie erstaunt. In letzter Zeit rauschte die Zeit in Windeseile an ihr vorbei.

»Schon zwei Uhr«, antwortete Bente. »Möchtest du deinen Rundgang heute früher beginnen? Wenn das so ist, will ich dich nicht stören.«

Amelie legte den Kopf schief. »Wenn es im Augenblick jemanden gibt, der mich ganz bestimmt nicht stört, dann bist du das, meine Liebe.«

Bente sah sie mit einem solch zweifelnden Blick an, dass es Amelie ganz weich ums Herz wurde. »Wirklich. Es stimmt, dass ich behauptet habe, diese Runde nur allein gehen zu wollen, aber seit heute bin ich anderer Meinung. Ich wünsche mir sehr, dass du mich begleitest.«

Bente schaute noch immer skeptisch, gab dann aber nach. »Gut, dann also zum Dünenfriedhof?«

»Du kannst mir helfen, die Lichter anzuzünden. Die für die Kinder. Dazu muss es schließlich nicht dunkel sein. Mal schauen, ob ich es anschließend noch in die Kirche schaffe.«

Bente öffnete kurz den Mund, als wollte sie fragen, warum Amelie auch dort regelmäßig hinging, aber sie sagte schlussendlich nichts, weil sie wusste, dass ihre Freundin es erzählen würde, wenn es an der Zeit war.

Sie räumte rasch den Tisch ab, packte Käse und Schinken in den Kühlschrank und stellte das Geschirr in die Spülmaschine. Als sie fertig war, schlüpfte sie in ihre Jacke.

Amelie zog sich ebenfalls an, stülpte sich die Wollmütze über und folgte Bente zur Tür. Im Vorübergehen griff sie nach ihrem Rucksack. Doch auf der Schwelle blieb sie stehen und lief noch einmal zurück ins Haus.

»Was ist los?«, fragte Bente, doch Amelie antwortete ihr nicht. Stattdessen begann sie, in ihrem Rucksack zu wühlen. Schaute hinein, packte ihn aus und wieder ein. Legte noch ein paar Teelichte dazu. Dann kontrollierte sie das Fernglas. »Diese Macke werde ich nicht mehr los«, sagte sie zu Bente. »Das Einzige, was ich überhaupt noch im Griff habe. Hab ich dir ja schon erzählt.«

»Alles gut«, antwortete Bente. Sie wirkte besorgt, weil Amelie erneut kurzatmig klang.

Draußen musterten sie den Himmel, über den nunmehr weiße Wolken glitten. Alle paar Minuten kämpfte sich die Sonne hindurch. Doch trotz der Sonnenstrahlen empfing sie ein kühler Wind, der Herbst war nicht mehr zu leugnen.

Amelie zog fröstelnd die Schultern hoch und wickelte sich ein wollenes Tuch fester um den Hals. »Das Frieren ist das Schlimmste. Manchmal weiß ich nicht, was ich tun soll, um mich warm zu halten.«

»Jan-Hauke zieht dir immerhin Socken an«, sagte Bente.

»Ja, Abend für Abend. Er weiß, was mir guttut.«

Bente legte die Hand auf die Türklinke, bevor Amelie sie schließen konnte. »Wenn dir immer kalt ist, heizen wir besser noch einmal richtig ein, damit du es bei deiner Rückkehr kuschelig warm hast.«

Dankbar musterte Amelie sie.

Bente legte rasch zwei Scheite nach und trat dann vor die Tür. »Was genau ist eigentlich damals mit dir geschehen?«, fragte sie, als sie auf dem Weg waren. »Entschuldige meine Neugierde, aber …«

Amelie legte den Finger auf die Lippen. »Später.« Sie wollte die Geschichte in Ruhe weitererzählen. Bente griff nach ihrer Hand. »Du musst mir nichts sagen, was du nicht möchtest!«

Amelie antwortete nicht, wie immer, wenn sie mit einer Stimmung nicht zurechtkam, sondern wies zu zwei einsam am Wegesrand grasenden Nonnengänsen. »Das sind Hugo und Pia. Die fliegen schon seit Jahren nicht mehr weg«, kommentierte sie. »In Schleswig-Holstein gibt es Populationen von Nonnengänsen, die sich das Reisen abgewöhnt haben. Hugo und Pia finden es auf Langeoog wohl ansprechender.«

»Warum? Gibt es dafür einen Grund?« Bente hatte sich an Amelies Ausflüchte offenbar gewöhnt und hielt es wohl für besser, einfach mitzuspielen.

»Er hat Flugangst«, sagte Amelie. »Da wagt er den Weg zurück nach Sibirien nicht. Und Pia ist solidarisch, weil sie ihm treu ist.«

Bente schüttelte den Kopf. »Wenn du so drauf bist, ist es unmöglich, ernsthaft an dich heranzukommen«, sagte sie lachend. »Also lass doch bitte deine dummen Scherze. Es gibt keine Vögel, die unter Flugangst leiden.«

»Doch, Hugo schon. Er sitzt mit Pia immer hier.«

Bente seufzte. »Nonnengänse sind normalerweise Zugvögel. Im Gegensatz zur Graugans. Siehst du, ich habe dir gut zugehört!«

»Das merke ich. Es bleiben aber tatsächlich immer mehr Zugvögel hier, weil sich das Leben hier als gut für sie erwiesen hat. Ob es am Klimawandel liegt? Es gibt inzwischen sogar Kraniche, die wieder umkehren oder gar nicht erst aufbrechen.« Amelie zuckte mit den Schultern. »Komisch ist es schon.«

Sie blieb stehen und brauchte eine kleine Pause. Das Dorf war arg belebt, die Menschen schoben sich nicht nur über die Gehwege, sondern auch durch die Straßen. Sie nutzten jeden Sonnenstrahl, dick vermummt gegen den für sie ungewohnten Inselwind.

»Manchmal denken die Urlauber bei Windstärke sechs schon, das wäre Orkan«, sagte Amelie. »Dann haben sie einen echten hier auf der Insel noch nicht erlebt.«

»Ich bin auch nicht erpicht darauf«, sagte Bente. »Sollen wir umkehren?«

»Auf keinen Fall. Ich will zum Friedhof«, beharrte Amelie.

Sie war äußerst kurzatmig und sah Bente an, wie besorgt sie war. Amelie beschloss, ihre Freundin ein wenig aufzumuntern, ihre Luftnot würde gleich vergehen, das kannte sie schon. Doch bevor sie wieder einen ihrer Sprüche loswerden konnte, sagte Bente: »Mir fällt es schwer, die Fröhlichkeit in den Gesichtern dieser Menschen zu ertragen. Wo es dir so schlecht geht.«

»Mien Deern, das hab ich jetzt nicht gehört.« Amelie drehte sich zu ihr um. »Sieh es doch bitte ein bisschen anders. Ist das nicht schön, wenn die Leute meine Insel so sehr lieben, dass sie bei ihrem Besuch hier stets strahlen? Das war bei mir früher auch so. Kaum hatte ich Langeoog betreten, fühlte ich mich frei und glücklich. Über der Insel liegt ein besonderes Flair. Der liebe Gott muss an seinen Garten Eden gedacht haben, als er Langeoog schuf.«

Bente zuckte mit einem leichten Lächeln die Schultern.

»Ich weiß, mir ist nicht zu helfen. Das denkst du doch gerade«, sagte Amelie.

»Ja, das tue ich.«

Den Rest des Weges legten sie stumm zurück. Genossen den frischen Wind auf ihren Gesichtern und die immerwährenden Schreie der über ihnen kreisenden Möwen. Sie durchquerten die Barkhausenstraße, und plötzlich schrak Bente zusammen.

»Was ist?«

Ungläubig schüttelte sie den Kopf. »Das kann nicht sein, aber ich habe eben geglaubt, dass der Mann, der gerade in das Geschäft da drüben gegangen ist, Tom war.«

»Willst du das überprüfen?«, fragte Amelie. »Dann warte ich.«

Bente schüttelte heftig den Kopf. Ihr »Nein« kam etwas zu schnell.

Sie liefen weiter und bogen schließlich nach links zum Friedhof ab. Die Straße führte ein Stück bergauf, sodass Amelie doch immer wieder stehen bleiben musste, damit sie genug Luft bekam. Als sie den Dünenfriedhof erreichten, verharrte sie am Eingang in Höhe der mächtigen Kiefern und schaute in den Himmel. »Ob man tatsächlich die Erde von oben herab beobachten kann?«

»Magst du denn die Welt aus der Luft?«, fragte Bente.

»Weiß nicht.« Amelie wiegte abschätzend den Kopf. »Ich bin in meinem ganzen Leben noch nie geflogen. Da geht es mir wie Hugo. Ich habe nämlich auch Flugangst. Keine zehn Pferde kriegen mich in eine Maschine. Und in diese komischen Cessnas, die zum Festland fliegen, schon gar nicht. Wenn ich nur daran denke, dass man da oben herumsegelt, brr …« Amelie schüttelte sich.

Auf dem Dünenfriedhof spürten sie den Wind längst nicht mehr so stark, er lag wirklich wunderbar geschützt. Amelie steuerte auf das erste Kindergrab zu und kramte eines der Teelichte hervor. Sie zündete es an und wurde plötzlich von einem heftigen Hustenanfall geschüttelt. Er hörte gar nicht mehr auf, sodass Bente besorgt an ihre Seite eilte.

Amelie war ihr Schwächeanfall unangenehm. »Ich muss mich setzen«, sagte sie, weil ihr so schwindelig wurde. Sie suchte nach Halt, war froh, dass Bente sie stützte und zur nächsten Bank führte. Dort legte Amelie den Kopf in die Hände und versuchte, langsam ein- und auszuatmen. So lange wie heute hatte es noch nie gedauert, ehe sie sich wieder erholt hatte.

Bilder zogen an ihrem inneren Auge vorbei, fast wie eine Diashow mit verschiedenen Lichteffekten. Sie sah Maik mit seinem Schmerz, dann blitzte Alex auf. Sie hörte das Rufen der Gänse und sah die riesigen Schwärme, die Langeoog mit einem wunderbar aufgereihten Flugbild überquerten, um zu ihren Rastplätzen auf dem Festland zu gelangen. Sie sah Hugo und Pia, wie sie ihnen traurig nachschauten. Denn es stimmte, dass sie nie wegflogen und stets abseits grasten. Warum sie sich wohl der Insel verbunden fühlten? Sie verhielten sich nicht artgerecht und suchten keinen Kontakt zu den anderen Gänsen. Am Ende sah Amelie einen letzten Schwarm von den Weiden Langeoogs aufsteigen und ins Licht der untergehenden Sonne fliegen. Das V wurde zeitweise zu einem Bogen, dann zu einer immer dünner werdenden Linie, die schließlich eins mit der Unendlichkeit des Horizonts wurde.

»Amelie?«

Bentes Stimme katapultierte sie aus ihren Visionen in die Realität zurück. »Alles okay?«

Amelie nahm die Hände vom Gesicht. »Ach, mien Deern. Mir ist heute ein wenig zu viel von der Endlichkeit des Lebens begegnet. Wir sollten wohl wirklich gleich zurückgehen, damit ich in meine warmen Socken komme. Eigentlich wollte ich noch weiter, aber daraus wird wohl nichts.«

»Du musst dich noch ein paar Minuten ausruhen, das war ein sehr schlimmer Anfall«, sagte Bente. »Wir sollten künftig nicht mehr so weit gehen.«

»Da hat sich die alte, kranke Frau wohl doch arg übernommen«, krächzte Amelie und ärgerte sich über ihre Stimme. Sie klang wie eine alte Schreckschraube. Eine rostige alte Schreckschraube, die man bald verschrottete. Und wieder die Vergänglichkeit!

»Es klappt schon wieder. Unkraut vergeht nicht beim ersten Angriff.« Eine Träne rollte aus dem linken Augenwinkel. Sie wischte sie ärgerlich ab. Auf keinen Fall würde sie aufgeben und Trauer zulassen. Nein, es war noch nicht so weit und ihre Mission nicht beendet. Etwas Zeit benötigte sie noch. Und doch ging es Amelie bei Weitem nicht so gut, wie sie es Bente glauben machen wollte.

»Gut, dann ruhe ich mich noch ein bisschen aus und lasse mir die Sonne ins Gesicht scheinen. Das wird meine letzten Lebensgeister wieder wecken.«

»Ich bleib bei dir«, versprach Bente.

Aber Amelie kramte in ihrem Rucksack und drückte ihr zwei Kerzen in die Hand. »Zündest du bitte die restlichen Lichter an? Sonst kann ich heute Abend nicht schlafen. Ich glaube kaum, dass ich heute ein zweites Mal hierherkomme.«

»Klar, mache ich. Sagst du mir, wohin ich die Teelichte stellen soll?«

Amelie deutete auf die beiden Gräber. Bente zauderte nicht, sondern tat, was Amelie gewünscht hatte, und die schloss derweil die Augen. Wie sie den Rückweg bewältigen sollte, wusste sie tatsächlich nicht. Aber vielleicht ging es ja gleich besser.

»Danke«, keuchte sie. »Verdammt, da will mir mein Körper doch mal wieder deutlich machen, dass ich bald nicht mehr hier bin.«

»Sag das nicht«, entgegnete Bente. »Du darfst die Hoffnung nicht aufgeben.«

»Ich habe nur noch eine einzige Hoffnung: dass es am Ende schnell geht und ich keine Schmerzen habe. Es gibt eine Option von meinem Doc. Ich kann einen Katheter bekommen, wo man bei Bedarf was reinspritzt, bis ich die Schmerzen wieder aushalte.« Sie seufzte. »Noch will ich die Welt erleben. Mit allen Sinnen. Ich will jeden Regentropfen auf der Haut spüren. Jeden Wetterumschwung erahnen und jede Vogelstimme wahrnehmen. Hörst du, was ich höre?«

Seitlich des Friedhofes ertönte ein Krächzen, das auch als eigenartiges Krähen durchgehen konnte.

»Das ist ein Fasan. Und nun da!« Amelie deutete nach links, von wo eigenartige Töne herüberschallten.

Bente schob den Kopf leicht vor. Dann glitt ein Lächeln über ihr Gesicht. »Es ist ein kurzer, fast quietschender Ruf, der in einem Stakkato mündet. Den meinst du, oder? Was sind das für Vögel?«, fragte sie.

»Steinwälzer. Sie sind hübsch, und normalerweise halten sie sich in Ufernähe auf. Tatsächlich drehen sie manchmal Steine um, damit sie Nahrung finden. Und nun sind sie auch schon wieder weg. Wahrscheinlich dort, wo es effektiver für die Burschen ist.« Amelie spürte, wie ihre Kräfte langsam zurückkamen.

»Ich werde sie im Dünennest in meinem Buch gleich mal nachschlagen«, sagte Bente. »Vögel, die Steine wälzen – das klingt spannend.« Sie drückte Amelies Hand. »Schaffst du es nun bis nach Hause?«

»Ich muss«, antwortete Amelie mit einem Seufzen. »Vielleicht schaffe ich es doch noch in die Kirche, und zuvor laufen wir am Meedland vorbei.«

»Meedland, was ist das?«, fragte Bente.

»Eine große Fläche, wo im Sommer Arten wie Kiebitze und Uferschnepfen brüten. Ich möchte, dass du weißt, wo alles ist, falls ich in Kürze nicht mehr mitkommen kann. Und dann wünsche ich mir, dass du in den nächsten Tagen einmal ins Inselwäldchen gehst. Es ist ja nicht so, dass es auf Langeoog nur Seevögel gibt.«

Bente stutzte. »Ein Inselwäldchen?«

Amelie stand langsam auf und hielt sich das Kreuz. »O ja, es gibt dort sogar recht hohe Bäume und somit auch Waldvögel wie Spechte, Drosseln, Zaunkönige, Schwanzmeisen, Grasmücken … Da erwartet dich das Lied des Waldes, das sich sowohl in der Intonation als auch in der Choreografie unterscheidet. Waldvögel singen andere Kompositionen als die Vögel des Meeres.«

Bente verzog das Gesicht. »Da spricht die Ornithologin, und ich verstehe kein Wort, weil ich das Wort Grasmücke bis eben mit einem Insekt verbunden habe, das sticht und das ich am liebsten platthaue.«

»Dann bist du ja jetzt eines Besseren belehrt. Ich scheuche dich nämlich auch noch in die Salzwiese, ins Pirolatal und zum Schloppsee. Vom Osterhook und der Gegend um die Meierei ganz zu schweigen. Überall findest du die wunderbarsten Vogelarten. Und was du auf gar keinen Fall verpassen darfst, ist die ehemals größte Möwenkolonie Deutschlands. Sie steht schon seit 1875 unter Schutz. Du darfst Langeoog nicht verlassen, ohne dort gewesen zu sein. Versprichst du mir das? Schau es dir an, lasse die Natur auf dich wirken – und denk dann an mich.« Amelie stockte und fixierte Bente. »Nein, sag jetzt nicht, das können wir gemeinsam tun, denn wir wissen beide, dass es nicht so ist.«

»Ich weiß«, antwortete Bente. »Wir sollten uns wirklich nichts vormachen. Das hilft keinem.«

»Was nicht geht, geht eben nicht«, sagte Amelie und ging los.

Bente folgte ihr. Es tat weh, dass Amelie so direkt war, aber sie hatte ja recht. Warum sollten sie sich gegenseitig beschwindeln? Und Amelie schien es zu beruhigen, wenn sie Aufgaben für Bente hatte.

Eigenartigerweise fand sie die Idee, den Vögeln nachzuspüren und Amelie auf diese Weise nah zu sein, tröstend. Noch vor Kurzem hatte sie sich kein bisschen darum geschert, was am Himmel flog, und nun schaute sie jedem Vogel nach.

Bente hatte das Friedhofstor erreicht und war erstaunt, wie schnell Amelie schon wieder unterwegs war. Vielleicht war es notwendig, die Welt mit ihren Augen zu sehen. Nicht nur durchs Leben zu hetzen, sondern innezuhalten. Sich am Gesang der Vögel zu erfreuen, sich die Zeit nehmen, um die Tiere zu beobachten, zu schauen, wie sie miteinander kommunizierten, wie sie sangen, sich bewegten und mit welcher Fantasie sich die Natur an ihrem unterschiedlichen Gefieder ausgetobt hatte.

Ich werde an all diese Orte gehen und wahrnehmen, was mir begegnet, dachte Bente. Ich muss langsamer werden. Wahrscheinlich bin ich meiner Familie schon vor langer Zeit davongelaufen, und die beiden haben es zunächst gar nicht bemerkt, weil ich vergessen habe, auf sie zu warten und sie auf meinem neuen Weg mitzunehmen. Daniel und Elinor haben einfach so weitergemacht wie bisher, und ich bin in einem Affentempo in den neuen Pfad abgebogen, anstatt ihnen zu sagen, dass ich Neuland betreten muss, wenn es mir gut gehen soll.

Zum ersten Mal waren Bentes Gedanken frei von Schuldzuweisungen, aber auch von Selbstvorwürfen. Und zum ersten Mal, seit sie auf der Insel war, konnte sie den Gedanken zulassen, dass doch noch alles gut werden würde.

Bentes Handy klingelte. Es war Elinor. Mit zitternden Fingern nahm sie das Gespräch an. Und dann gab es für sie nur noch ihr Kind.

»Was gibt es denn, meine Kleine?«

Sie wurde mit einem Wortschwall überschüttet, der Bente für den Augenblick Amelies Leid und auch ihre zukünftigen Pläne vergessen ließ. Elinor schimpfte und wütete, verlangte, dass sie augenblicklich zurückkam. Kein bisschen war mehr übrig von dem Verständnis zuvor. Daniel hatte sie folglich nicht angelogen.

Bente lief mit dem Handy am Ohr auf und ab. Fühlte sich, wie Amelie sich damals im Café gefühlt haben musste, nur dass hier keine Menschenmassen auf sie zu stürmten, sondern sich die hohen Bäume des Friedhofs im Himmel bedrohlich wiegten. Gleich würden sie ihre Arme nach ihr ausstrecken und sie umschlingen. So lange, bis sie keine Luft mehr bekam. Von Amelie war nichts mehr zu sehen, sie war bereits um die nächste Kurve verschwunden.

»Elinor, ich komme nach Hause, sobald ich kann. Das verspreche ich!« Bente versuchte, den Wortschwall zu stoppen.

»Papa sagt, du hast doch einen anderen Mann! Wenn das so ist, dann haue ich ab, und dann passiert was ganz Schlimmes!«

»Nein, bitte tu das nicht! Ich werde immer deine Mama sein, egal, was passiert. Außerdem habe ich keinen anderen Mann. Das stimmt nicht.«

»Das sagst du jetzt nur so!«, schimpfte Elinor weiter. »Papa lügt doch nicht.«

Bente biss sich kurz auf die Unterlippe, weil sie Daniel jetzt nicht in den Rücken fallen wollte. Elinor war zerrissen genug, da wollte sie nicht auch noch gegen ihn hetzen. Obwohl sie stinksauer war, dass er ihre Eheprobleme vor ihrer Tochter ausgebreitet und sogar Tom schon wieder erwähnt hatte. Dabei spielte er doch gar keine Rolle und war auch nicht das Problem.

»Papa lügt nicht, das stimmt«, sagte sie vorsichtig und war froh, dass ihre Tochter sie noch nicht weggedrückt hatte, wütend wie sie war. »Aber er hat etwas falsch verstanden.«

»Wie kann er es falsch verstehen, dass du einen anderen Mann liebst?«

»Elinor, ich liebe keinen anderen Mann.«

»Ha!«, brach es aus ihrer Tochter hervor. »Nun reicht es! Ich habe diesem Tom übrigens schon geschrieben, dass er dich in Ruhe lassen soll. Rein prophylaktisch!«

Bente musste bei ihrem gestelzten Ausdruck wider Erwarten lächeln. »Du hast was?«

»Ich hab ihm geschrieben, er soll dich in Ruhe lassen, nur nützt es ja nichts, wenn du dich mit ihm triffst!«

»Elinor«, begann Bente. »Ich habe Tom überall blockiert und keinen Kontakt zu ihm. Und ich werde ihm auch bei der Arbeit nicht mehr über den Weg laufen, weil ich mir ein Jahr freigenommen habe.«

»Wirklich?« Elinors Stimme wurde weicher.

»Ja, wirklich.« Bente hätte Daniel in den Hintern treten können für diese Aktion, Elinor so aufzuhetzen.

»Papa und ich sind übrigens schon in Bensersiel!«, schoss es plötzlich aus Elinor hervor.

Damit hatte Bente nicht gerechnet, so wie Daniel gestern Abend drauf gewesen war. Er musste spontan Urlaub genommen haben und gleich am Morgen losgefahren sein. »Wo seid ihr genau?«, hauchte sie.

»In einer Pension. Irgendwas mit Nordseesonne. Papa will morgen nach Langeoog fahren. Nur damit du Bescheid weißt. Einfach weglaufen finden wir total bescheuert! Auch wenn man nachdenken muss. Aber das geht schließlich auch in Hannover!« Klack. Aufgelegt.

Bente ließ das Handy sinken. Ihre Familie würde also herkommen. Es war vermutlich gut so. Dann konnte sie die Aussprache nicht länger verschieben, und sie würden hoffentlich schnell zu einer Einigung kommen. Es wurde Zeit, da hatte ihre Tochter recht.

Nun aber musste sie hinter Amelie her. Sie war sicher schon ein ganzes Stück voraus. Bente rannte los. Amelie hatte zum Meedland gewollt, das lag von ihr aus gesehen links.

Doch sie musste nicht weit laufen. Schon gleich hinter der nächsten Kurve stieß sie erschrocken einen Schrei aus. Da lag ihre Freundin, am Wegesrand! Sie hatte die Augen geschlossen und atmete schwer.

Bente stürzte zu ihr, kniete sich neben sie und stupste sie sacht an. »Amelie, was ist?« Bente rüttelte sie heftiger, aber Amelie war so schwach, dass sie kaum noch reagierte.

Bente schaute sich um, doch es war weit und breit niemand zu sehen, der ihr helfen konnte. Sie kramte das Telefon hervor, das im Rucksack ganz nach unten gerutscht war, und setzte einen Notruf ab.

Dann zog sich die Zeit wie Kaugummi.

Zwar hatte die Rettungsleitstelle auf dem Festland zugesagt, dass sie sofort jemanden schicken und auch der Inselarzt gleich kommen würde, aber es dauerte. Über sie strichen ein paar Seeschwalben hinweg, eine Silbermöwe näherte sich mit ihrem kecken Blick, als wollte sie sich versichern, dass es Amelie gut ging.

Bente ließ sie gewähren, denn sie wusste, dass es ihre Freundin nicht stören würde, wenn sich der Vogel bis auf ein paar Meter näherte. »Man darf sie bloß nie füttern«, hatte sie irgendwann mal mahnend gesagt.

Bente kämpfte mit den Tränen. Sie wollte nicht ohne Amelie zum Schloppsee oder zur Möwenkolonie. Sie wollte, dass ihre Freundin, die sie doch eben erst hatte kennenlernen dürfen, lebte.

Sacht streichelte sie ihre Wange und war froh, als dabei ein flüchtiges Lächeln über ihr Gesicht huschte. »Geht schon gleich wieder«, hauchte Amelie. Doch ihre Haut war fahl, fast ein bisschen gelblich, und die Augen lagen in tiefen Höhlen. »Sag Jan-Hauke Bescheid«, flüsterte sie. »Er macht sich sonst Sorgen, wenn ich nicht zu Hause bin.« Ihr Kopf sackte zur Seite.

»Pst«, versuchte Bente sie zu beruhigen. »Ich kümmere mich um alles, versprochen!«

Endlich hörte sie ein Fahrrad klappern, und der Inselarzt kam angesaust. »Der Helikopter ist gleich hier!«, sagte er und untersuchte Amelie. »Nun, mien Deern, brauchst du doch Hilfe. Ich will sehen, dass trotzdem alles so wird, wie du es dir vorgestellt hast, hörst du? Amelie!«

Kurz darauf donnerte schon der Hubschrauber über die Insel und setzte zum Landeanflug an.

»Sie hat Flugangst«, wagte Bente einzuwenden.

»Ich weiß, aber wir bekommen sie anders nicht schnell genug in die Klinik. Und da muss sie jetzt erst einmal hin«, erwiderte der Arzt.

Die Sanitäter und der Notarzt kamen mit der Trage angerannt und kümmerten sich um Amelie. Bente stand hilflos daneben.

Sie wusste vom Kopf her, dass alles seine Richtigkeit hatte, und doch fühlte es sich falsch an. Amelie gehörte auf die Insel, brauchte die Nordseeluft auch in ihren letzten Tagen. Sie musste die Vögel singen, rufen und kreischen hören. Sie brauchte die frische Brise, um überhaupt atmen zu können.

Doch nun würde man sie in eine sterile Klinik fliegen, obwohl sie sich in der Luft fürchtete. Es war möglich, dass sie im Krankenhaus ein paar Tage länger leben würde, aber wollte sie das? Auch wenn sie darüber nie abschließend gesprochen hatten, so war Bente sich doch sicher, dass Amelie am liebsten dort ihren letzten Atemzug tun würde, wo sie die Nonnengänse beim Flug beobachten konnte. Nur war das eine völlig idealisierte Vorstellung und hatte mit der Realität wohl wenig zu tun.

Bente hörte, wie die Rotoren des Hubschraubers lauter wurden und er schließlich in die Luft abhob.

»Wird schon«, sagte der Inselarzt. Er drückte Bentes Hand, und erst da bemerkte sie, dass sie die ganze Zeit weinte.

»Wer sind Sie?«, erkundigte er sich. »Mein Name ist übrigens Dr. Tydmers.«

»Bente Meißner. Ich habe mich in den letzten Tagen mit Amelie angefreundet.«

»Ach Sie sind das! Jan-Hauke hat von Ihnen erzählt.« Er hielt kurz inne. »Wenn Sie es hinbekommen, wäre es gut, zu ihr ins Krankenhaus zu fahren. Sie wird nicht mehr lange leben, das wissen Sie sicher. Und Amelie braucht jemanden an ihrer Seite, denn Jan-Hauke wird nicht aufs Festland fahren. Nicht einmal für sie. – Ich muss dann mal.«

Bente verabschiedete sich und blähte die Wangen. Wie sollte sie das bloß schaffen? Morgen wollten doch Daniel und Elinor kommen …

Sie nahm das Handy und suchte die Abfahrtszeiten der Fähre heraus. Um 17 Uhr ging noch ein Schiff.

KAPITEL 14

Der Aufenthaltsraum der Notaufnahme wirkte auf Bente kalt und steril, eben so, wie Krankenhäuser auf die Besucher und Patienten wirkten, selbst wenn man sich alle Mühe gab, einen Hauch von Behaglichkeit zu vermitteln. Bente hatte allerdings noch keine Klinik kennengelernt, der das wirklich gelungen war.

Nun saß sie im Auricher Krankenhaus und wartete. Immer wieder wanderte ihr Blick zu der tristen weißen Uhr. Der Zeiger arbeitete sich langsam und unaufhörlich vorwärts, die Zeit verrann, ohne dass sich die Tür zum Behandlungsraum öffnete. Kein Arzt, keine Schwester sah heraus, um ihr mit einem aufmunternden Lächeln zu signalisieren, dass alles gut war und dass Amelie leben würde. Nur noch eine kleine Weile, das ja, aber doch so lange, bis sie erledigt hatte, was zu erledigen war. Minute um Minute zog sich die Zeit, zäh und wie in Zeitlupe.

Mittlerweile war es fast acht Uhr abends. Bente hatte seit dem Frühstück nichts mehr gegessen, aber sie verspürte auch keinen großen Hunger und war nur unendlich müde.

Wo sie die Nacht verbringen sollte, war noch unklar. Wahrscheinlich würde sie hier auf dem Stuhl übernachten. Solange sie nicht wusste, was mit Amelie war, wollte Bente sich nicht einen Meter von hier wegbewegen. Das Problem war nur, dass keiner der Ärzte und Schwestern ihr eine Auskunft geben durfte, weil sie nicht mit Amelie verwandt war und es natürlich keine Verfügung gab, die ausgerechnet Bente bevollmächtigte.

Eine Schwester hatte ihr vorhin allerdings Amelies Schal in die Hand gedrückt, als er im Flur runtergefallen war. Bente strich darüber und war froh, dass sie Jan-Hauke auf der Insel noch erreicht hatte. Der wiederum war dankbar, dass Bente nach Aurich gefahren war. Er würde es nicht über sich bringen.

»Das haben wir so abgemacht«, hatte er gesagt. »Wir bleiben auf Langeoog und wollen hier auch sterben. Amelie wäre freiwillig niemals von der Insel fortgegangen. Bitte – wenn es dir möglich ist, sieh zu, dass sie zum Sterben zurückkommen kann. Ich warte hier auf sie.«

Bente seufzte, denn sie hatte nur wenig Hoffnung, dass das möglich war, zumal sie ja auch keinerlei Einfluss auf die Geschehnisse hatte. Gemeinsam waren Jan-Hauke und sie in Amelies Haus rasch auf die Suche gegangen, ob sie irgendwo eine Patientenverfügung hinterlegt hatte, aber eigentlich wussten sie, dass es sich nicht so verhielt. Amelie hatte beschlossen, auf Langeoog zu sterben, und überhaupt nicht in Erwägung gezogen, dass es anders kommen könnte. Oder dass gar jemand für sie bestimmen musste.

Endlich öffnete sich eine Tür, und eine blonde junge Schwester trat heraus. »Sind Sie Frau Bente Meißner? Ich bin Schwester Maria.«

Bente sprang auf. »Ja, bin ich. Gibt es was Neues?«

»Frau Stelzer hat gesagt, wir dürfen Sie in alles einweihen und Sie wären auch befugt, Entscheidungen zu treffen. Das hat sie sogar unterschrieben. Offenbar gibt es keine weiteren engen Verwandten?«

Bente zuckte hilflos mit den Schultern. Konnte man Maik als solchen bezeichnen? Sie wusste nicht einmal, ob er noch lebte.

»Sie dürfen mir also sagen, wie es ihr geht?«

Schwester Maria nickte. »Es sieht nicht gut aus. Sie ist zwar bei Bewusstsein, aber sehr schwach. Es ist nicht klar, ob sie es noch einmal nach Hause schafft.«

»Aber … aber sie wollte doch noch sehen, wie die Nonnengänse zurückfliegen …« Bentes Stammeln löste im Gesicht der Schwester Verwirrung aus, und sie riss sich zusammen. »Entschuldigung. Amelie, also Frau Stelzer, hat sich so gewünscht, in ihrem kleinen Haus zu sterben.«

»Sie wissen aber, wie krank sie ist?«

Bente nickte. Sie knüllte den Schal in den Händen. Der derbe Stoff war heute schon sehr oft durch ihre Finger geglitten. Sie tat sich schwer, die Aussage der Krankenschwester zu akzeptieren. Amelie durfte noch nicht gehen! Sie hatte nicht abgeschlossen, was sie abschließen wollte. Das musste sie doch noch zu Ende bringen, damit sie ihren Frieden finden konnte. Nur interessierte das hier vermutlich keinen.

Bente wunderte sich selbst über ihre Gedanken. Bevor sie Amelie kennengelernt hatte, war ihr die Wichtigkeit der letzten Tage und Stunden in einem Leben nicht derart deutlich gewesen. Man starb, dann war man weg, und die Angehörigen trauerten. Dass es Dinge zu regeln gab, damit man leichter gehen konnte, wurde in Filmen oder in Büchern thematisiert, aber es hatte mit Bentes Realität nicht viel zu tun.

Schwester Maria sah sie noch immer abwartend an. »Wollen Sie denn zu ihr?«

»Ja, auf jeden Fall«, antwortete Bente. »Wo liegt sie denn jetzt?«

»Sie wird gleich in ein Zimmer gebracht. Sie können dort auf sie warten, wenn Sie möchten. Ich weiß zumindest schon die Station und Zimmernummer.«

»Gerne, ich warte dort«, sagte Bente. »Aber wenn sie nicht sofort auf Station kommt, habe ich ja noch einen Augenblick Zeit. Können Sie mir bitte kurz erklären, wo ich die Toilette finde? Und wo ich etwas zu essen bekommen kann?«

Mit einem Mal waren ihre Beine weich wie Gummi, und ihr Magen knurrte.

»Dann müssen Sie sich sputen. Das Café hat zu, aber der Kiosk ist noch etwa zehn Minuten geöffnet.«

Bente beeilte sich und hatte Glück, dort eine Salami und einen Schokoriegel nebst einer Fanta zu bekommen. Es passte überhaupt nicht zusammen, aber es gab auch nichts anderes mehr. Sie stopfte beides hungrig in sich hinein und trank dann den Orangensprudel mit großen Schlucken aus. Sie wollte keine Zeit verlieren und so schnell es ging zu Amelie.

Bei der Anmeldung erfragte sie, welchen Weg sie zur angegebenen Station nehmen musste.

»Lieber Herrgott im Himmel«, stieß Bente aus, während sie ungeduldig auf den Fahrstuhl wartete. »Ich habe ewig nicht gebetet! Aber Amelie glaubt an dich und deine Kraft. Dann gib ihr doch bitte das winzige Zeitfenster, in dem sie noch das schaffen kann, was sie sich wünscht!« Stumm fügte sie hinzu: Und erhalte sie mir noch so lange, bis ich ihre ganze Geschichte kenne.

Bente kam sich bei dem Gedanken unglaublich egoistisch vor. Zugleich aber keimte in ihr eine Idee: Zwar hatte Amelie offenbar zu einem Zeitpunkt in ihrem Leben beschlossen, sich zurückzuziehen und dann auch irgendwann allein von dieser Welt zu gehen. Sie hatte alles darangesetzt, dass es so eintrat. Und doch hatte sie Kontakt zu ihr, Bente, aufgenommen. Hatte begonnen, sich zu öffnen und ihre harte Schale abzulegen. War es also wirklich so, dass von den Menschen, die sie immerhin lange Jahre in ihrem Leben begleitet hatten, keiner von ihrer Krankheit und ihrem nahen Tod wissen durfte? War es übergriffig, wenn sie, Bente, versuchte, Maik ausfindig zu machen? Immerhin hatte Amelie doch erwähnt, dass sie sich nie endgültig ausgesprochen hatten, und es war eben ein Teil vom dem, was sie nie zu Ende gebracht hatte. Bente fand es wichtig, dass er zumindest davon erfuhr, wenn seine Ex-Frau starb.

Ihre Finger krallten sich mittlerweile förmlich in Amelies Schal. Worüber dachte sie hier schon wieder nach? Das ging sie doch gar nichts an! Sie war gerade dabei, ihre eigene Familie aufs Spiel zu setzen, und versuchte trotzdem, sich Amelies Problemen anzunehmen, die wahrscheinlich gar nicht zu lösen waren. Wie viel sinnvoller war es doch, gleich zu Elinor und Daniel zu fahren! Bensersiel war nicht allzu weit von Aurich entfernt. Und Daniel schien gesprächsbereit. Das war schon viel.

Der Fahrstuhl surrte heran, und Bente trat ein. Hier roch es besonders aufdringlich nach Desinfektionsmittel. Sie drückte den Knopf, und der Lift ruckelte sanft aufwärts. Bente stieg in der genannten Etage aus und fragte eine Schwester, wo sie Amelies Zimmer finden konnte.

»Frau Stelzer ist noch gar nicht auf Station, aber sie kommt sicher gleich. Sie ist so weit stabilisiert, wie man uns am Telefon sagte. Bitte warten Sie hier!« Die Schwester wies auf einen schwarzen Stuhl, der vor einem grauen, quadratischen Tisch auf dem Flur stand. Immerhin hatte man, um etwas Farbe einzubringen, ein kleines Deckchen und einen Trockenblumenstrauß darauf platziert.

Bente fühlte sich dennoch dort verloren. Ein Essenswagen stand an der Wand und wartete darauf, abgeholt zu werden. Es roch nach Brühe und warmer Milch. Am hinteren Gangende türmten sich Kissen auf einem Bettenwagen, ein Stück davor stand ein Toilettenstuhl, der aber kurz darauf von einer Schwester in den Spülraum geschoben wurde. Alles wurde vorbereitet, damit die Nachtschwester später ihre einsamen Runden drehen konnte, hin und wieder unterbrochen von den roten Leuchten über den Zimmertüren. Der Fahrstuhl surrte, und ein grau gekleideter Mann zog den Essenswagen herein. Und wieder das monotone Surren.

Mittlerweile war Bente unglaublich müde. Noch immer wusste sie nicht, wo sie heute schlafen sollte, denn ein Bett würde man ihr hier wohl kaum anbieten.

Es war tatsächlich das Vernünftigste, sobald sie sich von Amelies Wohlbefinden überzeugt hatte, nach Bensersiel zu Daniel und Elinor zu fahren. Sie hätten sicher eine Couch für sie frei.

Eben huschte eine Schwester aus dem Zimmer, vor dem der Bettenwagen stand. Sie trug einen Schutzkittel und bugsierte einen Infusionsständer hinaus.

»Kann ich Ihnen helfen?«, fragte sie und blieb kurz stehen. »Ich bin Schwester Mette.« Ihre Augen blickten zwar freundlich, aber sie war sichtlich unter Druck.

»Ich warte auf meine Freundin, Amelie Stelzer. Sie kommt gleich von der Notaufnahme.« Bente stand auf, in der Hoffnung, doch ins Zimmer gelassen zu werden. Der lange Flur deprimierte sie.

Schwester Mette nickte. »Sie wird in die 13 gelegt. Ich hoffe, Sie sind nicht abergläubisch, aber da ist momentan das einzig freie Bett. Wir sind voll bis über beide Ohren. Sie müssen sich leider noch etwas gedulden. Ich kann Sie nicht ins Zimmer lassen, Frau Stelzers Bettnachbarn schlafen bereits.«

Eine Klingel leuchtete auf, und die Schwester eilte weiter. »Tut mir leid, aber heute ist echt ein Tag …« In dem Moment klingelte das Telefon, und sie rief ihrer Kollegin zu, die eben aus dem Spülraum trat: »Kümmerst du dich um den Anruf? Ich muss zur Klingel.«

Bente setzte sich wieder auf den Stuhl und beobachtete, wie die andere Schwester zum Telefon lief. Eine zweite Klingel durchbrach die Stille, kurz darauf schepperte ein Löffel, und die Tür eines Zimmers wurde geöffnet. Ein kleiner Mann, mit einem karierten und verwaschenen Bademantel bekleidet, lugte um die Ecke. »Sind sie weg? Ist die Luft rein?«, fragte er Bente. »Ich muss hier nämlich verschwinden, wissen Sie. Hier kann ich nicht bleiben.« Er stahl sich auf den Flur, und Bente war froh, als Schwester Mette aus dem Zimmer stürzte, den Toilettenstuhl in der Hand. »Ach, Herr Meyer, schon wieder unterwegs? Heute Abend müssen Sie nicht weg. Der Bus kommt erst morgen.«

»Hat er wieder einen Platten?«

»Genau!« Schwester Mette nahm ihn sanft bei der Hand und brachte ihn in sein Zimmer zurück. Gleich darauf stand sie wieder auf dem Flur, legte den Löffel erneut auf die Türklinke. »Damit ich höre, wenn er wieder Bus fahren will«, erklärte sie Bente mit einem Zwinkern und eilte zum nächsten Zimmer, bei dem die Klingel gedrückt worden war.

Die Leute hier waren allesamt freundlich, aber war das Krankenhaus das Richtige für Amelies letzte Tage? Nein, ihre Freundin musste zurück auf die Insel, dachte Bente. Zu den Nonnengänsen. Und das um jeden Preis.

Sie hörte abermals den Fahrstuhl surren, und endlich schob ein Pfleger Amelie auf den Flur. Sie war sehr blass um die Nase, fast so weiß wie der Bettbezug, aber sie lächelte.

»Hallo Bente! Ich leb erstmal noch. Schlaf dich ruhig aus, was anderes bleibt mir auch nicht. Komm bitte morgen früh wieder. Ich verspreche dir, dass ich dann noch da bin. Du weißt, ich kann ganz schön was ab, aber in einem solchen Gemäuer werde ich meine letzten Tage sicher nicht verbringen. Ich will woanders sterben.«

Bente verkniff sich die Erwiderung, dass sie in Aurich keine Unterkunft hatte und heute Nacht quasi obdachlos war.

»Nun müssen Sie aber erstmal schlafen«, drängte der Pfleger und schob Amelie in ihr Zimmer. Bente erhaschte einen Blick auf Bettgitter und Infusionsständer, bevor sich die Tür hinter beiden schloss.

Bente stand draußen vor dem Krankenhaus und wählte Daniels Nummer. Er ging sofort dran. »Bente?« Zum Glück klang er ruhig und nicht mehr so aggressiv wie bei ihrem letzten Telefonat. Es tat Bente gut, denn bei allen Differenzen war er doch nach wie vor der Mensch, auf den sie sich immer hatte verlassen können.

Erst druckste sie herum, rückte dann aber schnell damit heraus, dass sie auf dem Festland war und dringend eine Schlafmöglichkeit brauchte.

»Wolltest du zu uns nach Hannover kommen?«, fragte ihr Mann. In seiner Stimme klang Hoffnung.

Bente entschloss sich dennoch, ehrlich zu bleiben. »Elinor hat mir gesagt, dass ihr in Bensersiel seid.« Sie fasste kurz zusammen, warum sie in Aurich war, und endete mit den Worten: »Bitte gib mir die Adresse eurer Pension.«

Daniel zögerte. »Du bist letzte Woche mit dem Zug aus Hannover weggefahren, dann brauchst du jetzt ein Taxi, oder?«

»Ja, leider«, sagte Bente. »Um diese Zeit fahren auf dem Land keine Busse mehr.«

»Ich hole dich ab«, schlug Daniel vor. »Wo bist du? Noch am Krankenhaus?«

Bente wollte ihm den Weg beschreiben, aber er unterbrach sie, weil er ja ein Navi hatte.

Etwa dreißig Minuten später fuhr Daniel mit seinem Audi A3 vor dem Krankenhauseingang vor. Bente öffnete unsicher die Beifahrertür, weil sie absolut nicht wusste, was sie sagen sollte. Die Situation war so absurd. Erst verließ sie ihre Familie heimlich, und nun stand sie mutterseelenallein vor einem ostfriesischen Krankenhaus und hoffte, dass ihr Mann so gnädig war, sie bei sich aufzunehmen.

Bente gab Daniel einen flüchtigen Kuss auf die Wange. Es tat gut, seinen vertrauten Duft zu riechen, gab es ihr in dieser furchtbaren Situation doch etwas Halt. »Danke, dass du gekommen bist.«

»Du kannst dich immer auf mich verlassen, das solltest du doch wissen«, sagte er und setzte den Blinker.

Sie fuhren schweigend über schmale, unbeleuchtete Straßen, bis sie auf die B210 gelangten, von der sie nach einer Weile in Richtung Esens abbiegen konnten.

Bente war das Schweigen unangenehm. Allerdings wusste sie auch nicht, wie sie ein Gespräch in Gang bringen sollte, obwohl es besser gewesen wäre, sich jetzt zu unterhalten und nicht erst, wenn Elinor dabei war. Und am besten machte sie Daniel auch keine Vorwürfe, weil er sich in seiner Verzweiflung bei ihrer Tochter ausgekotzt hatte. Sonst würden sie den Weg zurück nicht finden.

Bente räusperte sich. »Ich bin froh, dass ich bei euch unterschlüpfen kann«, sagte sie. Daniel antwortete nicht, sondern konzentrierte sich auf die Straße.

Als sie Esens durchquerten, parkte er plötzlich rechts in einer Bucht. Er stellte den Motor aus und atmete einmal tief durch, bevor er sagte: »Es ist alles schwierig, Bente.« Mit einem unergründlichen Blick sah er sie an. »Das liegt an diesem Tom, oder? Hat er dich zu dieser fremden Frau gemacht? Ich habe das Gefühl, wir beiden kennen uns gar nicht mehr.«

»Es hat mit Tom nichts zu tun. Er ist eher das Symptom, aber nicht die Ursache.«

Daniel trommelte mit den Fingern auf dem Lenkrad herum. »Du trittst alles, was wir haben, mit Füßen, weil du dich, mich und die Familie infrage stellst.«

Bente legte ihre Hand auf seinen Unterarm. »Warum hast du Elinor gesagt, ich hätte was mit Tom? Es ist nicht so, und wenn es so wäre, ist das doch eine Sache zwischen uns beiden. Sie kann das doch gar nicht beurteilen oder einschätzen.«

Daniel wischte ihre Hand weg. »Ich finde die Situation so schlimm, dass ich deine Berührung im Augenblick kaum ertrage.« Er legte den Kopf aufs Lenkrad und schluchzte auf. »Und ja, verdammt, es war falsch, Elinor da reinzuziehen. Tut mir leid!«

Es dauerte eine Weile, ehe er sich beruhigt hatte. Bente hob immer wieder die Hand, wollte ihn streicheln und die verlorene Nähe wiederfinden. In seinem Arm liegen und einfach nur bei ihm sein. Aber es ging nicht. Sie saßen nebeneinander und waren sich doch so fern. »Ich liebe dich, Daniel, aber ich kann so nicht weitermachen. Es ist kalt geworden zwischen uns.«

»Dir ist kalt geworden, Bente. Dir allein. Elinor und ich fanden es sehr kuschelig.«

»Weil ich alles für euch getan und mich dabei vergessen habe.«

Daniel schüttelte nur den Kopf und startete den Motor wieder. Bis sie in Bensersiel waren, sprachen sie kein Wort und hingen ihren Gedanken nach.

»Wir haben ein kleines Appartement«, sagte er schließlich, als er vor einem hell erleuchteten Haus einparkte. Kurz darauf schloss er die Tür zu der Wohnung auf. Es war still, Elinor schlief vermutlich schon.

Das Appartement war klein und zweckmäßig eingerichtet. Ein schmaler Flur mit Garderobe, von wo eine Tür in einen Küche-Wohnbereich abging. Links stand ein Sofa, rechts befand sich die Küchenzeile. Hinten im Flur gingen zwei weitere Türen ab.

»Macht es dir etwas aus, wenn wir das Bett teilen?«, fragte er. »Sonst müsste einer von uns aufs Sofa, aber schau selbst …« Er deutete auf das kleine Canapé, das zwar einladend, aber für eine ganze Nacht vollkommen untauglich war.

»Wir sind doch verheiratet«, sagte Bente. »Ich kann gern neben dir liegen.«

Daniel wirkte erleichtert und zerrte weiteres Bettzeug aus einem Schrank, mit dem sie im Schlafzimmer gemeinsam die zweite Betthälfte bezogen.

»Möchtest du noch was trinken? Ich habe eine Flasche Weißwein auf.«

Bente lehnte es ab, sie war einfach nur müde.

»Du siehst zum Fürchten aus«, sagte Daniel. »Ich glaube, diese Insel und die kranke Frau tun dir nicht gut. Vom Regen in die Traufe, oder wie sagt man so schön?«

Bente schwieg. Ihr fehlte die Kraft, ihm von den Nonnengänsen und Steinwälzern zu erzählen. Von Pia, Hugo und seiner Flugangst und davon, dass es Grasmücken gab, die mitnichten Stiche verursachten. Daniel würde nicht verstehen, dass ihr das Rauschen des Meeres den Seelenfrieden zurückgab und dass sie von Amelie gelernt hatte, wieder dem Leben zuzuhören und damit sich selbst.

Jetzt wollte sie nur noch schlafen. Einfach tief und fest schlafen.

Tom war sauer. Noch immer hatte er Bente nicht ausfindig machen können. Wenn er sie bis Ende der Woche nicht gefunden hatte, wollte er seinen Urlaub abbrechen.

Gestern war auf der Insel richtig was los gewesen. Ein Hubschrauber hatte eine kranke Frau abgeholt. Hier funktionierte der Buschfunk. Die Alte war auf Langeoog wohl ziemlich bekannt.

Tom saß in einer Bäckerei in der Barkhausenstraße und schlürfte missmutig seinen Kaffee. Es roch gut nach frisch gemahlenen Bohnen und süßem Gebäck. Aber es war laut, weil der Kaffeeautomat ständig frischen Kaffee ausspuckte oder Milch aufschäumte. Zum Glück schien heute die Sonne, und die Urlauber drängelten sich nicht alle im Ort. Tom gab ein Stück Würfelzucker in die Tasse und rührte um.

»Dass Amelie nun nicht bei ihren Gänsen sterben darf, ist ein Schiet«, hörte Tom eine schrille Frauenstimme.

Sofort spitzte er die Ohren.

»Gut, dass diese Frau zu ihr ins Krankenhaus gefahren ist.« Die andere Stimme war dunkler und sprach im breiten ostfriesischen Dialekt.

»Welche Frau?« Unverhohlene Neugierde.

»Diese blonde Dünne, mit der sie die letzten Tage immer losgezogen ist. Das ist keine von hier, das ist eine Urlauberin. Die wohnt doch bei Jan-Hauke!«

Tom schrak zusammen. Konnte es sein, dass sie von Bente sprachen? Die Beschreibung mochte zutreffen, aber das wäre jetzt wirklich ein Zufall.

Die beiden Frauen tratschten weiter.

»Auf jeden Fall hat sie Amelie am Weg beim Sonnenhof gefunden. Die ist ganz schön moribund! Das geht wirklich nicht mehr lange.«

»Jo, schlimm, dass Amelie dem Tod so nah ist! So, ich muss dann mal. Wir sehen uns, dann schnacken wir wieder.«

Tom schnellte herum und versuchte, seinen ganzen Charme einzusetzen.

»Darf ich Sie kurz stören?«, fragte er die eine Frau.

Sie war hager, um die sechzig und trug Jeans und Strickpulli, über den sie nun eine Windjacke zog. »Worum geiht dat denn?«

»Sie sprachen eben von der Frau, die dieser Amelie geholfen hat.« Er legte seine ganze Kraft in das folgende Lächeln, damit hatte er bisher noch jede bezirzen können.

»Jo, warum?«

Er zwinkerte. »Ich bin in diese Frau verliebt und ich möchte sie überraschen.«

»Wie romantisch!«, sagte die eine Frau sofort, während die andere skeptisch schaute. »Das hört man gern.«

»Wohnt sie bei Jan-Hauke?« Wichtig war jetzt ein treuherziger Gesichtsausdruck.

Auch die zweite Frau taute auf, jetzt witterte sie wohl doch eine neue wunderbare Klatschgeschichte.

»Jo, bei Jan-Hauke im Dünennest. Der wollte nienich mehr jemanden beherbergen auf seine alten Tage. Aber bei der jungen Deern ist er dann wohl eingeknickt.«

»Danke, dann werde ich sie dort einmal besuchen.«

»Das geht nun gerade nicht«, antwortete die Frau. »Die ist Amelie nach Aurich ins Krankenhaus nachgefahren. Das hat mir Jan-Hauke persönlich erzählt.«

»Trotzdem danke. Sie kommt ja bestimmt bald wieder.«

Die Frau verabschiedete sich und verließ die Bäckerei.

Tom rieb sich zufrieden die Hände. Er war auf der richtigen Spur.

»Mama!« Elinors überraschter Schrei katapultierte Bente abrupt aus dem Schlaf. Sie hüpfte fröhlich vor ihrem Bett auf und ab. Daniel war schon im Bad, Bente hörte den Rasierapparat brummen. »Du bist wieder da! Aber wo ist dein Rucksack?«

»Es war gestern sehr spät, als ich ankam«, wich Bente aus. »Ich musste eine Freundin ins Krankenhaus begleiten.«

»Wen denn?«, fragte Elinor sofort, und Bente erklärte mit wenigen Worten, was passiert war.

»Egal, jetzt bist du bei uns!« Ihre Tochter strahlte. »Und ich war noch so wütend, weil ich dachte, du kommst nie wieder.«

Bente kniff die Lippen zusammen. Elinor bemerkte dies sofort. »Mama, sag, dass du nicht wieder weggehst!«

Bente wollte nicht lügen. Zwar hatte sie gestern bemerkt, dass sie noch sehr tiefe Gefühle für Daniel hegte, was ihr grundsätzlich Hoffnung machte. Aber sie war noch nicht so weit. Und er offenbar auch nicht.

»Ich werde noch eine Zeitlang auf Langeoog bleiben müssen. Amelie ist schwer krank, und sie braucht mich jetzt. Ich kann sie nicht allein lassen! Ganz abgesehen davon, dass ich das Gefühl habe, auf der Insel zur Ruhe zu kommen.«

Daniel war aus dem Bad hinzugetreten. »Diese Frau da im Krankenhaus ist dir also so wichtig?«

Am liebsten wäre Bente jetzt aufgesprungen, damit sie mit ihrem Mann auf Augenhöhe war. Aber sie lag mit zerzaustem Haar im Bett und musste ihn von unten her ansehen. Eine blöde Situation. Bente schob sich zumindest ein Stückchen höher. »Ja, und sie will zurück nach Langeoog, möchte zu Hause ihre letzten Tage verbringen. Und ich werde ihr helfen. Sie hat sonst keinen mehr.«

Daniel zog die Brauen hoch. »Dein Engagement in Ehren, ich weiß, wie du bist, wenn du jemanden in Not siehst, aber hast du nicht genug eigene Probleme? Warum spielst du bei einer fremden Frau die barmherzige Samariterin, wenn unsere Welt gerade zusammenbricht? Ich möchte es einfach verstehen.«

»Sie … sie …« Bente fehlten die Worte. »Sie tut mir gut«, platzte sie dann heraus. »Ich bin mit ihr zusammen in der Natur, wir beobachten Vögel, und ich habe gemerkt, wie mich das beruhigt. Das Leben ist langsamer, und ich bin achtsamer, wenn ich das mache.«

Daniel sah sie skeptisch an. »Aber dazu musst du doch nicht auf Langeoog sein. Natur findest du auch bei uns, rings um Hannover.«

Bente überlegte, wie sie es plausibel erklären konnte. »Es hängt mit Amelie zusammen. Sie öffnet mir andere Welten. Gut, das klingt etwas pathetisch, aber es ist so. Ich bin davon überzeugt, dass sie es schaffen wird, zurück auf die Insel zu gehen und dort zu sterben. Und ich muss ihr dabei helfen.«

Elinor hatte die Arme vor der Brust verschränkt, und Bente prallte die volle Ablehnung entgegen. »Du sollst keine Vögel beobachten und fremde Frauen betreuen«, stieß sie hervor. »Du sollst bei uns sein.«

»Das kann ich nur mit ganzem Herzen tun, wenn ich meine innere Ruhe gefunden habe«, versuchte Bente es zu erklären. Aber das konnte Elinor sicher nicht verstehen. Sie war ein Teenager …

Daniels Gesicht wurde allerdings weicher. »Ich höre also heraus, dass du noch eine Weile auf Langeoog bleibst, aber durchaus vorhast, wieder zu uns zu kommen, wenn diese Amelie …?« Er sprach das Endgültige nicht aus.

Bente schöpfte Hoffnung. Daniel begann offenbar zu begreifen, was sie umtrieb. Sie aber musste weiterhin ehrlich sein. »Solange Amelie mich braucht, ja.«

»Und dein Job?«

Mist, sie hätte Daniel eher von ihrer Auszeit erzählen sollen. Dass sie es nicht getan hatte, würde er ihr richtig krummnehmen. Aber es half nichts, sie musste damit rausrücken.

»Ich habe mir ein Jahr Auszeit genommen.«

»Ohne Absprache?« Daniel war fassungslos.

»Ich möchte Tom aus dem Weg gehen.«

Über Elinors Gesicht glitt ein Leuchten.

»Na immerhin«, knurrte Daniel. Er rieb sich nachdenklich das Kinn, hinter seiner Stirn arbeitete es. Bente sah ihm förmlich an, wie hin- und hergerissen er war. Trotzdem schien es ihn maßlos zu ärgern, dass sie das alles hinter seinem Rücken entschieden hatte. Immerhin setzte er sich zu ihr auf die Bettkante. Seine Stimme war hart, als er sagte: »Was ist denn das für eine Art, dass du dich ohne Absprache mit mir aus deinem Job verabschiedest? So ehrenvoll die Gründe auch sein mögen – wenngleich ich mich frage, warum du Tom aus dem Weg gehen musst, wenn doch nichts zwischen euch war? Und warum ist eine wildfremde Frau, die du auf der Insel erst kennengelernt hast, wichtiger als wir?« Er brach ein. Schlug die Hände vors Gesicht und sagte leise: »Das ist alles zu viel verlangt! Viel zu viel!«

Bente näherte sich Daniels zuckenden Schultern, doch er rückte ein Stück weg, sodass sie ihn nicht erreichen konnte. Er hob den Kopf. Seine Augen waren rot unterlaufen. »Himmel, Bente, ich hoffe, wir halten das aus und finden irgendwann zurück zu dieser Scheißkreuzung, wo wir falsch abgebogen sind, um es diesmal richtig zu machen.«

»Das hoffe ich doch auch«, sagte sie.

Daniel lachte bitter auf. »Es ist wohl kaum Liebe, was uns noch verbindet. Wenn man liebt, kommt man gern nach Hause. Das hat mal ein berühmter Typ gesagt, ich komme gerade nicht auf den Namen.«

Elinor hatte die ganze Zeit bleich und wie gelähmt danebengestanden.

Bente schlug die Decke zurück und stand auf. Sie musste zu ihrem Kind, denn es hatte Dinge gehört, die nicht für Kinderohren bestimmt waren. Ihre Welt schien bei dem Gespräch ihrer Eltern vollends zusammengebrochen zu sein.

»Bitte nicht, Mama«, flüsterte Elinor. »Ich muss jetzt auch erst einmal allein sein.« Sie verließ den Raum und schloss die Tür leise hinter sich. Und doch klang das Klacken lauter als ein Schuss.

Daniel stand ebenfalls auf und seufzte schwer. »Ich nehme an, du willst jetzt zurück in die Klinik fahren, um dieser Amelie zu helfen? Und danach wirst du dich weiterhin mit der Natur und den unterschiedlichen Vogelarten beschäftigen? In der Hoffnung, dich selbst zu finden. Nun, ich wünschte, es hätte für uns einen anderen Weg gegeben.«

»Ich auch. Ob du es glaubst oder nicht, ich habe es oft genug versucht, aber ich habe keinen gefunden.« Bente fühlte sich plötzlich leer und glaubte, einen riesigen Fehler zu machen. Warum nur konnte sie Daniel nicht einfach um den Hals fallen?

Aber sie vermochte es nicht, und vermutlich würde er es auch nicht wollen. Daniel und sie waren sich in dieser Stunde furchtbar fremd. Wenn es für sie beide eine Zukunft geben sollte, mussten sie erst wegfliegen wie die Zugvögel und wiederkommen.

»Ich hätte gewünscht, wir könnten gemeinsam fliegen. Wie die Gänse.«

Daniel hob abwehrend die Hände. »Um es mit deinen jetzigen Gedanken zu sagen: Ich bin ein Standvogel. Ich bleibe und sitze aus, was an Widrigkeiten kommt. Trotze Wind und Wetter und verschwinde nicht einfach, nur weil es woanders wärmer oder schöner ist.«

Bente stand mit hängenden Armen draußen vor der Tür der Ferienwohnung und ließ in Gedanken alle Eindrücke, die ihr in den vergangenen Jahren lieb und wichtig gewesen waren, Revue passieren. Noch realisierte sie nicht ganz, dass dies vielleicht das Ende war. Wie hatte Amelie noch gesagt? »Es ist nicht nur die Liebe. Es sind die Menschen drumherum. Es ist das Haus, das Auto. Das ganze Leben.«

»Ich weiß nicht, ob ich das schaffe«, flüsterte Bente. »Ganz allein.«

Plötzlich ging die Tür hinter ihr auf, und Elinor stand mit ihrem Rucksack dort. Sie wirkte ziemlich aufgeräumt. Nichts mehr war von dem eben noch so aufgeregten Mädchen zu erkennen. Jetzt erschien sie Bente plötzlich sehr entschlossen.

»Ich komme mit nach Langeoog«, sagte Elinor, aber ihre Stimme wackelte ein wenig dabei, und es hatte sich ein kleines bisschen Trotz hineingelegt. »Schließlich sind Ferien. Ihr habt eben so merkwürdige Sachen gesagt. Ich verstehe vieles nicht. Du musst mir alles erklären! Und du hast am Telefon gesagt, ich darf zu dir kommen.«

Bente drückte Elinor. »Ich freue mich, wenn du mich begleitest. Aber hast du mit Papa gesprochen?«

Elinor gab sich ungerührt. »Er wollte ja eigentlich auch nach Langeoog fahren, und nun hat er sich anders entschieden. Ich will auch nicht ewig bleiben, aber mir stehen ein paar Tage Ferien zu.« Jetzt klang sie viel zu erwachsen. Sie sog die Luft scharf ein und fuhr fort: »Und außerdem interessiert mich die Oma, die sterben wird und die dir so wichtig ist, dass du nicht gleich wieder zu uns kommst.«

»Amelie ist aber noch im Krankenhaus«, wandte Bente ein. »Du wirst sie nicht sehen können.«

»Egal. Ich gehe mit dir!«

»Lass uns mit Papa sprechen«, schlug Bente vor. Sie wollte Daniel nicht noch mehr in den Rücken fallen.

Der hatte wohl schon bemerkt, dass Elinor sich nicht mehr im Appartement aufhielt, und trat nun ebenfalls an die Tür. Entgeistert schaute er auf seine Frau und Tochter und deutete auf Elinors gepackten Rucksack. »Was wird das?«

Bente graute vor der Verzweiflung in seinem Blick. Sie machte einen Schritt auf ihn zu. »Gib uns ein paar Tage, Daniel! Wir möchten die größten Wogen glätten. Ich nehme sie dir nicht weg.«

Daniel nickte. Er nahm seine Frau kurz in den Arm, ließ sie dann aber schnell wieder los. »Ich weiß.«

Bente versuchte, einen klaren Kopf zu bewahren. Sie musste erst alles organisieren. »Passt auf! Ich fahre jetzt mit Elinor in die Klinik und schaue, wie es Amelie heute geht. Elinor kann unten im Café warten, lange werde ich nicht bleiben. Dann nehmen wir die Fähre zur Insel. Und in zwei Tagen geht es zu Papa zurück, okay? Und Daniel«, wandte sie sich an ihren Mann, der wieder wie versteinert dastand, »es ist noch nichts verloren. Wir bekommen es hin.«

Wieder nahm er sie unbeholfen in den Arm. Es war eine absolut linkische Geste, sie glich der eines Teenagers, der nicht wusste, wie er mit der neuen Freundin umgehen sollte.

Er hauchte ihr einen Kuss auf den Scheitel. »Flieg nur, Bente. So weit, wie du fliegen musst«, sagte er. »Aber ich wünsche mir nichts sehnlicher, als dass du wiederkommst, wenn es an der Zeit ist.«

»Zugvögel kehren immer zurück«, sagte Bente. »Und Nonnengänse sowieso.«

KAPITEL 15

Amelie hatte kaum geschlafen in der Nacht. Zwar hatte man ihr das Bett direkt am Fenster zugeteilt, und sie konnte in den angrenzenden Park schauen, aber das war nicht dasselbe wie in ihrer kleinen Kate auf Langeoog. Sie wollte hier weg. Sie brauchte das Meer und ihre Gänse. Wollte noch einmal ihr Rufen hören. Noch ein einziges Mal Zeuge des Kreislaufs sein, der das Leben bestimmte. Kommen und gehen. Gehen und Kommen. Das erlebte sie im Krankenhaus nicht, hier war alles steril, es roch nach Essen und Desinfektion. Und es war für Amelies Empfinden viel zu laut.

Sie war sehr oft bei den Schritten der Nachtschwester zusammengezuckt. Auch wenn diese versuchte, auf leisen Sohlen über den Flur zu huschen. Sie war stets auf der Hut, alle Patienten zu schützen und nichts zu übersehen. Aufmerksame Unauffälligkeit, die aber für Amelies Ohren zu intensiv war, als dass sie schlafen konnte. Die Stille der Nacht war für Amelie verknüpft mit dem fernen Rauschen der See, dem leisen Schnattern der Gänse, das auch in der Dunkelheit zu hören war, und dem Ruf der Vögel der Finsternis, die lautlos daherflogen und sich auf die Jagd begaben.

Amelie war froh, dass die Nacht überstanden war, und hoffte, dass Bente später kommen würde. Sie fühlte sich stark genug, um mit ihr zusammen zurückzufahren. Dorthin, wo es ihre Geräusche gab. Dafür unterschrieb sie alles.

Die Tür öffnete sich. »Frau Stelzer?«, fragte eine weibliche Stimme. Eine junge Frau mit einem langen weißen Kittel trat ins

Zimmer und warf nur einen flüchtigen Blick auf die beiden Bettnachbarinnen.

»Ja?«

»Ich bin Dr. Mannsen. Ich habe Sie gestern aufgenommen und sämtliche Untersuchungen durchgeführt. Ich weiß, es ist früh und Sie haben noch nichts gegessen. Aber ich wollte gleich mit Ihnen reden.«

Amelie rutschte im Bett ein Stück höher und fuhr sich durchs Haar. Allein diese minimalen Bewegungen kosteten sie unglaublich Kraft, aber das hätte sie niemals zugegeben, sonst käme sie aus dem Krankenhaus nicht weg.

»Da bin ich dem Tod ja noch einmal knapp von der Schippe gesprungen«, witzelte sie, aber ihre Stimme klang längst nicht so forsch, wie sie es gern gehabt hätte.

»Sie wissen über Ihr Krankheitsbild und alle Folgen Bescheid?«, versicherte sich die Ärztin.

»Ja, ich hab nicht mehr lange zu leben. Das gestern war wohl nur ein Vorbote dessen, was in der nächsten Zeit auf mich zukommt.« Amelie hatte ihre Stimme angesichts der nunmehr ausgesprochenen Tatsachen gesenkt. Ihr Zustand hatte sich massiv verschlechtert. Sie konnte sich glücklich schätzen, wenn sie die erste Weihnachtsbeleuchtung noch erlebte.

»Gut, dass Sie aufgeklärt sind. Es sieht tatsächlich nicht rosig aus.« Dr. Mannsen schaute rasch zu Amelies Bettnachbarinnen, aber die schliefen tief und fest.

»Wie lange?«, fragte Amelie.

Die Ärztin setzte sich auf die Bettkante und sah sie mitleidig an. Aber das konnte Amelie nur schwer ertragen. »Bitte keine Trauermiene. Ich weiß schon länger, dass der Abschiedszug auf mich wartet. Aber ich will wissen, wann Abfahrt ist.«

Dr. Mannsen schluckte. So offen waren wohl nur wenige Patienten. »Ganz genau kann man das nicht sagen. Ihnen bleibt nicht mehr viel Zeit. Es kommt darauf an, wie stark Sie mental sind und wie schnell Ihre Organe versagen. Das gestern war ein Kreislaufzusammenbruch. Sie haben sich körperlich übernommen. Oder psychisch, aber das wissen Sie am besten.« Die Ärztin räusperte sich. »Die Metastasierung ist weit fortgeschritten. Es grenzt an ein Wunder, dass Sie kaum Schmerzen haben.«

»Ich habe oft Schmerzen«, gab Amelie zu. Es war an der Zeit, auch dazu die Wahrheit zu sagen. Bente hatte sie, was das anging, belogen. Aber wenn sie es bis zum Ende auf Langeoog aushalten wollte, musste sie jetzt ehrlich sein, sonst würde sie bald wieder hier landen.

»Manchmal sind sie höllisch. Und wenn ich das Wort Hölle verwende, dann meine ich es auch.«

Dr. Mannsen blätterte in ihrer Krankenakte. »Ich werde Ihre Medikation erhöhen. Und es wäre für Sie von Vorteil, wir legten Ihnen einen Schmerzkatheter, mit dem Sie die Dosierung im therapeutischen Rahmen gut steuern können, wenn es nötig ist.«

Amelie grinste schwach. »Im therapeutischen Rahmen heißt: Ich soll mir von dem Zeug nicht so viel reindröhnen, dass ich meinem ach so lebenswerten Leben ein Ende setze?«

»Ich schlage vor«, Dr. Mannsen ignorierte Amelies Bemerkung, »Sie ins Hospiz zu überstellen, da Sie ja keine Angehörigen haben. Dort erwartet Sie eine familiäre Atmosphäre und eine liebevolle Betreuung. Da ist auch die Schmerztherapie gewährleistet. Sie müssen keinen Haushalt mehr führen. Kurz: Sie sind bestens umsorgt.«

Vom Hospiz hatte Amelie auch schon gehört, und für jeden anderen in ihrer Lage wäre das bestimmt die optimale Lösung gewesen. Menschenwürdig zu sterben, nicht allein in einem dieser tristen Krankenhauszimmer. Aber das ging bei ihr nicht. Sie wollte, nein, sie musste auf Langeoog auf ihr Ende warten. Am besten auf ihren geliebten Salzwiesen inmitten der Seevögel. Ob das klappte, bezweifelte sie selbst, aber ihre kleine Kate war zu allen Sterbeorten dieser Welt immer noch die beste Alternative.

»Sterben ist ein sehr persönlicher Akt«, sagte Amelie.

»Eben, und deshalb wären Sie in einem Hospiz gut aufgehoben.«

»Ich meine, es ist ein einmaliger, persönlicher Akt. So wie geboren zu werden«, beharrte Amelie.

Dr. Mannsen drückte ihre Hand.

»Sie sind noch verdammt jung, Frau Doktor«, sagte Amelie. »Ich finde es gut, dass Sie sich so viele Gedanken um Ihre Patienten machen. Ich hätte das in einer Gesundheitsfabrik nicht erwartet.«

Die Ärztin wirkte erleichtert. Solche Gespräche brachten auch die Mediziner sicher schnell an ihre Grenzen. »Krankenhäuser sind keine Fabriken«, sagte sie. »Wir geben alle unser Bestes, nur reicht es oft nicht.« Sie seufzte. »Personalknappheit … ach, was rede ich. Ist ja alles hinlänglich bekannt.«

»Genau. Na, dann haben wir uns ja verstanden«, sagte Amelie zufrieden.

»Ja, ich melde Sie also im Hospiz an, Frau Stelzer. Wie lange die Wartezeit ist, kann ich nicht sagen, aber bei Ihnen ist die Überstellung dringlich.«

»Richtig, das könnte dauern. Weil jemand von dort erst gen Himmel abfahren muss, bis ein Bett frei wird«, bestätigte Amelie. »Aber ich kann Sie beruhigen und Ihnen etwas Arbeit abnehmen. So ganz haben wir uns wohl doch nicht verstanden.«

Dr. Mannsen sah sie erstaunt an. »Inwiefern?«

»Ich gehe da nicht hin und überlasse das Zimmerchen lieber einem oder einer anderen Kranken.«

»Sie gehen dort nicht hin?«, wiederholte Frau Dr. Mannsen. »Und wie stellen Sie sich dann die nächste Zeit vor?«

»Nun«, begann Amelie, »jede Mutter sucht sich ihre Entbindungsklinik selbst aus. Guckt, wie schön die Zimmer sind, ob sich die Hebammen nett und freundlich benehmen. Gefällt ihnen die Klinik nicht, schauen sie, ob es ein passendes Geburtshaus oder andere Alternativen gibt.«

Die Ärztin sah sie kopfschüttelnd an. »Worauf wollen Sie hinaus, Frau Stelzer?«

»Ich will quasi eine Hausgeburt – nur umgekehrt.« Amelie rutschte noch weiter nach oben, sodass sie nun kerzengerade vor Frau Dr. Mannsen saß. »Um es konkreter auszudrücken: einen Hausabgang. Ich bin im Schlafzimmer meines Elternhauses geboren worden, und ich werde auf Langeoog in meinem Schlafzimmer oder in der freien Natur sterben. So schließt sich der Kreis.«

»Das ist unverantwortlich. Das kann ich Ihnen leider nicht gestatten«, sagte Frau Dr. Mannsen. »Sie sind alleinstehend.«

»Nun, da ich eine mündige Patientin und auch klar im Kopf bin, können Sie das nicht unterbinden. Ich werde nach Langeoog zurückfahren. Zu meinen Gänsen, dem Meer und meinen Büchern. Und zu Jan-Hauke, dem alten Seebären. Mit etwas Glück ist auch Bente noch eine Weile da. Und mein Hausarzt wird mich umsorgen. Notfalls nehme ich eine ambulante Pflege in Kauf, wenn das der Preis ist. Die gibt es auf der Insel schließlich! Allein bin ich also wirklich nicht. Auch, wenn ich das tatsächlich immer dachte.«

Frau Dr. Mannsen stand auf. »In Ihrem Zustand kommen Sie nicht einmal bis zur Fähre!«

»Dann machen Sie mich bitte so fit, dass ich die kleine Reise dorthin schaffe.«

»So ganz allein?« Die Ärztin klang nun schnippisch. »Wie stellen Sie sich das vor?«

»Ich bin nicht allein«, wiederholte Amelie. »Ich habe Bente. Sie ist mir hierher nachgefahren, und sie ist, genau wie Jan-Hauke, für mich da. Sie können auch Dr. Tydmers entsprechend instruieren, falls ich Hilfe benötige. Damit wäre alles geklärt, oder?« Über Amelies Gesicht glitt ein scheues Lächeln. »Und wenn ich nicht in den Salzwiesen sterben kann, habe ich zumindest die Option, dass Bente mir am Ende aus meinem Lieblingsbuch ›Die Pest‹ vorliest. Kennen Sie das? Es geht um den Widerstand der Menschen gegen die psychische und moralische Zerstörung und …« Amelie winkte ab. »Das interessiert Sie wohl nicht.«

Frau Dr. Mannsen trat ans Fenster und ging auf Amelies Einwurf nicht ein. »Wer auch immer diese Bente ist: Sie kann keine Verantwortung für Sie übernehmen. Niemand kann das.«

»Doch, ich! Ich kann für mich selbst die Verantwortung übernehmen. Aus den eben schon genannten Gründen. Wo soll ich unterschreiben?« Amelie fühlte sich durchaus in der Lage, sich auf den Weg zu machen. Allein die Vorstellung, die Gänse und die Salzwiesen wiederzusehen, die steife Brise zu spüren, die immer über Langeoog strich, gab ihr Kraft.

Frau Dr. Mannsen war mit der Situation sichtlich überfordert. Vermutlich waren andere Patienten in Amelies Situation dankbar, wenn man ihnen die weitere Organisation abnahm, aber Amelie war nun mal Amelie Stelzer, und es war ihr Leben, oder besser ihr Tod, über den hier entschieden wurde. Und das wollte sie sich nicht aus der Hand nehmen lassen.

»Es könnte schneller vorbei sein, als es Ihnen lieb ist, wenn Sie sich jetzt überfordern«, sagte die Ärztin schließlich leise.

»Es wird noch schneller vorbei sein, wenn ich bleibe.«

»Warum, Frau Stelzer?« Dr. Mannsen trat wieder einen Schritt auf Amelies Bett zu.

»Nun, ich habe zum Beispiel meiner Freundin etwas versprochen, das ich vollenden will. Meine Geschichte.«

»Ihre Geschichte?«, hakte die Ärztin nach.

»Ja, nur wenn sie die kennt, wird sie in Frieden weiterleben können.« Amelies Stimme brach. »Wissen Sie, Sie sind noch jung, haben alles noch vor sich. Aber auch Sie werden vielleicht mal falsch abbiegen und sich in einem Labyrinth verlaufen. Da brauchen Sie jemanden, der wenigstens einen Weg kennt. Und am besten jemanden, der ihn schon gegangen ist.« Amelie rutschte in ihrem Bett wieder tiefer. Das Gespräch strengte sie mehr an, als sie gedacht hatte. Hoffentlich war sie wirklich stark genug! Sie musste. Musste. Musste.

»Allerdings geht es nicht nur um Bente. Ihr könnte ich alles auch im Hospiz erzählen. Aber ich habe meinen Gänsen versprochen, dass ich wiederkomme. Und mit mir selbst habe ich auch einen Pakt geschlossen. Es gibt viele Gründe, nach Langeoog zurückzukehren. Verstehen Sie, ich bin noch nicht fertig mit dem Leben. Ich muss die letzte, steile Kurve kriegen, damit ich friedlich gehen kann.«

»Das ist der Vorteil, wenn man weiß, dass man sterben wird. Meine Mutter wusste es nicht …« Die Stimme von Dr. Mannsen klang traurig. Sie setzte sich aufs Bett und ergriff Amelies Hand. »Es ist der größte Wahnsinn, und aus medizinischer Sicht halte ich Ihren Entschluss auch für völlig verkehrt. Aber ich verstehe, was Sie meinen.« Sie schluckte. »Ich glaube, meine Mutter hätte auch gern noch was vollendet. Sie wissen, dass Ihnen die Mitarbeiter im Hospiz auch bei solchen Dingen helfen würden, aber ich habe begriffen, dass Sie Ihren Frieden nur finden, wenn Sie den Weg allein beziehungsweise mit den beiden Menschen gehen, die Ihnen wichtig sind.«

Amelie zuckte zusammen, denn sie hätte eigentlich noch einen dritten Menschen nennen müssen, der ihr wichtig war … Nur war sie Maik nicht wichtig. Sie schloss kurz die Augen, um den aufkommenden Schmerz zu verdrängen.

»Alles in Ordnung?«, fragte Dr. Mannsen.

»Alles in Ordnung. So machen wir das.«

Dr. Mannsen stand auf. »Ich muss es bei meinem Chef durchboxen, aber Sie können am Ende wirklich das tun, was Sie möchten, weil man keinen im Krankenhaus festhalten darf. Sie müssen vermutlich unterschreiben, dass Sie auf eigene Verantwortung gehen.«

»Kein Ding! Ich unterschreibe alles.«

»Geben Sie mir zwei Tage, damit ich den Rücktransport und alles andere regeln kann. Ich muss auch noch mit dem Inselarzt sprechen und mich um einen Pflegedienst kümmern. Da müssen Sie kurzfristig eingestuft werden. All das.«

»Zwei Tage, aber keine Stunde mehr«, bestätigte Amelie. In der Zeit musste sie zu Kräften kommen, damit sie die Reise gut überstand.

Dr. Mannsen nahm sie in den Arm und drückte sie kurz. »Aber versprechen Sie mir eins: Schließen Sie auch mit sich selbst Frieden. Aus Versehen sind Sie ja nicht in dieses Labyrinth hineingeraten. Suchen Sie bitte Ihren eigenen Weg. Erst dann haben Sie eine gute letzte Reise.«

»Das mache ich«, versprach Amelie. Sie hörte auf dem Flur das Klappern von Geschirr. »Und jetzt freue ich mich auf das Milchsüppchen und einen Becher Tee.«

Bente saß mit Elinor auf der Fähre nach Langeoog. Zwei Tage hatte Daniel ihnen zugestanden, bestimmt tat ihm die Zeit allein auch gut.

»Es ist schön hier«, sagte Elinor, während sich die Fähre an den Birkenpricken vorbeischob. »Auf die Insel zu fahren ist ein bisschen wie ein Abtauchen in eine andere Welt. Ich weiß, das klingt komisch, aber ich finde es voll krass. Man steigt auf ein Schiff und fährt fünfundvierzig Minuten übers Meer, wird nur von

Möwen und anderen Vögeln begleitet, begegnet ein paar Seehunden, die auf der Sandbank liegen und einen gelangweilt ansehen. Es fehlt nur noch, dass sie die Flosse heben und den Stinkefinger zeigen.«

»Ja, so ist es«, bestätigte Bente. »Ein bisschen märchenhaft.«

»Und da drüben fahren keine Autos?«

»Nur Elektrowagen und Kutschen«, sagte Bente. »Aber zuerst geht es mit der Inselbahn in Richtung Dorf.«

»Sag ich doch, dass es krass ist«, meinte Elinor. »Aber auch cool.«

Die Fähre legte an, und sie stellten sich in die Reihe der wartenden Menschen. »Hast du deine Langeoog Card?«, fragte Bente. »Wir müssen daran denken, vor deiner Abreise am Automaten noch die Kurtaxe zu bezahlen. Am besten machen wir das gleich.«

Elinor hielt das Kärtchen in die Höhe.

Sie verließen das Schiff und steuerten mit den anderen auf die bunte Inselbahn zu. Es war ein furchtbares Gedränge, und Bente geriet schon wieder ins Grübeln, ob sie alle in den Zug hineinpassten, doch es war niemals ein Problem.

»Kann man nicht laufen?«, fragte Elinor, die die vielen Menschen ebenfalls skeptisch betrachtete.

»Kann man schon, aber es dauert eine Weile. Über die Insel wandern wir später. Jetzt bringen wir zuerst deinen Rucksack ins Dünennest.« Bente deutete nach links. »Sieh, da liegt das Flinthörn. Ich war mit Amelie dort, und wir haben Vögel beobachtet. Man kann bis Baltrum gucken.«

Sie bestiegen einen gelben Wagen in der Mitte und nahmen auf den Holzbänken Platz.

»Das ist ja echt voll cool«, sagte Elinor wieder. »Holzbänke, keine Heizung. So ist man im Wilden Westen gereist!«

»Ist ja nur ein kurzes Stück, und wir haben schließlich dicke Jacken an.«

»Na, die brauchen wir aber auch.« Elinor sah versonnen aus dem Fenster. Heute schien die Sonne, am Himmel zeigten sich nur ein paar geflockte Schönwetterwolken.

Der Zug fuhr ruckelnd an und rollte durch die Wiesen. Links befand sich das Inselwäldchen, von dem Amelie gesprochen hatte. Rechts zeigte sich das Wattenmeer – das teilweise frei lag, da die Ebbe bereits eingesetzt hatte – in seiner glänzenden Schönheit, die sich allein durch das weite Nichts erklärte.

»Warum konnten wir überhaupt mit dem Schiff rüberfahren, obwohl da kaum Wasser ist?«, überlegte Elinor.

»Man hat eine Fahrrinne ausgebuddelt, die tideunabhängig genutzt werden kann«, erklärte Bente. Sie freute sich über das Interesse ihrer Tochter an der Insel. »Nach Juist oder Wangerooge kommt man zum Beispiel nicht ohne Weiteres. Da muss man immer die Flut abwarten, sonst würde sich das Schiff festfahren.«

»Deshalb geht die Fähre nach Langeoog auch so oft«, sagte Elinor. »Ich habe mich schon gewundert.« Sie sprang von der Holzbank auf und zupfte Bente am Ärmel. »Sieh nur! Dahinten! Die Dünen! Geil, wie hoch die sind und wie sie von der Sonne angestrahlt werden.« Sie setzte sich wieder, und augenblicklich legte sich ein trauriger Zug über ihr Gesicht.

»Was ist los?«, fragte Bente besorgt.

»Schade, dass Papa das nicht sehen kann. Stell dir vor, wie schön es wäre, wenn wir hier alle zusammen Urlaub machen könnten.« Sie schaute Bente fast flehentlich an. »Meinst du, das klappt eines Tages wieder?«

Bente überlegte kurz, dachte an Daniels Worte. Er hatte sie ziehen lassen. Ob es gut gehen würde mit einem Stand- und einem Zugvogel, wusste Bente nicht, aber vielleicht würde es so passieren wie bei den Nonnengänsen Hugo und Pia, die auch geblieben waren. Nicht, weil er Flugangst hatte, wie Amelie meinte, sondern weil es ihnen gefiel, ein Zuhause zu haben.

Sie nahm Elinors Hand. »Ja, das hoffe ich. Ich kümmere mich jetzt um Amelie, und dann sehen wir weiter. Es ist häufig gut, ein bisschen Abstand zu gewissen Dingen zu bekommen, damit man sie wieder schätzen kann.«

Elinor bohrte ihre Zunge so heftig in die Wange, dass eine kleine Beule entstand. Dann nickte sie. »Also lass uns beide die Tage auf Langeoog genießen, und wenn ich an den Wochenenden immer wieder zu dir kommen kann, ist es okay. Dann warte ich, bis es so weit ist.« Sie schluckte. »Aber was ist mit diesem Tom?«

Bente zog Elinor an sich. »Der spielt keine Rolle. Das weiß ich genau, seitdem ich hier bin. Und er hat auch nie eine gespielt. Ich habe mich gut mit ihm verstanden, das ist alles.« Diese winzige Lüge gestand Bente sich zu. Tom war weit weg, und sie brauchte an ihn momentan keine Gedanken zu verschwenden. In diesem Moment fuhr der Zug in den Langeooger Bahnhof ein und hielt mit einem kräftigen Ruck.

»Er hat dich durcheinandergebracht, oder?«, fragte Elinor fast altklug, als sie nach ihrem Rucksack griff. Bente angelte ihren kleinen Rucksack, wo sie die nötigsten Dinge für eine Nacht verstaut hatte, unter der Bank hervor.

»Ja, das hat er, weil ich selbst nicht mehr wusste, wer ich bin.« Dann wechselte sie rasch das Thema. »Schade, dass du Amelie nicht kennenlernen wirst.« Dass ihre Freundin zwei Tage im Krankenhaus ausharren musste, setzte Bente arg zu, aber sie war froh, dass sie überhaupt zurück nach Langeoog durfte.

Elinor öffnete die Metalltür, von wo sie auf den Bahnsteig sprang. Es herrschte wieder ein mächtiges Getümmel, als die Urlauber aus dem Zug quollen.

»Das verläuft sich gleich«, versprach Bente. Da sie auf keinen Koffer warten mussten, konnten sie sich gleich auf den Weg zu Jan-Haukes Pension machen.

Elinor war entzückt von den wartenden Pferdekutschen und ein bisschen enttäuscht, dass sie nicht mit einer fahren, sondern zu Fuß gehen würden. »So weit ist es ja nicht«, sagte Bente.

Sie liefen los, passierten die weißen Inselhäuser und die Inselkirche, die links von ihnen lag. Am Rathaus bog Bente in einen kleinen Pfad ab, der sich Vormann-Otten-Weg nannte, und von dort gelangten sie auf die belebte Barkhausenstraße.

»Ist aber doch ganz schön weit«, stöhnte Elinor.

»Gleich ist es geschafft«, versprach Bente. »Die Pension von Jan-Hauke liegt in der Nähe vom Sonnenhof, das ist das Haus, wo die berühmte Sängerin Lale Andersen gewohnt hat.«

Elinor sah sie fragend an. »Wer soll das sein?«

»Lili Marleen?«, fragte Bente, aber davon wusste ihre Tochter natürlich auch nichts, und sie hatte jetzt keine Lust, ihr die Zusammenhänge zu erklären. Zum Glück fragte sie nicht weiter.

Kurze Zeit später standen sie vor der Pension. Elinor bekam beim Anblick des kleinen Inselhäuschens vor lauter Staunen den Mund gar nicht mehr zu. »Das ist ja voll gemütlich!«

Im Flur zuckte sie bei der eigenartigen Deko dann doch ein bisschen zusammen, war aber beruhigt, als sie feststellte, dass das Zimmer, in dem sie wohnten, ganz kuschelig war.

»Und wie machst du das jetzt mit dieser Amelie? Sie bleibt also noch zwei Tage in Aurich?«

»Ich finde es gut, dass wir beide diese Zeit für uns haben. Wenn ich dich mit dem Schiff zurückbringe und Papa dich am Anleger abgeholt hat, fahre ich mit Amelies Krankentransport hierher zurück. Dann werde ich sie zusammen mit Jan-Hauke und der Unterstützung des Inselarztes und eines Pflegedienstes betreuen.«

»Sie kommt also wirklich nur noch zum Sterben her?« Elinor ließ sich aufs Bett fallen und schaute zur Decke. »Finde ich komisch.«

»Ja, das ist es. Aber sie wünscht es sich so.«

Bente seufzte. Ihr Gespräch im Krankenhaus am Morgen war sehr emotional gewesen. Amelie hatte ihr einen Brief in die Hand gedrückt.

»Ich weiß nicht, ob ich noch Zeit und Kraft genug haben werde, dir die Geschichte mit Alex zu Ende zu erzählen. Aber du musst sie kennen! Deshalb habe ich ein Stück aufgeschrieben, aber ich bin noch nicht ganz fertig.« Amelie hatte gehustet. »Sie ist ganz schön lang, und unsere Zeit wird immer kürzer. Merkst du, dass das Wort Zeit von uns beiden verdammt häufig verwendet wird?«

»Sie ist ja auch das beherrschende Thema.«

»So weit, so gut«, waren Amelies abschließende Worte gewesen. »Du kannst schon mal lesen, was ich verzapft habe. Den Rest erzähle ich dir in den Salzwiesen, wenn dort die Gänse grasen. Oder wenn wir gemütlich in meiner kleinen Stube vor dem Kaminfeuer sitzen. Das wird mein Abschluss auf dieser Welt sein.«

»Komisch, wenn man weiß, dass man stirbt«, unterbrach Elinor Bentes Gedanken. »Ich krieg Gänsehaut, wenn ich nur dran denke. Und du redest davon, als würdest du ein Paar Schuhe kaufen. Kratzt es dich nicht? Ich dachte, ihr seid so dicke.«

Bente schluckte. Bevor sie nach Langeoog gekommen war und Amelie getroffen hatte, war es ihr genauso gegangen. Der Tod war damals nur etwas Abstraktes gewesen, und man konnte den Gedanken daran verdrängen. Das ging jetzt nicht mehr. Er war da. Immer und überall. Aber er hatte seltsamerweise auch von seinem Schrecken verloren. Es war eher so, wie Amelie es gesagt hatte. Er gehörte ans Ende eines Kreislaufs, und es gab nun mal große und kleine Kreise. Kaum einer kannte seinen eigenen Durchmesser.

»Ist Amelie denn wirklich ganz allein?«, fragte Elinor. »Ich meine, hallo? Sie kommt zum Sterben nach Langeoog, weil sie diese Gänse nochmal sehen will? Ich würde dich sehen wollen. Und Papa.«

Sie ist nicht ganz allein, dachte Bente, sie hat mich. Jan-Hauke. Und noch einen anderen ihr wichtigen Menschen. Wieder durchfuhr sie die Idee, diesen Maik zu suchen, damit die beiden miteinander reden konnten. Diese letzte Aufklärung, die so wichtig war. Nur musste Bente zuvor wissen, was damals mit ihrer Ehe passiert war.

Sie griff in ihre Tasche, wo sie Amelies Brief aufbewahrte. Wenn Elinor nachher schlief, würde sie die Aufzeichnungen lesen.

»Langeoog ist Amelies Zuhause. Dort will sie eben sein.«

»Coole Aktion.«

»Pack kurz aus, was du brauchst, und dann gehen wir zum Strand. Es ist sagenhaft schön dort, das musst du gesehen haben.«

Kurze Zeit später war Elinor fertig. Sie machten sich sofort auf den Weg, doch als sie gerade die Stufen zum Wasserturm, dem Wahrzeichen der Insel, erklommen, zuckte Bente zusammen, weil sich von hinten eine Hand auf ihre Schulter legte.

»Bente?«, hörte sie eine Stimme, völlig außer Atem. »Ich laufe schon die ganze Zeit hinter euch her!«

Sie schnellte herum.

»Tom? Wie kommst denn du hierher?« Ihr Herz begann zu galoppieren. Einen ungünstigeren Augenblick hätte er sich wirklich nicht aussuchen können. Ängstlich schaute Bente in Elinors Gesicht.

Die war weiß wie die Wand. Ihre Augen verengten sich, während ihr Blick zwischen ihrer Mutter und Tom hin und her schweifte. Dann holte sie einmal tief Luft und schrie: »Du hast gelogen! Du hast mich und Papa angelogen. Der Mann ist doch da!«

KAPITEL 16

Bente sah Elinor nach, als sie fortrannte. »Warte doch!« Sie musste ihr unbedingt folgen. Warum Tom hier war, wollte sie später klären. Sie warf ihm einen wütenden Blick zu. »Wie konntest du nur? Wir sehen uns in einer halben Stunde im Café Leiß. Aber zieh dich warm an!« Dann sprintete sie los.

Elinor war in Richtung Strand gelaufen und kam im Sand zum Glück nicht so schnell voran, dass Bente sie aus den Augen verlor. Und sie war fit, ging sie in Hannover doch regelmäßig joggen. Das zahlte sich nun aus, denn ihr gelang es, Elinor einzuholen.

»Geht es noch?«, keifte ihre Tochter sie an. »Hast du gedacht, ich mach mir ein paar schöne Stunden mit meinem Neuen und stell den dann gleich mal meiner Tochter vor? Die schluckt das schon?«

»Nein! So ist das nicht! Ich wusste nicht, dass er auf Langeoog ist!«

»Ach! Du hast doch nur rumgelogen! Ich fahre jetzt sofort wieder zu Papa!«

Bente griff nach Elinors Hand, denn sie wollte kein zweites Mal riskieren, dass sie wegrannte. »Du bleibst jetzt hier und hörst mir zu!«

Erstaunt sah ihre Tochter sie an, und ihr Widerstand bröckelte etwas. »Ich will nicht, dass du einen anderen Mann liebst als Papa …« Sie schluchzte auf.

»Das tue ich auch nicht. Noch einmal: Ich wusste nicht, dass Tom auf Langeoog ist.«

»Er will aber was von dir, sonst wäre er nicht hier, und was wäre passiert, wenn ich nicht zufällig auch hier wäre?« Elinor sah Bente herausfordernd an.

»Nichts anderes als jetzt, Liebes. Es gibt Probleme zwischen Papa und mir, ja. Und wir haben Schwierigkeiten, damit umzugehen. Aber ich werde mich deswegen nicht mit einem anderen Mann einlassen. Versprochen!« Sie schluckte. »Dann wäre das Zurückkommen noch um so vieles schwerer. Ich weiß doch, was auf dem Spiel steht!«

Elinor schluckte. Bente sah ihr an, wie gern sie ihr glauben wollte. Wie sehr sie sich nach ihrer Sicherheit zurücksehnte. Wie hatte Tom das nur tun können? Einfach so aufzutauchen, ohne es mit ihr abzusprechen? Und das, wo sie ihm unmissverständlich klargemacht hatte, dass es ein Wir nicht geben würde.

»Gut«, sagte Elinor schließlich, nachdem sie eine Weile mit sich gerungen hatte. »Dann glaub ich dir das. Aber er ist jetzt da.«

Bente nickte. Das war ein Problem, das sie dringend lösen musste. »Wir beiden gehen jetzt zurück ins Dorf. Du wartest im Dünennest, und ich werde ihn im Café Leiß treffen.«

Elinor wollte eben widersprechen, als Bente die Hand hob. »Um ihm zu sagen, dass ich ihn nie wieder sehen möchte. Deshalb habe ich noch einen anderen Entschluss gefasst: Ich werde mir nach meiner Auszeit eine neue Arbeitsstelle suchen, damit weder du noch Papa irgendeinen Grund habt, misstrauisch zu sein. Das ist mein Angebot, um das Dilemma ein für alle Mal vom Tisch zu haben.« Bente war zwar schon letzte Nacht genau dieser Gedanke gekommen, aber jetzt, wo die Situation es erforderte, wurde ihr klar, dass es nicht nur eine vage Idee war. Wenn sie ihre Ehe retten und das Vertrauen wiederherstellen wollte, musste sie handeln und eine Veränderung herbeiführen. Das konnte nur sie allein.

Elinors Anspannung wich mit jedem Wort. »Das willst du echt tun?«

Bente nickte. »Für die Familie würde ich viel tun, Elinor. Und das auf jeden Fall.«

Sie machten kehrt und liefen langsam zurück zum Dorf. Elinor war noch immer blass. So ganz schien sie der Situation nicht zu trauen. »Am liebsten würde ich dabei sein, wenn du ihm das sagst. Nur um sicherzugehen …«

Bente rührte ihre Angst. Sie nahm sie in den Arm. »Vertrau mir, meine kleine Große. Du weißt, dass das nicht möglich ist. Ich muss es allein erledigen, und ich werde es tun. Versprochen!«

Elinor nickte ergeben, aber Bente sah, dass ihr die Angst in den Knochen steckte. »Ich bin in spätestens einer Stunde zurück. Danach leihen wir uns Räder und fahren zum Osterhook. Da wollte ich schon immer mal hin.«

»Da sind die Seehunde, oder?«

»Genau, und das Wetter ist heute so wunderbar. Aber ich warne dich, die Strecke ist ganz schön lang!«

Elinor rollte die Augen. »Ich hab mich schon schlaugemacht. Langeoog hat eine Länge von vierzehn Kilometern, und wir müssen ziemlich weit fahren, richtig?«

»So ist es.«

Sie hatten den Ortsrand erreicht, und Elinor begleitete ihre Mutter noch bis zum Café. »Ich warte im Dünennest.«

Bente zog ihre Tochter noch einmal fest an sich, erklärte ihr kurz den Weg und sagte dann: »Bis gleich!«

Anschließend betrat sie das Café.

Tom saß schon an einem der mit weißen Spitzendecken zurechtgemachten Tische vor einem Kännchen Ostfriesentee, das auf einem Stövchen stand. Er sah auf, als Bente hereinkam. Doch das freundliche Lächeln war gewichen.

»Darf ich?«, fragte Bente und zog den dunklen Stuhl mit den geschwungenen Beinen unter dem Tisch hervor, ohne die Antwort abzuwarten.

»Was soll ich schon dagegen haben«, antwortete Tom. »Du willst mir die Leviten lesen, das habe ich verstanden.«

Bente presste die Lippen zusammen und überlegte, wie sie beginnen sollte. Denn kaum saß sie Tom gegenüber, war es wieder da, dieses Kribbeln, das sie von Beginn an in seiner Gegenwart gespürt hatte. Aber etwas hatte sich verändert. Zwar war Bente noch immer bewusst, was sie an ihrem Kollegen in den Bann gezogen hatte, aber es war nicht mehr mit derselben Anziehungskraft verbunden wie zuvor.

»Und? Warum bist du so stinkig? Ich dachte, du freust dich über meinen Überraschungsbesuch. Stattdessen blicke ich in eine ziemlich sauertöpfische Miene.«

»Tom!« Bente rang nach Worten. »Elinor ist hier. Ich habe ihr versprochen, das mit dir zu beenden. Für immer.«

Tom lächelte, wobei sich seine Grübchen zeigten. Die sich nach vorn verjüngende Haarsträhne rutschte ihm ins Gesicht.

»Bente, ich habe noch eine Weile Urlaub und kann bleiben. Elinor geht doch bestimmt irgendwann zu Daniel zurück. Dann wären wir allein. Nur wir zwei. Ich kann warten!«

Bente schüttelte heftig den Kopf. »Darum geht es doch gar nicht, Tom! Es geht nicht darum, wie ich unsere Treffen vor Elinor oder Daniel verheimlichen kann. Ich möchte es einfach nicht mehr! Es ist vorbei.«

»Du willst mich loswerden? Das glaube ich nicht!«

Tom wollte nach ihrer Hand greifen, aber Bente nahm sie schnell vom Tisch und legte sie in den Schoß. Auf keinen Fall durfte er sie berühren, niemals durfte sie zulassen, dass sie wieder Feuer fing.

Tom wirkte kurz irritiert, tat aber so, als wäre nichts passiert. »Möchtest du auch etwas trinken? In der Kanne ist genug Tee, ich kann dir eine zweite Tasse bringen lassen.«

Bente verneinte. Sie wollten keinen Tee mit Tom trinken, sie wollte so schnell es ging hier weg.

Sein Gesicht verfinsterte sich zusehends. »Gut, du hast dich also dazu entschlossen, dass es mit uns nichts wird. Folglich bin ich umsonst nach Langeoog gekommen.«

»Ich habe dich schließlich nicht darum gebeten«, konterte Bente, aber ihre Stimme zitterte. Und – er spürte ihre leichte Unsicherheit.

Mir bleibt nur die Flucht, dachte Bente. Sonst stehe ich das nicht durch! Sie stand auf und bemühte sich darum, mit gefasster Stimme zu sprechen. »Ich möchte nicht nur, dass wir uns nicht mehr privat sehen, ich werde auch meinen Job kündigen und mir etwas anderes suchen. Ich habe ein Jahr Auszeit eingelegt und würde in den nächsten Monaten ohnehin nicht in der Redaktion sein. Die schwierigen Kunden musst du ab jetzt allein beknien und die Artikel auch allein verfassen.« Bente sprach extra die letzten Gemeinsamkeiten an – etwa, wenn sie zusammen an einem Artikel getüftelt hatten, oder den Augenblick, wenn sie einen schwierigen Kunden mit einem wunderbaren Artikel ködern konnten –, um Tom deutlich zu machen, dass es keine Überschneidungen mehr gab.

»Und was willst du tun? Wo willst du arbeiten?«

»Ich weiß es noch nicht, aber vielleicht bleibe ich sogar auf Langeoog!« Der Satz war Bente nur so herausgerutscht, und sie erschrak zutiefst. War das tatsächlich ihr Wunsch? Für immer auf der Insel zu bleiben?

Sie warf einen letzten Blick zu Tom, der zum ersten Mal sprachlos war.

Dann stürzte sie aus dem Café.

Daniel hatte nach Elinors Abreise sofort seinen Koffer gepackt. Was sollte er nun noch in Bensersiel? Seine Welt war derart ins Wanken geraten, dass er sich fühlte wie auf einem Kutter in einem Orkan. Er wurde hin und her geworfen, tanzte mit seinem kleinen Schiff in den Wellen und musste achtgeben, nicht über Bord zu gehen.

Das Schlimmste war, dass Bente im Grunde recht hatte. Sie lebten schon lange nebeneinanderher, jeder tat, was er musste – aber eben für sich und nicht gemeinsam. Es gab nichts, was sie noch zusammen machten. Außer Dinge zu besprechen, die sich um Elinor oder die eine oder andere Anschaffung drehten.

Aber das war für ihn trotzdem kein Grund, wegzulaufen, so wie Bente es tat. Wenn sie allerdings Zeit für sich brauchte, wollte er sie ihr geben. Auch wenn er es eigenartig fand, wie schnell eine wildfremde Frau einen solchen Stellenwert in Bentes Leben einnehmen konnte.

Nun gut, vielleicht war eine Trennung auf Zeit keine so schlechte Idee. Sie würden merken, ob sie einander vermissten, und er konnte auch einmal das tun, wozu er Lust hatte. Alles ohne schlechtes Gewissen Bente gegenüber. Jetzt wartete sie schließlich nicht auf ihn.

Monoton schnurrte Daniels Wagen über die Autobahn. Er hatte das Radio laut gestellt und ließ sich von NDR 1 berieseln, lauschte Pink Floyd und Schlagern und Titeln aus den 1980er Jahren. Doch er nahm alles gar nicht richtig wahr.

Nach über zwei Stunden erreichte er sein Haus in Hannover. Es lag dunkel vor ihm, wirkte verlassen. Daniel schloss auf. Ihm schlug der typisch muffige Geruch entgegen, wenn Häuser nicht gelüftet worden waren. Er trat ein, riss alle Fenster auf, doch es kam ihm vor, als würde der Geruch nicht verschwinden. Es blieb stickig.

Daniel schloss die Fenster wieder, setzte sich aufs Sofa und zappte durch die Programme, machte den Fernseher dann aber aus. Danach griff er zur Whiskyflasche, die neben der Couch auf einem Servierwagen stand, und goss sich ein halbes Glas Talisker ein. Das half ihm bestimmt, zu entspannen und alles etwas cooler zu sehen.

Doch so richtig baute ihn auch das nicht auf. Alkohol war keine Lösung, er musste mit jemandem reden.

Nach dem Meeting neulich hatte er Martine gegenüber ein paar Andeutungen gemacht. Es hatte ihn selbst erstaunt, dass sie ihm so viel Intimes aus der Nase gezogen hatte, aber so war sie eben. Deshalb war sie auch perfekt im Kundenverkehr, denn sie hatte große Empathie für alle Menschen. Aber jetzt wäre es wohl merkwürdig, wenn er sie anrufen würde. Blieb nur Hartmut. Nein, den hatte er schon vor ein paar Tagen ausgeschlossen. Susanne wiederum würde die Sache so was von breittreten. Vermutlich hatte sie längst mit Bente Kontakt, da wollte er die Glut nicht noch befeuern.

Daniel wurde klar, dass er keine Freunde hatte. Jedenfalls keine, mit denen er über so schwerwiegende Probleme hätte sprechen wollen. Neben Hartmut gab es noch Ralf, aber der Kontakt war seit Längerem eingeschlafen. Zu viel Arbeit, keine Zeit, Freundschaften zu pflegen.

Daniel griff zum zweiten Mal nach der Whiskyflasche. Er sollte Wasser dazu trinken. Und vielleicht etwas essen. Also stand er auf und ging in ihre hochmoderne Küche. Sie war ganz in Grau gehalten. Bente hatte auf einen Backofen in Augenhöhe bestanden, und auch sonst trug die Küche ihre Handschrift. Es fing bei dem großen Bild über dem Tisch an und endete bei der Auswahl der Becher, die an Haken hingen. Daniel öffnete den Kühlschrank, der natürlich fast leer war. Er fand eine Dose mit Leberwurst und ein Marmeladenglas. Das war mehr als mau.

Plötzlich kamen ihm die Tränen. Dieser leere Kühlschrank passte zu seinem verdammt miesen, blöden Leben!

Er hatte alles getan, damit es Bente und Elinor gut ging. Er hatte geschuftet … und wie dankte sie es ihm? Bloß weil er nicht ständig mit ihr spazieren oder zu diesem blöden Tanzkurs gehen konnte? Indem sie weglief, mit einem anderen Kerl flirtete und es jetzt wichtiger fand, sich um eine todkranke Frau zu kümmern. Daniel pfefferte die Kühlschranktür zu.

»Ich bestell mir Pizza«, sagte er laut und suchte nach der Nummer vom Lieferdienst. Der machte aber erst um 17 Uhr auf. Folglich musste er noch zwei Stunden warten.

Er trank auch den zweiten Whisky aus.

Es war so still im Haus, dass seine Ohren fiepten. Doch er wollte sich nicht mit irgendeinem Fernsehprogramm ablenken. Musik? Er könnte doch Musik anmachen. Aber ihm fehlte sogar die Kraft, sich dazu aufzuraffen.

Daniel schrak zusammen, als eine WhatsApp-Nachricht aufploppte. Es war Martine.

Bist du schon wieder zurück oder auf dem Eiland geblieben?

Daniel glitt ein Lächeln übers Gesicht. Ahnte sie, dass es schlecht lief?

Bin zu Hause. Elinor und Bente sind noch auf Langeoog.

Ich habe auch ein paar Tage frei. Lust auf ein Glas Rotwein?

Tut es Talisker auch?

Am Nachmittag? Aber gut, wir haben beide Urlaub! Und ich liebe Scotch. Ich bin gleich da. Ich glaube, ein offenes Ohr wäre für dich jetzt nicht das Schlechteste.

Daniel legte das Handy zurück auf den Couchtisch und verschränkte die Arme hinterm Kopf. Martine teilte sogar seine Leidenschaft des Whiskytrinkens. Gleich würde er nicht mehr allein sein. Gleich würde dieses schreckliche Piepen in seinem Ohr aufhören. Und doch quälte ihn das schlechte Gewissen. War es in Ordnung, sich mit einer Frau zu treffen?

»Wir trinken schließlich nur etwas zusammen«, murmelte er. »Bente war ja mit Tom auch nur Kaffee trinken.«

Bente war froh, dass Elinor rasch eingeschlafen war. Sie waren nach ihrem Treffen mit Tom noch Richtung Osterhook geradelt, hatten in der Meierei Rast gemacht und dann die letzten Kilometer zum Osterhook zurückgelegt.

Und – sie hatten die Seehunde gesehen. Dafür gab es dort eigens eine Plattform.

»Allein dafür hat es sich gelohnt, nach Langeoog zu kommen.« Elinors Strahlen war der beste Beweis für Bentes Zweifel, ob sie die richtige Entscheidung getroffen hatte. Und noch etwas hatte sie bestärkt: Dort, am östlichsten Zipfel der Insel, wo ihr der Wind um die Nase geweht war, sie eins wurden mit der Schönheit der Dünen und des Wassers, hatte nämlich ein Mensch gefehlt – und der hieß nicht Tom. Er wäre wie ein Fremdkörper gewesen in der Allianz zwischen ihr und ihrer Tochter, zu der kein fremder Mann gehörte, sondern der, der dieses Kind gezeugt und mit ihr aufgezogen hatte. Der Mann, mit dem sie seit Jahren den Alltag meisterte, auch wenn viele Dinge schiefgelaufen waren. Am Osterhook hatte sie wieder daran geglaubt, dass doch noch alles gut werden würde.

Nun aber schlief Elinor, und Bente hatte Zeit für Amelies Brief, der in ihrer Tasche knisterte.

Sie setzte sich an den kleinen Tisch und knipste die Lampe an. Dann öffnete sie den Falz und faltete die Seiten auseinander. Sie waren eng beschrieben. Amelie musste Stunden damit verbracht haben, alles zu verfassen, aber hatte sie nicht erzählt, dass sie ohnehin versuchte, nur wenig zu schlafen?

Liebe Bente,
hier geht die Geschichte weiter, und sie nimmt keinen guten Lauf, das vorab. Meine Ehe hat dem Ganzen nicht standgehalten, und seitdem stehe ich vor den Trümmern meines Lebens und versuche jeden Tag aufs Neue, mir nicht daran die Füße zu verletzen. Einfach ist es nicht.
Aber der Reihe nach, ich bin also ins Krankenhaus gebracht worden und dort erst aufgewacht. Die Ärztin kam zusammen mit Maik zu mir.
»Ich wollte dabei sein«, sagte er, und er wirkte genauso ernst wie die Ärztin.
Ihre Worte hämmern mir seither durch den Kopf. Sie war behutsam, freundlich, und doch musste sie mir etwas Schlimmes mitteilen.
»Wussten Sie, dass Sie schwanger waren?«
Ich dachte, ich höre nicht richtig. »Schwanger? Ich kann doch gar nicht …«
»Sie waren sogar schon in der 16. Woche«, antwortete sie. »Aber ich muss Ihnen leider sagen, dass Sie das Baby verloren haben, und da die Schwangerschaft schon weit fortgeschritten war, kam es zu Komplikationen. Wir mussten Ihren Uterus entfernen.«
Ich war damals schon fast vierzig und an ein weiteres Kind nicht mehr zu denken. Das einzige, das ich hätte haben können, war verloren.

Bente ließ den Brief sinken und musste weinen. Sie fühlte so tief mit Amelie mit! Aber dann packte sie die Neugierde, und sie las weiter.

Zuerst wollte ich nicht glauben, was ich da hörte. Der Schmerz darüber kam bei mir nicht an, und das war gut so. Ich war wie in Watte gepackt.
Wie hatte ich nicht bemerken können, dass ich schwanger war? Bei meinem chaotischen Zyklus war es nicht ungewöhnlich, dass meine Blutung nicht einsetzte, und so hatte ich es wieder auf eine Hormonstörung geschoben. Nun war das Kind fort, und ich hatte ihm nicht einmal Hallo sagen können, weil ich nichts von ihm wusste. Das war fast das Schlimmste. In mir war der größte Traum meines Lebens gewachsen – und ich war ahnungslos. Du glaubst gar nicht, wie oft ich mich gefragt habe, ob das der Grund gewesen war, warum es sich so sang- und klanglos verabschiedet hatte. Was sollte es bei einer Mutter, die es gar nicht bemerkte, weil sie ihren Kopf mit anderen Dingen wie zum Beispiel Alex voll hatte?
Ich weiß, das ist Quatsch, aber wenn man verzweifelt ist, denkt man die merkwürdigsten Sachen.
Ich habe förmlich die Stimme meiner Oma im Kopf gehabt: »Kleine Sünden werden sofort bestraft.«
Immerhin weiß ich, dass es ein Mädchen war, und wir nannten sie Maja. Sie wurde eingeäschert (so sieht es eine Verordnung vor), und wir durften sie mit einer kleinen Zeremonie unter einem Stein auf einer dafür vorgesehenen Wiese beisetzen.
Zuerst haben wir versucht, gemeinsam mit dem Verlust unseres Kindes umzugehen, aber Maik und ich hatten uns schon zu weit voneinander entfernt. Hinzu kam die Sache mit Alex, auch wenn ich ihn natürlich nicht mehr getroffen habe. Es wäre so viel besser gewesen, Maik und ich hätten uns aneinander festgehalten und gestützt, aber wir hatten uns unabhängig voneinander dafür entschieden, die Trauer jeder mit sich selbst auszumachen. Das funktioniert aber nicht, denn man wird immer einsamer. Statt wenigstens um uns zu kämpfen, waren wir zu Solisten geworden,

die aber einzeln schwach waren. Trauer kann so sehr entfremden! Ich habe mir sogar Hilfe gesucht – aber der Pastor hat zu mir gesagt, dass viele Paare sich trennen, weil sie so unterschiedlich mit Verlusten umgehen, weil sie nicht mehr verstehen, was in dem anderen vorgeht.

Bente legte den Brief ein zweites Mal ab, weil sie eine Pause brauchte. Es war so anders, wenn sie lesen musste, was passiert war, als wenn Amelie es erzählte und dabei einen fast distanzierten Ton anschlug! Das hier war elementar, man konnte nicht so tun, als wäre es eine Geschichte. Das war Realität, geschrieben in der krakeligen Schrift ihrer todkranken Freundin.

Bente warf einen Blick auf Elinor und vergewisserte sich, dass ihre Tochter weiterhin fest schlief. Sie wurde von einer Woge der Zärtlichkeit übermannt, als sie ihr Kind dort gesund liegen sah, das lange blonde Haar wie einen Fächer um das zarte Gesicht drapiert.

Hatte Amelie geahnt, dass Tom ihr nach Langeoog folgen würde? Und ihr deshalb den Brief mitgegeben? Inzwischen war Bente davon überzeugt, dass ihre Freundin Dinge voraussah, die sie selbst noch gar nicht begriff. Vielleicht lag es an dem Zusammenspiel von Amelies Leben mit der Natur.

Bente las weiter.

Ich zog dann erst in eine Ferienwohnung in der Nähe von Jever, aber wir wollten uns ein letztes Mal an einem neutralen Ort aussprechen.
Ich schlug die Salzwiese am Deich vom Elisabethaußengroden vor, und dort habe ich Maik das letzte Mal privat gesehen. Den Termin beim Scheidungsrichter lasse ich mal aus, weil ich ihn lieber verdränge. Es war für uns beide ein sehr schmerzhafter Tag, denn wir waren gescheitert, obwohl wir doch eigentlich hatten gewinnen wollen.

An einem nebligen Märztag traf ich vor meinem Mann ein. Allein stand ich auf der Deichkrone und versuchte, über die Nordsee zu blicken. Viel sehen konnte ich nicht, nur bis zur Salzwiese. Die Vögel badeten im Nebelmeer, es war ein gespenstisch anmutender Nachmittag, aber was erwartete ich auch? Ich hatte mein Kind verloren und meinen Mann und fühlte mich so einsam, wie sich ein Mensch nur fühlen konnte.
Maik kam kurze Zeit später. Seinen festen Tritt habe ich noch immer im Ohr. Alles wirkte im Nebel so klein, nicht umsonst nennt man dieses Phänomen an der Küste lüttje Welt. Ein paar Krähen krächzten, hinter uns grasten die ersten Kühe auf der Weide.
»Das war es dann wohl«, sagte Maik nur. »Wir haben es nicht geschafft. Vielleicht wollten wir zu viel?«
Ich schüttelte den Kopf. »Wir wollten doch nur ein Kind. Aber darüber haben wir uns vergessen.«
»Und so konnte Alex sich dir nähern.«
Ich habe meinen Mann angelächelt, es muss aber sehr verunglückt ausgesehen haben. »Aber tatsächlich nur nähern, ich habe ihn nicht ins Haus gelassen.«
Maik nahm mich in den Arm. »Ich werde dich immer lieben, Amelie. Und ich werde vermutlich für immer bereuen, dass wir diesen Kampf verloren haben. Auch wenn ich weiß, dass es für jeden von uns besser ist, wenn wir unsere eigenen Wege gehen. Wir würden uns nur verletzen, und das will ich nicht.«
Ich wusste, dass er recht hatte. Natürlich war es nie über seine Lippen gekommen, aber ich habe ihm oft angesehen, was er dachte: Ob unser Kind geblieben wäre, hätte ich Alex nicht wieder getroffen und diesen Stress nicht gehabt. Aber es ist müßig, darüber nachzudenken, denn das allein löst keine Fehlgeburt aus. Genauso wenig, wie ein Kind geht, nur weil die Mutter noch nichts von ihm weiß.

Selbst der Pastor hat mir geraten, mein Zusammentreffen mit Alex nicht als Sünde, sondern nur als Versuchung anzusehen und es mir zu verzeihen. Das habe ich inzwischen getan, aber dass Maik und ich es nicht geschafft haben, schmerzt immer noch.

Er ist dann weggefahren. Das Brummen des Wagens hallte eine Weile nach, dann war es leise in diesem Nebel, der mich mit seiner weißen Nässe gefangen hielt und lähmte. Ich glaube, ich habe noch nie solch eine Stille erlebt wie an jenem Nachmittag im März, als ich meinen Mann verlor. Die Welt um mich herum war tot.

Ich war tot.

Ich kann dir nicht sagen, wie lange ich dort gestanden habe. Den Blick aufs Meer in diese undurchdringliche Suppe gerichtet, die mir den Atem nahm. Schon damals habe ich gewusst, wie mein Leben enden würde. Genau so! Mit Atemnot und von dichtem Nebel umgeben.

Aber dann geschah ein Wunder, ein Zeichen.

Irgendwann lichtete sich der Nebel, die Sonne schickte zarte Strahlen hindurch, und im nächsten Moment flogen sie über meinen Kopf hinweg. Die Nonnengänse. Ein riesiger Schwarm. Und noch einer. Und noch einer. Ihre Rufe klangen nach Sehnsucht, gaben mir Trost. Ich wusste, dass sie für eine lange Zeit fortbleiben würden, aber sie würden zurückkehren. Zu mir. Von da an liebte ich diese Gänse, denn sie haben mir das Leben gerettet, sonst wäre ich schon an jenem Nachmittag im Nebel erstickt.

Bente unterbrach das Lesen erneut. Sie hatte Tränen in den Augen, als sie sich vorstellte, wie Amelie allein auf dem Deich gestanden hatte. Die Tasche voller Hoffnung war auf dem Weg dorthin schon lange verloren gegangen.

Aber nun wollte sie auch den Rest lesen.

Na ja – und weil ich auch um meine kleine Maja trauere, stelle ich diese Lichter auf. Sie sollen den toten Kindern ihren Weg leuchten, sie wissen lassen, dass jemand an sie denkt. Und ich hoffe, dass diese schönen Gedanken bei meiner Tochter ankommen und sie sich im Himmel doch ab und zu an mich erinnert. Ich werde sie das ja bald fragen können.

Hier brach der Brief ab, und ein langer Strich verlief längs über das ganze Blatt. Bente packte das Papier zurück in den Umschlag. Es war gut, dass er zu Ende war, sie hätte keine Zeile mehr ertragen.

Sie goss sich ein Glas Rotwein ein, einen Merlot, den sie vorhin noch im Supermarkt erstanden hatte, und rekapitulierte jedes Wort.

Danach legte sie sich zu Elinor ins Bett, kuschelte sich an sie und atmete ihren zarten Duft ein, der schon einen Hauch von Meer und Wind angenommen hatte.

KAPITEL 17

Tom stand am nächsten Tag vor der Pension. Er tat so, als hätte Bente gestern kein Gespräch mit ihm geführt.

»Woher weißt du, wo ich wohne?«, fuhr Bente ihn an, als sie aus dem Haus kam. »Und was zum Teufel willst du hier? Hast du mir gestern nicht zugehört?«

»Doch, aber ich glaube dir nicht.« Er verschränkte die Hände im Nacken und räkelte sich. »Komm, wir gehen spazieren. Ist ein so schöner Tag!«

Derweil war auch Elinor aus der Pension getreten. Sie musterte Tom mit giftigem Blick. »Lass meine Mama zufrieden!«, sagte sie scharf. »Sie will dich nicht, sie hat Papa!«

Tom ließ die Hände sinken, er wirkte nun etwas verunsichert.

Bente wusste nicht, was sie sagen sollte. In ihren Augen war alles geklärt.

Sie zuckte entschuldigend mit den Schultern, wandte sich von Tom ab und folgte Elinor, die sich in den Kopf gesetzt hatte, heute zur Melkhörndüne zu wandern, und bereits mit strammen Schritten Richtung Pirolatal stampfte.

Bente holte sie kurz vor dem Dünenfriedhof ein.

»Isser weg?«, fragte sie.

»Ja.«

»Gut, dann los.«

Bente fasste ihre Tochter an der Hand. Es war anders als früher, als ihre Finger dünn und zerbrechlich erschienen. Jetzt waren sie fester, übten Druck aus und schienen genau zu wissen, was sie festhalten wollten und was nicht.

»Können wir kurz auf den Friedhof?«, fragte Bente, als sie sich dem Eingang näherten.

»Warum?«

»Ich habe da was zu erledigen«, sagte sie.

Nach der Lektüre von Amelies Brief war sie gestern noch zu Jan-Hauke hinuntergegangen und hatte ihn um drei Teelichte gebeten. Er wusste sofort, wofür Bente sie brauchte.

»Das ist eine gute Idee, dass du an ihrer Stelle Kerzen für die Kinder anmachst«, hatte er gesagt.

Elinor folgte ihrer Mutter und beobachtete mit skeptischem Blick, was sie tat. »Warum machst du das?«

Bente versuchte es mit wenigen Worten zusammenzufassen und ließ auch Maik nicht aus.

»Amelie hofft auf diese Weise, etwas Gutes für ihr Kind zu tun«, endete sie.

Nachdenklich sah Elinor sie an. »Amelie muss ein sehr trauriger Mensch sein.«

»Ich weiß nicht, ob sie traurig ist, sie hat mit vielen Dingen ihren Frieden gemacht«, sagte sie. »Aber es ist eine Verletzung, deren Kruste nur dünn ist.«

»Kannst du denn ihren Mann nicht suchen?«, schlug Elinor vor. »Amelie muss es ja nicht wissen, wenn er sie nicht mehr sehen will. Dann sagst du einfach nichts. Ich finde, jetzt, wo sie stirbt, sollte sie sich verabschieden können.«

Bente nahm Elinor in den Arm. »Genau das habe ich auch schon überlegt.«

»Dann mach es!«, forderte diese sie auf.

Die beiden verließen den Friedhof und bogen in den Pfad ab, der durchs Pirolatal führte. Es war schön hier. Das Heidekraut blühte zwar längst nicht mehr in voller Pracht, und auch der Sanddorn hatte an Farbe eingebüßt, aber in diesem Teil der Insel herrschte Frieden. Leise war das Rauschen des Meeres zu hören, ab und zu krähte ein Fasan, oder ein Schwarm Seevögel segelte rufend über sie hinweg.

»Wenn wir hier weiterlaufen, kommen wir am Schloppsee vorbei. Davon hat Amelie erzählt. Dort kann man viele verschiedene Vögel beobachten. Die Melkhörndüne liegt dahinter.«

Elinor blieb stehen und reckte die Arme gen Himmel. »Es ist so schön hier, Mama! Ich verstehe, warum du so schnell nicht wieder weg möchtest.«

Bente nahm erneut Elinors Hand. So waren sie früher durch die Eilenriede spaziert und im Herbst kaum vorwärtsgekommen, weil es so viele Kastanien und Eicheln gab, die aufzusammeln waren. Weil Eichhörnchen über die Bäume turnten und neugierig ihre Schritte beäugten.

Mutter und Tochter auf ihrem Weg, damals noch deutlich vorgezeichnet und akkurat abgesteckt. Weil Bente ihrem Kind ein Leben ohne Leiden hatte schenken wollen, was natürlich ausgeschlossen, aber dennoch eine schöne Vorstellung gewesen war.

Sie erklommen einen Dünenkamm und hatten einen wunderbaren Blick über das Tal. Ein großer Greifvogel flog über sie hinweg und segelte Richtung Schloppsee.

»Wow, was für ein Riesenvieh«, sagte Elinor.

»Das ist eine Kornweihe«, erklärte Bente, ein bisschen stolz, weil sie es sich gemerkt hatte.

Danach durchquerten sie weiter das Pirolatal, bis sie an der Schutzhütte am Schloppsee ankamen. Hier schwammen ein paar Enten, und sie sahen sogar einen Löffler, der seinen breiten Schnabel ins Wasser tauchte. Blässhühner und Möwen verscheuchten sich gegenseitig von ihren Plätzen, aber sonst bot sich ein Bild des Friedens.

So standen sie zusammen dort, ließen die Schönheit der Insel auf sich wirken und wuchsen inmitten der gewaltigen Natur ein Stück mehr zusammen.

»Du bist anders geworden, seit du auf der Insel bist«, sinnierte Elinor und sah einer Brandgans nach, die sich vom Schloppsee aus in die Lüfte erhob. Dabei peitschte sie das Gewässer auf und störte die Ruhe der anderen Vögel. Sie sortierten sich empört neu und zogen dann wieder friedlich ihre Bahnen.

»Inwiefern?« Bente war über Elinor erstaunt. Ihre Tochter wirkte so erwachsen. Zumindest manchmal. Noch vor einem halben Jahr wäre ein solches Gespräch unmöglich gewesen.

»Du leuchtest. Und wirkst ruhiger. Zu Hause warst du immer so hektisch. Ständig bist du herumgeflitzt, hast irgendwas geputzt oder weggeräumt. Selbst wenn ich mit dir reden wollte, konntest du nicht stillsitzen. Es war, als wärest du dauernd auf der Flucht und könntest es nicht zulassen, einfach mal zu chillen.«

Bente musste bei dem Begriff lachen. Ja, so sagte es die Jugend heute. Chillen. »Die Insel verzaubert mich. Sie zwingt mich, innezuhalten und nachzudenken. Mich wiederzufinden, denn ja, ich war unruhig und hatte in Hannover Angst davor, nachzudenken. Weil ich nicht glücklich war und etwas gesucht habe.«

»Was denn?«

Bente zuckte mit den Schultern. »Ich glaube, meinen inneren Frieden. Und die Gewissheit, dass ich bleiben möchte. Beides habe ich hier gefunden. Ich bin wohl doch kein Zugvogel.«

Elinor rieb sich die Nase. »Ich glaube, ich versteh ein bisschen, was du meinst. Papa ist eher ein …« Elinor suchte nach dem richtigen Wort. »Na ja, er denkt immer, er macht alles korrekt und dann ist die Welt um ihn herum okay. Ist sie aber nicht immer.«

Bente war immer mehr erstaunt über den Weitblick ihrer Tochter.

»Ich brauchte wohl einen Menschen wie Amelie, der mir die Augen öffnet und mir zeigt, dass man ab und zu Ruhe und Einkehr benötigt, um zu verstehen.«

»Deshalb wollen wir Jugendlichen ja auch ab und zu chillen«, sagte Elinor lächelnd. »Das hast du immerhin jetzt kapiert.«

Bente wuschelte ihr durchs Haar. »Ich habe mich eben daran erinnert, wie wir früher durch die Eilenriede spaziert sind und Kastanien gesammelt haben.« Sie spitzte die Lippen, weil ihr auffiel, was damals anders gewesen war.

»Du hast dir Zeit genommen«, brachte es Elinor auf den Punkt.

Das war der Unterschied. Wie Amelie es gesagt hatte: Der Begriff Zeit war elementar. Nur wer sich Zeit nahm, für sich und seine Bedürfnisse, für die Natur und alles, was das Leben ausmachte, sich darüber definierte, was er sah und hörte, roch und schmeckte – der lebte.

All das hatte sie vernachlässigt. Es war nicht nur Daniels Schuld, dass sie so geworden war. Sie selbst hätte es in der Hand gehabt, Bente zu bleiben, wenn sie sich nur einfach weiterhin erlaubt hätte, Kastanien zu sammeln oder Eichhörnchen zu beobachten. Mit Sicherheit hätte dann auch Daniel auf sie oft anders reagiert. Bestimmt funktionierte das nicht in jeder Beziehung, wohl aber bei ihnen, weil sie sich doch noch liebten. Das Leben konnte verdammt einfach sein.

Sie drückte Elinors Hand und zog ihre Tochter ganz dicht an sich heran. Es fühlte sich gut an.

Daniel schämte sich, als er erwachte. Er hörte Martine, die im Wohnzimmer auf der Couch lag, und eins war ihm klar: Sie gehörte dort nicht hin.

Er war sich sicher, dass zum Glück nichts weiter passiert war, sonst läge sie wohl in seinem Bett. Er kratzte sich am Kopf. Nein, es war nichts weiter passiert. Außer dass er sich mit ihr zusammen den Talisker reingeschüttet hatte wie Wasser und dass es anschließend unverantwortlich gewesen wäre, sie allein nach Hause gehen zu lassen.

Martine kam ins Schlafzimmer und sah ihn liebevoll an. Daniel stand abrupt auf, setzte sich aber sofort wieder, weil seinen Kopf ein mächtiger Schmerz durchfuhr. Wie hatte er sich gestern so gehen lassen und sich derart volllaufen lassen können?

Er rieb sich die Stirn. »Ich brauch einen Schluck Wasser.«

Als er ins Wohnzimmer kam, stand die fast geleerte Flasche Whisky mit den beiden Gläsern noch immer wie eine Anklage auf dem Tisch. Dabei hatten sie nur geredet. Martine über ihre kürzlich gescheiterte Beziehung, er über seine trübe Stimmung und seine Verzweiflung. Darüber, dass nichts mehr war wie zuvor. Und über seine Befürchtung, er könne damit vielleicht nicht umgehen.

Martine hatte ihm zugehört. Ohne große Worte. Ihnen immer nur nachgegossen.

Daniel spürte noch die Wärme, als sie ihre Hand auf sein Knie legte, es sanft streichelte und sie dann etwas höher rutschen ließ. Dahin, wo es einen Mann berührte, vor allem wenn er seine Verzweiflung übertönen musste. Er erinnerte sich an den betörenden Duft ihres Parfüms …

Zum Glück war ihm in diesem Augenblick schlecht geworden, und er hatte schnellstens ins Bad verschwinden müssen. Aber er redete sich ein, dass auch sonst nichts passiert wäre. Schließlich hatte er sich im Griff.

Daniel wandte sich abrupt ab und ging in die Küche, wo er ein Glas mit Wasser aus der Leitung füllte. Kohlensäure konnte er jetzt nicht ertragen. Er trank mit kleinen Schlucken. Je länger er stand, desto mehr nahm allerdings der Schwindel überhand. Daniel stützte sich an der Kante der Arbeitsfläche ab und atmete ein paar Mal tief durch, bis die Rebellion des Körpers nachließ.

Mittlerweile war auch Martine in die Küche getreten und stand in Slip und Top neben ihm. Sie wuschelte Daniel durchs Haar.

»Du hast echt mit deinem Kater zu kämpfen«, stellte sie fest.

»Zu viel Whisky«, brummte er. »Mein Kopf platzt, und mir ist verdammt übel.«

Martine ergriff seine Hand und ließ ihren Daumen über seine Handinnenfläche kreisen. Es war ein stummes Angebot. Wenn schon nicht jetzt, wo es ihm mies ging, dann aber später. Komm, sag ja!

Aber Daniel entzog ihr die Hand.

»Soll ich lieber verschwinden?«, fragte sie und lächelte ihn wieder mit diesem schief gelegten Kopf an. »Oder soll ich bleiben?«

Es war verlockend, und es versprach für eine kurze Zeit Leichtigkeit – und Glück.

Daniel kämpfte mit sich. Er könnte nachgeben, eine Affäre beginnen und damit genau das tun, was er Bente vorgeworfen hatte. Aber dann würde er die Kluft zwischen ihnen noch tiefer machen.

Daniel lächelte Martine entschuldigend an. Egal, wie schlecht es ihm gerade ging, er musste Manns genug sein, jetzt und auf der Stelle einen Schlussstrich zu ziehen.

»Es war schön gestern«, brachte er mühsam hervor. »Wirklich schön. Und ich bin froh und dankbar, dass du da warst und mir zugehört hast. Das war nicht selbstverständlich. Aber ich bin mit Bente verheiratet, wir haben eine Tochter.«

»Das weiß ich doch. Und ich respektiere das. Aber die beiden sind gerade nicht da …«

»Doch, sind sie. Hier!« Daniel deutete auf sein Herz.

Martines Gesicht versteinerte kurz, wurde aber gleich wieder freundlich. »Pass auf. Ich mach dir jetzt einen Tee, hole dir ein

Aspirin und gehe dann. Und wenn du möchtest, kannst du mich gern wieder anrufen. Ich werde für dich da sein. Immer.«

»Danke!« Daniel war erleichtert, dass sie so reagierte. Er hätte keine Kraft für eine weitere Diskussion gehabt, weil ihm der Talisker immer noch zu schaffen machte. Er ging ins Wohnzimmer und setzte sich auf die Couch. Dort schloss er die Augen und wollte nur noch allein sein. Er hoffte, dass Martine ihn wirklich in Ruhe lassen würde. Das hier war nicht seine Welt, und doch hatte er in den letzten Stunden gegen jegliche seiner Überzeugungen gehandelt.

Kurz darauf kam Martine mit einem dampfenden Becher Kamillentee. Auf einer Untertasse befanden sich ein Zwieback und ein Aspirin. Sie gab Daniel einen Kuss auf die Nasenspitze. »Vergiss nicht – Bente ist weggegangen. Nicht du. Du weißt, wie du mich erreichst. Ich glaube, nein, ich bin mir sicher, du wirst dich melden.«

Sie ging in den Flur und schlüpfte in ihre Jacke. Kurz darauf fiel die Tür hinter ihr ins Schloss.

Daniel war allein. Und so fühlte er sich auch. Noch nie war ihm etwas so leer vorgekommen wie jetzt seine Wohnung, sein Herz – und seine Seele.

KAPITEL 18

Zwei Tage später fuhr Bente mit Elinor mit der Fähre nach Bensersiel, wo sie von Daniel am Hafen erwartet wurden.

Bente umarmte ihn. Sie standen eine Weile lang da, tasteten sich an den anderen heran und suchten nach Gemeinsamkeiten und alten Verbindungen. Doch es stellte sich keine Nähe ein. Bente ließ Daniel enttäuscht los. Er wirkte fremd und unnahbar. Etwas stimmte nicht, denn er wich ihrem Blick aus und benahm sich betont geschäftig.

Bente versuchte es mit einem Lächeln, doch sie erreichte nichts, ihr Mann blieb reserviert wie zuvor.

»Ich lass euch dann mal allein«, sagte Elinor. »Ich will sowieso mit Marie schreiben.« Sie entfernte sich ein paar Meter und holte das Handy aus der Jackentasche.

Bente wandte sich wieder Daniel zu. »Ich werde jetzt Amelie holen und auf die Insel begleiten. Ich bleibe bis … na ja, bis sie mich nicht mehr braucht. Und ich fände es gut, wenn wir beide in der Zwischenzeit über Wege aus dem Dilemma nachdenken könnten.«

Daniel stimmte zwar zu, fuhr sich aber ständig mit fahrigen Gesten durchs Haar. Bente schabte mit der Schuhspitze übers Pflaster und sprach schnell weiter, um die merkwürdige Stimmung zu überbrücken. »Ich glaube nicht, dass es noch lange dauert. Wir bleiben in engem Kontakt, okay?«

Daniel schaute in die Ferne. »Gut«, sagte er nur. »Ich glaube, der Abstand tut auch mir ganz gut.«

Bente sah ihn befremdet an, mochte aber nicht nachfragen, was los war. Das mussten sie dann wohl später klären. Jetzt ging es erst einmal um Amelie. Ihr Blick wanderte zu Elinor, die ihr aufmunternd zunickte, sich dann aber wieder auf ihr Display konzentrierte. Wenigstens das war geklärt. Mit ihrer Tochter würde Bente klarkommen.

»Und dein Job? Was ist nach deiner Auszeit?«, fragte Daniel.

Bente biss sich auf die Lippen. »Ich werde auch nach der Auszeit nicht in die Redaktion zurückgehen, sondern kündigen. Natürlich werde ich mir woanders Arbeit suchen, aber so haben wir zumindest ein Problem gelöst.«

Daniel begriff langsam und wirkte überrascht. »Damit du Tom gar nicht mehr siehst?«

»Ja. Es ist für uns alle besser.«

Ihr Mann nahm spontan ihre Hand und drückte sie. Bente entschloss sich, Daniel die Wahrheit zu sagen. Dass Schweigen zu nichts führte, hatten sie ja wohl beide inzwischen begriffen, und sie wollte auch nicht, dass Elinor womöglich für sie lügen musste. Das hier lag in ihrer Verantwortung, nicht in der ihrer Tochter. »Tom war auf der Insel und hat mir aufgelauert. Obwohl ich ihm zuvor gesagt habe, dass aus uns nichts wird. Nun ist es endgültig geklärt, und auch deshalb werde ich beruflich die Konsequenzen ziehen.«

»Das würdest du wirklich für uns tun?«

»Wir müssen uns ja wieder aufeinander zubewegen, Daniel. Ich bin nicht gegangen, um zu gehen, sondern um zurückzukommen. Ich möchte nur die Bedingungen ein bisschen verändern, damit ich auch bleiben kann.«

Daniel wirkte plötzlich verstört. Wieder beschlich Bente das Gefühl, dass er etwas verschwieg. Schnell sprach sie weiter. »Das ist wie mit den Zugvögeln, die sich umorientieren, weil sich etwas verändert. Manche bleiben dann, und so können sich Zugvögel neben Standvögeln sehr wohl fühlen. Oder der Zugvogel merkt, dass er doch eher kein Reisender ist. Es gibt zum Beispiel etliche Arten, die gar nicht mehr fortfliegen.« Bente wusste nicht, ob sie ihren Mann erreicht hatte, denn der sah plötzlich aus, als würde er gleich zusammenbrechen.

»Wir kriegen das hin. Bestimmt!« Bentes Worte hallten nach, klangen fremd. Sie schienen sich zu verflüchtigen, übers Meer zu ziehen. Sie hatten zwar Daniels Ohren, aber wohl nicht seine Seele erreicht.

Daniel nahm Bente kurz, aber heftig in den Arm. »Ich liebe dich und hoffe, dass du bald wieder da bist.« Er ließ sie abrupt los und rief Elinor zu: »Wir müssen fahren!«

Sie stiegen alle in den Wagen. Daniel hatte Bente versprochen, sie noch beim Krankenhaus vorbeizubringen, damit sie sich das Taxi sparen konnte. Den Weg legten sie schweigend zurück.

In Aurich angekommen, umarmten sie sich noch einmal, spürten der Berührung nach, ob sie einen Funken Hoffnung versprühte, und lösten sich dann voneinander.

Der Abschied von Elinor fiel wesentlich herzlicher aus. Ihre Tochter küsste sie und sagte: »Ihr schafft das schon. Und alles Gute für deine Freundin.«

»Mach's gut, meine Große.«

Bente sah dem Wagen lange hinterher. Dann reckte sie das Kinn. Jetzt musste sie sich erst um Amelie kümmern.

Amelie wartete schon im Flur. Sie saß in einem Rollstuhl, und ihre Augen blitzten unternehmungslustig.

»Bist du in einen Jungbrunnen gefallen?«, fragte Bente und umarmte sie. So gut hatte Amelie vor ihrem Krankenhausaufenthalt nicht ausgesehen.

»Generalüberholt, Frischwasser aufgefüllt und kleine Unebenheiten ausgebessert. Außerdem hab ich das hier!« Sie zeigte zu ihrem Hals. »Jetzt ist eine Schmerztherapie möglich. Mein Inseldoc weiß Bescheid. Nun kann ich endlich zurück zu meinen Gänsen.«

»Wir müssen noch etwas warten, bis das Schiff fährt. Ich habe dem Taxiunternehmen schon Bescheid gegeben. Der Wagen ist pünktlich hier, und die Reederei weiß auch, dass du einen ruhigen Sitzplatz benötigst.«

»Sehr schön, dann lass uns einen Tee trinken. Das Café hat auf.«

Bente schob Amelie dorthin und besorgte zwei Becher Früchtetee. »Hast du meinen Brief gelesen?«, fragte Amelie, sobald sie an einem der Tische saßen, mit lauerndem Blick.

»Ja, hab ich. Wie grausam, liebe Amelie ... Was meinst du, wäre es nicht gut, wenn du Kontakt zu Maik aufnimmst? Du sagst doch selbst, dass man mit Dingen abschließen muss.«

Amelie nahm den Beutel aus dem Becher, wickelte das Band um den Löffel und drückte die überschüssige Flüssigkeit aus. »Das stimmt. Aber – ich wage es nicht, Bente. Als er gegangen ist, war es so endgültig. Ich vermisse ihn oft, aber ich weiß nicht, was für ein Leben er heute führt.«

Bente legte ihre Hand auf Amelies und umschloss sie fest. Fast bereute sie, dass sie das Thema angeschnitten hatte.

»Was passiert ist, war ein großes Unglück. Und sehr hart für euch.«

Amelie zuckte mit den Schultern. »Wie dem auch sei: Ja, ich würde ihn gern noch einmal sehen, ihm sagen, dass er mir sehr wichtig war und ich es immer noch schade finde, dass wir es nicht geschafft haben. Nie mehr hat ein Mann mein Herz so berührt wie er. Aber das ist etwas, was ein Traum bleiben muss, denn ich wage es nie und nimmer, Maik zu kontaktieren. Was, wenn er eine neue Familie hat, die ich stören würde? Also lassen wir das lieber. Wie sagte schon Albert Schweitzer? Verzeihen ist die schwerste Liebe. Ich glaube aber nicht, dass er mir je vergeben hat.«

»Manchmal ist der erste Schritt der schwerste«, wandte Bente ein, aber Amelie winkte erschöpft ab.

»Wie war deine Zeit mit Elinor?«

Bente erzählte, dass sie im Pirolatal und am Schloppsee gewesen waren. »Von dort sind wir noch zur Melkhörndüne gewandert und haben den wunderbaren Ausblick genossen. Man kann ja wirklich alles sehen. Zur Festlandseite den Blick übers Wattenmeer, dann das gesamte Areal der Insel und natürlich der weite Blick über die Dünen bis aufs Meer.«

Amelies Blick war sehnsüchtig. »Ich kann dort nie mehr hin, aber es wird so lebendig, wenn du davon erzählst. Als Nächstes möchte ich, dass du zur Meierei und zum Osterhook fährst. Dabei kommst du auf der Wattenmeerseite am Sommerpolder vorbei, da watscheln immer die Graugänse herum. Es riecht schlickig und wunderbar. Du wirst umspült vom Gesang der Seevögel und glaubst dich im Himmel.« Sie rollte schwärmerisch mit den Augen. »Und pass auf, ob du nicht eine Sumpfohreule auf der Jagd siehst.«

»Stell dir vor, in der Meierei und am Osterhook waren wir schon, und ich fahre noch einmal hin, weil ich den Sommerpolder verpasst oder nicht bewusst wahrgenommen habe.« Bente schaute auf die Uhr. »Nun müssen wir aber rausgehen, das Taxi kommt gleich, und bald bist du wieder zu Hause.«

Bente würde erst beruhigt sein, wenn Amelie sicher zurück auf Langeoog war.

»Was soll mir denn groß passieren?«, fragte ihre Freundin, die Bentes Gedanken mal wieder erraten hatte. »Mehr als tot umfallen kann ich ja nicht.«

Das Taxi stand schon draußen, und der Fahrer half Amelie in den Wagen.

»Meine vorletzte Reise«, kommentierte Amelie. »Dann will ich sie mal genießen. Bei der letzten werde ich fliegen. Ins große Nichts.«

Amelie war froh, wieder in ihrem kleinen Häuschen zu sein. Sie hatte die letzten Nächte gut geschlafen, was auch dieser neuen Schmerzpumpe geschuldet war. Über den Port am Hals konnte sie sich jetzt ihre Medikamente auf Knopfdruck spritzen, und ohne Schmerzen schlief es sich einfach besser.

Allmorgendlich schaute eine Schwester vorbei. Sie kontrollierte den Port, verband ihn regelmäßig und kümmerte sich um Amelies Körperhygiene. Sie hatte auch ein Auge darauf, ob Amelie ausreichend aß. Da Jan-Hauke weiterhin regelmäßig einkaufen ging, war der Kühlschrank immer gut gefüllt.

Bente wiederum war für Amelies seelisches Wohlbefinden da. Sie kam, um zu reden, und genau das hielt sie derzeit am Leben.

Gleich wollte ihre Freundin auch kommen, und Amelie plante, ihr die Geschichte von Alex zu Ende zu erzählen. Bente zeigte sich zwar ungemein geduldig und forderte nichts. Trotzdem wusste Amelie, dass sie darauf brannte, wie es weitergegangen war. Aus der scheuen Nachtigall war ein neugieriges Rotkehlchen geworden.

Es polterte, und kurz darauf stand Bente mit hochroten Wangen in der Tür. »Moin, Amelie!«, sagte sie.

»Du bist wohl schon eine Weile unterwegs, oder?«, begrüßte sie sie.

»O ja, ich war im Wäldchen. Es ist so schön dort! Die Bäume waren von weißen Nebelfäden ummantelt, auf den Spinnweben perlten winzige Wassertropfen, und die Lebewesen haben geschwiegen. Nur als ein Eichhörnchen über den Weg huschte, hat es ein kleines bisschen geknackt.«

Amelie sog die Luft einmal scharf ein. »Der Nebel ist also schon da?«

»Es ist Herbst, Amelie.«

Damit war alles gesagt.

Amelie deutete zum Sofa. Auf den Couchtisch davor hatte sie schon etwas zu trinken und ein paar Kekse gestellt.

Bente setzte sich und sah ihre Freundin erwartungsvoll an.

»Ich werde dir jetzt meine Geschichte zu Ende erzählen«, sagte Amelie. »Bist du bereit?«

Bente nickte.

1998

Amelie hatte lange gebraucht, um mit der Einsamkeit fertigzuwerden. Um sie herum wurde es so ruhig, dass sie es manchmal kaum ertrug. Wenn die Lautlosigkeit sie zu sehr erdrückte, fuhr sie an den Deich, dorthin, wo sie Maik zuletzt gesehen hatte. Früher hätte sie über jeden gelacht, der behauptete, dass man Stille atmen konnte. Aber es war so. Sie saugte die Ruhe am Deich so sehr in sich ein, dass ihr Körper darauf reagierte. Ihr Herz schien langsamer zu schlagen, ihr Atem floss fast lautlos über ihre Lippen, und selbst der Wimpernschlag machte längere Pausen. Am Ende fühlte Amelie sich wie in einem Kokon, an dem die Welt gedämpft vorüberzog und keine Notiz mehr von ihr nahm.

Die Freunde hatten sich zurückgezogen, ohnmächtig, weil sie nicht wussten, wie sie mit ihr umgehen sollten. Alle wussten, wie sehr sie sich ein Kind gewünscht hatte und wie weh es ihr tun musste, es verloren zu haben. Und dann noch das Scheitern der

Ehe. Maik war umgänglicher, und so gingen sie den leichteren Weg und trafen sich lieber mit ihm als mit ihr.

Ihre Freundinnen stieß Amelie in ihrer Trauer oft vor den Kopf, und keine erkannte, dass es reine Verzweiflung war, die sie so unleidlich hatte werden lassen. Sie trieb es so lange, bis keine mehr in ihrer Nähe sein wollte. Bei ihr, der verbitterten Frau. Manchmal kam es Amelie vor, als hätte sie alle Menschen um sich herum verloren wie ein Mensch im Alter sein Haupthaar. Erst fielen nur vereinzelte Härchen aus, dann wurden es mehr, die Pracht wurde dünner, und eines Morgens schaute man in den Spiegel, um festzustellen, dass man eine Glatze hatte.

Alex hatte zwischendurch versucht, sie zu kontaktieren, aber sie hatte seine beiden Briefe zunächst ungelesen in einer Schublade verschwinden lassen.

Doch eines Tages wagte sie, die Umschläge zu öffnen. Seine Worte kamen ihr fremd vor. Nichtssagend. Und sie machten ihr deutlich, dass er schwach war und anders, als sie gedacht hatte. Er schrieb es nicht ausdrücklich, aber er war offenbar dabei, sich einen neuen Nistplatz zu suchen. Alex baute ein Nest mit einer anderen Gefährtin, mit der es einfacher war als mit ihr. Amelie kämpfte nicht um ihn, dazu fehlte ihr die Kraft.

Maik war im letzten Herbst gegangen. Inzwischen war schon der nächste Sommer mit seinem Sonnenschein übers Land getanzt und hatte fröhlich seine Farben über der Küstenregion ausgespuckt. Dann hatte er sich wieder verabschiedet, indem er manche Zugvogelarten mitnahm und die Gänse brachte. Und schon war ein ganzes Jahr verstrichen.

Amelie war mal wieder am Deich, hatte sich dort auf eine Bank gesetzt und schaute zum Himmel, als sie einflogen. Doch sie trieb es nicht wie sonst weiter ins Landesinnere, nein, sie ließen sich auf der Wiese direkt hinterm Deich nieder. Das letzte

Grün war nun mit grauweißen Tupfen aus Federkleidern besprenkelt. Die Gänse ästen und unterhielten sich fröhlich. Amelie fühlte sich plötzlich getröstet, hatte das sichere Gefühl, es könne doch aufwärtsgehen. Sie war nicht allein, sie hatte die Natur und ihre Arbeit. Ihr war, als riefen die Gänse ihr zu, sie brauche doch nur rauszugehen und sie besuchen zu kommen!

In dem Moment wusste Amelie, was zu tun war, denn schon zuvor war ihr dieser Gedanke immer mal wieder gekommen. Sie würde den Job im Büro kündigen, das Erbe ihrer Mutter antasten, auf einer der Inseln eine Unterkunft zu kaufen, und versuchen, als Rangerin zu arbeiten. Inmitten der Natur, wie früher, bevor sie sich selbst verloren hatte.

Nachdem sie diesen Entschluss gefasst hatte, begann die Welt um sie herum plötzlich lauter zu leben. Sie hörte Möwenschreien, das Krächzen der Saatkrähen und nahm das Rupfen einer Kuh wahr, die an einem Grasbüschel zerrte.

In den nächsten Tagen war Amelie damit beschäftigt, ihren Alltag neu zu organisieren. Es gab viel zu tun.

Trotzdem ging ihr Alex nicht aus dem Kopf, weil sie die Sache mit ihm gern zu einem richtigen Abschluss gebracht hätte, bevor sie in ihr neues Leben davonflog. Nach reiflicher Überlegung nahm sie den Hörer in die Hand und wählte die Nummer, die er in den Briefen hinterlassen hatte.

Alex wirkte überrascht, wollte aber trotzdem gleich zu ihr kommen. »Mich quält es genau wie dich, dass wir uns damals nie richtig verabschieden konnten«, sagte er.

Zwei Stunden später stand er vor der Tür, einen Strauß Blumen in der Hand. Er wirkte fremd und roch anders, als Amelie ihn in Erinnerung hatte.

Sie bat ihn in die Küche. Dort setzte sie sich Alex gegenüber und musterte ihn. Er sah wie immer gut aus, ein bisschen verwegen, ein bisschen charmant.

»Wie geht es dir?«, fragte er schließlich. Dann legte er den Kopf schief. »Dumme Frage, beschissen. Du strahlst nicht mehr.«

»Ich bin eben erst erwacht«, sagte Amelie. »Geschlüpft aus meinem Kokon, in den ich mich verkrochen habe, weil ich die Welt nicht ertragen konnte.«

Alex wollte ihre Hand ergreifen, aber Amelie zog sie weg. Sie versuchte, die Schwingungen zwischen ihnen zu deuten, musterte sein Gesicht, betrachtete die kleinen Fältchen am Mundwinkel und um die Augen und suchte seinen Blick. Er hielt dem ihren aber nicht stand, sondern senkte ihn sofort.

»Warum kannst du mich nicht anschauen?«

»Es ist viel passiert«, antwortete er ausweichend.

Amelie wusste, was er ihr sagen wollte. »Du hättest nicht extra kommen müssen, um mir das zu sagen. Ich habe deine Briefe schon richtig gedeutet. Was ich wissen will: War ich dir wichtig?«

»Aber ja! Deshalb wollte ich dich jetzt nochmal sehen und schauen, wie es dir geht.« Alex' Stimme war dunkel. Er war in seinem Leben angekommen, und für Amelie war da kein Platz mehr.

Sie spürte in sich hinein, ob das Ungesagte sie verletzte, doch da war nichts. Dieser Alex vor ihr hatte nichts gemein mit dem ihrer Träume. Sie musterte ihn, wusste, was an ihm sie einmal fasziniert hatte, doch das war in einer anderen Zeit gewesen. Er war weitergegangen, doch sie hatte geschlafen wie Dornröschen hinter der Dornenhecke – nur gab es für sie keinen Prinz, der sie wachküsste. Sie musste das ganz allein hinbekommen. Aufwachen. Aufstehen. Weitermachen.

»Es ist in Ordnung, Alex«, sagte Amelie und reichte ihm die Hand. »Unsere aufkeimende Liebe ist verloren gegangen im Nebel der vielen anderen Gefühle. Belassen wir es dabei.«

Jetzt verdunkelte sich sein Blick, und einen Moment lang erkannte Amelie Trauer.

Er erhob sich. »Was willst du nun tun mit deinem Leben?«

»Ich ziehe nach Langeoog, sehe zu, wie die Jungen der Graugänse schlüpfen, und sitze in der Salzwiese. Ich werde für die Natur und die Vögel kämpfen. Bis zum letzten Atemzug, denn sie waren da und haben mich gerettet.«

Alex lächelte. »Mach's gut, Amelie. Viel Glück bei allem, was du tust.«

Er war dabei, zur Tür zu gehen, hielt aber noch einmal inne. »Ich möchte, dass du weißt, dass ich damals mein Leben für dich gegeben hätte.«

Amelie nahm nun doch seine Hand. »Das sagt sich rückblickend so leicht. Vor allem, wenn man nie vor dieser Entscheidung stand. – Es sollte mit uns nicht sein. Sonst hätte meine Nachfolgerin niemals so schnell eine Chance gehabt – und ich hätte die Kraft für uns gehabt. Nun ist es, wie es ist.«

Alex erwiderte nichts, und Amelie drückte seine Finger. »Es gibt nur noch eine Sache, die ich schon immer von dir wissen wollte.«

»Und das wäre?« Alex wirkte plötzlich genervt, hatte es eilig.

Amelie überlegt kurz, aber dann stieß sie hervor: »Woher hast du diese Narbe am Kopf?«

»Ein Streit mit einem Kumpel im Sandkasten, den er mit einer Schippe lösen wollte. Warum interessiert dich das?«

»Weil es eine der Fragen war, die mich zu dir getrieben haben. Es wirkte so geheimnisvoll, weißt du?«

Amelie schmunzelte innerlich. Ein Sandkastenstreit. Nichts Spektakuläres oder Verwegenes. Die Narbe wurde ihm ganz banal von einer Kinderschaufel zugefügt. Alex, ein Traumbild. Ein schwacher Ganter, der sich schnell vertreiben ließ.

Alex trat zu ihr, nahm sie in den Arm, und sie hielten sich für eine Weile fest. Beide nahmen Abschied von einer Idee, die ihn nicht aus der Bahn, Amelie aber aus ihrer Welt katapultiert hatte.

Sie sog Alex' Duft tief ein, spürte sein Herz schlagen und lauschte seinem Atem, der heute ein kleines bisschen nach Pfefferminz roch.

Dann schob er sie fort. »Es tut mir leid.«

»Was genau?«

»Alles.«

Er verließ Amelies Wohnung. Sie schloss die Tür hinter ihm und trat ans Fenster. Alex lief mit gesenktem Kopf und schnellen Schritten die Straße hinunter, drehte sich aber nicht mehr um.

Auf der Birke gegenüber aber trällerte eine Amsel ihr fröhliches Lied. Amelie schloss die Augen und sang in Gedanken mit.

KAPITEL 19

»Und dann hast du ihn nie mehr gesehen?«, fragte Bente.

Die Geschichte erinnerte sie an ihren Abschied von Tom. Zu Beginn ihres Flirts hatte sie geglaubt, nicht ohne ihn sein zu können, hatte sich nach ihm verzehrt. Und als er ging, war da erst dieser Schmerz, aber inzwischen: nichts mehr.

»Ich bin ihm nie mehr begegnet, weil ich mir auf Langeoog vom Erbe meiner Mutter das Häuschen gekauft habe«, antwortete Amelie.

»Du hast es richtig gemacht, hier neu anzufangen«, sagte Bente.

»Bis auf meinen Ausflug nach Aurich und zuvor zu den Ärzten und meiner OP habe ich die Insel nie mehr verlassen. Sie ist meine Festung, mein Rückzugsort, wo alle Wunden heilen konnten. Es sind viele Narben geblieben, das ja, aber ich muss nicht mehr ständig daran kratzen.«

»Du bist sonst wirklich nie wieder auf dem Festland gewesen?«, fragte Bente erstaunt.

»Was sollte ich da? Meine gefiederten Freunde leben hier, und auch wenn ein paar zwischendurch verschwinden, so weiß ich doch, dass sie immer wieder zurückkommen.«

Bente griff nach der Apfelschorle und trank sie langsam aus. Könnte sie das auch? Nie mehr von der Insel fortgehen?

Die Sonnenstrahlen schauten jetzt zum Fenster herein und tanzten auf Bentes Nase.

»Es ist heute wunderbares Wetter. Möchtest du nach draußen?«, fragte sie. Ihr würde ein Spaziergang jetzt guttun, nach dem, was sie erfahren hatte. Es hatte also keinen Alex mehr gegeben, so wie auch Tom aus ihrem Leben verschwunden war. Trotzdem hatten diese Männer Wunden in ihrer beider Leben gerissen.

»Ja, ich ziehe mir rasch etwas über«, sagte Amelie.

Bente holte den Rollstuhl, der zusammengeklappt im Flur stand und den Amelie für ihre Ausflüge neuerdings nutzte.

»Wohin?«, fragte Bente.

»Lass uns zum Langeooger Inselwatt laufen. Mir ist heute nach Schlick. Es müsste Ebbe sein. Dann duftet das Watt so gut. Und es knistert, das liebe ich.«

Sie waren schnell fertig und traten vor die Tür, wo ihnen der Herbst in all seinen Farben entgegenstrahlte.

»Ich weiß gar nicht, warum viele Menschen diese Jahreszeit nicht mögen«, sagte Amelie. »Der Herbst ist genauso bunt wie der Frühling, nur wärmer von den Farben her. Demütiger und nicht so frech und aufdringlich.« Sie hob schnuppernd die Nase. »Das riecht man schon. Bei mir kommt Most an, die Süße der verfaulten Äpfel, die man nicht rechtzeitig gefunden hat. Pilze, die sich in Gruppen aus der Erde bohren. Dann diese schwere und zugleich klare Luft, die den Weg für den Winter frei macht. Ich mag den Herbst. Es ist eine gute Zeit zum Sterben.« Sie drehte sich zu Bente um, die ihren Ausbruch nicht kommentiert hatte. »Na, immerhin sind meine Freunde jetzt alle hier und nicht auf Reisen.«

Bente schob Amelie Richtung Hafen. Dort träumten die Boote sacht schaukelnd am Liegeplatz, beäugt von ein paar Silbermöwen, die auf den Pfeilern saßen.

Die beiden Frauen schwiegen, bis sie auf dem kleinen Deich angekommen waren und übers Wattenmeer blicken konnten.

»Es wirkt trist, und doch verbirgt sich in diesem Schlick so viel Leben, wie wir es kaum erahnen können«, sagte Amelie.

»Muscheln, Krebse, Würmer. In den Prielen spielen die Garnelen miteinander Fangen.«

»Wollen wir hierbleiben, und du kannst ein bisschen schauen?«, fragte Bente. Sie hatte ein Stück weiter eine Bank entdeckt. »Dort könnte ich mich setzen.«

»Von mir aus gern«, sagte Amelie. »Ich glaube, du hast noch viele Fragen. Ich sehe es dir an.«

Bente stimmte ihr zu und steuerte die Bank an. Sie hatte an eine zweite Decke gedacht, die sie darauflegte und sich um die Oberschenkel wickelte, sobald sie saß.

»Nun sitzen wir zwei hier wie alte Tanten mit ihren Kuscheldecken.« Bente versuchte, die Stimmung etwas aufzulockern, denn Amelie wirkte nach ihrer Erzählung ein wenig mitgenommen.

Sie machte Bente auf einen Kiebitz aufmerksam. »Von dem wollte der Fürst Bismarck immer die Eier verspeisen. Kannst du in Jever nachschauen, da gibt es ein Museum, in dem so was erklärt wird, hat man mir gesagt.«

Bente verzog das Gesicht. Sie konnte sich durchaus Besseres vorstellen, als Kiebitzeier zu essen. »Hast du Alex auch später nicht nachgetrauert?«, fragte sie.

Amelie zog die Lippen zu einem Strich. »Wir haben uns geküsst, und ich gebe zu, es war der beste Kuss, den ich je bekommen habe.« Sie holte bei ihrer Antwort weit aus. »Alex wirkte damals auf mich wie der Prinz mit dem weißen Pferd, der mich aus meinem Rapunzelturm befreit. Vielleicht bedurfte es des Aufpralls, um zu erkennen, dass ich mich selbst dort eingesperrt hatte. Ich, und nicht Maik. Nein, nachdem er fortgegangen ist, war es für mich gut.«

Bente kamen diese Gedanken sehr bekannt vor. »Was war das für ein Gefühl, als er weg war?«

»Ich war erstaunt, wie schnell ich begriff, dass ich mich eigentlich nur in eine Idee verrannt hatte.« Amelie zupfte ihre

Decke ein Stück höher. »Nur die Neugierde, warum er eine Narbe hat, reichte wohl nicht.«

»Nein. Und auch keine Versprechungen oder das Gefühl, das Neue wäre besser«, gab Bente zu bedenken. »Aber es lohnt sich, hinzuschauen, ob man nicht doch einen anderen Weg finden kann. Manchmal ist Bleiben mutiger und auch schöner als Gehen.«

Amelie schaute Bente prüfend an und traf mal wieder den Nagel auf den Kopf. »Hat Tom sich gemeldet?«

Bente spürte, wie sie feuerrot anlief. »Ja.« Und dann platzte sie damit heraus, was passiert war. Sie ließ auch den Abschied von Daniel nicht aus.

»Das Schlimmste ist allerdings, dass mein Mann sich seitdem gar nicht mehr meldet. Er hat sich völlig zurückgezogen.«

Bente sah, dass Amelie fröstelte. Sie nahm ihre Decke und legte sie ihr um die Schultern. Amelie versank förmlich darunter.

»Lass uns zurückgehen«, sagte Bente. »Ich weiß einfach nicht, ob ich ein Zug- oder ein Standvogel bin. Auch wenn ich Daniel etwas anderes erzählt habe. Bestimmt hat er mir nicht geglaubt und meldet sich deswegen nicht.«

»Ich dachte auch immer, ich bin ein Zugvogel«, antwortete Amelie. »Doch da habe ich mich geirrt und mir schon beim Abflug die Flügel gebrochen. Ich wäre niemals in der fernen Brutstätte angekommen. Da bin ich Hugo wohl sehr ähnlich.« Sie begann fürchterlich zu husten, und Bente beeilte sich, dass sie nach Hause kamen.

Amelie starrte in die Flammen und beobachtete ihr gieriges Züngeln nach mehr. Das Feuer war dazu verdammt, alles um sich herum zu verschlingen, damit es existieren konnte.

Das Leben war destruktiv, sonst würde es nicht funktionieren. Fressen und gefressen werden. Sterben, um Platz für Neues zu machen. Nichts war ewig, nichts hatte Bestand, ohne anderes zu zerstören.

Der Kreislauf der Welt. Folglich war das Feuer nicht schlechter als anderes. Jeder wollte existieren. Und jeder starb auf seine Weise. Ihr eigenes Feuer erlosch, und das Leben würde aus ihr weichen. Manchmal sah Amelie schon dieses warme, lockende Licht, das sie rief.

Sie stand auf, nahm ein Holzscheit und legte es auf die Flammen, die gierig danach griffen.

Bente hatte es sich auf dem Bett gemütlich gemacht, ehe sie gleich etwas essen gehen wollte. Es war ihr zu einer lieben Gewohnheit geworden, den Italiener in der Nähe aufzusuchen. Sosehr sie es auch schätzte, frischen Nordseefisch zu speisen, so wenig konnte sie auf italienisches Essen verzichten. Sie hatte schon immer Pizza und Pasta geliebt, und für eine Antipasti-Platte würde sie vieles andere stehen lassen. Ein paar Häuser weiter hatte sie dieses italienische Restaurant gefunden, das ganz ihren Ansprüchen entsprach, und so verbrachte sie so manchen Abend dort. Allein der Geruch der wunderbaren Gewürze machte sie glücklich.

Es klopfte an ihrer Tür. Das konnte eigentlich nur Jan-Hauke sein.

»Ja, bitte?«, fragte Bente. Normalerweise fing er sie im Hausflur ab, um sich nach Amelies Befinden zu erkundigen, ehe er sich selbst auf den Weg zu ihr machte. In ihr Zimmer war er allerdings noch nie gekommen.

Bente erschrak, als mit einem Mal Elinor im Zimmer stand. Blass, verheult und am ganzen Körper zitternd.

»Elinor!«

Bente zog ihre Tochter neben sich aufs Bett und hielt sie eine Weile fest. Es dauerte, ehe sie sich beruhigt hatte. »Jetzt mal ganz langsam. Was ist passiert? Und weiß Papa, dass du hier bist?«

Elinor schüttelte heftig den Kopf. »Ich bin abgehauen.«

Bente schrak zusammen. »Du bist was?« Sie pustete die Luft heftig aus. »Gut, wir reden später. Ich sag kurz deinem Vater Bescheid, dass du bei mir und in Sicherheit bist. Er wird sich Sorgen machen.« Sie überlegte kurz. »Und er muss in der Schule anrufen.«

»Wenn er Zeit dafür findet«, kam es dumpf von Elinor. »Er ist anderweitig beschäftigt.«

Bente war, als hätte man ihr mit einem scharfen Messer in den Bauch gestochen. Sie schob den Gedanken fort und rief trotzdem bei Daniel an. Er ging nicht ans Telefon. Dann musste es eine Textnachricht tun.

Als sie zu Ende geschrieben hatte, nahm sie wieder neben Elinor Platz. »So – und nun raus mit der Sprache. Was ist los?«

»Papa hat eine Freundin«, platzte ihre Tochter heraus.

Bente wurde kurz schwarz vor Augen. Sie hatte neulich schon geahnt, dass etwas nicht stimmte, seine Kühle, diese Fremdheit. Aber dass es gleich eine andere Frau war … Bente legte sich zurück und wartete, bis die Übelkeit verschwand.

Dann richtete sie sich wieder auf. Es war an der Zeit, der Wahrheit ins Auge zu blicken.

»Wer ist es?«, fragte sie mit zitternder Stimme.

»Diese Martine aus seiner Firma! Die mit dem großen Busen.«

»Martine?«, fragte Bente ungläubig. »Bist du dir sicher?«

Elinor schniefte. »Ganz sicher. Ständig hängt sie bei ihm ab. Er hat mir nichts gesagt, aber ich bin doch nicht blöd.«

Bente stützte fassungslos den Kopf in die Hände. Da warf Daniel ihr vor, sie hätte eine Affäre, und dabei ging er selbst fremd?

Sie war wie betäubt. Wer lief denn vor der Auseinandersetzung davon?

»Nimmst du Tom jetzt doch?«, fragte Elinor ängstlich und strich ihr über den Rücken.

Bente nahm sie in den Arm »Nein. Ich habe mich dafür entschieden, um unsere Ehe zu kämpfen, und ihm das auch gesagt. Ich liebe Tom nicht, das ist mir hier auf Langeoog klar geworden.«

Mehr wollte Bente nicht sagen. Elinor war ihr Kind, nicht ihre Freundin.

»Kann ich bleiben? Heute ist Donnerstag, und morgen kann ich ohnehin nicht in die Schule, weil ich ja hier bin«, sagte Elinor. »Wenigstens bis Sonntag. Bitte!«

Bente stimmte zu. »Wenn wir es mit Papa geklärt haben, weil er dich in Bensersiel abholen muss, und es ist ja von Hannover kein Katzensprung.« Bente war jetzt ein bisschen gefasster, wenngleich der Schmerz ganz schlimm in ihr wütete. »Lass uns jetzt etwas essen gehen, und dann sehen wir weiter. Ich denke doch, dass Papa sich gleich noch meldet, dann können wir das weitere Vorgehen in Ruhe besprechen.«

Draußen schlug ihnen die feucht-kühle Abendluft entgegen. Bente hatte sich einen Loop um den Hals geschlungen, Elinor trug einen dicken, bunt gemusterten Schal. Nur noch wenige Wochen, dann würde die erste Weihnachtsbeleuchtung aufgehängt werden.

Sie steuerten das Restaurant an und suchten sich ein ruhiges Plätzchen. Elinor brauchte gar nicht in die Karte zu sehen, denn sie aß beim Italiener immer Lasagne. Dazu bestellte sie eine Fanta.

Bente entschied sich für eine Pizza Funghi mit einem Pinot Grigio und einem stillen Wasser.

»Wie geht es deiner Freundin?«, fragte Elinor.

Bente erzählte, dass Amelie immer schwächer wurde. »Dank ihrer Schmerzpumpe hält sie sich jedoch wacker. Aber es ist schlimm.«

»Krass«, kommentierte Elinor. »Ich würde lieber einfach tot umfallen und nicht vorher schon lange wissen, dass es zu Ende geht.«

»Du bist noch jung und musst dir darüber hoffentlich auch noch keine Gedanken machen«, meinte Bente. Sie nickte der Bedienung freundlich zu, die ihnen die Getränke servierte.

»Prost, Elinor, schön, dass du bei mir bist!«

Es tat Bente tatsächlich gut, denn so musste sie nicht darüber nachdenken, was Elinor ihr über Daniel und Martine erzählt hatte. Noch hegte sie ohnehin die vage Hoffnung, dass es sich um ein Missverständnis handelte. Es konnte doch sein, dass Elinor etwas in eine Situation hineininterpretiert hatte, die völlig harmlos war.

Bente spülte den bitteren Geschmack im Mund mit dem Wein hinunter. Er schmeckte fruchtig und aromatisch, schien aber säurearm zu sein, was ihr sehr entgegenkam.

Dann plingte ihr Handy. Eine Nachricht von Daniel.

Natürlich regte er sich fürchterlich darüber auf, dass Elinor einfach so verschwunden war, denn er hatte sich schon Sorgen gemacht, als sie vom Besuch ihrer Freundin nicht nach Hause gekommen war, und sie überall gesucht.

Am Ende habe ich festgestellt, dass sie den Tag über gar nicht bei Marie und zuvor nicht in der Schule war. Was soll so etwas?

Bitte beruhige dich! Sie ist ja wohlbehalten hier und bleibt bis Sonntag. Es ist bei euch etwas vorgefallen, was sie ziemlich durcheinandergebracht hat.

Mehr wollte sie zunächst nicht schreiben, sondern schauen, was ihr Mann darauf antwortete.

Vorerst kam nichts.

»Papa?«, fragte Elinor.

Bente nickte und war froh, als das Essen gebracht wurde und ihre Tochter den Fokus auf die Lasagne lenkte.

Daniels Antwort folgte, als Bente gerade die Pizza probieren wollte.

Was hat sie denn so aus der Bahn geworfen? Eine schlechte Note oder Stress mit ihrer Freundin?

Du!

Dann legte Bente das Handy weg. Sie wollte erst etwas essen, bevor sie den Tatsachen ins Auge sehen musste. Aber der Appetit war ihr vergangen. Obwohl die Pizza extrem lecker und gut gewürzt war, schmeckte sie plötzlich fad. Sie stocherte darauf herum, nahm unterschwellig wahr, dass ihr Handy zweimal brummte.

Elinor hingegen aß ihre Lasagne auf und fragte dann, ob sie noch einen Nachtisch haben konnte. Sie liebte Tiramisu.

Als sie kurz zur Toilette verschwand, wagte Bente, aufs Display des Handys zu schauen.

Was soll denn ich falsch gemacht haben? Aber egal, ja, ich hole sie Sonntag am Anleger ab. Sag bitte kurz Bescheid, welches Schiff sie nimmt.

Bente ließ das Handy sinken. Daniels Nachricht war kühl. Distanziert. Und nichtssagend. Es interessierte ihn nicht ernsthaft, was Elinor aus der Bahn geworfen hatte. Entweder war er so sicher, dass sie nichts von seiner Affäre wusste, oder es gab keine. Jedenfalls war sie, Bente, jetzt genauso schlau wie zuvor. Warum wagte sie nicht, ihn mit ihrem Verdacht zu konfrontieren? Warum gelang es ihnen nicht mehr, sich offen über alles auszutauschen? Es war einfach nur noch vertrackt und ein furchtbares Hin und Her.

Als die Bedienung die Teller wegräumte, bestellte Bente für Elinor das Tiramisu. Dann raffte sie sich auf und schrieb an Daniel:

Elinor sagt, du hast eine Affäre mit Martine. Es wäre nur fair, jetzt ehrlich zu sein.

Anschließend warf sie das Handy in die Handtasche. Noch war sie zu schwach für die Wahrheit.

Elinor begleitete Bente am nächsten Morgen zu Amelie. Es war nicht viel los auf der Insel. Die Ferien waren in allen Bundesländern vorbei, und die Urlauber mussten nach Hause, bevor sie sich demnächst wieder zum Weihnachts- und Silvesterurlaub aufmachten. Noch immer hatte sich der Nebel nicht aufgelöst und waberte sogar durch die Straßen, als schaute er, wo es etwas zu verschleiern gab.

Elinor stieß einen entzückten Schrei aus, als sie Amelies kleines Hexenhäuschen mit den weißen Sprossenfenstern erblickte. »Da wohnt sie? Das ist ja voll süß!«

Bente musste lächeln, denn das kleine Backsteinhaus wirkte im Nebel wirklich sehr verwunschen.

»Wie still es hier ist«, sagte Elinor. »Als ob der Tod schon seine Krallen ausfährt.«

Über ihnen krächzte eine Krähe, und Bente überkam Gänsehaut.

»Sag so was nicht«, wies sie ihre Tochter zurecht, doch die lachte nur. »Ist doch so.«

Auf dem Weg knirschten Schritte, und Jan-Hauke kam ihnen entgegen. Er hatte einen Rechen in der Hand, und gleich darauf entdeckten sie einen großen Berg Blätter.

»Moin, die Damen«, begrüßte er sie. »Na, Elinor, du auch wieder im Paradies? Wusste gar nicht, dass du gekommen bist.«

»Überraschungsbesuch«, erklärte Bente. Sie wollte ihre Probleme nicht vor Jan-Hauke ausbreiten, zumal Daniel keine Antwort auf ihre Frage gegeben hatte.

»Dat is moi.« Jan-Hauke stützte sich auf dem Stiel des Rechens ab. »Ich seh mal zu, dass hier ein bisschen Ordnung in den Laden kommt.«

»Da hast du aber viel zu tun«, sagte Elinor und wies auf die Bäume, die rings ums Grundstück standen und schon fast alles Laub abgeworfen hatten. Hinzu kamen die Obstbäume.

Es roch ein bisschen faulig, weil Amelie nicht dazu gekommen war, alle Äpfel und Birnen zu ernten. Und weil Jan-Hauke nun alles aufwühlte, verbreitete sich der Duft aufdringlich.

»Hier stinkt es.« Elinor rümpfte die Nase.

»Obst«, kommentierte Jan-Hauke. »Dann besucht Amelie mal. Sie wartet schon. Auf einen Tee komm ich auch gleich noch rein, ich will hier aber erst fertig machen.«

Er rechte weiter, und sie hörten das gleichmäßige Kratzen der Metallzinken auf dem Rasen.

»Das ist echt ein komischer Kauz«, sagte Elinor. »Schon neulich kam er mir eigenartig vor, aber nun wirkt er noch wunderlicher.«

»Er sorgt sich sehr um Amelie«, sagte Bente und stieß die Haustür auf.

Ihnen schlug stickige Luft entgegen. Amelie saß in eine Decke eingekuschelt auf dem Sofa. Als sie Bente und Elinor sah, huschte ein Lächeln über das spitze Gesicht. Bente kam es vor, als würde sie jeden Tag ein bisschen mehr von dieser Welt verschwinden. »Oh, du hast Besuch mitgebracht! Ist das Elinor?«

»Ja«, antwortete Bente. »Das ist meine Tochter.«

Elinor sah sich interessiert um, ging dann aber mit ausgestreckter Hand auf Amelie zu und begrüßte sie höflich. »Guten Tag, Frau Stelzer.«

»Amelie, sag Amelie zu mir. Sonst komm ich mir auf meine letzten Tage so alt vor.«

Elinor sah sie befremdlich an, aber weil Bente ihr erzählt hatte, dass ihre Freundin manchmal etwas wunderlich war, kommentierte sie es nicht.

»Dürfen wir mal kurz die Fenster öffnen?«, fragte Bente, denn bei so schlechter Luft musste Amelie das Atmen schwerfallen.

»Jo, reiß ruhig alles auf. Stinkt hier bestimmt wie im Pumakäfig, aber ich habe es einfach nicht geschafft, mich aufzuraffen.«

Elinor wirkte erleichtert und half mit, die Fenster zu öffnen. Die gingen allesamt nach außen auf und konnten festgehakt werden. Sofort verteilte sich die frische Herbstluft im Häuschen.

Amelie schloss die Augen. »Das tut gut! Danke!«

Nach einer Weile wurde ihr kalt, und sie schlossen alle Fenster wieder. Bente hatte derweil Tee aufgebrüht und den Tisch gedeckt. Kurz darauf stapfte auch Jan-Hauke rein.

Er trank drei Tassen, ehe er sich wieder auf den Weg machte.

»Jan-Hauke hält es nicht mehr aus bei mir«, sagte Amelie. »Er kann nicht gut damit umgehen, dass es vorbei ist.«

Bente schaute besorgt zu ihrer Freundin.

»Warum ist deine Tochter da? Hast du gar nicht erzählt, dass sie wieder kommen wollte!« Amelie lenkte das Thema schnell von ihrer Krankheit weg.

»Papa hat eine Freundin, und ich finde das voll blöd«, erklärte Elinor.

Amelie schürzte die Lippen. »Interessante Wendung, die mir zum Glück erspart geblieben ist«, sagte sie nur. »Und nun?«

Sie musterte Bente, die verlegen den Blick senkte.

»Ich weiß es nicht«, gab sie zu. »Ehrlich gesagt ist diese Tatsache noch nicht richtig bei mir angekommen. Daniel schweigt sich aus, aber er dementiert es auch nicht.«

»Versuch trotzdem, einen kühlen Kopf zu bewahren«, meinte Amelie. »Geh deinen Weg, und wenn du Glück hast, kommt er zurück. Wenn du ihn dann noch willst.«

Bente zuckte bei den Worten zusammen. Was konnte sie ihrem Mann vorwerfen? Sie wandelten schon so lange auf unterschiedlichem Terrain. Trotzdem wäre es eine riesige Verletzung. Bente wusste nicht, wie sie damit würde umgehen können, wenn es stimmte.

Elinor hatte dem Gespräch schweigend zugehört, und es wunderte Bente, dass sie kein bisschen widersprach.

»Mich treiben noch andere Dinge um«, sagte Bente schließlich. »Ständig habe ich das Gefühl, dich bedrückt noch etwas. Also, dass du nicht vollkommen ehrlich warst, als du deine Geschichte erzählt hast.«

»Wunderbar beobachtet«, sagte Amelie. »Ja, das stimmt, aber es hätte nichts geändert, wenn ich es erzählt hätte.«

Bente seufzte. »Du bist mir ja eine. Mich bezeichnest du als Nachtigall, aber selbst …«

Elinor sah die beiden erstaunt an. Bente erklärte ihr, was Amelies liebstes Spiel war.

»Cool«, kommentierte sie, wandte sich dann aber dem großen Bücherregal zu.

»Amelie«, begann Bente erneut. »Was wünschst du dir eigentlich am sehnlichsten? Ich meine jetzt nicht die Nonnengänse, das weiß ich. Ich rede vom Leben.«

Amelie wirkte über die Frage kein bisschen erstaunt. »Die Gänse sind mein Leben.«

Elinor war zwar in die Buchrücken vertieft, hatte das Gespräch aber mitbekommen. Sie schüttelte vehement den Kopf und platzte heraus: »Die sind vielleicht jetzt dein Leben. Aber vorher war da doch sicher noch was anderes.«

Amelie zog die Stirn in Falten. »Spion hört mit, was?« Sie lachte leise auf. »Ja, da war etwas, mien Deern. Ein Mann und ein verlorenes Kind. Aber sie sind weit fort, und sosehr ich es mir auch wünsche: Sie kommen nie mehr zurück.« Sie holte tief Luft und versuchte sich gerader hinzusetzen, denn das Sprechen fiel ihr heute ausnehmend schwer. »Da sind mir nur die Gänse geblieben.«

»Ich weiß, dass es mich nicht viel angeht, und ich bin auch noch jung«, meinte Elinor. Sie klang für Bente schon wieder viel zu erwachsen. »Aber es kann doch sein, dass dein Mann dich sehen will. Er könnte doch glauben, dass du es bist, die keinen Kontakt möchte. Also, wenn du mich fragst, ich würde es noch mal versuchen. Also, bevor du …« Elinor rang nach Worten. »Bevor du mit diesen Gänsen wegfliegst.«

KAPITEL 20

Bente und Elinor hatten sich am Nachmittag E-Bikes geliehen. Der Nebel hing zwar noch immer wie eine zähe Schicht über der Insel, aber sie hatten sich entschlossen, noch einmal in Richtung Meierei zu fahren. Bente war das recht, denn an der frischen Luft ging es ihr stets besser, und sie zermarterte sich nicht den Kopf. Es war nicht nur die Sorge um Amelie, die ihr den Schlaf raubte, auch Daniels Verhalten war befremdlich. Wie ernst war das mit Martine? War es nur ein Ausrutscher, weil er mit der gesamten Situation nicht klarkam, oder war er ernsthaft verliebt? Oder hatte Elinor alles falsch interpretiert?

»Cool, dass wir schon wieder unterwegs sind«, sagte ihre Tochter jetzt. Sie sah sich begeistert um. »Schließlich will ich was von Langeoog sehen! Und eigentlich finde ich es spooky, dass hier nichts los ist. Eine leere Insel hat was. Ich dachte beim letzten Mal, als die Fähre so voll war, wie schrecklich es ist, wenn so viele Leute auf einem so kleinen Gebiet wie Langeoog zusammenhocken, und dass ich dann ja gleich in Hannover bleiben könnte. Aber es hatte sich alles super verteilt, außer im Ort, da war es voll. Und nun? Langeoog, die Geisterinsel.«

Sie durchquerten das Sieltor und fuhren auf dem Weg am Langeooger Inselwatt vorbei in Richtung Vogelwarthaus. Dort stoppten sie kurz, weil zwei Hasen herumhoppelten und Elinor völlig begeistert war.

»Hasen sind hier geduldet«, wusste Bente zu erzählen. »Kaninchen nicht, denn sie zerstören die Dünen, und das ist für eine Insel eine Katastrophe. Bei der Weihnachtsflut 1717 ist hier übrigens mal eine Kirche eingestürzt, die sich in der Nähe der Melkhörndüne befunden hat.«

»Das lag aber nicht an den Kaninchen, oder?«, fragte Elinor lachend.

»Nein, das war die Sturmflut mit ihren Wassermassen, die auch auf dem Festland viele Tote gefordert hatten. – Wollen wir weiter?«

Unterwegs hielten sie noch einmal an, weil ein Grauganspaar mitten auf dem Weg stand, und ein Stück weiter beobachteten sie eine Gruppe von Austernfischern, die sich im Watt in der Salzwiese aufhielten. Die Sonne bohrte ein paar Strahlen durch die feinen Nebelschleier, und sie verzauberte damit die Welt.

Bente hatte an ein Fernglas gedacht und reichte es Elinor, die die Vögel interessiert beobachtete. »Sie sehen aus, als würden sie im goldenen Nebel baden«, sagte sie.

Bente zückte ihr Vogelkundebuch. Sie hatte sich angewöhnt, nachzuschlagen, wenn sie einen Vogel sah, der sie fesselte, und der schwarz-weiße Austernfischer mit dem langen orangefarbenen Schnabel faszinierte sie.

»Der sieht schön aus«, sagte Elinor. »So voller Kontrast. Wie das Leben. Ganz viel Schwarz und Weiß und doch einen Farbtupfer.«

Aufs Neue war Bente darüber erstaunt, welch feinsinnige und philosophische Gedanken durch den Kopf ihrer pubertierenden Tochter gingen.

»Lies mal vor, was da über die Austernfischer steht. Ich mag die Vögel wirklich gern.«

Bente legte los. »Sie heißen Haematopus ostralegus.«

»Super, also nicht Elinor. Falls Amelie mich als Austernfischer sehen würde.«

»Nein, keine Übereinstimmung. Sie rufen laut und schrill, dabei geben sie ein ›Kiiiep‹ von sich.«

Wie um das zu bestätigen, begann einer der Vögel zu rufen.

»Fliegen die im Winter weg?«, fragte Elinor. Sie rückte ihre Pudelmütze zurecht.

Bente überflog die Zeilen. »Ein paar ziehen nach Südwesten, aber es gibt viele, die bleiben und im Watt überwintern.«

Elinor schaute ihre Mutter nachdenklich an. »Du musst auch hier überwintern, oder? Auf Papa warten, schauen, ob du zurückkommen kannst.«

»Ich harre hier aus, wie die Austernfischer«, bestätigte Bente.

»Du überlegst, ob es das wert ist, zu warten, oder?«

Bente erschrak. »Woher weißt du das alles?«

»Mama, ich bin kein Kleinkind mehr und kann eins und eins zusammenzählen. Du bist gegangen, weil du dich mit uns nicht mehr wohlgefühlt hast, und sitzt den Mist jetzt hier auf der Insel aus. Amelie ist doch nur ein Vorwand, dass du noch nicht nach Hause kommen kannst.«

Bente wollte ihrer Tochter widersprechen, doch die hob abwehrend die Hände. »Mama, es ist doch so! Amelie mag nett und interessant sein, aber wenn sie dir wichtiger ist als deine Familie, dann stimmt was nicht bei uns.«

Bente knickte ein. Ihr war, als würde Elinor ihr einen Spiegel vorhalten und sie hätte sich bisher gescheut hineinzusehen.

»Da hast du recht. Ich fühle mich zwar verantwortlich, für sie, für dich – aber wohl nicht mehr für Papa.«

Elinor schaute noch einmal zu den Austernfischern, die im Watt herumstolzierten.

»Wenn dir Amelie so wichtig ist, warum suchst du dann ihren Mann nicht?« Elinor gab Bente das Fernglas zurück. »Du hast ihr schon zugehört, oder? Es ist ihr größter Wunsch, nur steht sie sich selbst im Weg. Ihr seid echt komisch, ihr Erwachsenen.«

Bente schämte sich ein wenig. Natürlich hatte Elinor recht. Je älter man wurde, desto mehr neigte man dazu, den Kopf in den Sand zu stecken und sich das Leben schönzureden oder sich wegzuducken. Und dann war es plötzlich vorbei, und man hatte so viele Chancen ungenutzt gelassen. Was hatte Amelie denn zu verlieren, wenn sie Maik begegnete? Schlimmer konnte es schließlich nicht werden.

»Du hast recht. Hilfst du mir, Maik ausfindig zu machen?«

Elinor schlug ein. »Dann ab zum Dünennest!«

Den restlichen Nachmittag verbrachten sie damit, sich durch die sozialen Netzwerke zu graben, doch den richtigen Maik Stelzer fanden sie nicht. Bente versuchte es mit der Telefonbuchsuche, aber es gab mehrere Maik Stelzers.

»Wir brauchen ein Alleinstellungsmerkmal, sonst müssen wir nämlich jeden einzelnen anrufen und nachfragen, und das kann peinlich werden.« Bente nagte am Bleistiftende.

»Hast du über die Redaktion keine Möglichkeiten?«, fragte Elinor.

»Nein, leider nicht. Wir müssen es anders versuchen.«

»Weißt du, was er beruflich gemacht hat?«

Bente dachte nach. »Er war bei einer großen Versicherung«, erinnerte sie sich. »Und jetzt fällt es mir wieder ein, dass Amelie erzählt hat, sein Büro sei in Jever gewesen. Gewohnt haben sie in Wilhelmshaven.«

»Das klingt doch gut. Mit etwas Glück ist er nicht viel älter als Amelie und noch berufstätig.«

Sie gab den Namen und das Stichwort Versicherung ein. »Bingo! Der ist immer noch in der Versicherung in Jever beschäftigt.« Elinor strahlte und zeigte ihrer Mutter das Foto eines seriös wirkenden Mannes.

Er hatte längeres graues Haar, trug einen gepflegten Vollbart und hatte einen leichten Bauchansatz. An der rechten Hand entdeckte Bente einen goldenen Ring. Sie schlussfolgerte, dass er wohl ein zweites Mal geheiratet hatte. Zu lesen war hier seine Dienstnummer, aber vielleicht fanden sie im Telefonbuch auch die private. Bente mochte ihn nicht bei der Arbeit kontaktieren. Schließlich ging es um etwas sehr Persönliches, und sie wollte nicht, dass vielleicht Kollegen etwas mithörten.

Sie suchten also weiter im Örtlichen und wurden dort fündig. Marga und Maik Stelzer, Jever.

»Soll ich?« Bentes Herz klopfte wie verrückt.

Elinor nickte.

Bente nahm das Handy, wählte die angegebene Nummer und stellte den Lautsprecher an, sodass Elinor mithören konnte.

»Stelzer«, flötete ihnen eine Stimme entgegen, und unwillkürlich drängte sich Bente der Vergleich mit einer Amsel auf.

»Meißner hier. Spreche ich mit Familie Stelzer in Jever?«

»Ja, was kann ich für Sie tun?« Bente verunsicherte der gleichbleibend freundliche Ton, so als wäre es die Frau gewohnt, andere Menschen abzuwimmeln.

»Ich würde gern mit Herrn Stelzer sprechen.« Bente versuchte, selbstsicher zu klingen, doch es gelang ihr nicht richtig, denn ihre Stimme zitterte.

»Um was geht es?«

Noch immer blieb Frau Stelzer freundlich, aber sie wirkte sehr unverbindlich. So anders als Amelie.

»Es geht um seine Ex-Frau Amelie.«

Nun rang Frau Stelzer wohl doch kurz um Fassung. Bente hörte förmlich, wie sie schnaufte. »Ich denke, das Thema hat sich erledigt. Sie sind schon lange geschieden.«

»Das ist mir bewusst«, entgegnete Bente. »Aber es ist dringlich.«

»Was sollte in Bezug auf eine Ex-Frau dringlich sein?« Nun wurde Marga Stelzer doch pampig, und Bente ergriff die Flucht nach vorn.

»Sie wird bald sterben, und es müssen Dinge geregelt werden«, sagte sie so souverän, wie sie konnte. Sie wollte betont lässig klingen, denn sie befürchtete, dass Maiks Frau sonst gleich auflegte. Da sie so abweisend reagierte, war schließlich nicht ausgeschlossen, dass sie Amelie auch nach all der Zeit durchaus noch fürchtete.

»Ich hole meinen Mann«, hörte Bente, und sie sandte einen dankbaren Blick zum Himmel.

Es klackte, im Hintergrund war Stimmengemurmel zu hören, dann schloss sich offenbar eine Tür, und Bente vernahm, wie Maik Stelzer sagte: »Dazu möchte ich allein sein.«

Es klackte erneut, als er den Hörer in die Hand nahm. »Stelzer.«

Bente erklärte ihm kurz, wer sie war, umriss Amelies Situation und endete mit den Worten: »Herr Stelzer, es wäre einfach wunderbar, wenn Sie sich bei ihr melden würden. Ich glaube, es würde ihr viel bedeuten.« Sie hatte am Ende immer schneller gesprochen. Aber nun war gesagt, was zu sagen war, und die Verantwortung lag nicht mehr bei ihr. Es gab jetzt nur noch ein Ja oder Nein.

»Weiß sie, dass Sie mich anrufen?«

»Sie weiß es nicht«, gestand Bente. »Niemals hätte sie diesen Schritt von sich aus gewagt.«

»Wo lebt sie jetzt? Immer noch auf Langeoog, oder ist sie im Pflegeheim, weil sie so krank ist?«

Bente erzählte ihm, wo und wie Amelie wohnte, dass sie keinen Mann hatte und einzig für die Vögel da war.

»Sie ist also eine Einsiedlerin geworden«, stellte Maik fest. »Meine Amelie.« Es schwang unglaublich viel Wärme bei seinen Worten mit.

»Ja, sie tut sich schwer mit anderen Menschen. Warum sie ausgerechnet mich angesprochen hat, weiß ich gar nicht.«

»Wahrscheinlich ist ihr zu Ihnen ein passender Vogel eingefallen«, rutschte es Maik lachend heraus. »Das war schon immer ihr Lieblingsspiel. Ich war für sie zu Beginn ein Basstölpel, hab mich aber zum Seeadler hochgearbeitet.« Er brach ab. »Was ich nun für sie bin, weiß ich nicht.«

»Finden Sie es heraus!«, forderte Bente ihn auf und freute sich über den erhobenen Daumen ihrer Tochter.

Maik Stelzer wurde ernst. »Wie lange hat sie noch zu leben?«

»Nicht mehr lange«, sagte Bente. »Ich hätte Sie schon viel eher kontaktieren sollen, aber ich habe mich nicht getraut. Es erschien mir zu Beginn ein bisschen übergriffig, und ich hatte Furcht, dass Amelie enttäuscht sein würde. Außerdem …«

»Ist okay«, sagte Maik. »Lassen wir das, die Zeit drängt. Ich bin Maik, und dein Name ist Bente?«

»Ja.«

»Ich will sehen, was ich tun kann.« Er überlegte kurz. »Ich versuche morgen das Mittagsschiff zu bekommen. Und – danke.«

Sie tauschten noch ihre Handynummern aus, und Bente legte auf.

»Der klang ja nett«, sagte Elinor.

Bentes Herz raste. Erst noch vor Aufregung, dann aber voller Vorfreude.

»Gerade noch rechtzeitig erwischt«, sagte ihre Tochter erleichtert, als sie völlig außer Atem wieder auf dem Doppelbett saßen.

Doch da polterte es auf der Treppe, und Jan-Hauke stürzte ins Zimmer, ohne anzuklopfen. »Schnell! Amelie!«

Bente und Elinor rissen ihre Jacken vom Haken und stürzten dem alten Seebären nach.

Amelie spürte, wie sie ging. Stück für Stück.

Sie hatte es sich schlimmer vorgestellt, aber sie wusste natürlich nicht, was die letzten Stunden noch bringen würden.

Vorhin war ihr plötzlich so komisch geworden. Schwindel hatte sie gepackt, dann war das Gefühl in der einen Hand weg gewesen, und ihr Kopf fühlte sich schwer an. Eine bleierne Müdigkeit hatte sie erfasst, und Amelie wusste, dass sie dieses Mal nicht wieder von allein verschwinden würde.

Immerhin hatte sie es noch geschafft, Dr.Tydmers und auch Jan-Hauke anzurufen, denn für beide hatte sie die Nummern eingespeichert. Sie ging davon aus, dass Jan-Hauke Bente Bescheid gab.

Der Arzt saß nun bei ihr am Bett.

»Falle ich gleich tot um?«, fragte Amelie.

»Wahrscheinlich wirst du nur immer müder.«

Seine gelassenen Worte und die ruhige Stimme beruhigten Amelie. Sie fühlte sich wie in Watte gepackt. Alles um sie herum war abgepuffert, wurde langsamer und leiser und leiser.

»Einschlafen also. Nur, dass man nicht mehr erwacht«, murmelte sie.

Die Müdigkeit war seit ein paar Tagen stärker geworden, Amelie hatte es auf die hohe Dosis des Schmerzmittels geschoben, aber daran allein lag es augenscheinlich nicht.

»Werde ich Schmerzen haben?«

Dr.Tydmers schüttelte den Kopf. »Die Schwester gibt acht, dass du deine Dosis bekommst, und dann kannst du einfach weiterschlafen. Hinübergleiten in die Welt, die du dir wünschst.«

Zitterte die Stimme des Arztes?

Amelie verspürte Frieden. Ja, sie hatte nicht alles in ihrem Leben richtig gemacht, aber am Ende doch das Beste aus allem hinbekommen. Das Leben verlief nie geradlinig, und man war auf Erden, um Fehler zu machen. Denn was für den einen richtig war, war für den anderen falsch.

Es gab für jeden Menschen nur den eigenen Weg, den er gehen musste, mit allen Konsequenzen. Wie gern hätte sie noch erlebt, ob Bente sich wieder mit Daniel versöhnte …

Es waren Schritte zu hören, und kurz darauf traten Bente, Elinor und Jan-Hauke ein. Amelie begrüßte sie, indem sie die Hand leicht anhob. Das Sprechen fiel ihr schwer, aber sie wollte es wenigstens versuchen.

Stockend sagte sie: »Es geht zu Ende, meine Lieben. Ich zähle schon die Stunden.«

Bente kamen die Tränen, aber Amelie schüttelte den Kopf. »Nicht weinen, mien Deern.«

Bente stürzte zum Bett und nahm Amelie in den Arm. Sie genoss es, hatte sie sich doch lange keinem Menschen mehr so verbunden gefühlt wie dieser Frau.

»Du darfst heute noch nicht gehen«, flüsterte sie.

»Ich kann es nicht mehr aufhalten. Ich bin so müde. Ich möchte nur noch schlafen.«

Amelie sah, wie Elinor den Raum verließ und dem Arzt und Jan-Hauke in die Küche folgte. Bente setzte sich zu ihr auf die Bettkante. Sie hielt ihre Hand, die sich kühl anfühlte.

Amelie sah ihre Freundin mit langem Blick an. »Du hast doch noch was auf dem Herzen, mien Deern.«

Bente huschte ein Lächeln übers Gesicht, so wie es ihr oft passierte, wenn sie sich ertappt fühlte. »Das stimmt. Ich habe eine letzte große Bitte. – Bleib bis morgen Mittag.« Bente erzählte, dass sie eben mit Maik gesprochen hatte.

Amelie wurde kurz unruhig. »Du hast … Er … er will wirklich herkommen?«

Bente nickte. »Maik möchte dich nicht fliegen lassen, ohne sich zu verabschieden.«

Amelie lief eine Träne über die Wange. »Es ist zu spät, Bente. Ich spüre das. Ich werde es nicht schaffen bis morgen. Das ist noch so lange hin. Mein Fenster ist nur noch einen Spalt breit auf, und ich muss dort hindurch, weil es sich bald schließt.«

»Bis morgen Mittag«, flehte Bente.

»Grüß meinen Seeadler. Mein Maik war immer ein starker Mann. Sag ihm, dass ich unsere Kleine da oben in den Arm nehmen werde und sie von ihm grüße.«

»Das mache ich«, versprach Bente. »Ich sage ihm, dass du ihn sehr liebst. Und nie damit aufgehört hast.«

»Du bist schon lange keine scheue Nachtigall mehr«, sagte Amelie. »Du bist so stark wie ein Schwan. Colpus, der Schwan.«

Sie schloss die Augen. Ein bisschen ausruhen. Bente räumte den Platz und ließ Jan-Hauke zu ihr.

Der alte Mann saß stumm an ihrem Bett, hielt ihre Hand, und Tränen rannen ihm über die Wangen. Am Ende küsste er ihre Fingerspitzen. »Leb wohl, ich folge dir bald, meine Gute«, sagte er.

Amelie schmerzte es, ihn zurückzulassen. Um Bente machte sie sich keine Sorgen mehr, denn sie hatte Elinor an ihrer Seite. Die beiden waren ein Team und stützten einander. Egal, was Daniel auch tun würde: Elinor war da. Und Bente würde mit allem umgehen können.

Amelie dämmerte weg und wusste nicht, wie lange sie geschlafen hatte. Im Traum hatte sie um sich geschlagen, die Decke weggestrampelt, weil sie zwischen zwei unsichtbaren Mächten hin und her gezogen worden war.

Die eine war farbenfroh, schmeckte nach Leben und war bevölkert mit denen, die sie liebte. Es tat weh, ihnen ein letztes Mal zuzuwinken, aber da war die andere Macht. Weiß, hell, freundlich, und sie versprach Frieden. Amelie wusste, dass sie dorthin musste, aber dieser Abschied quälte sie. Doch dann wollte sie die Linie überschreiten. Der Schmerz wandelte sich, es war in Ordnung, wenn sie losließ.

Aber noch einmal hörte sie Stimmen. Eine war dabei, die sie lange vergessen zu haben glaubte. Aber sie war da, das war kein Traum. Amelie kämpfte sich noch einmal ins Leben zurück, öffnete die Augen und schaute durch das weit geöffnete Fenster in die Dunkelheit der Langeooger Nacht. Der Nebel senkte sich wieder über die Insel und umklammerte sie mit seiner Feuchtigkeit. Er benetzte Grashalme und Bäume mit seinem Nass, verschluckte alle Geräusche, und die, die noch durchdrangen, klangen hohl und überlaut.

»Amelie?«, hörte sie. Es war der Seeadler.

»Ich habe dich immer geliebt. Und doch war es gut, dass wir uns Luft zum Leben gegeben haben. Und Alex? Alex war doch kein Wort wert«, hörte sie. »Verzeih mir, weil ich es dir nicht eher habe sagen können.«

»Ich … liebe … dich … auch. Und ich finde unsere Grasmücke da oben.« Hatte sie es gesagt oder nur gedacht? Zwei vertraute Hände umklammerten die ihren, drückten sie fest. Alles war gut.

Da war es wieder, das Licht und die Wärme. Sie würde beidem folgen. Es gab nichts Ungeklärtes mehr. Er war gekommen. Maik! Gerade noch rechtzeitig.

Amelie drückte die Hände mit letzter Kraft. Nun musste sie gehen. Der Weg war weit, es war an der Zeit aufzubrechen. Ihre Atmung wurde schwerer und rasselte. Jemand wischte ihr über die Stirn und richtete ihren Körper ein wenig auf, damit das Atmen leichter fiel. Das Ganze zog sich, aber Amelie war schon ein gutes Stück entfernt. Nur noch ab und zu musste sie etwas Luft holen. Nur noch ab und zu … und alles wurde leicht.

Amelie spürte weiche Haut auf ihrem Gesicht, atmete den Duft ihres Kindes. Auch wenn sie ihn in ihrem Leben nie hatte riechen können, war er nun doch präsent. Maja würde dort sein, wohin sie jetzt ging. Sie spürte den Kuss des Mannes, den sie trotz allem immer geliebt hatte, und dann hörte sie das verlockende Rufen der Nonnengänse.

Sie bestieg ihre Schwingen und flog.

Und flog.

Und flog.

KAPITEL 21

Amelie flog lange davon. Stunden um Stunden verharrten sie an ihrem Bett, während Amelie sich auf den Weg in ihr anderes, neues Dasein machte.

Eine Zeitlang war sie noch einmal unruhig, so als wollte sie umdrehen, es sich anders überlegen, aber dann wurde sie immer gelassener, die Atempausen wurden länger – bis das Leben aus ihr wich. Bente hatte sie fest zugedeckt und das Fenster weit geöffnet, um ihrer Freundin die letzten Atemzüge zu erleichtern und auch um ihr das Gefühl zu geben, dicht bei der Natur zu sein, wenn sie schon nicht in der Salzwiese bei den Gänsen sterben konnte.

Doch es waren alle da, die ihr nahstanden. Bente und Elinor, Jan-Hauke. Maik, der einer Eingebung folgend gleich nach Langeoog aufgebrochen war und dazu das Flugzeug genommen hatte.

Der Nebel war dicht und umklammerte Langeoog, als wäre er darauf bedacht, Amelies Seele in Watte zu packen, bevor sie die Schwingen ihrer fliegenden Gänse erreichte. Von Weitem ertönte ihr Ruf durch die Nacht. Er klang traurig, schwer, ein Choral von Tod und Ewigkeit.

Danach war es still, nicht einmal das Weinen von Bente, Elinor, Jan-Hauke und Maik brachte ein Geräusch. Lautlose Tränen liefen über Wangen, die von Schmerz gezeichnet waren.

Der Morgen graute, die Sonne quälte sich durch den Nebel, rang mit ihm um die Vormachtstellung und gewann schließlich mithilfe des Tages gegen ihn. Jede Minute wurde er lichter, verharrte lediglich mit zerrissenen Resten hier und dort, bis nur noch die vielen Tautropfen davon zeugten, welche Macht er in der letzten Nacht über das Land gehabt hatte.

Alle waren müde und gelähmt und voller Trauer. Bente wollte dennoch los und Brötchen holen, denn ihre Körper forderten das Recht auf Nahrung ein. Mägen knurrten in einer peinlichen Zurschaustellung der menschlichen Bedürfnisse, obwohl gerade etwas Schreckliches passiert war.

Auch die Welt scherte sich nicht darum. Der Nachbarhund bellte, eine Katze schlich mit einer Maus im Maul durch den Garten, und die verbliebenen Vögel stimmten ihr scheues Morgenlied an.

»Ich koche Tee«, bot Elinor an, aber die anderen wünschten sich einen starken Kaffee.

Bente stiefelte sofort los in Richtung Ort, nachdem sie bei Dr. Tydmers angerufen hatte, damit er den Totenschein ausstellen konnte. Die Sonne strahlte, als gäbe es keinen schöneren Tag als den heutigen, vergessen war der Kampf der letzten Nacht, der tausendfach und überall stattfand, aber nur dann auffiel, wenn er einen selbst betraf.

Auf dem Weg zum Bäcker sah Bente Amelie überall. In der laut schimpfenden Amsel, die keckernd über den Weg flog. In dem frechen Spatz, der freudig tschilpte, weil er eine Brotkrume gefunden hatte, und in den Nonnengänsen, deren Schwarm laut trötend die Insel überquerte. Immer auf der Suche nach den besten Nahrungsplätzen.

Kinder lachten, die wenigen Besucher, die auf Langeoog weilten, bewegten sich wie eine Woge auf dem Meer, das von keinem kräftigen Wind aufgepeitscht wurde. Auf der Insel herrschte eine Gleichförmigkeit, die einerseits beruhigte, andererseits aber eine für Bente unerträgliche Normalität widerspiegelte.

»Amelie ist tot!«, hätte sie am liebsten geschrien, nur hätte das nichts geändert, weil ihr Sterben nicht den Radius der anderen tangierte. Sie würde ein mitleidiges Beileid erfahren, weil man das so tat, aber niemand konnte den Schmerz in ihr lindern, der immer lauter tobte, weil sie nach und nach aus der Starre erwachte und begriff, was geschehen war.

Amelie würde nie wieder mit ihren großen gelben Gummistiefeln am Strand entlanglaufen und darüber nachdenken, welchen Vogel sie in einzelnen Menschen erkannte.

Nie wieder würde sie von Maik und Maja erzählen oder von Alex. Nie wieder würde sie dieses spitzbübische Lachen ausstoßen, wenn sie glaubte, jemanden ertappt zu haben. Nie wieder …

Dieses »Nie wieder« wurde immer lauter und lauter, sodass Bente sich am liebsten die Ohren zugehalten hätte, um es nicht mehr hören zu müssen. Nur, wie nutzlos wäre das, weil es keine Stimmen von außen waren, sondern in ihr drin dieser Aufstand tobte?

Es gelang ihr, die Brötchen zu kaufen und den Weg zu Amelies Haus zurückzugehen, ohne dass sie zu schreien begann.

In der Küche duftete es derweil angenehm nach frischem Kaffee. Dieser Geruch vermischte sich mit dem der Brötchen zu einer heimeligen Melange, die eine beruhigende Normalität vermittelte. Jan-Hauke hatte Amelies Kühlschrank gestern noch mit Biokäse, Wurst und selbst gekochter Marmelade aufgefüllt, sodass der Tisch nun reichlich für alle gedeckt war.

Die Tür zum Schlafzimmer war verschlossen, und in der Küche drängelten sich vier Menschen, die die Trauer um Amelie vereinte, die sich aber größtenteils fremd waren. Jan-Hauke saß an der Stirnseite, jeweils flankiert von Bente und Elinor sowie von Maik.

Nachdem sie alle etwas gegessen und Unmengen von Kaffee getrunken hatten, löste sich die Spannung etwas.

»Ich hätte Amelie gern noch einige Dinge gesagt«, meinte Maik. »Aber ich habe es aufgeschoben und aufgeschoben … so lange, bis es zu spät war. Mich hat das Leben eingeholt – und überholt. Ich habe eine neue Frau und damit ein neues Glück gefunden, aber ich habe oft gedacht, dass ich es mehr hätte genießen können, wenn ich gewusst hätte, dass auch Amelie in ihrem neuen Dasein angekommen ist.«

»Amelie war auf ihre Art glücklich, mit der Natur und vor allem mit ihren Gänsen«, beruhigte Bente ihn. »Sie hat sich arrangiert, auch wenn es natürlich zeitlebens die Verletzung durch eure Trennung und das verlorene Kind gab. Aber sie hat dich immer geliebt.« Bente erzählte von den vielen und intensiven Gesprächen in den Dünen, an der Salzwiese oder am Flinthörn.

»Wenn ich dir so zuhöre, ist es, als wäre ich dabei gewesen«, sagte Maik. »Meinst du, ich kann ein paar Plätze aufsuchen, um ihr im Nachhinein nah zu sein?«

»Dann sollten wir zu den Nonnengänsen gehen«, schlug Bente vor.

Jan-Hauke hatte die ganze Zeit geschwiegen. Bente sah ihn fragend an. »Möchtest du uns begleiten?«

Der alte Seebär schüttelte den Kopf. »Mir tut jetzt das Alleinsein gut«, meinte er.

Maik räusperte sich. »Ich freue mich, auf diese Weise von Amelie Abschied nehmen zu können. Ach, und weiß denn eigentlich jemand, wie der Nachlass geregelt ist?«

Jan-Hauke nickte. »Sie hat bei einem Notar ein Testament hinterlegt und es kürzlich noch verändert, wie sie mir berichtet hat. Dazu ist er extra ins Krankenhaus gekommen.«

Alle sahen ihn erstaunt an.

»Sie muss dir sehr vertraut haben«, sagte Bente, und der alte Mann nickte. »Ich hab ihr gut zugeredet, es zu ändern, weil ich nichts haben wollte. Ich habe selbst keine Verwandten und werde auch nicht mehr ewig leben. Maik bekommt sicher bald Post vom Notar. Natürlich hat er seine Adresse ausfindig gemacht.«

Jan-Hauke erhob sich schwerfällig und begab sich in gebückter Haltung zur Tür. Er wirkte wie ein Mensch, der die gesamte

Last der Erde auf seinen Schultern trug. »Ich muss jetzt allein sein. Danke, Bente und Elinor, dass ihr euch um das Frühstück gekümmert habt. Das wäre alles genauso in Amelies Sinn gewesen.« Er winkte, drehte sich aber im Türrahmen noch einmal um. »Und es ist eine gute Entscheidung, zu den Nonnengänsen zu gehen.«

»Worauf warten wir?«, fragte Elinor.

Bente lächelte sie an, und in dem Moment fiel ihr auf, dass sie heute noch kein einziges Mal an Daniel gedacht hatte. So, als wäre er mit Amelie davongeflogen.

Die drei durchquerten das Wäldchen auf der Störtebekerstraße. Die Sonne ließ ihre Strahlen fröhlich durch die Äste tanzen, ein paar Amseln sangen, aber laut waren nur die Krähen.

Maik fragte Bente über alles aus und ließ sich nicht mit oberflächlichen Antworten abspeisen. Ihm reichte es nicht, zu wissen, dass Amelie Krebs gehabt hatte. Bente musste ihm genau erklären, was alles getan worden war, um ihr die letzten Wochen angenehmer zu gestalten.

»Wie habt ihr euch kennengelernt?«, fragte er weiter.

Auch das erzählte Bente, und sie verschwieg nicht, wie schwer sie sich zunächst damit getan hatte, weil sie es beängstigend fand, eine todkranke Freundin zu haben.

Nach einer Weile erreichten sie den Hafen und überquerten die Brücke, von wo sie in Richtung Südmole spazierten.

Die drei setzten sich dort auf eine der Bänke und schauten über die glitzernde See, die heute wie ein großer Teich wirkte. Keine Welle kräuselte das Wasser, die Wolken spiegelten sich in der Oberfläche.

»So schön hier, kein Wunder, dass Amelie es geliebt hat.«

Maik wies zum Festland. Es wirkte wie zum Greifen nah.

»Krass, wie viele Windräder es gibt«, sagte Elinor. »Von hier sieht es aus, als gäbe es kaum einen Meter, wo keins steht.«

»Und wo sind diese Gänse, die sie so mochte?«

»Meist auf den Wiesen, daran kommen wir auf dem Rückweg vorbei. Du hast sie bestimmt schon oft gesehen, denn auf dem Festland grasen noch viel mehr als hier.« Und dann erzählte Bente auch von Hugo, der Nonnengans mit der Flugangst, und seiner Frau Pia.

Maik grinste. »Die Geschichte passt zu Amelie. Sie hat sich früher immer wunderbare Sachen ausgedacht, um mich zu unterhalten. Ich weiß auch nicht, warum wir uns so weit voneinander entfernt haben. Aber hinterher stellt sich eben vieles anders dar als in dem Moment, wenn man Entscheidungen trifft. Selbst wenn sie sich im Nachhinein als richtig erweisen.«

Bente überlegte, ob sie die Frage stellen durfte, entschied sich dann aber dafür. »Du bereust die Trennung also nicht?«

Maik zögerte, legte den Kopf in den Nacken und schloss die Augen. Dann reckte er die Arme gen Himmel und atmete einmal tief durch. »Das ist eine sehr lange und komplizierte Geschichte. Eine von verletztem Stolz, Unachtsamkeit und der Tatsache, dass es nicht gut ist, Dinge nur in Schwarz-Weiß zu betrachten.«

Elinor sah ihn fragend an. »Was heißt das?«

»Es gibt nicht nur Ebbe und Flut, sondern immer auch was dazwischen. Das Wasser braucht seine Zeit, um aufzulaufen, und es braucht seine Zeit, um sich wieder zurückzuziehen.« Er seufzte schwer. »Was ich damit sagen will: Es gibt im Leben keinen endgültigen Zustand. Alles ist im Fluss. Und genauso ist es mit der Liebe.«

»Du meinst, sie verändert sich auch ständig?«, hakte Elinor nach.

»Nicht nur das«, antwortete Maik. »Ich glaube sogar, es gibt sie gar nicht, die Liebe. Es gibt so viele Facetten, und jeder glaubt, für sich die richtige Form zu beanspruchen. Dabei kommt es doch nur darauf an, dass man sich einig ist.«

»Versteh ich nicht«, sagte Elinor. »Was hat das mit Amelie zu tun?«

Da begann Maik zu erzählen. Von einer Zeit, in der seine Welt zusammengebrochen war.

»Wir haben uns in die Idee verrannt, auf Teufel komm raus eine Familie mit Kind zu sein, und dadurch die Leichtigkeit miteinander verloren. Jeder hat am Ende versucht, auf seine Art mit dem Verlust dieses Traumes umzugehen. Da gab es plötzlich den Maik und die Amelie, die sich ineinander verliebt hatten, nicht mehr. Es waren zwei neue Menschen. Und dann kam dieser Alex, der vielleicht in dem Augenblick besser zu ihr gepasst hätte. Natürlich wollte ich nicht wahrhaben, dass der einzige Weg zueinander gewesen wäre, zu prüfen, wo wir falsch abgebogen sind, wo unsere Wurzeln und Gemeinsamkeiten liegen. Stattdessen sind wir beide weggerannt.« Er seufzte. »Dann kam die Fehlgeburt, und wieder sind wir lieber geflüchtet. Am Ende konnte keiner von uns mehr atmen, und da mussten wir ehrlich zueinander sein. In der Situation gab es einfach kein Zurück mehr, und was wir getan haben, war richtig. Trotzdem schmerzt es, denn ein Scheitern ist ein Scheitern, auch wenn man neues Glück findet. Es bleibt eine Narbe, denn das Ziel war ja ein anderes.«

Bente schluckte. War es nicht genau das, was auch Amelie ihr hatte sagen wollen, als sie ihre Geschichte erzählte?

Über ihnen zankten sich ein paar Silbermöwen. Ihre Schreie klangen schrill über sie hinweg. Dann ließen sie sich plötzlich auf dem Wasser nieder und brachten die Oberfläche kurzfristig in Unordnung. Am Ende aber blieb das Bild der Einheit und des Friedens.

Bente starrte über das Meer. Nahm die weiße Fähre wahr, die unaufhaltsam auf Langeoog zusteuerte. Sie sah ein paar Silbermöwen eine steile Kurve fliegen, und sie bemerkte einen Schwarm Gänse.

»Ich war auch so wütend, als Mama sich verliebt hat«, entfuhr es Elinor plötzlich. Sie warf einen ängstlichen Blick zu Bente, doch die nickte. Es half nichts, wenn sie es unter den Teppich kehrte und Elinor sich deshalb quälte.

»Und ich war total stinkig, als ich Papa mit einer anderen gesehen habe.«

Sie schwiegen alle drei. Schauten übers Meer und hingen ihren Gedanken nach.

»Amelie hat all die Jahre Kerzen auf die Gräber der toten Kinder gestellt«, sagte Bente schließlich.

»Für unsere Kleine?«

»Ja, und ich soll dir ausrichten, dass sie eure Maja da oben auch von dir ganz fest in den Arm nimmt.«

»Kerzen auf Kindergräber … Ich glaube, hier auf Langeoog ist von der alten Amelie eine Menge wieder zum Vorschein gekommen. Es freut mich so.«

Bente drückte kurz Maiks Hand, der danach die ihre fest umschloss.

»Du trauerst sehr um sie«, sagte er. »Auch wenn ihr euch nicht lange kanntet.«

»Das stimmt, aber wir sind uns in der kurzen Zeit so nahgekommen wie zwei Menschen, die eine lange Strecke zusammen gegangen sind.«

»Ich bin froh, dass sie dich hatte«, sagte Maik.

»Und ich bin froh, dass Amelie mir begegnet ist«, erwiderte Bente.

Ihnen rannen stumme Tränen über die Wangen, sie ließen sie fließen und vom leichten Novemberwind trocknen.

Schließlich stand Elinor auf, zog auch Bente hoch und nahm sie in den Arm. »Ich habe dich unendlich lieb, Mama!«

So standen sie eine Weile lang da, fest umschlungen und mit einem Band umflochten, das sie zusammenhielt, das aber jederzeit auch gelöst werden konnte, damit sie nicht erstickten.

»Lasst uns zu den Gänsen gehen«, schlug Maik schließlich vor. »Ich möchte sehen, wie sie fliegen.«

»Musst du da wirklich morgen hin?« Martine schob schmollend die Unterlippe vor. Sie kam oft zu Daniel, und auch wenn sich wirklich nichts weiter zwischen ihnen abspielte, hatte sie wohl die Hoffnung auf mehr noch nicht vollkommen aufgegeben. Daniel wiederum fiel es schwer, ihr die Tür zu weisen, denn sie tat ihm trotzdem irgendwie gut.

»Wenn deine Tochter allein nach Langeoog gekommen ist, dann kommt sie auch ohne deine Hilfe wieder zurück. Immerhin hat sie sich selbst ein Zug- und Fährticket gekauft. Ganz schön frech.«

Daniel reagierte verärgert. »Natürlich wäre das möglich, aber ich will es nicht. Sie ist erst vierzehn, und sie ist nicht weggelaufen, weil alles in Ordnung ist, sondern weil sie glaubt, wir beide hätten eine Affäre. Ich muss ihr eine Menge erklären. Ganz abgesehen davon, dass ich es nicht gut finde, wenn ein vierzehnjähriges Mädchen solche Strecken allein mit dem Zug fährt, zumal sie oft umsteigen muss. Noch haben Bente und ich die Verantwortung.«

Martine zog die Brauen hoch und schluckte sichtlich eine Bemerkung hinunter.

Daniel rückte ein Stück ab. Zum ersten Mal empfand er Martines Duft als aufdringlich. Es war falsch, dass das schwere Odeur einer fremden Frau in ihrem Haus hing und die Luft zu vergiften schien.

Bente war stets dezenter. Roch nur leicht nach ihrem Duft, den sie sparsam hinter die Ohrläppchen tupfte und nicht darunter duschte wie Martine. Sie passte einfach nicht hierher. Das wurde Daniel mit einem Mal deutlich. Sie wusste zu viel über Bente und ihn. Und jetzt saß Martine wie in einem Trojanischen Pferd und wartete nur darauf, diese Bastion hier einzunehmen. Er sollte das um jeden Preis verhindern.

Martine stand auf. »Weißt du, was? Ich dachte, wir machen uns heute einen schönen Abend, schauen einen Film und lassen es uns gut gehen.«

In diesem Satz schwang zu viel Doppeldeutigkeit. Daniel schaute Martine an. »Ich habe dir nie etwas versprochen, und ich kann das auch nicht.«

Martine wirkte verletzt.

»Du hängst wirklich noch in deiner Familie fest. Ich geh dann wohl besser.« Sie stand auf. »Eigentlich hatte ich etwas anderes gehofft, aber du bist wenigstens ehrlich!« Martine schlüpfte in ihre Jacke, ging zur Tür und zog sie nachdrücklich hinter sich zu.

Daniel hielt sie nicht zurück. Er war müde und hoffte, gleich schnell in den Schlaf zu finden. Doch kaum hatte er das Licht gelöscht, ploppte eine WhatsApp-Nachricht von Elinor auf seinem Handy auf.

Hallo Papa,
Amelie ist letzte Nacht gestorben, und wir waren alle dabei. Es ist sehr traurig, weil sie echt cool war. Mama weint viel. Aber wir haben zusammen dafür gesorgt, dass der Ex-Mann noch kommen konnte. Sie haben sich versöhnt. Ich will nicht, dass es bei uns so weit kommt. Bitte, rede doch wieder mit Mama.
Deine Elinor

Nachdenklich las Daniel die Nachricht wieder und wieder. Dann schrieb er Elinor zurück.

> Es tut mir leid, dass Amelie tot ist. Ich hoffe, du kannst damit umgehen. Ist ja in deinem Alter nicht ganz leicht. Ich hole dich morgen am Anleger ab, dann können wir reden. Ich hab dich lieb.
> Dein Papa
> PS: Ich habe nichts mit Martine, wirklich nicht!

Daniel drückte auf Senden und zog sich die Decke über den Kopf.

Nach einer Stunde nahm er das Handy erneut in die Hand. Er musste Bente wenigstens sein Beileid aussprechen. Amelie war tot. Da war es doch wohl das Mindeste, dass er sich um seine Frau kümmerte.

> Liebe Bente,
> Elinor hat mir geschrieben, was passiert ist. Es tut mir sehr leid.
> Dein Daniel

Er überlegte, ob er noch mehr schreiben sollte, entschied sich aber dagegen. Es wären leere Versprechungen gewesen. Er wusste selbst nicht, wie es weitergehen würde, und was Bente bestimmt nicht gebrauchen konnte, waren hohle Phrasen.

Er schickte die Nachricht los, folgte ihr förmlich in Gedanken und wäre am liebsten mit ihr auf die Insel gereist. Aber es galt erst einmal, in seinem Leben aufzuräumen. Plötzlich verstand er, warum Bente etwas Zeit für sich gebraucht hatte.

KAPITEL 22

Maik war gestern zusammen mit Elinor abgereist. Bente stand allein am Drachenstrand und schaute den rasanten Fliegern zu. Nun gab es auch für sie keinen Grund mehr, auf Langeoog zu bleiben, und doch konnte sie sich nicht aufraffen, zu packen. Daniels Nachricht gestern Abend war so nichtssagend gewesen.

Er und Martine hatten also keine Affäre. Warum musste Elinor es ihr sagen, warum kam es nicht von Daniel selbst? Weil doch etwas vorgefallen war, was sie besser nicht wissen sollte? War Daniel über seine eigenen Ansprüche gestolpert? Fragen über Fragen.

Doch gleichgültig, wie er zukünftig reagieren würde: Sosehr sie es sich wünschte, dass sie die Zukunft gemeinsam stemmten, sie würde notfalls auch allein klarkommen. Es würde verdammt wehtun, aber sie fühlte eine ungeahnte Stärke.

Doch wie es mit ihnen weitergehen sollte, würde sie später klären. Sie hatte das Gefühl, sich um Jan-Hauke kümmern zu müssen, denn er lief herum wie sein eigener Schatten, und Bente befürchtete, dass er mit Amelies Tod auch auf Dauer nicht umgehen konnte.

Bente beschloss, zur Wiese zu laufen, wo sich die Nonnengänse normalerweise aufhielten. Es würde ihr Trost geben, sie dort friedlich äsen zu sehen. Sie hoffte, es wären welche da, denn als sie mit Maik und Elinor dorthin gegangen war, hatten sie keine angetroffen, worüber vor allem Maik extrem enttäuscht gewesen war. Aber so war die Natur. Man konnte den Gänsen nicht vorschreiben, zu einem bestimmten Zeitpunkt an einem bestimmten Ort zu sein.

Dieses Mal hatte Bente allerdings Glück. Sie hörte die Vögel schon von Weitem. Wie immer ein wenig bellend. Wie immer laut und ungestüm. Aber es klang fröhlich.

Bente stellte sich ans Gatter und schaute den Tieren zu. Über den Wiesen hielten sich noch die letzten Nebelschwaden, und die Vögel standen bis zur Brust wie in einem weißen Meer und schoben sich wie von Geisterhand vorwärts.

»Mittwoch wird Amelie auf dem Dünenfriedhof beerdigt!«, rief Bente. Ihre Stimme klang hohl, viel zu laut, aber sie musste den Gänsen doch erzählen, warum ihre Freundin nicht mehr kam.

Ein paar hoben den Kopf, schnatterten dann unbeirrt weiter, und Bente redete sich ein, dass sie diese Information weitergaben.

Ich denke schon wie Amelie! Das zauberte ihr dann doch ein Lächeln aufs Gesicht. Dennoch war ihr ein wenig mulmig zumute. Nächste Woche musste sie aufs Festland, denn sie hatte beim Frühstück einen Anruf von dem Notar aus Esens bekommen. Sie, Jan-Hauke und Maik sollten zur Testamentseröffnung erscheinen. Bente war arg überrascht über die Einladung gewesen, denn sie war natürlich nicht davon ausgegangen, dass Amelie ihr etwas vererbte. Sie hatten sich doch nur kurz gekannt, und alles, was sie getan hatte, war freiwillig und ohne Hintergedanken gewesen.

Bente kamen schon wieder die Tränen. Sie fragte sich, ob sie seit Amelies Tod überhaupt aufgehört hatte zu weinen.

Wie sie jetzt hier bei deren Gänsen stand, fühlte Bente sich schrecklich allein. Zwar hatte sich Susanne kürzlich mal gemeldet und sich nicht von Bentes abweisender Art beirren lassen, aber sie passte einfach nicht in dieses Leben hier und würde vermutlich kein Wort von all dem verstehen, was Bente belastete.

Theoretisch müsste sie nach der Testamentseröffnung zu Daniel nach Hannover reisen und mit ihm reden. Alles klären. Aber je länger sie darüber nachdachte, desto sicherer war sie, dass sie Langeoog vorerst nicht verlassen wollte. Hier fühlte sie sich sicher. Wie sehr konnte sie Amelie verstehen, die damals auch hier Zuflucht gefunden hatte!

Die Insel, die Vögel, die Luft … all das tat Bente gut, und oft glaubte sie, nichts Wesentliches zu vermissen. Aber sie musste schließlich auch von etwas leben, denn wenn sie die Redaktion verließ, brauchte sie eine neue Stelle. Daniel auf der Tasche zu liegen kam nicht infrage.

Die Gänse hoben plötzlich in einem riesigen Schwarm ab. Der Himmel verdunkelte sich, ein fast ohrenbetäubendes Schnattern ertönte. Bente richtete den Blick zum Himmel und genoss einfach nur den Anblick, der sich ihr bot.

Sie würde einen Weg finden. Aber nicht jetzt und nicht heute.

Der dichte Nebel war am Tag von Amelies Beerdigung zurückgekehrt und klebte wie eine zähe Schicht über der Insel.

Amelie hatte sich eine kleine Beisetzung und eine Aussegnung in der Kirche gewünscht. Alles war akribisch in einem Notizbuch vermerkt.

Sie wollte nur Jan-Hauke dabeihaben und den Inselarzt. Kurz vor ihrem Tod hatte sie noch Bente hinzugefügt.

Nach Absprache mit Jan-Hauke hatte sie aber auch Maik eingeladen, der nun in Schwarz gekleidet neben Bente und dem alten Mann in der Inselkirche stand und auf den Sarg schaute. Amelie hatte keinen Blumenschmuck gewollt. »Was soll ich denn damit? Zu Lebzeiten hat mir auch keiner Blumen geschenkt, wenn ich tot bin, kann ich erst recht nix damit anfangen«, waren ihre Worte gewesen. Stattdessen hatte sie gewünscht, dass man dem Wattenmeerzentrum etwas zukommen lassen sollte. »Ich habe eine größere Summe angewiesen«, hatte Maik vorhin zu Bente gesagt.

Nun verharrte sie wie gelähmt und hilflos vor dem hellen Sarg und konnte sich nicht vorstellen, dass Amelie darin lag. Sie gehörte nicht eingesperrt in eine Holzkiste, sondern musste doch fliegen! Am liebsten hätte Bente den Sargdeckel heruntergerissen. Dann schimpfte sie mit sich selbst wegen der kindischen Gedanken.

Eine Fliege schwirrte durch das Kirchengemäuer und summte aufdringlich um ihre Köpfe. Doch keiner schlug nach ihr. Vermutlich dachten alle dasselbe: Amelie flog hier umher und prüfte, ob alles nach ihrer Zufriedenheit verlief.

Der Gang zum Dünenfriedhof erschien Bente viel zu lang. Mühsam quälte sie sich hinter dem Sarg her, die Sicht vor Tränen verschwommen. Dann hatten sie die Grabstelle erreicht. Bente mochte gar nicht hinsehen, als Amelies Sarg in der Erde versank. Sie warf eine Rose auf den Deckel, gab eine Schaufel Dünensand hinterher und stand dann mit hängenden Schultern da.

Nach einer Weile vernahm sie: »Wir gehen jetzt los, kommst du mit?« Maik legte seine Hand auf Bentes Schulter.

»Später. Lauft ruhig schon vor.«

»Ich koche in der Zwischenzeit Kaffee«, versprach Maik. »Du willst allein Abschied nehmen, oder?«

Bente nickte. Ein bisschen brauchte sie noch mit Amelie allein, ehe das Grab zugeschaufelt wurde.

Sie war froh, als die anderen gegangen waren. So fühlte sie sich ein bisschen mehr mit ihrer Freundin verbunden. Sie hatten nur eine kurze Zeit zusammen gehabt, und doch war es so intensiv wie kaum etwas anderes in Bentes Leben gewesen.

Sie wandte den Kopf. Zwei Plätze weiter lag eines der Kindergräber, auf das Amelie immer eine Kerze gestellt hatte.

»Ich brauche das nicht mehr zu tun!«, sagte sie zu Amelie. »Maja ist ja jetzt bei dir.«

Es tat gut, hier auf dem Friedhof zu sein. Bente lauschte dem Rauschen des Meeres, dem Lied des Windes und den vereinzelten Rufen eines Fasans. Dann aber drang ein ganz bestimmtes Geräusch an ihr Ohr. Sie hob den Blick zum Himmel.

Das Rufen war eindeutig, sie kamen, um Amelie endgültig mitzunehmen. Das Bellen wurde lauter, und dann erschienen sie zu Hunderten, überquerten den Friedhof, drehten eine Runde – und zogen schließlich laut schnatternd von dannen.

Danach war es still auf Langeoog, und es schien zu dauern, ehe das Leben zurückkehrte.

Es war kahl im Flur des Notars. Wie Bente die letzten Tage herumbekommen hatte, wusste sie nicht. Erst hatte sie Amelies Haus aufgeräumt, geputzt und zusammen mit Jan-Hauke den Garten in Ordnung gebracht. Es war mehr eine hilflose Geste gewesen, denn sie wussten nicht einmal, was mit dem Häuschen werden würde. Maik hatte sich in Jever längst ein anderes Leben aufgebaut, aber vielleicht wollte er die Kate als Feriendomizil behalten, falls er sie erbte.

»Hauptsache, sie fällen den Baum nicht«, sagte Jan-Hauke ein ums andere Mal.

Und nun saßen sie hier zusammen mit Maik und warteten.

»Dass Amelie mir überhaupt etwas vererbt, wundert mich«, sagte Maik in die Stille hinein, die nur durch das leise Klicken der Computertastatur, das vom Empfang herüberdrang, unterbrochen wurde.

Endlich öffnete sich die Tür, und sie konnten eintreten. Der Notar begrüßte sie und wickelte sämtliche notwendigen Formalitäten ab.

»Nun, dann komme ich zur Testamentsverlesung. Frau Stelzer hatte ihre ureigenen Vorstellungen, sie war sehr darauf bedacht, dass alles, was sie zurücklässt, auch nach ihrem Tod seinen Platz findet.«

Er schlug eine braune Ledermappe auf und räusperte sich.

»Lieber Maik, lieber Jan-Hauke, liebe Bente, ich habe mit meinem Leben abgeschlossen und gehe ohne Groll. Gern hätte ich Maik ein letztes Mal gesehen, aber das war mir nicht vergönnt.

Aber auch ohne das habe ich es geschafft, ein glücklicher Mensch zu sein – Höhen und Tiefen gehören dazu. Am Ende durfte ich noch auf Bente treffen, was für mich eine wunderbare Sache war, die mir sehr viel gegeben hat. Deshalb musste Dr. Mann extra noch einmal zu mir nach Aurich ins Krankenhaus kommen.

Ich verfüge Folgendes: Ich vererbe Maik Stelzer das Haus auf Langeoog und mein restliches Vermögen.

Mir ist bewusst, dass er dort nicht leben kann und will. Aber mit dem Erlös aus Vermietungen kann vielleicht der Naturschutz auf der Insel unterstützt werden, denn wie alle wissen, lag mir das stets sehr am Herzen.

Lieber Maik, uns verbindet nicht mehr viel, außer der Erinnerung an eine wunderbare Zeit, ehe so viel schiefgelaufen ist. Ich möchte dir jedoch noch ein Andenken schenken. Wie oft haben wir zusammen ›Die Pest‹ gelesen, und wie oft habe ich später allein darin geblättert. Bitte nimm es als Erinnerung an dich. Es ist das Buch in der ersten Reihe rechts.«

Bente zuckte zusammen. Da hatte Amelie doch etwas verwechselt! Der Camus war in der Mitte links das dritte Buch. Sie schwieg aber, denn der Notar sprach mit ruhiger Stimme weiter.

»Lieber Jan-Hauke, du sollst alle Gerätschaften aus dem Garten bekommen und mein Teeservice, aus dem wir in so vielen vertrauten Stunden Tee getrunken und dabei geklönt haben. Wenn du daraus trinkst, wirst du dich jedes Mal an mich erinnern, und der Gedanke fühlt sich für mich schön an.

Und nun zu dir, Bente. Du fragst dich sicher schon die ganze Zeit, warum du hier bist. Du hast mir so viel Sonne in meine letzte Zeit gezaubert, und ich hoffe, ich konnte dir helfen, wichtige Entscheidungen zu treffen.

Erinnerst du dich an den Tag, als wir gemeinsam Camus gelesen haben? Ja, jetzt willst du aufspringen und sagen, dass ich das Buch doch an Maik vererbt habe. Aber nein, ich besitze zwei verschiedene Ausgaben. Eine, die nur Maik und mir gehört, weil sie viele, viele persönliche Notizen enthält. Und die eine, aus der wir gelesen haben. Deine steht in der Mitte links, das dritte Buch. Ich bin sicher, das hast du dir gemerkt.

Du hast mir gestanden, dass du eine ebenso große Bücherfrau bist wie ich. Dass du kein Buch wegwerfen magst. Deshalb vermache ich dir all meine wunderbaren Exemplare. Es sind viele Nachschlagewerke dabei, mit deren Hilfe du weitere Seevögel kennenlernen kannst. Und andere übers Wattenmeer, das mir ein neues Zuhause gegeben hat.

Ein Buch fehlt dort aber noch. Eines über Nonnengänse. Über Hugo und Pia. Du weißt, dass ich begonnen habe, es zu schreiben. Vielleicht wirst du es eines Tages vollenden und meine Gänse und meinen Zug mit ihnen unsterblich machen. Als Redakteurin wirst du es können.

Ich wünsche euch ein wunderbares Leben! Eure Amelie.«

Der Notar blickte auf und rückte die Brille zurecht. »Es ist alles beglaubigt und deshalb unanfechtbar.«

Bente, Jan-Hauke und Maik erhoben sich, verabschiedeten sich von dem Notar und traten dann gemeinsam vor die Kanzlei. »Lasst uns noch etwas trinken gehen«, schlug Maik vor.

Sie schoben los, bis sie in der Fußgängerzone ein Café gefunden hatten. Ein Ecktisch war frei, und Maik kümmerte sich darum, dass alle schnell einen Becher Kaffee vor sich stehen hatten. Lust auf Kuchen verspürte niemand.

Maik ergriff das Wort. »Gut, Amelie hat also mir das Haus vermacht.« Über sein Gesicht tanzte kurz der Schalk. »Langfristig werde ich es vermieten und die Einnahmen tatsächlich dem Naturschutz zukommen lassen, aber ich glaube, ich möchte das noch ein kleines bisschen verschieben.« Er schaute Bente vorsichtig an. »Weißt du denn schon, wo du vorläufig leben willst?« Er wiegte den Kopf. »Ich weiß, du bist im Dünennest gut aufgehoben, aber es ist nur ein Zimmer. Unseren Gesprächen habe ich entnommen, dass du erwägst, noch eine Weile auf Langeoog zu bleiben, und ich finde, ich bin dir etwas schuldig.«

Bente wollte eben widersprechen, als Jan-Hauke meinte: »Gute Idee. Das hat sie verdient.«

»Du weißt doch noch gar nicht, was ich sagen will«, sagte Maik lachend.

»Ich ahne so was.«

Bente war völlig perplex, denn jetzt begriff auch sie.

»Ich möchte, dass du in Amelies Haus einziehst und dort so lange wohnen bleibst, wie es nötig ist«, bestätigte Maik.

»Jo, so mok wi dat«, schloss Jan-Hauke. »Dann kann der Baum erstmal stehen bleiben. Dat is moi.«

Bente sah ungläubig zu Maik. »Ich darf dort Unterschlupf finden?«

»Das ist wohl das Mindeste, was ich tun kann, nach dem, was du für Amelie getan hast.«

»Ich zahle dir aber Miete«, warf Bente ein.

Jetzt räusperte sich Maik. »Kommt gar nicht infrage. Du hast dort Asyl.«

KAPITEL 23

Daniel klopfte zaghaft an die Tür des kleinen Häuschens, das schon ein wenig vorweihnachtlich geschmückt war. Bente hatte ihm geschrieben, dass sie vor drei Wochen hierher umgezogen war. Er war ohne Elinor gekommen, denn es gab Dinge, die musste ein Paar für sich allein klären. Ihre Tochter hatte sich schnell damit einverstanden erklärt, eine Nacht bei Marie zu bleiben.

»Herein!«, hörte er Bentes Stimme. Sie klang kräftig und selbstbewusst.

Daniel öffnete die Tür. Seine Frau lag mit einer Wolldecke über den Beinen und einem Buch in der Hand auf dem Sofa. Im Kamin knisterte ein Feuer, von dem Funken aufstoben, als er, von einem kräftigen Luftstrom begleitet, eintrat.

»Daniel! Du hier?« Bente wirkte sehr überrascht.

Er senkte verlegen den Blick. »Sorry, dass ich dich so unangemeldet überfalle, aber wir müssen endlich unbedingt miteinander reden. Über uns.«

Bente legte das Buch auf den Tisch. Daniel warf neugierig einen Blick auf den Titel. »Die Pest« von Camus.

»Es kommt arg überraschend, und ich bin auch gar nicht auf Besuch eingerichtet, aber ehrlich … ich freue mich.«

Bente strahlte von innen heraus, und sie erinnerte Daniel an die Bente, die er von früher kannte.

»Aber bitte setz dich doch erst einmal! Möchtest du etwas trinken? Ich habe Tee fertig.« Bente wies auf die bauchige Kanne mit kleinen Blüten, die auf dem Sofatisch stand, und Daniel ließ sich auf den kleinen Sessel fallen.

»Gern.« Verdammt, warum war es so schwer, sich auszusöhnen?

Bente stand auf und holte einen Becher aus dem Küchenschrank. Dabei musterte Daniel sie. Seine Frau war legerer gekleidet als früher. Trug eine weite Leinenhose mit einem passenden Kasack. Ihr Haar war länger und schmeichelte dem feinen Gesicht. Bente hatte bis auf die kleinen Ohrstecker keinen Schmuck angelegt, während sie früher Armreifen und Ketten getragen hatte. Und sie war fast ungeschminkt. Etwas Lidschatten, aber kein Lippenstift.

»Ich freue mich, dass du gekommen bist.«

»Schön hast du es hier!« Daniel schaute sich anerkennend um.

»Es ist mein Asyl«, sagte Bente lächelnd. »Bis ich weiß, wie es weitergeht.«

»Aber du hast doch ein Zuhause«, sagte Daniel, doch seine Stimme wackelte.

»So, hab ich das?«, fragte Bente. »Ich habe gehört, dass es öfter von Martine besetzt war.«

Daniel schrak zusammen, als eine Windböe in den Kamin fuhr und das Feuer erneut zum Lodern brachte. »Martine ist fort, und es war auch nicht so, wie du denkst!«

Bente zog die Brauen hoch.

»Sie war einfach da. Als du weg warst«, verteidigte er sich. »Zum Reden. Mehr nicht.«

Bente kuschelte sich wieder in die Decke ein. »Es ist okay, Daniel. Jetzt ist sie fort, das ist die Hauptsache.«

»Was hast du nun weiter vor?«, hakte Daniel nach.

»Da ich in der Redaktion gekündigt habe, bin ich gerade dabei, mich nach einem anderen Job umzusehen. Ich habe mich überall beworben.«

»Auch auf Langeoog?«

Bente nickte und sah ihn lange an. »Ja, auch. Aber ich bin flexibel, und es hängt ja nicht allein an mir, wie meine Zukunft aussieht und wo ich arbeiten werde. Vorerst ist die Insel mein Zuhause. Das Meer, die Vögel. Ich finde schon was. Und im Augenblick habe ich sogar eine Aufgabe.«

Dann erzählte sie davon, dass sie ein kleines Büchlein über Nonnengänse verfassen würde. »Mal sehen, vielleicht gewinne ich ja Spaß am Schreiben und mache danach weiter.«

Daniel sah sie entsetzt an. »Bente, davon kann man doch nicht leben!«

Sie lachte fröhlich auf. »Das will ich auch gar nicht. Ich mache es, weil ich es möchte. Wahrscheinlich finde ich nicht einmal einen Verlag, aber auch darauf kommt es nicht an. Du weißt, dass ich durch den Verkauf der Eigentumswohnung, die meine Tante Dodi mir überschrieben hatte, einmal eine große Summe bekommen habe, und die gibt mir jetzt Raum, diesen einen Traum zu verwirklichen.«

Erst dachte Daniel, dass Bente weltfremd geworden war, aber dann machte sich ein völlig anderes Gefühl in ihm breit. Neid.

Er beneidete seine Frau, dass sie etwas gefunden hatte, wofür sie brannte. Ohne nach dem Gewinn zu fragen. Das Sinn ergab, weil sie Spaß daran hatte.

Wann war es ihm je möglich gewesen, das zu tun? Nie. Daniel hatte sich immer selbst im Weg gestanden.

Und jetzt hatte er zusätzlich Mauern hochgezogen. Mauern aus Selbstmitleid und Wut, auf denen Martine kurz gesessen und das Einreißen verhindert hatte. Martine, der er Dinge erzählt hatte, die ein fremder Mensch nie hätte erfahren sollen. Intime Details, die nur ihn und Bente etwas angingen. Er hatte nicht nur sich, sondern auch seine Frau und ihr Zusammenleben verraten!

»Und was ist mit uns?«, fragte Daniel dann doch. Verschämt, zweifelnd und ängstlich.

Bente sah ihn mit offenem Blick an. »Ich freue mich, dass du da bist, Daniel. Und ob du es glaubst oder nicht: Ich liebe dich noch immer. Mein Fortgehen war vielleicht ein Wagnis und zu Beginn auch ein kleines bisschen unfair, weil ich einfach so verschwunden bin, aber es war trotzdem notwendig. Immerhin weiß ich jetzt, dass ich als Bente in der Welt bestehen kann. Notfalls auch allein. Ich brauche keinen Tom zur Rettung oder sonst wen.« Sie schluckte, weil ihre Stimme brach. Hilflos sahen sie sich an.

Du musst etwas tun, dachte er. Du musst verdammt noch mal etwas tun und sie auffangen!

Daniel stand auf und nahm Bente in den Arm. Sie ließ es zu und schmiegte sich sogar an ihn. So saßen sie eine Weile, bis sich die alte Vertrautheit wieder eingefunden hatte. Sie lauschten dem Atemrhythmus des anderen, genossen den vertrauten Duft. Dann wagte Daniel, sich vorsichtig weiter zu tasten. Bente ließ zu, dass er ihre Lippen mit seinem Zeigefinger umrundete. Und sie ließ zu, dass er sie erst sacht, dann heftiger küsste. Sie umklammerten sich, als wollten sie sich gar nicht mehr voneinander lösen.

Bente zog ihn ins Schlafzimmer, wo sie aufs Bett sanken und sich langsam und Stück für Stück einander näherten. Erst fiel ihr Kasack, dann die Hose. Sie erkundeten sich, als hätten sie den Körper des anderen noch nie gesehen, verliebten sich neu in jeden Zentimeter Haut des anderen und schaukelten sich hoch zu einem Flug, den sie lange nicht mehr in dieser Höhe erlebt hatten.

Danach sah Bente Daniel lange an. Er strich ihr mit dem Zeigefinger über die Wange.

Bente wirkte aber plötzlich verunsichert, aber er wusste, was sie brauchte. »Es war sehr schön, und ich weiß jetzt, dass wir unseren Weg finden werden. Wir haben alle Zeit der Welt, und wir werden sie uns nehmen. Versprochen.«

Bente entspannte sich merklich. »Danke!«

Sie lagen noch lange zusammen auf dem Bett, doch dann stand Daniel auf. »Ich muss das letzte Schiff bekommen. Aber ich kehre zurück. Wann immer du willst.«

Bente küsste ihn. »Ich freue mich darauf!«

KAPITEL 24

Weihnachten war ohne Schnee vergangen, dafür aber war ein ordentlicher Orkan über die Insel gefegt und hatte einige Dächer und Bäume beschädigt. Silvester verlief auf einer Insel eher still. Zwar durften auf Langeoog ein paar Böller gezündet werden, aber die meisten verzichteten wegen des Weltnaturerbes Wattenmeer darauf.

Daniel und Elinor waren am 23. Dezember gekommen und bis Neujahr geblieben. Schritt für Schritt näherten sich Bente und Daniel einander wieder an, sie entdeckten alte Gemeinsamkeiten, und bei den Spaziergängen am Meer schien der alte Unrat ihrer Seelen vom Wind fortgeweht zu werden.

Noch mochte Bente nicht zurück nach Hannover fahren. Sie hatte das Gefühl, dass es ihnen guttat, weitere Zeit für sich zu haben. Wie sehr genoss sie die vielen WhatsApp-Nachrichten, die Telefonate, bei denen sie endlich wieder richtig miteinander sprachen! Und die Zusammenkünfte auf Langeoog, die den Eindruck vermittelten, sie träfe sich mit ihrem Liebhaber.

Bente schaute auf die Uhr. Es wurde Zeit, loszugehen, denn sie und Jan-Hauke spazierten täglich am Nachmittag zum Dünenfriedhof. Es ging dem alten Seebären schon besser. Er erfreute sich daran, dass er Amelies Garten pflegte und sich ihr dadurch nah fühlte. »Und ich hab ja noch meine Insel«, sagte er immer.

Auf dem Rückweg wollte Bente heute an der tosenden See entlanggehen. Kurzerhand schlüpfte sie in einen Strickpulli und die Windjacke, stieg in ihre Boots und zog sich die Mütze tief ins Gesicht.

Jan-Hauke kam gerade aus dem Haus, als Bente das Dünennest erreichte. »Moin, da bist du ja. Geht es der lüttje Wicht gut?«

Bente lachte. Lüttje Wicht hieß kleines Mädchen, und Elinor war alles andere als das.

»Ja, alles in Ordnung. Sie kommt übernächste Woche wieder her.«

»Dat ist moi!«

Gemeinsam kämpften sie sich gegen den Nordwestwind in Richtung Friedhof durch und standen kurz darauf vor Amelies Grab.

»Ich bin ihr für so viele Dinge dankbar und frage mich oft, ob ich es ihr hätte sagen müssen. Nur merke ich erst jetzt, was sie alles für mich getan hat«, sagte Bente leise und bemerkte im selben Moment Jan-Haukes schwielige Hand in ihrer.

»Das merkt man meist erst hinterher. Aber ich bin mir sicher, dass sie es wusste. Amelie hatte ein unglaubliches Gespür für Zwischentöne. Dass du Maik gefunden hast, das war einfach wunderbar.«

Bente drückte die Hand des alten Mannes. Es war ungewöhnlich, dass er so lange sprach. »Du vermisst sie sehr«, stellte sie fest.

»Ich habe sie geliebt. Von der ersten Minute an.«

»Sie dich auch, nur anders.«

»Ich weiß.«

Eine heftige Böe fegte über den Friedhof und schob eine Vase kullernd vor sich her.

»Heute haben sich sogar die Nonnengänse versteckt«, sagte Bente. Noch immer hatte sie Jan-Haukes Hand nicht losgelassen.

»Hast du es getan?«

Bente wusste, wovon er sprach. Sie zuckte mit den Schultern. »Nein, noch nicht. Aber ich werde jetzt beginnen. Es war mir nur wichtig, etwas Abstand zu bekommen.«

Jan-Hauke nahm einen Priem aus der Tasche und kaute ihn langsam. »Ich habe noch mehr Bücher über Gänse. Bring ich dir nachher.«

Bente freute sich, denn die Arbeit war ihr wichtig. Es ging darum, das Leben der Gänse zu verstehen und damit Amelie nah zu sein. Und sie ziehen zu lassen auf ihrem Flug in die Ewigkeit.

»Lass uns gehen«, sagte Jan-Hauke. »Heute Nacht wird es stürmisch. Und ich will dir ja noch die Bücher bringen.«

Der in der Nacht aufgefrischte, heftige Sturm war auf der Insel abgezogen, aber an der See wütete er noch immer, schlug die Gischtfetzen zu Baiser und trieb sie vor sich her.

Bente stand mit ausgebreiteten Armen am Spülsaum und ließ sich vom Wind durchpusten. Noch gestern Abend hatte sie sich eine kleine Arbeitsecke eingerichtet und begonnen, alle Fachbücher und die Aufzeichnungen von Amelie zu sichten.

Amelie hatte ein ganzes Buch, das mit einem Ledereinband eingeschlagen war, vollgeschrieben und mit feinen Zeichnungen ergänzt. Das Federkleid der Nonnengänse kam Bente nun vor wie das Kleid einer wunderbar zurechtgemachten Braut.

Danach war ihr eine Idee gekommen, wie sie alles strukturieren konnte, damit daraus ein übersichtliches und verständliches Buch wurde. Sie wollte nicht nur die fachlichen Informationen aufführen, sondern auch Anekdoten mit einfließen lassen. All das, was Amelie ihr im Laufe der Zeit erzählt hatte. Auf sie warteten nun lange Wochen der Arbeit.

Das Buch sollte Amelies Vermächtnis an die Gänse sein. Die Vögel, die ihr Leben bestimmt hatten. Bente freute sich schon darauf, Daniel und Elinor Passagen daraus vorzulesen.

Sie machte sich auf den Weg nach Hause. Es fühlte sich gut an, das zu denken. Sie hatte eine Aufgabe gefunden, die sie fordern und an ihre Grenzen bringen würde. Aber sie würde es schaffen. Für Amelie. Und für sich.

EPILOG

Bente saß an der Salzwiese und schaute zum Festland. Der Frühling war auf dem Vormarsch. Im Garten hatte sie vorhin die ersten Krokusse entdeckt. Die Sonne bekam schon mehr Kraft, auch wenn sich der Winter nur langsam von der Insel schlich.

In der Hand hielt sie das fertige Manuskript. Sie hatte Tag und Nacht geschrieben und das Werk schließlich vollendet. An den Wochenenden waren Daniel und Elinor gekommen und hatten sie mit weiteren Ideen überflutet. In Bente wuchs das Gefühl, alles fügte sich nach und nach wieder zusammen. Weil sie zueinander gehörten.

Vor ihr lag das Leben der Nonnengänse. Von der Zeugung und dem Schlüpfen bis zu den langen Reisen zwischen Sibirien und Langeoog. Die Kämpfe um die Familien hatte sie erforscht, genau wie sie alles aufgeschrieben hatte, was die Nonnengänse bedrohte. Und dass nicht jeder erfreut war, wenn sie kamen.

Dazu hatte Bente Fotos gemacht. Amelies Zeichnungen mit ihrem Grafikprogramm hinzugefügt. Und gestern war die Zusage eines Verlages gekommen. Bente hätte vor Freude schreien können und hatte gleich drei Stoßgebete zu Amelie auf ihre Wolke geschickt.

Sie lächelte. Reich würde sie nicht davon werden, jedenfalls nicht in finanzieller Hinsicht. Aber der andere Reichtum zählte. Sie war so zufrieden wie lange nicht.

Hinter ihr schnatterte es. Hugo und Pia watschelten an ihr vorbei, und es schien, als würden sie sich angeregt miteinander unterhalten.

Bente schaute noch einmal auf den Stapel Papier, den sie extra ausgedruckt hatte, weil sie ihn Amelie hier in den Salzwiesen zeigen wollte.

»Bente?«

Sie fuhr herum.

»Daniel?«, fragte sie ungläubig. »Was machst du hier so außer der Reihe?«

»Darf ich?« Er zeigte auf die Bank.

»Ja, klar.« Sie küssten sich sanft.

»Du hast es geschafft!« Er deutete auf das Manuskript.

Bente nickte. »Das habe ich. Nun kann Amelie beruhigt ihr Dasein irgendwo da oben fristen. Und ich hier.«

Daniel rückte näher und legte den Arm um seine Frau. Es fühlte sich selbstverständlich an.

»Bist du allein hier?«, fragte sie. »Wo ist Elinor?«

»Zu Hause«, flüsterte Daniel und rieb seine Nase an ihrer Wange. »So viele verschenkte Monate«, seufzte er.

»Sie waren wichtig«, stellte Bente fest. »Auch wenn du mir gefehlt hast.«

Daniel setzte sich gerade auf und schaute über das Wattenmeer. »Ich habe mich auf die Suche nach mir selbst gemacht.«

»Was hast du gefunden?« Bente lächelte.

Ihr Mann küsste sie auf die Wange. »Einen Daniel, der endlich begreift, dass man besser aufeinander achtgeben muss.«

»Und nun? Wie soll das aussehen?«

»Wie wäre es mit miteinander leben? Tanzen? Keine Termine vergessen? Gemeinsam Eltern sein und trotzdem Mann und Frau?«

Bente lachte auf. »Ein guter Plan.«

Daniel schmunzelte. »Wir machen es wie die Gänse. Da kämpfen die Ganter um ein Weibchen, der Stärkere gewinnt, und sie bleiben bis zum Ende zusammen und ziehen ihre Brut groß. Sie leben einfach miteinander.« Er grinste verschmitzt. »Ich hab gut aufgepasst, als du uns aus dem Buch vorgelesen hast.«

Bente holte tief Luft. »Aber nun sitzen wir beide ja hier. Und das ist gut so.« Sie drückte Daniels Hand. »Wir haben beide viele Fehler gemacht.«

»Aber ist das nicht menschlich? Ist es nicht das Leben? Da gibt es kein Ideal.«

Bente kuschelte sich an ihn. »Weißt du, es gibt kein Richtig und kein Falsch. Kein Gut oder Böse. Es gibt nur Wege und Flugrouten.«

Von der Landseite her kamen plötzlich große Schwärme von Gänsen. Aufgereiht wie auf mehreren Schnüren formierten sie sich am Horizont, und kurz darauf ertönte auch das altbekannte Bellen.

»Die ersten ziehen jetzt fort«, sagte Bente. »Nach Sibirien, um ihre Jungen dort großzuziehen, ehe sie im Oktober mit ihnen als Familienverband zurückkommen.«

Die Schwärme kamen näher.

»Das sind ja Hunderte, Tausende!«, rief Daniel.

Es sah wunderschön aus, wie die Schwärme am von der Sonne rot gefärbten Nachmittagshimmel auf Langeoog zuflogen. Sie würden hier aber nicht mehr rasten.

»Bente, möchtest du noch immer mitfliegen? Oder kannst du dir vorstellen, doch zum Standvogel zu werden?«, fragte Daniel.

Bente gab ihm einen leichten Kuss auf die Wange. »Ich halte es wie Hugo und Pia, sieh nur, da kommen sie.« Sie zeigte auf das Nonnenganspaar, das sich vom Zug der Artgenossen völlig unbeeindruckt zeigte. »Die bleiben nämlich einfach hier. Weil sie Langeoog lieben und sich gegenseitig wohl auch. Und sollten wir mal fliegen wollen, ist es doch einzig wichtig, dass wir uns für eine gemeinsame Route entscheiden. Wie auch immer sie aussehen mag.«

Daniel küsste Bente, sie genoss seinen Duft, trank seinen Atem und spürte, wie sie eins wurden. Es war wieder da, das Wir.

»Wir werden ein gemeinsames Langeoog für uns drei finden«, sagte Bente. »Irgendwo wird es sein, vielleicht sogar in unserem alten Leben. Manchmal wünsche ich nichts mehr, als nach Hause zu kommen.«

»Und die Gänse?«

»Die besuchen wir, so oft es geht.«

»Das machen wir. Ganz bestimmt.«

Daniel zog Bente nah an sich heran, und sie spürten den Herzschlag des anderen. Mit jeder Sekunde schien sich der Takt anzugleichen. Und als noch mehr Nonnengänse mit ihrem Abschiedsgesang über sie hinwegflogen, winkten sie ihnen gemeinsam hinterher.

Sie würden bleiben.

Nachwort

Der Zug der Nonnengänse ist mein erstes Buch unter dem Pseudonym Franka Michels, und ich bin sehr glücklich, dass ich es schreiben durfte. Natürlich gibt es weder Amelie noch Bente mit ihrem Schicksal und ihren Problemen, und auch alle anderen Figuren sind frei erfunden.

Trotzdem hat das Buch eine sehr lange Geschichte.

Beruflich bin ich als ehemalige Krankenschwester sehr oft mit dem Thema Tod konfrontiert worden, aber auch in bewegenden Gesprächen, die ich mit Sterbenden habe führen dürfen. Fragen, die sie umtrieben, Wünsche, die sie noch so gern erfüllt haben wollten, damit sie in Ruhe gehen konnten.

Jeder kennt Verluste, auch ich habe mehrere schwere hinnehmen und verarbeiten müssen. Und so kam mir vor Jahren schon die Idee zu diesem Buch.

Ich wollte eine Geschichte schreiben, die sich zwar mit der Endlichkeit des Lebens auseinandersetzt, aber zugleich eine vom Bleiben ist. Eine Geschichte der Hoffnung und eine Geschichte des Verstehens und Verzeihens.

Mir war zudem der Bezug zur Natur, mit der ich mich seit meiner Kindheit beschäftige, sehr wichtig, und da lag es nah, die Vogelwelt der Küste zum Thema zu machen, weil ich hier lebe und sie täglich genießen kann.

Und nun liegt er vor Ihnen: Der Zug der Nonnengänse!

Danksagungen

~ Danke an meine beiden Freundinnen Regina und Meike für so viele wunderbare gemeinsame Stunden, die wir noch zusammen verbringen durften, bevor ihr fortgeflogen seid. Ich schaue oft den Vögeln hinterher und denke, dass ihr vielleicht ihnen in der Unendlichkeit begegnet. Danke für die vielen Gespräche über die Zeit nach dem Tod – ich ziehe den Hut vor eurer unglaublichen Tapferkeit und der Haltung, mit der ihr euer Schicksal getragen habt.

~ In liebevoller Erinnerung an meine Schwiegermutter Ingetraut Kölpin, geb. Michels, die ebenfalls viel zu früh fortgehen musste.

~ Danke an Birgit Haller, die sich die Mühe gemacht hat, mit mir über Langeoog zu stromern und die Nonnengänse zu besuchen, und danke für die vielen Geschichten drumherum: Sei es, dass die Gänse den anderen die Eier stehlen, oder der Bericht darüber, wie eine Rangerin arbeitet.

~ Danke an meine so wunderbare Agentin Anna Mechler, die nie aufhört, an meine Projekte zu glauben, und mich auf eine einzigartige Weise auf meinem Weg begleitet.

~ Danke an das Team von Droemer Knaur, allen voran Hannah Paxian und Sabine Ley, die sich entschieden haben, mit Franka Michels diesen neuen Weg zu gehen.

~ Danke an Gisela Klemt, die wie immer eine hervorragende Redaktion gemacht und mich vor bösen Fallen bewahrt hat.

~ Danke an meinen Mann Frank-Michael, mit dem ich lange über das Pseudonym nachgesonnen habe. Der Name ist eng mit unserer Familie verknüpft. Danke für alles, auch für das schmackhafte Essen, mit dem du mich immer aus meinem Schreibzimmer lockst. Danke für dein großes Verständnis, wenn ich oft auch am Wochenende arbeite, weil ich meine

Figuren nicht loslassen kann. Und danke für unsere Auszeiten mit dem Wohnmobil, die dann nur uns gehören.

- Danke an unsere fünf Kinder, die Schwiegerkinder und Enkel, dass wir einen so großen Zusammenhalt haben und ihr meine Arbeit mit oft guten Ideen bereichert.
- Danke an unsere Tochter Inga, die mich im Marketing grandios unterstützt, weil ich zwei linke Hände bei der Technik habe.

Literaturnachweise

Arndt N.; Dohrmann R., Nordseeinsel Langeoog. Schöning Verlag

Barthel, Peter H.: Vögel an Strand und Küste. Kosmos Naturführer, Stuttgart 2002

Broschüren von Nationalpark Wattenmeer Niedersachsen (Lebensraum Düne, Lebensraum Salzwiese, Weltnaturpark Wattenmeer, Willkommen im Weltnaturerbe Wattenmeer, Zugvögel)

Dierschke, Jochen; Lottmann, Reno; Potel, Petra: Vögel beobachten im Nationalpark Niedersächsisches Wattenmeer. Nationalpark Wattenmeer; Noetzel, Florian (Hrsg.) 2008

Janke, Klaus; Kremer, Bruno P.: Strand und Küste. Kosmos Naturführer, Stuttgart 2002

Loock-Braun, Manon: Unterwegs auf Langeoog. Druck- und Verlagsgesellschaft, Husum 2005

Schopf, Reiner: Memmert – Insel der Vögel. Verlag Buchhandlung Koch (Hrsg.), um 1970

Streble, Heinz: Was find ich am Strand? Pflanzen und Tiere der Strände, Dünen, Küstengewässer. Kosmos Verlag, Stuttgart 2003

Stock, Martin; Bergmann, Hans-Heiner; Zucchi, Herbert: Watt – Lebensraum zwischen Land und Meer. Boyens Buchverlag, Heide 2009

Wetter.com AG, Sonderausgabe Weltbild: Das große Wetterlexikon. Unterwegs Verlag 2002.

Szczesinski, Anja: Lernwerkstatt Weltkulturerbe. Pause im Wattenmeer – Zugvögel zwischen Arktis und Afrika. WWF Deutschland (Hrsg.), Berlin 2012

Barthel, Peter H.; Ottosson, Mats; Zetterström, Dan: Kosmos Vogeljahr 2014. Franckh Kosmos Verlag, Stuttgart 2013

Auf der Suche
nach einem Anfang,
der kein Ende braucht

ELLA JANEK

DIE FRAU IM PARK

Roman

Fünfzehn Jahre lang hat die ehemalige Schauspielerin Eva Rosenberg alles zurückgestellt, um sich um ihre Tochter Alisa zu kümmern, die seit einem tragischen Unfall im Rollstuhl sitzt. Als Alisa von zu Haus auszieht, nimmt Eva plötzlich eine große Leere in ihrem Leben wahr. Ihre eigenen Wünsche und Träume hat sie ebenso verloren wie die Nähe zu ihrem Mann Johannes, für den zwischen Mutter und Tochter kaum Platz geblieben war. Bei langen Spaziergängen im Park, auf denen Eva sich selbst und ihr Leben sucht, lernt sie schließlich Ben kennen. Ihm kann sie von ihren Träumen erzählen.
Doch ist er auch der Schlüssel zum Neuanfang?

Gefühlvoll geht Ella Janek in »Die Frau im Park« der Frage nach, was Liebe wirklich ausmacht.